大漠刑警

刘少杰◎著

群众出版社
·北 京·

图书在版编目（CIP）数据

大漠刑警 / 刘少杰著 . —北京：群众出版社，2024. 5
ISBN 978-7-5014-6328-2

Ⅰ. ①大…　Ⅱ. ①刘…　Ⅲ. ①长篇小说—中国—当代
Ⅳ. ①I247. 5

中国国家版本馆 CIP 数据核字（2024）第 004793 号

大漠刑警

刘少杰　著

责任编辑：魏安莉
美术设计：方舟正佳
责任印制：周振东

出版发行：群众出版社
地　　址：北京市丰台区方庄芳星园三区 15 号楼
邮政编码：100078
经　　销：新华书店
印　　刷：北京市科星印刷有限责任公司

版　　次：2024 年 5 月第 1 版
印　　次：2025 年 4 月第 3 次
印　　张：11. 25
开　　本：880 毫米×1230 毫米　1/32
字　　数：252 千字

书　　号：ISBN 978-7-5014-6328-2
定　　价：58. 00 元

网　　址：www. qzcbs. com
电子邮箱：qzcbs@ sohu. com

营销中心电话：010-83903991
读者服务部电话（门市）：010-83903257
警官读者俱乐部电话（网购、邮购）：010-83901775
公安业务分社电话：010-83901939

目录

一、秋阳暗影

金秋时节的毛乌苏漠区是五彩斑斓的，是丰富多彩的，是充满神奇的；美得令人激动，美得令人痴迷。她有蓝天白云，也有晴空万里；她有大漠孤烟，也有绿洲涟漪；她有黄土沟壑，也有高楼林立；她有红色遗迹，也有厂矿重企。勤劳朴实、聪明能干的毛乌苏人民，在这块造物主十分眷顾的美丽土地上，创造着一个又一个令人瞩目的发展奇迹。

秋阳下，毛乌苏市公安局大漠分局五楼会议室宽敞明亮，气氛庄严肃穆。后墙上硕大的警徽犹如金盾一般，彰显着公安民警对党和人民的一片赤胆忠心。“对党忠诚、服务人民，执法公正、纪律严明”十六字方针，在暖阳的照射下闪烁着耀眼的光芒。刑警大队正在紧锣密鼓地召开代号“利剑”的秋季严打推进会。

主席台上，局领导们一个个正襟危坐、眼神冷峻。刑警大队大队长刘成金笔直地站在发言席前，他用浑厚有力的嗓音，作着振奋人心的发言：“同志们，大漠区矿产资源富集，经济发展迅速，外来人口增加，贫富差距拉大，治安形势严峻。我们一定要利剑出鞘，把犯罪分子的嚣张气焰打下去，把大漠刑警的威风打出来。”台下，一百多名刑警队员警容严整，听得认真、记得仔细。

二中队民警郑晓锋安静地坐在一个不起眼的角落里，全神贯注地听着刘成金进行鼓舞士气的发言。他突然感觉胃里刀扎一样地疼，知道肯定是到吃饭时间了。因为他有糜烂性胃炎，一到饭点胃液就会疯狂腐蚀胃黏膜。他焦急地看了一下墙上的电子挂钟，上面显示：2017 年 10 月 22 日　星期五　17 时 20 分 18 秒。

此时，会议在《人民警察之歌》的高亢歌声里宣告结束。郑晓锋心想，这会散得真及时。他大步流星往二楼的餐厅奔去，结果被慢慢悠悠迈着八字步的二中队中队长何胜利叫住了：“你忙什么呢？等等我。”郑晓锋只好放慢脚步和何胜利一起走，他笑着说：“何队长，你又不是不知道我，干啥啥不行，吃饭第一名。”何胜利被逗笑了，却又语气坚定地说了一句：你不是这样的人，谁不知道案子一来你立马成拼命三郎！”

晚饭是肉丝炒面片搭配小菜胡萝卜丝，还有小米钱钱稀饭。何胜利和郑晓锋坐在一桌，边吃饭边讨论前几天接的一起强奸案证据是否充分，能否被顺利批准逮捕。这时，四中队的谢小楠吃完饭也凑了过来，对何胜利和郑晓锋说：“你们知道吗，昨晚我们辖区的二道沟发生了两起盗窃案，嫌疑人是两名戴着口罩和棒球帽的男子，不排除还有同伙在附近接应。他们的反侦查能力真强啊，现场没有留下鞋底花纹，可能作案时还穿着鞋套。”

盗窃案经常有，但是包裹得这么严实，知道穿上鞋套作案的还真不多。郑晓锋顿时来了兴趣，连珠炮似的发问：“现场有监控吗？有指纹吗？如何盗窃的？作案工具是啥？”这时，谢小楠的手机响了。他接起后“嗯嗯”了两声，挂断了，然后对何胜利和郑晓锋说：“我手上一个诈骗案的嫌疑人让派出所逮住了，我得赶紧接人，争取晚上12点前处理完。”说完，他急匆匆地走了。郑晓锋被谢小楠讲的这两起盗窃案勾起了好奇心。他皱起眉头，用手摸着光亮的前额陷入了沉思……

二、蒙面劫匪夜袭二道沟

2017 年 10 月 23 日凌晨 2 时许，大漠区尚武路毛乌大道西侧，顺风货运站。白天生意兴隆的货运站此刻宁静祥和，偌大的院内只有六十多岁的守夜老汉马建党一人。

人老夜尿多，他迷迷糊糊地从财务室床上爬起来想小解一下，于是披衣出门来到院内的偏僻处。这时，一高一矮两名戴着帽子和口罩、持铁棒的匪徒，从货运站铁栅大门翻了进来，迅速来到马建党身后。马建党提起裤子转身，一看来人手上还拿着铁棒，吓得立马清醒了，胆怯地问："你们是谁?"匪徒拿铁棒在马建党身上打了两棒子，只说了两个字"闭嘴"。马建党忍痛点点头，被两名匪徒拉到了财务室。高个子匪徒拿电饭锅的电源线把马建党的双手捆扎在背后，矮个子匪徒拿马建党的秋裤把他双腿绑起来。然后，高个子匪徒问马建党："保险柜钥匙呢?"马建党说："老板拿着了。"矮个子匪徒恶狠狠地说："不说实话就打死你!"马建党带着哭腔："我一个打工的，老板咋会把钥匙给我嘞?"

匪徒们似乎是相信了，合力把财务室的两个保险柜放倒在地，然后用手上的两根铁棒，实际上是撬棒，开始撬保险柜。两人撬了将近一个小时，终于把两个灌装过混凝土的老式保险柜撬开了，结果两个保险柜里只有一些合同和票据，没有一分钱。匪徒大失所望，他们没有想到这家货运站的老板恰好在前一天下午，将十八万元营业款存到了银行。俗话说贼不走空，匪徒们将马建党的衣兜、裤兜翻了个遍，抢了几百元，才扬长而去。

可怜的马建党身上、腿上被铁棒打过的地方火辣辣地疼，手腕被电源线勒得紧紧地无法挣脱。毛乌苏沙漠上的秋风从门缝刮了进来，再加上害怕，马建党浑身上下打着哆嗦。好不容易熬到了天亮，货运站的员工高树华第一个来上班了。马建党一看到他，眼泪唰地流了下来。高树华解开马建党身上的秋裤和电源线，立即打电话报了警。

早上6时许的刑警大队值班室，一夜没有睡好的六中队民警白晓波又被110接警平台紧张急促的嘀嘀声吵醒了。他睁开惺忪的睡眼，披上春秋执勤服坐到电脑跟前。当看到警情内容里有蒙面抢劫、保险柜的字样时，他立马打起百倍的精神拨打报警人手机，简单了解案情后立马汇报给了六中队中队长韩伟华。

韩伟华驾驶警车，拉响警笛，带着侦查员陈壮壮、技术员余浪、法医贺雷、信息员赵新立即赶往案发现场，对案发现场进行了详细勘查。一贯耐心细致的陈壮壮认真询问了被害人马建党和证人高树华，并形成了笔录。贺雷给马建党拍照，查验伤情，制作活体检验笔录。贺雷向韩伟华汇报：“韩队长，被害人左胳膊和右大腿有瘀青，符合钝器击打伤。双手腕部有电源线勒痕。”

余浪从货运站的财务室出来，十分诧异地向韩伟华汇报："韩队长，没有提取到一枚指纹和脚印，也没有发现作案工具和可疑的生物物证。撬保险柜的手法很专业，锁舌位置找得很准。"马建党说："对着了，他们二人戴着帽子、口罩、手套，还穿着鞋套，包裹得严严实实的。"信息员赵新也从监控室出来了，向韩伟华汇报："韩队，货运站外围两公里内没有监控，院内的监控是坏的，财务室的监控不是红外监控，只能看到两个模糊的黑影在晃动，监控必须拷贝回去慢慢看。"韩队长叹了一口气说："撤吧。"

刑事侦查的过程，就是侦查人员查明犯罪事实、查获犯罪嫌疑人，并且打造可以排除合理怀疑的证据锁链的过程。其中，查获犯罪嫌疑人毫无疑问占据核心地位。

为了查获犯罪嫌疑人，侦查人员会根据现场勘查和调查走访的情况给犯罪嫌疑人进行画像，简单说就是对犯罪嫌疑人的性别、年龄、职业、体貌特征、衣着打扮、性格心理进行大胆假设，然后在侦查过程中小心求证。

警车行驶在返回单位的路上，韩队长和队友们在探讨案情。韩队长说："根据被害人描述，咱们给嫌疑人画个像。两名嫌疑人一高一矮，高个子身高一米九以上，矮个子身高一米七以下，都穿着深色裤子和深色上衣，戴着口罩、帽子、手套，穿着鞋套，操陕北口音，善于伪装，很可能是前科人员。"余浪说："从案发现场的痕迹判断，撬保险柜手法很专业，应该是以前撬过不少保险柜。"韩队长说："这是二中队辖区，看看二中队的何队长和晓锋怎么破吧，晓锋不是以前破获过发生在南面乡镇的系列撬盗保险柜案嘛！"赵新说："监控估计价值不大，毕竟太黑了。"

韩伟华一行人不知道的是，这两名匪徒已在多地流窜作案。

此时，怀远区公安局刑警大队青川中队也在怀远区水草湖4S店一条街勘查现场。这里有三家4S店和一家小超市在同一天晚上被两名匪徒盗窃。作案时间同样是凌晨，作案方法是使用大号断线钳将玻璃门上的U形锁剪断，入室后直奔财务室，用撬棒撬开保险柜，将现金和金银饰品盗走。至于小超市，除了盗窃现金一千余元，还盗窃了大量的香烟和饮料，装了满满两纸箱抱走了。三家4S店和一家小超市的损失初步估计达九万余元。

现场勘查未发现有价值的痕迹物证，原因和之前一样，帽子、口罩、手套、鞋套一应俱全。小超市没有监控，4S店一条街的街面监控是坏的。4S店的监控质量不好，画面模糊。但是模糊总比没有强，青川中队中队长李军平和民警康睿还是坐在明月4S店监控室里认真察看。康睿有了一个重大发现，矮个子嫌疑人在进入这家4S店之前，低头抽着烟，虽然监控未能拍到脸部，但是却看见他把烟头扔在了4S店门外。康睿说："如果能捡到这枚烟头，做个DNA鉴定，嫌疑人身份可能就明确了。"李军平听后连忙说："你继续看，我去捡烟头！"

李军平出门叫上了两名队友，在门外从中心向边缘仔细看，却一直没有发现烟头。这时，一名队友挠了挠头说："会不会昨晚刮风吹到了马路牙子下边的下水道里？"三人赶紧将下水道的盖子揭起，一股臭气扑面而来，脏水上漂着七八个烟头。李军平叫来技术员刘强查看。刘强说："被污染了，不具备鉴定条件，没有提取的必要。"三人把盖子盖好，悻悻地走了。

怀远区公安局会议室里，张广春局长一边拍着主席台的桌子，一边怒斥下级："派出所是怎么管理的？监控为什么都坏了？巡警队是怎么巡逻的？作案时间这么长都没有发现？刑警队是怎么侦查的？一点儿线索都没有？这让我怎么给张副市长交代？怎么给老百姓交代？"主席台下面鸦雀无声……

此时，安远县公安局的领导们也压力山大，因为就在10月21日凌晨，安远县鑫盛4S店的保险柜也被撬了，四万余元现金被盗。嫌疑人也是一高一矮两名男子，戴着帽子、口罩、手套、鞋套，拿着大号断线钳和撬棒，装备齐全，手法娴熟。现场勘查也是一无所获，店内监控模糊不清，店外监控早已损坏。

鑫盛4S店的老板是安远县人大代表张斌，他此时正坐在安远县公安局局长罗雄的办公室里，情绪很激动："罗局长，前段时间评选人民群众满意的政法单位时，我可是给你们公安局投过票的。我还在建议里边说应该给全体公安民警涨工资了，公安民警很辛苦，为了人民群众的安全日夜奋战在第一线。结果呢，你们晚上的巡逻人员在哪里呢？"

罗局长用手指弹了两下桌子："张总，其他地方的发案比咱们安远县还高呢，咱们安远县相对来说已经很平安了。"张斌摇摇头，不屑地反驳："我对你的说辞不满意，你应该告诉我你们准备如何努力破案，而不是找借口。"罗局长脸色发青："我没有找借口，巡逻不可能面面俱到。这么大的一个县城，发案是正常的，我们正在努力破案。"张斌不依不饶："你就说能破不能破，不能破我给市局反映。"

罗局长平复了一下情绪："别激动，我们会努力的，但是破案也是需要时间的。"

张斌不耐烦了："为经济发展保驾护航是你们公安机关义不

容辞的责任。你不要给我讲那么多大道理。大道理谁都懂，这个案子如果破不了，以后开会时我将不再支持你们公安局，更不支持你个人。”说完，张斌从鼻孔里哼了一声，快步走了。罗局长点燃一支烟，抽了两口，又把烟掐灭了。

毛乌苏市副市长、公安局局长张安民坐在宽敞明亮的办公室里，习惯性地点击浏览着每日警情快报。刑警出身的他，虽然现在身处高位，但对刑事侦查工作仍然高度重视，因为他深知刑侦工作是公安工作的重中之重，刑事案件的侦破直接关系到人民警察在群众心目中的地位和形象。发案少、秩序好、群众满意永远是公安机关的不懈追求。

张安民发现近两日有多起蒙面人跨县区流窜撬盗保险柜的案件，甚至还有一起抢劫案。他对此极为重视，打电话给刑警支队支队长马富国，要求他过问破案情况。马富国迅速和各县区公安机关联系，认为是同一伙人所为，应该并案侦查。

马富国赶到张安民的办公室汇报：“张市长，最近这几起案件都是同一伙人所为，大漠、安远、怀远都有案件。这伙人善于伪装，反侦查能力特别强，在大漠的犯罪性质最恶劣，是抢劫。大漠刑警的战斗力是各县区里最强的，尤其是他们的合成作战室建设是全市最好的，我认为应该让大漠刑警作为主力侦破案件。”张安民笑了：“你是大漠刑警出身，所以总认为大漠刑警最厉害。其实，其他县区的刑警队也不差嘛。你作为刑警支队支队长，怎么能偏亲偏爱呢？不过话又说回来，在大漠的案子确实性质最恶劣。好吧，就按你说的，让大漠刑警加紧破案，你给你的老部下刘成金打个电话吧。”

马富国立马拨通了刘成金的电话：“刘成金大队长，咱们刚刚已经沟通过了，各县区系列撬盗保险柜案件是一伙人所为，在大漠区纯粹是抢劫嘛。张市长指示，让你们成立专案组，全力破案，怎么样?”刘成金大队长呵呵笑了：“坚决服从命令，我们对这案子很重视。你早上给我打完电话后，我已经安排合成作战室的李勇大面积调取外围监控录像了。”张安民抢过电话说：“刘成金同志，你们务必重视此案，务必破获此案。我准备给你们发局长督办令了。”刘成金大队长忙不迭地回答：“是，是，我们会全力以赴的。”

刘成金给李勇和何胜利打电话，让他们过来。很快，信息合成作战中队中队长李勇和二中队长何胜利来到了刘成金的办公室。刘成金点了一支烟，吸了一口，吐了个烟圈说：“你们两个不嫌呛吧?”李勇和何胜利笑笑没说话。何胜利心想：嫌呛也不敢说呀!

刘成金的眉头拧成了川字形：“上午马富国和张安民都给我打电话了，让咱们刑警队负责侦破最近发生在大漠区、安远县、怀远区的系列保险柜案件。我决定让二中队和信息合成作战队联手侦破，破案后案件由二中队办理。你们两人有什么意见，提一提。”

李勇先开口了：“没有意见，我们一定认真调监控、看监控，把嫌疑人揪出来。再就是我已经查明这两名嫌疑人在二道沟还有两起案件，其中一起是在一个超市盗窃现金数千元，还有一起案件是在一个蔬菜门市老板的家里翻人家衣兜，被发现后逃跑了。”刘成金“哦”了一声：“这两起案子有线索吗?”李勇说：“暂时没有，和另外几起案件的嫌疑人体貌特征、衣着打扮、作案工具基本一致，所以我判断是一伙人。其中一人个子很高，应该在一米九以上。”

何胜利接着说：“我们中队最近案子很多，压力很大!”刘成金瞅了他一眼：“抢劫案发生在你们辖区，你们非上不可，更何况你们还有晓锋嘛，他以前破过南面乡镇的系列撬盗保险柜案件，有经验，有能力。”何胜利叹了一口气：“晓锋最近胃疼。”刘成金笑了一下：“关键时刻，究竟是你准备拉稀还是晓锋准备拉稀？你们能不能发扬咱们大漠刑警特别能吃苦、特别能战斗、特别能忍耐的精神？能不能?”何胜利是个不善言辞的实在人，只好说：“好的，我们克服一下。”

何胜利回到了二中队办公室，一看郑晓锋不在，问道：“晓锋去哪里了?”张宏说：“晓锋和俊安出去调话单、查流水了。”

郑晓锋此时正和周俊安在中国银行大漠区支行调取一名诈骗嫌疑人的银行交易记录，两人坐在大厅的沙发上交流着治疗胃病的经验。周俊安说：“我前段时间在第一医院消化内科找了一个大夫，人家大夫给我开了一些奥美拉唑之类的药，有一定的效果。前几天吃饭不注意，又没规律了，胃病就又犯了。”郑晓锋说：“你现在该不敢喝酒了吧?”周俊安说：“别说喝酒，茶都不敢多喝，喝多了胃酸。”

郑晓锋唉声叹气：“咱们这个工作，经常迟一顿、早一顿，饥一顿、饱一顿，还常常睡不好觉，胃怎么能没毛病呢？唉，没办法!”周俊安听后若有所思，也唉声叹气起来。

银行的一位女工作人员听不下去了，一脸不屑地说：“这么好的社会，这么好的生活，叹什么气！给，流水调好了。”二人无奈地对视了一眼，拿了调好的交易记录，赶紧出门上车朝移动公司去了。马上到下班时间了，他们想争取把话单也调了。但是，他们还是晚了一步，移动公司调话单的人已经走了。二人大失所望，回到了单位。餐厅里下午又吃羊肉饸饹面，很香。郑晓锋吃了一小碗就吃不下去了，胃非常不舒服。

郑晓锋的家在大漠区驼山的一个老旧小区，距离单位有十三公里远。他和父母妻女五口人挤在不到一百平方米的单元房里。他也想在单位附近买套房，但是单位附近房价太高，直逼省城。唉，有心买房，无力挣钱，凑合着住吧！

郑晓锋开车行驶在东山大道上，太阳已经开始落山了，残阳如血，西风凛冽，黄叶纷飞。他心想：这两天好累啊，身心俱疲，胃也不舒服，今晚一定要好好睡一觉。

郑晓锋不知道的是，此时，毛乌苏市公安局大漠分局十五楼信息合成作战中队办公室里，李勇和手下的弟兄姬志飞、张治、马豪杰正在看监控录像。

他们先从中心现场看，之后不停地向外围扩展。他们的目的很单纯，说专业一点儿就是查明嫌疑人的出发地、途经地、藏匿地，这样就有可能看到嫌疑人没有戴口罩的脸，查清嫌疑人的身份。说通俗点儿，就是从大量的监控录像里查明嫌疑人是从哪里来，到哪里去，姓甚名谁，长啥样。这项工作是枯燥乏味的，耗时是漫长无边的，成效是完全未知的，对于侦查员的耐心和意志都是极大的考验。实际上，在二道沟盗窃案发生后，他们就已经开始查监控了，但是至今还没有线索。

时间一分一秒地过去，四个人眼睛里都布满了血丝，活像一头头觅食的饿狼。突然，李勇兴奋地叫了起来："有问题，有问题！"其他人都看向他，眼睛里充满了疑问。

李勇赶紧解释："水草湖4S店案发现场附近的路上驶过的一

辆白色吉利很可疑。”马豪杰说：“这路口在案发前到案发后驶过的车应该很多，这辆车为什么有问题?”李勇接着说：“这辆车凌晨3点在这条东西路上由东向西驶过一次，4点多又由西向东驶过一次。凌晨3点多这辆车驶过这个路口时，嫌疑人还没有开始作案。凌晨4点多驶过时，嫌疑人作案已经结束了，我感觉这不是个巧合。”其他人恍然大悟，大家在监控上开始追踪这辆吉利，终于在一个较清晰的监控下看到它的车牌号是“陕MYY×××”。

李勇查了一下车主，叫了一声：“王友胡！这是盗窃前科人员，咱们继续调监控。”四人继续调监控，终于确认这辆车的驾驶员就是王友胡。副驾驶座没有人，但是后排有两个模糊的人影。这时已经是晚上10点多了。四个人还没有吃晚饭，李勇很高兴，八九不离十就是这三个人干的。王友胡开车，另外两人携带工具作案。他给刘成金打电话汇报了一下，刘成金作出指示：“马上和何胜利联系，以车找人，迅速抓捕，绝对不能让嫌疑人跑了。”

2017年10月23日晚11时，郑晓锋正躺在床上酣睡，突然手机响了。他拿起手机，睁开惺忪的睡眼一看，是何胜利打来的。何胜利火急火燎地说：“晓锋，我们到你家小区门口了。你穿上便衣跟我们去东华吧，咱们去东华抓人，大案子!”

郑晓锋压低声音毫不犹豫地说了声“稍等”，然后赶紧摸黑起床穿衣，结果还是把五岁的女儿吵醒了。女儿问：“爸爸，你去哪儿?”郑晓锋不知道咋回答，应了一句：“嗯，出去一下。”女儿哇地一声哭了。郑晓锋赶紧把妻子摇醒：“我有案子，要走了。快哄女儿，不要把爸妈吵醒了。”然后他迅速出门，一路小跑到了小区门口，队里的银灰色商务车已经到了。

商务车上，二中队的刘江在开车，车行驶得快而稳。李勇坐在副驾驶座上，后面坐着何胜利、郑晓锋、姬志飞，还有二中队的方军。

何胜利和李勇你三言我两语地把系列盗窃、抢劫案的案发情况和嫌疑人王友胡的情况给大家详细介绍了一遍。然后，李勇说："现在，我已经和东华市公安局小杨岭分局联系过了。这辆吉利已经开到了东华市小杨岭镇的一个宾馆外面，嫌疑人下车进宾馆走了一下后迅速上车离开，但是确定还在小杨岭，因为出小杨岭的卡口监控没有发现这辆吉利出去。"

何胜利接着说："咱们到了小杨岭后，将在小杨岭公安分局的协助下，对三名嫌疑人实施抓捕。这三名嫌疑人身体素质都不错，而且涉嫌重大刑事犯罪，肯定会奋力反抗的，咱们务必要注意安全。"

郑晓锋问："咱们带了什么武器警械？"姬志飞笑着回答："手铐、催泪瓦斯、伸缩警棍我们都有了，你该不需要吧？"郑晓锋问："我咋不需要？"姬志飞半开玩笑半认真地说："全大队谁不知道你是跆拳道黑带、擒拿格斗高手，你当然不需要了。"郑晓锋谦虚了一下："徒有虚名而已，我实际上只是一个文弱书生。"大家都笑了。

何胜利从腰带上把九二式手枪连枪套解了下来，递给郑晓锋说："拿着，子弹压满了，没有上膛。"郑晓锋接过枪，认真验枪后解开腰带穿了进去。何胜利看向郑晓锋："你小子，不信任我。"郑晓锋嘿嘿一笑："小心无大错。"

高速路上空空荡荡的，商务车像离弦的箭一样飞快地奔驰着，好不容易捕捉到的战机岂可错失？深邃的黑暗一眼望不到边，大漠的寒风从车门窗的缝隙钻了进来，商务车的暖风也坏了，大家都瑟瑟发抖。

李勇把车上的音响打开了，电视剧《刑警本色》主题曲《我不能输》响了起来：“黎明已带我上路，我不能停下脚步。善良的人在为我祝福。黄昏落下了帷幕，其实我并不孤独，再多的苦我愿意付出。我在风雨中追逐，寻找那前面的路，我要把这黑暗征服，所以我不能输。我在风雨中追逐，寻找那前面的路，我要把这黑暗征服，所以我不能哭，不能输。我在风雨中追逐，寻找那前面的路。我要把这黑暗征服，所以我不能输……”

商务车已经在高速路上疾驶了将近一个小时，下高速后还要走半个小时的省道才能到小杨岭。李勇开始给大家讲王友胡的故事：“王友胡今年三十五岁，金驿县老牛沟镇人”。方军“哦”了一声：“又是老牛沟镇的！”大家都知道，金驿县老牛沟镇处于三县交界处，山大沟深，经济落后，民风彪悍。正所谓饥寒起盗心，所以老牛沟镇人违法犯罪率相当高。

李勇接着说：“王友胡家里兄弟姐妹多，经济条件非常差。他小学二年级就辍学了，吃得不好，穿得不好，从小被人看不起。2007 年的某日，王友胡和老乡薛磊磊二人驾驶王友胡的奥拓车，于凌晨时分在大漠城区到处乱窜，采用拉车门或者砸车玻璃的方式疯狂盗窃车内财物。王友胡很狡猾，他对薛磊磊说他的腿因为交通肇事受过伤跑不快，所以他只负责开车。为了防止车牌号被发现，他把车开到现场附近接应，尽量避开监控。薛磊磊同意了。所以，每次都是王友胡开车将薛磊磊拉到案发现场附近，王友胡不下车，车子也不熄火。薛磊磊作案后迅速返回车上，二人逃离案发现场，然后在偏僻地方平分盗窃的财物。王友胡怕薛磊磊偷藏多拿，常常要搜薛磊磊的身。二人盗窃作案六十余起，窃取现金、烟酒、衣物等赃款、赃物价值十余万元。最后一次失手是被当年咱们刑警大队的葛海斌、崔罗山还有我抓了个现行。后来薛磊磊被判了十三年，王友胡才被判了二年!”

方军很诧异：“为什么差得这么多？这个案子我看王友胡更像是主犯，怎么才判了二年?”李勇解释道：“薛磊磊很仗义，保护王友胡，说王友胡只是给他开车而已，是从犯。王友胡辩称自己只是开车，而且只要是案发现场没有监控的一律不承认。当年的大漠城区监控数量少、质量差，取证困难，所以咱们的起诉意见书中给薛磊磊认定的犯罪事实有六十二起，给王友胡只认定了五起，打击不到位。这个王友胡看上去一脸憨相，实际上非常狡猾，是个不可小觑的对手!”知己知彼，才能百战不殆。郑晓锋知道，李勇讲的很有用。他在心里已经默默地开始列审讯提纲了。

午夜时分，商务车驶入了小杨岭公安分局的大院。大院里灯火通明，热情好客的小杨岭分局局长李斌带着刑警队和巡警队的几名民警早就在大院里翘首等候了。大家一一握手，然后被李斌局长带进了餐厅，满满一圆桌菜，荤素搭配，有茶有水。李斌招呼大家吃饭：“大家都辛苦了，吃饱了好干活儿，别客气。”

郑晓锋胃疼，没敢吃，其他人都在大快朵颐。李斌又说：“无酒不成宴，但是咱们有五条禁令、六条警规，实在不能喝。我以茶代酒，敬大家一杯。”大家纷纷端起热气腾腾的内蒙古奶茶喝了一口。李勇问道：“情况咋样了?”李斌自信满满地答道：“放心吧，这辆车还在小杨岭。我们在小杨岭的所有路口都布置了警力，标配是两辆车、六个人、一套破胎器，装备齐全。我们的巡警队员分了六组，在城区不间断巡逻，虽然暂时还没有发现他们，但是他们插翅也难飞。”

李勇说：“他们去了小杨岭的圣豪宾馆，估计可能在那里住。那里才是重点，我们准备吃完就过去蹲点守候。”李斌说：“宾馆我也派了便衣蹲守。我估计他们可能是出去作案了，准备作完案再回去住，但是干他们这行的，好多都是随作随走，不住宿的。”李勇蹙了一下眉头：“宾馆的登记记录和监控要查一下，这个点的蹲守以我们为主吧。”

十分钟不到，这些民警已经风卷残云般把桌子上的菜吃了个一干二净。双方打了招呼，然后大漠公安分局的同志们就上了商务车，直奔宾馆而去。车停在宾馆门口南面一百米处，刘江在车上等待，其余人陆续下车，和门外小杨岭刑警队的便衣警察轻轻点头示意。之后郑晓锋、何胜利、方军坐在大厅沙发上讨论局势，李勇和姬志飞悄悄进了监控室。

五分钟后，李勇和姬志飞出来了。李勇凑到何胜利的耳边说：“何队长，昨晚上王友胡和一高一矮两个陌生男子走到宾馆大厅后，王友胡用他的身份证登记了四楼 415 房间，然后三人都上了四楼。王友胡和高个子进了 415 房间，矮个子一人敲了 412 的门，然后进了 412 房间。”

何胜利问：“高个子和矮个子还戴着口罩吗？”李勇说：“没有戴，但是戴着帽子，帽檐压得很低，头也低着，尽量回避监控摄像头，所以我还是没看清他们的正脸。”郑晓锋问：“矮个子进 412 房间干什么去了？”李勇接着说：“412 房间是一名河北的年轻女子开的，名叫张敏。矮个子进去待了二十分钟才出来，我估计412房间的女子是矮个子的女朋友。接下来咋办，大家都说说意见。”

何胜利说：“我看咱们就上楼吧，上去看看地形再说。”大家都默默跟在何胜利身后上到四楼，何胜利说：“晓锋和志飞进412房间做女人的思想工作，争取她的配合。我守在楼道尽头的窗户边，方军躲在步梯门后。李勇在电梯边的沙发上玩手机。”大家点点头，各就各位。

412房间的灯还亮着。郑晓锋开始敲门，里面传来一个年轻女子的声音：“谁?”郑晓锋不说话，结果年轻女子把门打开了，一看是两个年轻后生，一脸媚笑地问：“小哥哥们有什么事呀?”郑晓锋一看，这女子中等身材，体形微胖，扎着辫子，穿着红花睡衣，画着淡妆，一脸风尘气。郑晓锋微微一笑：“不好意思，打扰了。外面冷，可以让我们进去吗?”年轻女子说：“进来吧。”

郑晓锋和姬志飞进去后，姬志飞说：“你也不问我们是干什么的，就把我们放进来了?”年轻女子指着郑晓锋说：“我看你们二人一脸正气，肯定不是坏人。半夜三更上门的，应该是警察。”郑晓锋把警官证掏出来给年轻女子看了一下，然后明知故问：“你叫什么名字？哪里人？多少岁?”年轻女子回答：“我叫张敏，河北人，十八岁。我没犯什么事吧?”

郑晓锋迅速扫了一眼垃圾桶，见里边扔着已污染的卫生纸和用过的避孕套，两张床铺都有人睡卧过。于是，他明知故问：“这房子是你一个人住吗?”张敏捋了捋头发说：“房子是我登记的，我男朋友晚上来住过。他说他去打麻将了，今晚不一定回来。我准备等他到两点，他不来我就睡了。”郑晓锋一看表，已经1点了。他接着问：“你男朋友叫什么名字，哪里人?”

张敏说："他叫景兵兵，是延安人。"郑晓锋又问："他的微信号和手机号是多少？"张敏把手机递给了郑晓锋："微信聊天记录里有，你看。手机号我没有，我们都是微信联系。我们是通过微信添加附近的人认识的，用微信聊了两个月了，见面次数才三次。"郑晓锋迅速翻看了聊天记录和景兵兵的微信基本信息，但是没有有价值的信息，景兵兵的微信头像是一头狼。

郑晓锋严肃地对张敏说："景兵兵是个坏人，你可能有危险，我们要保护你！"张敏呆了一下，眼泪汪汪地问："不会吧，他就是出去打个麻将，他应该不会害我吧？"姬志飞肯定地说："相信我们，你被骗了。你现在有危险，我们要在这里保护你。外面都是我们的人，你现在是安全的。"张敏抬头眨眨眼睛，把差点儿流出来的泪水又挤了回去。姬志飞问："哭啥？"张敏抽泣着说："他一直说他是个好人，他家是开桶装水厂的，他还给过我不少买衣服钱，说要娶我。"姬志飞赶紧安慰她："人一辈子什么事都会遇到，想开点儿，你可以躺着休息一会儿。"张敏乖巧地点点头。

郑晓锋把张敏的手机放在茶几上说："手机你先别玩了，不然我们不放心。"张敏又点头，然后躺在了一张床上。郑晓锋和姬志飞坐在茶几边，房间里瞬间安静下来。姬志飞和郑晓锋都竖起耳朵静静地听，希望能听到门外来人的脚步声。

小杨岭市区天成商场的停车场上，车牌为"陕 MYY×××"的吉利关着灯、熄着火。王友胡坐在驾驶座上，高个子和矮个子坐在后排座上，他们三人正在小声嘀咕着。王友胡说："进了小杨岭，我就觉得气氛不对劲儿。今天街上的警察好像比平时多，而且都戴着装备。咱们刚才还准备出小杨岭，我就知道路口肯定被守住了。现在都 1 点多了，还有巡逻的警察呢，我觉得咱们今晚走在街上都不安全，更不要说出去挣钱了。”好多盗窃嫌疑人把偷东西说成是“挣钱”，而不说是“偷”，其实他们也知道，偷东西不是一件光彩的事，就像吸毒人员总喜欢把吸毒说成“吃东西、吃面面”一样。

坐在后排的矮个子说话了：“如果这些警察是针对咱们的，那他们就是准备关门打狗了。说不准他们还会查宾馆，宾馆也不能回去了。今天晚上肯定不能挣钱了。”王友胡指着远处的一座山头说：“那里有一座变电站，可偏僻了，平时没人去，人们都怕有高压和辐射。咱们去那里躲躲吧，躲到天亮后，咱们在山上就能看见底下的一个路口，看警察撤没撤。”高个子说：“我看行。”王友胡就发动汽车，朝变电站的方向驶去。

刚开了没多远，矮个子敏锐地发现后面有一辆不挂车牌的黑色桑塔纳不远不近地跟着。矮个子用手指戳了一下高个子的胳膊，又用手指了一下后面，高个子立马明白他们已经被跟踪了。这时，矮个子发现桑塔纳熄火了，在反复打火。吉利转过一个弯，逃出了桑塔纳的视线。矮个子准备丢车保帅，他对王友胡说：“我们要下车去办点儿事，你先开车去变电站吧，我们等一会儿走上去找你。”王友胡以为他们俩还要去盗窃一次，又提醒道：“我觉得今天不安全。”矮个子说：“你别管，快停车。”王友胡把车一停，矮个子和高个子跳下车，一起跑进了前面的一大片拆迁区里，消失在无边的黑暗中。

王友胡开着吉利车向变电站方向行驶。后面的桑塔纳终于又发动起来，往前行驶了一段后又发现了吉利，继续不紧不慢地跟着。王友胡开到半山腰，看见后面射过来的灯光才发现有一辆桑塔纳跟着。王友胡不动声色地拐过一个弯，见桑塔纳暂时不在视线内，立马熄火跳了下去。他知道自己腿脚不便跑不远，就藏在路边茂盛的沙蒿林里，把车钥匙和手机也扔掉了。

桑塔纳跟上来后，发现吉利车驾驶座的门开着，车也熄火了，车内空无一人。桑塔纳上跳下来三名便衣警察，他们是小杨岭分局巡警队的王海、刘星、符小成。王海说："他们肯定跑不远，至少开车的人就在这附近。"王海立即用对讲机向行动组汇报情况，让支援搜山。符小成站在山坡高处，像鹰一样敏锐地四下查看。刘星举着防暴枪在山坡的小路上搜索着。突然，大家都听到沙蒿林里传来一声咳嗽声，刘星大喊："快出来，再不出来我开枪了。"

沙蒿林里没有反应。王友胡知道，警察们不会在晚上冒险进入黑漆漆的沙蒿林抓人的，那是相当危险的。刘星很生气，把防暴枪里的痛块弹卸了出来，装进去两发催泪弹，朝着沙蒿林刚刚有咳嗽声的方向打了两枪。

很快，催泪瓦斯弥漫开来。王友胡受不了了，大声咳嗽，眼睛也睁不开了。他又心生一计，站起来上气不接下气地喊："你们是干什么的？我刚蹲下要拉屎，你们给我这里扔啥了？把我呛得快死了，我要报警！"

三名巡警赶紧下去把王友胡拉了出来，简单搜身，未发现凶器，然后就用矿泉水给王友胡洗眼睛、漱口。符小成问："其他人呢？"王友胡装作莫名其妙的样子："什么其他人，我不知道啊！我晚上心情不好一个人散步到这里，忽然想拉屎。咋啦，你们是干啥的？"符小成回答："警察！你老实点儿！这是你的车吗？"王友胡"哦"了一声说："你们搞错了，这不是我的车。

刚刚这车上跳下来一个人，朝前面跑了，我还正奇怪是咋回事呢。”王海又对王友胡全面搜身，没有发现车钥匙、手机和身份证。王友胡恼怒地说：“我都说了，你们要抓的人朝前面跑了，你们弄错了。我要投诉你们！”

王海又去搜了一下吉利，发现了车辆行驶证，上面赫然写着：“机动车所有人：王友胡。”很快，王友胡的驾驶证也被翻了出来。王海指着驾驶证上的照片斥责道：“难道这不是你？嗯？”王友胡还在犟嘴：“是长得和我有点儿像，但是不是我，你们这些警察抓人的时候看见谁都像坏人。”

这时，四辆警车闪着警灯，刺破了黑暗的夜空。小杨岭分局局长李斌带着大批警力过来了，大家开始分散搜山。李斌给李勇打电话说了一下情况，李勇和何胜利很快也坐着商务便车过来了。

李勇走到王友胡跟前说：“果然是你，王友胡，老运动员了嘛。”王友胡也认出了李勇，语气略有不满：“我之前只坐过一次牢，不算老运动员吧？这次你们弄错了。”李勇拿出新式玫瑰金板式手铐，把王友胡的双手铐在背后。李勇问王友胡：“另外两个人呢？车钥匙和手机呢？”王友胡说：“再没人了，东西跑的时候不知道丢哪里了。”李勇和何胜利把王友胡带上了商务车，驶往小杨岭分局办案中心。李斌带着人继续在沙蒿林和山坡上搜索矮个子和高个子，找钥匙和手机。

三、贼性不改的王友胡

刘江和李勇把王友胡带到了1号讯问室。何胜利走到4号讯问室，关上门给郑晓锋打电话：“晓锋，王友胡抓住了，吉利也扣住了，但是王友胡把车钥匙和手机都扔了，小杨岭分局的人正在找。另外两个人到现在也没有发现踪迹，估计今晚抓不住了，我看他们回宾馆的可能性不大。但是，为了以防万一，你和方军、姬志飞在412房隔壁开一间房休息吧，万一有情况我给你打电话。我和李勇准备趁热打铁，连夜审讯王友胡。”郑晓锋“唉”了一声：“好吧。”何胜利让刘江去办案中心的值班室休息了。

讯问室的墙壁都是软包，防止嫌疑人撞墙自杀。控制椅和地面焊接在一起，防止壮实的嫌疑人掀翻控制椅。审讯桌上摆着一盏明亮的台灯，电子挂钟显示的时间是2017年10月24日2时5分。

按照《刑事诉讼法》的规定，侦查人员在讯问犯罪嫌疑人的时候，必须先告知犯罪嫌疑人在刑事诉讼中的权利和义务，如实供述自己罪行可以从宽处理和认罪认罚的法律规定。

李勇和何胜利开始审讯王友胡。李勇例行告知："我们是毛乌苏市公安局大漠分局刑警大队民警，现在依法对你进行讯问，你有如实回答的义务，如果说假话，将负法律责任，你听清楚了吗？"王友胡面无表情："我又不是不认识你，你说这些干啥？"何胜利有点儿恼火："这是法律程序，你回答就行了。"王友胡点点头。李勇把《犯罪嫌疑人诉讼权利义务告知书》和《认罪认罚从宽制度告知书》递到了王友胡的手上："这是告知书，你看一下。"王友胡低头逐字逐句看了起来，看了十几分钟才抬头说："看完了。"

李勇问："知道这次为什么带你来公安机关吗？"王友胡摇摇头："我不知道，你们抓错人了。我刚刚在那里蹲着想拉屎，你们就把我抓来了。难道我们这种犯过一次错误的人就会永远犯错，你们警察不能戴着有色眼镜看人吧？"

俗话说：贼无赃，硬如钢；贼无伴，要吃饭。现在没有扣住赃物，也没有抓住同伙，审讯难度是很大的。王友胡态度很恶劣，拒不认罪。王友胡接着说："给我倒杯热水，我要喝水，渴了。"何胜利起身去值班室倒了一纸杯热水，然后把热水放在审讯桌上。为了安全，要等晾温了再给王友胡。

李勇又问："你的意思是我们抓你抓错了？没有确实充分的证据我们会把你带到这里来？你不要抱侥幸心理，你和谁在一起干了什么，我们都清清楚楚。"王友胡反问："笑话，我和谁一起干啥了？你们说是和谁？他在哪里？"李勇拍了两下桌子，装出很有底气的样子："你以为我们抓不住？"

其实郑晓锋把矮个子叫景兵兵、是安定人的信息反馈给李勇后，李勇已经让人在公安内网户籍系统查询过了，叫景兵兵的有二百多人，好多没照片，不好排查。景兵兵的微信号也不是实名注册，是用了一个八十岁的内蒙古老太太的身份信息注册的。景兵兵的身份尚未明确。李勇只好说：“你好好考虑考虑，端正态度，认清形势。”王友胡闭口不言。审讯陷入僵局。

东方露出了鱼肚白，天快亮了，小杨岭分局搜山的民警们一夜未睡，非常疲劳，但是没办法，还要打起十二分的精神仔细搜索。李斌失望透顶，生气地喊着：“人没抓住就算了，东西也找不见！人长腿跑了，东西也长腿跑了？”突然，王海激动地喊了起来：“这儿有一部手机，手机找见了，找见了。”李斌赶紧跑过去，大家一看，手机屏幕烂了，开不了机，也不知道内部有没有损坏。李斌长吁一声，说：“好吧，手机拿上，我们先回单位。你们巡警队联系开锁公司配车钥匙吧，配好把车开到单位，车上的物品一律不动，完了连车带物移交大漠公安分局。”

李斌把 1 号审讯室的李勇叫到了 4 号审讯室，把捡到的手机递给李勇：“李勇啊，那两名嫌疑人连影子都没看见。这应该是王友胡的手机，可惜好像让人踩了一脚，屏烂了，开不了机。我们巡警队的人找开锁公司给吉利配钥匙，等一会儿就把车开回来，估计车后备箱里有一些有价值的东西。过一会儿巡警队的王海会和你联系的。”李勇点点头说：“麻烦你们了。”李斌有些尴尬地笑了笑。毕竟，这次行动的效果比预想的要差得多。

手机的数据不一定能提取出来，但是吉利后备箱很可能有作案工具，李勇和何胜利在耐心等待。刘江开车把郑晓锋、方军、姬志飞还有张敏接到了小杨岭分局办案中心。刘江看护王友胡，其余人聚在 4 号讯问室里。大家相互交流了情况和意见。

何胜利说：“方军和姬志飞负责询问证人张敏，和张敏详细了解她和景兵兵交往的情况，尽可能多地收集景兵兵的信息。在公安内网户籍系统把景兵兵包括谐音的户籍照片全部调出来打印在纸上，让张敏辨认有没有景兵兵。这项工作可以让刘江协助。我和李勇、晓锋负责讯问王友胡。”方军和姬志飞领命而去。

何胜利、李勇、郑晓锋三人大眼瞪小眼，李勇“唉”了一声说：“咱们别着急，你们两人等吉利回来，看车上有什么有价值的东西。我去合成作战室调一下手机数据。”何胜利说：“好。”郑晓锋说：“嗯。”

早上 8 时，李勇回到 4 号讯问室，叹口气说：“手机坏了，什么都提取不到。”他把一袋子羊肉胡萝卜包子和几杯内蒙古奶茶放在了 4 号讯问室，大家凑在一起吃着喝着。这时，李勇的电话响了，电话里传来王海的声音：“我是小杨岭巡警队的王海，吉利车开回来了，你们出来看看！”

三人赶紧出去，何胜利把执法记录仪打开摄像，郑晓锋把小杨岭分局餐厅的一名厨师叫过来当见证人，王友胡也被刘江和王海带到了吉利旁边。李勇戴上针织手套开始在车上搜查，郑晓锋做搜查笔录。车前排和后排干净整齐，没有什么可疑物品。李勇打开后备箱后，王友胡的脸色很难看，郑晓锋和何胜利露出了微笑。

后备箱里放着两根明光锃亮的撬棒，一把黄色大号断线钳，两条黄鹤楼香烟和一些散烟。李勇把一个黑色塑料袋解开后，看见里面装着很多未使用的棉线手套、医用一次性口罩、军绿色布鞋套。李勇在清点数量，郑晓锋开始填写扣押物品文件清单。

郑晓锋和何胜利继续审讯王友胡。何胜利盯着王友胡：“怎么样，这下子你能交代了吧？铁证如山呀！”王友胡喝了一口水，慢吞吞地说："后备箱的东西又不是我的，和我有什么关系？你们让我说什么？"郑晓锋一拍桌子，大喊道："你车上放的东西不是你的是谁的？你说，你说呀！"王友胡被喊蒙了："不是我的，是那两个人的！"郑晓锋迅速接上："哪两个人的？说！"王友胡沉默了一下："我不认识他们。他们两个就是坐车的，他们雇我的车，我在跑普惠出租车。"

郑晓锋站了起来，语速很快："少在这里胡说八道，我们盯上你们不是一天两天了。现在城里边到处都是监控，他们最近一直坐你的车，我敢肯定。"王友胡若有所思。郑晓锋不给他思考对策的时间："那俩人一个个子高，一个个子低，低个子的叫景兵兵吧？"王友胡"嗯"了一声。郑晓锋点点头说道："你把他们的情况说清楚，我们把他们抓回来你就立功了。"王友胡放松了一些，轻声说："我想抽烟。"何胜利给他点了一支芙蓉王烟递了过去。

一两分钟后，郑晓锋突然语气又严厉了："赶紧说，说不说？公安机关对于现行犯或者重大嫌疑分子，有下列情形之一的，可以先行拘留，比如在身边或者住处发现有犯罪证据的。你的车后备箱里放着大量作案工具，香烟应该也是赃物吧。你完全符合刑事拘留的条件，我们现在不依赖口供就可以拘留你，听见了吗？"

王友胡略微放松的神经又高度紧张起来："我怎么办？"郑晓锋又给他减轻压力："说吧，把那两个人的事情说清楚了。"王友胡把烟掐灭了，像是下定了决心般地说道："我交代。"郑晓锋温和地说："这里有两个肉包子，还有一杯奶茶，你吃着、喝着，然后慢慢说，我给咱记着。"王友胡的恐惧心理和戒备心理烟消云散，开始娓娓道来。

“2008年，我和景兵兵都在燕南监狱服刑，我们是一个监区的狱友，但不是同监室的。我们俩在劳动时有时会见面，因为都是盗窃犯，也算是有共同语言，没事就闲聊两句。其实，景兵兵的心眼很多。他的真实姓名很可能不叫‘景兵兵’，有可能是他的小名。他哪个县区的不告诉我，家庭情况他也不说。他的年龄当年也就二十多岁。他只说他会撬保险柜、爱打麻将。他还说之前已经坐过三次牢了，这次是第四次。我服刑一年多就被放出来了，先后做过看大门、照看工地之类的工作。最近，我贷款买了这辆吉利跑普惠出租车。前段时间景兵兵给我打电话说他放出来了，问我干什么呢，说想和我见个面。我就和他约在大漠区西梁红柳街我租的房子附近见面。他请我吃了一顿火锅，说他赌博赢钱了。他说他想包我的车出去挣钱，每天给我一千块钱。我一听就心动了，因为我当时胃老疼，想挣点儿钱看病，就答应他了。”

王友胡把嘴里的包子咽了下去，又喝了一口奶茶：“过了两天，也就是10月20日晚上，景兵兵给我打电话让我去大漠区西梁红柳西街路口接他。我见他戴着帽子站在路边，手里还拿着一个装东西的大编织袋。他让我把后备箱打开，然后把编织袋放进去。他坐在后排座上，让我拉上他到安远县。我问他为什么坐在后边，他说后边安全。到了安远的一片平房区后，景兵兵下车，钻进了一条巷子。过了一会儿他出来了，还带着一个年轻后生。那个后生也戴着棒球帽和口罩。景兵兵没有给我介绍那个后生，那个后生也不说话。景兵兵指路，我把车开到了安远县城郊区的一条大路边，这时已经是凌晨2点多了。那里有一些4S店，还有汽配城和几个小厂子。景兵兵让我停车，说他们出去办事。他们两人下车后在后备箱取出来两根撬棒、一把断线钳。他们戴了口罩和手套，还往脚上穿了鞋套。景兵兵让我开车去附近转转，说不能停在这里，过一会儿给我打电话再回来。我说行，就开车走了。过了半小时左右，景兵兵给我打电话，让我去接他们。我去了后，他们把断线钳和撬棒放回了后备箱。车在返回安远县城的路上，他们把口罩、鞋套、手套脱下从车窗扔出去。然后景兵兵让我把车开到一个按摩店的门口，那个后生就下车走了。景兵兵说回大漠区，我就开车拉着他往大漠区走。到了大漠区西梁北平房区时，他塞给我一千元，说他先走了，完了再和我联系。”

郑晓锋的手指在键盘上飞快地敲打着，对王友胡说：“好，你接着说。”

王友胡继续说：“第二天晚上，景兵兵又给我打电话，让我在老地方接他。我把他接上后，他把我引到了大漠区南郊的南沟平房区。很快，一个高个子男人出来了，也戴着棒球帽。他直接坐在了后排座位，没有说话。景兵兵介绍说这是富平，和咱们也是狱友。但是，这个富平我当年没有见过。我按照景兵兵的意思把车开到了大漠区二道沟村。这时，刚到凌晨。我在彩门附近把他们两人放下。他们带上撬棒和断线钳子，伪装后就走了。他们让我不要停在附近，出去转一会儿，等他们好了再给我打电话。我就出去转了。过了半个多小时，景兵兵给我打电话了，让我回彩门去接他们。他们半路上把口罩、手套、鞋套都扔了。景兵兵给了我五百元，让我把他们两人放在了南沟平房区。”

郑晓锋又给王友胡递上一杯温水，王友胡继续说：“前天晚上，景兵兵给我打电话说他们在红柳街口，我就开车出去了。我把他和富平接上后，景兵兵让我把车开到了水草湖 4S 店附近的路边。他们拿着工具、伪装下车后，我自己就开车走了。过了一个多小时，景兵兵给我打电话让我去接他们。我过去后他们还抱着两个大纸箱子，都放在了我的后备箱里。当天，景兵兵没给我钱。他们在田园路边下了车。下车时景兵兵抱了一个箱子，富平抱了一个箱子。景兵兵说后备箱给我放了烟，就是你们看到的烟。”

王友胡把水喝完后接着说：“接下来一天晚上，他们两人又在红柳街上车，然后让我把车开到了毛乌大道环城路口，他们下车后我出去转了。过了一个多小时，我接到景兵兵的电话后又回去把他们接上。景兵兵说下次给我钱，我没有说什么。我把他们又放在了田园路边。昨晚上，景兵兵又给我打电话，让我跟着他们去小杨岭，我在红柳街边把他们接上，他们两人在后排座也不多说话。景兵兵对我说他要去小杨岭见他女朋友，我就按照他的指引在晚上把车开到了小杨岭一个宾馆外面。景兵兵去他女朋友的房间了。我用我的身份证登记了四楼的一个房间。景兵兵的意思是今晚做完事就不走了，他和女朋友住，我和富平住。他和女朋友见面待了一会儿，估计是睡了一下。然后，他给我打电话，让在楼下碰头。我和富平就下楼了。我开车拉着他们两人在街上转了一会儿。我感觉街上警察比平时多，准备带他们到山上躲藏，结果他们半路下车跑了。我一人把车开到山上，被你们抓住了。”主要犯罪事实已经记完了，郑晓锋也松了一口气。王友胡讲述时虽然避重就轻，但是情况基本属实。郑晓锋还要继续审讯王友胡，完善笔录。

与此同时，方军和姬志飞也在询问张敏。张敏未能辨认出景兵兵。看样子，矮个子的真实姓名并不叫景兵兵。张敏也是个可怜的女孩儿，出生在河北的一个农村家庭，五岁时父亲因病去世，七岁时母亲狠心改嫁，她一直跟着祖父母生活。张敏的祖父母年纪大了，养活她很吃力。所以，张敏在小学六年级就辍学了，帮助家里干农活。张敏十七岁时到城里打工，被坏人引诱，被逼无奈成为失足女。

张敏来到大漠区后，玩微信添加附近的人认识了景兵兵。景兵兵把自己包装成富二代，出手阔绰，温柔体贴，轻易俘获了张敏的芳心。张敏感慨地说："想不到他连名字都是假的，呵呵，真像是做了一场梦！"方军安慰她："没啥大不了的，想开点儿，人一辈子什么事都可能遇到，坎坎坷坷才是旅途，一帆风顺不是人生。"张敏苦笑道："那我的命也太苦了！"方军和姬志飞无话可说。

下午 3 时，王友胡和张敏的笔录都完成了。何胜利嘱咐张敏："万一景兵兵和你联系，希望你能给我们打个招呼，帮帮我们，不要让坏人就这么逍遥法外。"张敏点头说："好的。"她把何胜利的手机号记在了自己的手机上。李勇跟李斌告别："大哥，太麻烦你们了，我们要走了。"李斌说："好的，弟兄们辛苦了，下次来了请你们喝酒，喝内蒙古的乌兰木伦酒，咱们一醉方休！"

刘江开着商务车，方军坐在第二排，李勇和姬志飞把王友胡控制在后排座上，还给王友胡上了脚镣。商务车上很安静，气氛凝重。郑晓锋开着吉利，何胜利坐在副驾驶座上。何胜利给张宏打电话："张宏，你办一下王友胡的刑事拘留手续，基本信息和简要案情我已经给你编辑短信发过去了，办完后把拘留证放在我的桌子上，你就回家休息吧。"张宏说："没问题。"

何胜利挂断电话后问："这个景兵兵的身份咱们如何查清呢？"郑晓锋信心十足："不复杂，咱们可以通过监狱查，也可以通过王友胡的话单查，肯定可以查清。我现在想的是赶紧回大漠区，赶紧做体检，赶紧拘留人，赶紧吃顿饭。”何胜利笑了：“你真是急性子，就知道赶紧。”

两辆车一前一后往大漠区方向行驶。刘成金大队长已经知道三个人只抓住了一个，心情不是太好。不过，心情也不是太差，毕竟还抓住了一个。刘成金大队长给马富国支队长打电话汇报了一下，马富国又给张安民副市长汇报了一下，张安民批示了四个字“再接再厉”。

下午 5 时，两辆车从毛乌苏北高速路口鱼贯而出。商务车载着王友胡去毛乌苏第三人民医院体检了，之后会去看守所执行拘留。郑晓锋开着吉利拉着何胜利到了毛乌苏市公安局大漠分局的地下停车场。二人从地下车库走出来，决定等李勇等人关完人后一起吃饭。这时，何胜利的手机响了。李勇打来电话说：“何队长，王友胡体检发现胃内有一个肿瘤，挺大的，有五厘米，应该是良性的，暂时可以羁押。看守所医生的意思是给主管领导汇报一下，看拘留还是取保候审。”何胜利果断地说：“这个人肯定要拘留，如果取保候审，案子接下来不好办了，他很有可能会想办法联系逃跑的同伙串供，毁灭证据。你向刘局长汇报一下吧。”

李勇给主管刑警队和看守所的副局长刘浩光打了电话：“刘局长，我们从东华市小杨岭带回来的涉嫌抢劫、撬盗保险柜的犯罪嫌疑人王友胡体检时发现胃部有一个肿瘤，从形态上看应该是良性的。如果取保候审不利于下一步办案，因为同伙都逃了。”

刘浩光局长是一位非常有担当、非常有魄力的领导，他立即给看守所所长李宏伟打了一个电话：“这个案子案情重大，王友胡是一个很重要的犯罪嫌疑人，张安民副市长非常重视，你们放心地收押。以后有什么问题都可以找我，出了任何事我担着。”

李宏伟听了这话就放心了，他知道刘浩光局长是一言九鼎的汉子，从不食言。过了几分钟，李勇给何胜利回电话：“何队长，人关了。”何胜利松了一口气：“咱们在老雷家四十里铺镇羊肉面馆碰头吧，我请客。”李勇忙说：“我请，我请。”

很快，何胜利、李勇、郑晓锋、方军、姬志飞在羊肉面馆碰面了。李勇解释说：“刘江被他对象叫走了，重色轻友，哈哈，再就是账我已经结了。”何胜利笑着说：“你也太快了吧，你知道我们要吃什么?”李勇说：“咱们的老三样，羊肉面、素拼加汽水。”一桌人总算吃了一顿踏实舒心的饭。

饭刚吃完，看守所值班室给何胜利打来电话：“何队长，你们刚关的王友胡现在又哭又闹，说他患上癌症了，现在胃疼得受不了了，要关他也应该先救他。他说咱们把他关了简直是不把他当人对待，简直是草菅人命。我们不好管理呀，你看咱们能不能先给他检查，看完病再关。”何胜利说：“你和王友胡说一下，他不是癌症，他的肿瘤是良性的，明天我们就带他到大医院检查，该做手术就做手术。”

过了几分钟，看守所的电话又打给何胜利：“何队长，王友胡的情绪稳定了，他说他相信你，你是个说话算数的男人。”何胜利摇头叹气，又酸涩地一笑。

又是一个阳光明媚的早晨，毛乌苏市公安局大漠分局后院，刑警大队的民警们正在七中队中队长焦长江的带领下练习擒拿格斗。焦长江是武警特战部队转业到公安局的，身强体壮、枪法精准，所以担任分局的教官。焦长江带着大家复习了一遍军体拳，然后给大家教一些卷腕别臂的控制动作。大家两人一组反复练习，以形成肌肉记忆。

这时，新警韩卫健喊："报告教官，你教的动作好像不管用。"焦长江走过去一看，韩卫健正在用力拧着郑晓锋的胳膊。郑晓锋微笑着一动不动。焦长江对韩卫健说："你想使用别臂动作对付他，这肯定行不通。你没听说过他能一口气做一百个俯卧撑，三十个引体向上？一力降十技。"他又对郑晓锋说："你就配合一下，让他把你控制住吧。"郑晓锋"嗯"了一声，不再用力，被韩卫健别臂控制了。其他队员哈哈大笑。

训练结束回到办公室后，何胜利开始给郑晓锋安排工作："王友胡在看守所里哭着闹着要看病，我带上张宏给王友胡联系医院看病，说不准要做手术。你记着通知王友胡的家属，可不能超过二十四小时啊。怀远和安远刑警队会给咱们移交案卷材料，他们一会儿会给你打电话，你要注意看手续是否完善、证据是否齐全、监控是否拷贝。再就是你和四中队、六中队联系，让他们也把案卷材料给咱们交过来。事有轻重缓急，把这些紧要工作做完后，你再查景兵兵吧。"郑晓锋答应着，心想：岁月不饶人，何队长也老了，喜欢唠叨。

何胜利和张宏开着桑塔纳警车去了毛乌苏市第三医院，找到了外科的康主任："康主任，你帮我们看看我们的嫌疑人王友胡的片子，看这个肿瘤大不大，好不好治。"康主任拿起影像片仔细看了看说："这个肿瘤有五厘米了，但是形态很规则，没有毛边、没有浸润，和周围的组织边界清晰，肯定是良性的。我觉得做个胃镜小手术就可以把它取出来，是胃部肿瘤里相对简单的手术。"

何胜利问："你们医院能不能做？"康主任有点儿不高兴：

“这么简单的手术，我们这么大的医院，怎么不能做?”何胜利赶忙解释：“这是个犯罪嫌疑人，做手术的时候我们恐怕要进手术室看护，怕他一时冲动逃跑或者自残、伤人。”康主任嘿嘿笑了：“根本不需要，我们把他推进手术室之前，就可以给他打一针麻药，五分钟不到，他会睡得像头死猪一样，做完手术推出来都要好一会儿才能醒，醒了后还要迷迷糊糊一会儿，你放心好了。”

何胜利打电话把情况给看守所里王友胡的管教民警魏民富说了一下。很快，魏民富给何胜利回电话了：“我给我们所长说过了，什么时候手术我什么时候把人给你带过来。”何胜利看了一眼康主任，康主任点点头，何胜利说：“现在就可以。”

半个小时后，魏民富和所里的一个弟兄把戴着手铐、脚镣的王友胡带到了手术室门口。王友胡看到了何胜利，很激动：“何队长，要给我做手术了啊，太感谢你了。”

手术很顺利，医护人员把还躺在手术床上犯迷糊的王友胡往病房推。何胜利对魏民富说：“估计要住院观察三天，剩下的看护任务就交给你们了，医院鱼龙混杂，千万要注意安全。”魏民富微笑着说：“何队长，你放一百二十个心好了。”

王友胡已经离异多年，父母又年迈，郑晓锋只好把拘留通知电话打给了王友胡的哥哥：“你好，我是毛乌苏市公安局大漠分局刑警大队民警。你是王友胡的哥哥吗?”对方回答：“是，有什么事?”郑晓锋说：“王友胡涉嫌盗窃罪、抢劫罪，昨天被我们刑事拘留了，现羁押于大漠区看守所，看守所地址在大漠区西梁大墩梁，你听清楚了吗?”

对方有点儿吃惊：“他又犯事了？犯了什么事？他最近几年

挺乖的，你们是不是抓错了？你给我说一下案件情况行不行？”

《刑事诉讼法》规定，拘留后，应当立即将被拘留人送看守所羁押，至迟不得超过二十四小时。除无法通知或者涉嫌危害国家安全犯罪、恐怖活动犯罪通知可能有碍侦查的情形以外，应当在拘留后二十四小时以内，通知被拘留人的家属。有碍侦查的情形消失以后，应当立即通知被拘留人的家属。

郑晓锋非常正式地答道：“按照法律，你只能知道拘留的时间、涉嫌的罪名、羁押的场所、办案的单位，具体案情属于公安工作秘密，也在国家秘密的范畴，我没有义务，也没有权力告诉你。”对方一时语塞，郑晓锋接着说：“拘留通知书我给你邮寄过去，还是你来我们单位取？”对方说：“我过去取，下午就去。”郑晓锋挂断了电话。

怀远区公安分局刑警大队青川中队的李军平过来找郑晓锋。他们两人都是2008年省考警察，以前在案子上也打过交道，所以彼此很熟悉。李军平说：“晓锋，见到你很高兴！”郑晓锋笑呵呵地说：“有多高兴？”李军平哈哈大笑道：“非常高兴，你们辛苦了！”郑晓锋笑着反问道：“有多辛苦？”李军平认真地说：“我知道，你们对这个案子确实付出很多！”

郑晓锋言归正传：“不开玩笑了，你是来移交案件的吧，拿来我看。”李军平就把一沓子案卷材料和一张光盘递了过来。郑晓锋抿着嘴巴开始仔细翻阅。法律文书方面，受案登记表、立案决定书、移送案件通知书都有。证据方面，被害人笔录、证人证言、现场勘查笔录、监控录像都有。郑晓锋怕播放器不支持，把光盘插入了电脑，试着播放了一下，可以播放。

郑晓锋问：“监控拷贝全了吧？我不光要4S店的监控，就连街面监控和附近路口的监控也要，你这里全了吗?”李军平说：“能拷贝的都拷贝了，但是个别监控坏了没有录下来。”郑晓锋笑着说：“好吧，我先签收，有啥问题再联系你，反正你也跑不了。”李军平喝了两口茶水后道别：“晓锋，我还有案子，先走了。”郑晓锋起身相送。

刚送走李军平，安远县公安局刑警大队的两位民警走进了二中队的办公室：“哪位是郑晓锋警官?”方军指着郑晓锋，开玩笑说：“额头有点儿亮，但是仍然很帅的，就是晓锋。”安远县的两位民警把案卷材料交给了郑晓锋。郑晓锋检查后签收了。安远县的一位民警说：“不管咋说，逮住了一个，剩下的人慢慢逮嘛。这案子你们一破，我们局长和大队长都如释重负，我们也轻松多了。”方军又和安远县公安局的民警开玩笑：“你们把包袱甩给我们了，呵呵。”安远县的两位民警尴尬地笑了笑，接过了方军倒的金骏眉，喝了几口，连声称赞：“好茶，好茶!”方军得意扬扬：“当然了，茶叶好，我泡茶的手艺更好。”

大家又一起闲聊了一会儿，郑晓锋说：“到饭点了，我们请你们吃饭吧。”结果，安远县的一位民警的手机响了，电话里的人说：“案子交了吧? 交了赶紧回来，你们前段时间关的那个强奸犯在看守所突发疾病死了，家属要闹事。”安远县的两位民警连吃饭的心思也没有了，匆忙告别而去。

郑晓锋心想：“都到下午下班时间了，四、六中队的材料明天再要。王友胡的哥哥估计也不来了。”他换上了便衣，准备回家吃饭休息。文武之道，一张一弛，休息是为了更好地工作。

郑晓锋开车往家赶，走了没多远手机响了起来，巡特警大队民警谢辉打来电话：“晓锋，我是谢辉。晚上请你吃饭不知道方便吗?”郑晓锋不想去，撒了个谎：“不好意思，今天我丈母娘过生日，实在走不开。”谢辉又说：“那你吃完饭后，我请你喝个茶怎么样？就咱们两个人。”郑晓锋不好推辞，毕竟一个单位的弟兄，常常要互相配合，协同作战，只好勉强地说：“好吧。”很快，郑晓锋收到一条短信：“兄弟，飞天路老树茶馆666号，我等你，你一忙完就过来。”

晚上7时，郑晓锋来到了老树茶馆的666号。房间里的木桌上放着果盘、花生、瓜子，还有可以泡茶的葡萄干、枸杞、干枣、芝麻。谢辉早已把椅子坐热了，一见了郑晓锋，就客气地握手，然后叫服务员过来。服务员问郑晓锋要什么茶。郑晓锋知道最便宜的就是茉莉花茶，就点了茉莉花茶。服务员把小陶壶放在电炉子上，倒满了农夫山泉水。谢辉示意服务员出去，房间里只剩他们二人。

谢辉开始说了：“晓锋，你们刑警队最近忙吧？我看见警情快报上每天都发案很高。”郑晓锋叹了口气：“咱们大漠区发案一直很高。这两年虽然电信诈骗发案增加了，但是暴力性犯罪下降了。我一参加工作，就在刑警队，整整九年了，已经习惯了刑警队的忙，忙一点儿才充实。”谢辉笑了：“你看你现在前额的头发比以前少多了，操劳过度!”

郑晓锋抿了一口茶说：“没办法，干一行就要爱一行，爱一行就要钻一行，钻一行就要精一行。破案办案也是个费脑子的事呀。”谢辉往嘴里扔了几颗葡萄干：“晓锋，你说你这么辛苦，屡破大案，到现在还是一个小民警。刑警队你们一批警，没当中队长的不多了吧?”郑晓锋点点头：“是了，现在当上中队长的有六人，没当上的有三人。”谢辉嚼着葡萄干说：“你应该多到领导那里走动，既要和领导处好工作关系，也要和领导处好个人关系，不要性子太直。”

郑晓锋沉思了一下没有说话。谢辉接着说：“你应该知道我劝你到领导那里走动的意思吧?”郑晓锋叹口气：“唉，我知道，还是算了吧。”谢辉略带邪魅地一笑：“你们办案子的，多少有点儿额外收入吧?”

郑晓锋笑了：“我自从到刑警队，抓获违法犯罪分子三百余人，破案一千余起，给群众追赃挽损价值两千余万元。但是，我没有拿过人家一分钱的财物。”

谢辉犹豫了一下说：“晓锋，咱们俩认识多年了，我还是你政法大学的学长。你信任我吧?”郑晓锋点点头，心里却想：七分信任，三分怀疑。谢辉接着说：“晓锋，王友胡和我是一个村的，沾亲带故。他哥哥找到我，让我帮忙问一下案子，看能不能大事化小，小事化无。我给他说这是不可能的。但是，你看看你能不能照顾他一下?”

郑晓锋严肃了起来：“学长，这个案子是系列抢劫、盗窃案，张安民副市长签过局长督办令，各级领导一直盯着呢，现在证据也很扎实。大事化小，小事化了是不可能的。”谢辉对于郑晓锋这样的回答并不意外，他说：“晓锋，今天时间不早了，咱们改日再聚。”

二人走到门外，灯光昏黄，秋风萧瑟，落叶缤纷。谢辉见四下无人，把一个信封一把塞进郑晓锋的裤兜。郑晓锋早就料到了，一把掏出来又迅速塞进谢辉的裤兜。郑晓锋说：“学长，不要这样，我不能收，这是原则性问题!”郑晓锋开车走了，留下谢辉在风中凌乱，他的心情很复杂，感慨万千。

早上训练完毕，刑警大队的民警都迅速回到了办公室，忙碌的一天又开始了。王友胡的哥哥来到了二中队的办公室。郑晓锋把拘留通知书拿出来，让王友胡的哥哥在附卷联签字，把另一联拿走。王友胡的哥哥在拘留通知书上很慢、很认真地签上名字“王友朋”，字写得歪歪扭扭，看得出来他文化程度不高。

王友朋签完字后并不急于走，而是给郑晓锋讲起了陈年往事：“郑警官，你不忙的话我给你讲讲王友胡的事?”郑晓锋“嗯”了一声说：“你讲吧，我听着。”

王友朋表情凝重地讲起来：“我们老家是金驿县老牛沟镇的，那是个穷地方。我爸爸从小患有肝病，身体一直不好，不能干重体力活儿。兄弟姐妹四个，两男两女。家里地不多，不到十亩，还都是旱地，靠天收。我们兄弟几个小时候经常吃不饱饭，常常饿肚子。村里人瞧不起我们家，我们从小受够了欺负和白眼。那一年，王友胡十一岁，我十三岁，当时我们两个因为穷已经不上学了。一天，王友胡偷了邻居家两个鸡蛋，我们俩在家里偷偷煮了吃。那个邻居平时常常欺负我们，王友胡偷他的鸡蛋，既是为了填饱肚子，也是为了报复他。后来，王友胡就养成了小偷小摸的毛病。父母也发现了，打骂了他好几次，可是他已经改不了了。你们警察都知道，吸毒会上瘾，赌博会上瘾，这偷东西也会上瘾。我觉得自己特别对不起他！他第一次偷东西，我作为哥哥，没起到好作用！我后悔呀!”

王友朋叹了口气后继续说：“麻绳专挑细处断，厄运常寻苦命人。王友胡十八岁那年被一辆不挂牌子的三轮摩托车碰伤了，腿上有点儿残疾，做不了重体力活儿了。他恢复得差不多了，我就让他考了驾驶证。我给他买了一辆二手奥拓，让他去跑普惠出租车挣钱。结果，他改不了偷盗的毛病，和那个薛磊磊一起坐牢了。他出狱后我又给他到处找工作，让他守过工地、看过大门，没想到他现在又开始盗窃了。狗改不了吃屎！我真想打他，也想打自己！”王友朋说着说着，眼泪就流下来了。郑晓锋只好安慰他：“不要哭，遇到任何事都要想得开。”王友朋抹了一把眼泪：“唉，也怨他自己，自作自受！”

送走了王友朋，郑晓锋心里翻江倒海，心想有些人一念之差就滑向了犯罪的深渊。何胜利回到了办公室，看见郑晓锋神情忧郁就说道：“又发什么呆，你办的那个重庆土家族团伙盗窃案快到期了吧?”郑晓锋长吁一口气：“记着呢。我准备今天把那个案子移送审查起诉，明天再把景兵兵的身份查清楚。”

何胜利质疑道：“明天？这么快?”郑晓锋肯定地点了点头。他把土家族团伙盗窃案的案卷材料翻了出来，开始认真地写起诉意见书。整整一上午，这个团伙盗窃案的卷宗才被整理好，共移送审查起诉犯罪嫌疑人四人，认定入户盗窃的犯罪事实七十一起。这是毛乌苏市大漠区最近十年最大的系列入户盗窃案。

下午2时，郑晓锋抱着一摞刑事侦查卷宗步行到了附近的大漠区人民检察院案管办。案管办的窦主任看见郑晓锋来了笑着说道：“郑大案来了，你的卷我要好好看，发现一个错别字我就给你退回去，哈哈哈。”郑晓锋笑了：“窦主任，我搞的材料是不可能有错别字的，你就看看标点符号有错误没有。”窦主任坐在柔软的黑皮座椅上，一页一页地认真翻着。翻了一会儿，他夸赞道：“还真没有找见，我收了，你回吧。”郑晓锋的嘴像抹了蜜一样甜：“谢谢窦主任，谢谢老大哥。”二人喜笑颜开，挥手道别。

郑晓锋拨通了燕南监狱狱政科的电话："你好，我是毛乌苏市公安局大漠分局刑警大队民警，我们在办理系列撬盗保险柜案件。我们案子中有一名叫景兵兵的犯罪嫌疑人，在你们监狱服过好几年刑，应该是2017年出狱的。麻烦你们帮我查一下他的真实身份信息。"狱政科的民警答复说："按照法律规定，你们应该带上介绍信和警官证过来查询。你光打一个电话，我咋能确定你的身份？"郑晓锋知道，按照法律规定确实应该如此，对方说得确实有理，但是燕南监狱距离毛乌苏二百多公里，为了这点儿小事出个差，浪费经费。郑晓锋解释说："你能不能先帮我查一下，看有无此人。如果有，我们过来查或者委托你们当地分局的同志帮我们查。"对方坚定地说："不行，请你们依法办案。"然后，挂断了电话。

郑晓锋迅速找到刑警大队综合中队的刘小乐，然后让他在全国公安机关跨区域刑侦协作平台给当地分局发出了协查申请。刘小乐一边输信息，一边笑话郑晓锋："你真傻，去走一趟，顺路逛逛，放松两天，何必发协查？你如果现在后悔了，我就把输入的信息撤回来。"郑晓锋在刘小乐的肩膀上拍了一下："赶紧输，输完帮我联系负责协查的民警，就说十万火急，让他今天就过去查。"

刘小乐又开始笑话郑晓锋了："让我怎么说你，常常为了公事让我动用私人关系。下次人家急着要协查，我就把任务发给你，怎么样？"郑晓锋说："没问题，不光我给他加速度，他来了毛乌苏我请你们吃饭！"刘小乐一边打字，一边微笑："好吧，我给他说，让他今天就去监狱给你查。"

万一景兵兵纯粹是假名字，监狱查不到又该如何呢？郑晓锋早就想好了，他习惯于做几手准备。郑晓锋奔到了十五楼合成作战室找李勇：“李队长，你们这两天继续调取监控录像了吗？”李勇眯起小而有神的眼睛：“你觉得我们会止步不前吗？我们几乎把能调的监控全调了。我基本查清了景兵兵在大漠区的落脚点，其中一个在南沟村，但是南沟村里的监控不可用。南沟村里租房户太多，我派姬志飞和赵新去查出租户信息了，没查到。景兵兵还有一个落脚点在田园路的桃花泉酒店，他和高个子在这个酒店住了两晚。但是，高个子没有出示身份证，景兵兵使用了一张叫杨成飞的身份证。我查了一下杨成飞的信息，他是咱们安远县政府的一名中层领导，十几天前身份证丢失了。景兵兵在酒店的时候摘下了口罩，他的正脸被摄像头清晰地捕捉了。你来找我，除了是为了把景兵兵的轨迹搞清楚，再就是为了把他的真实身份搞清楚。景兵兵的正脸照片才是你最想要的吧？”郑晓锋笑了：“看样子我不虚此行啊。”郑晓锋拿安全 U 盘把景兵兵的所有监控录像，包括一张清晰的正脸照片拷贝走了。

郑晓锋来到了户政大厅，持介绍信和警官证复印件找到户政中队中队长郭海燕：“郭队长，我给你一张照片，你在你们的户籍系统里帮我查一下此人的身份信息。”郭海燕瞥了一眼郑晓锋开玩笑道：“你还想得挺美的，我凭什么帮你？”郑晓锋笑了：“过几天我出差，给你带冯记肉夹馍的夹馍和凉面。”郭海燕笑着说：“好吧，这还差不多。”郭海燕把景兵兵的正脸照片录入系统进行比对，郑晓锋的眼睛一眨不眨地盯着屏幕。郭海燕笑道：“看把你急得！”但是，她自己也目不转睛地盯着屏幕。

三分钟后，结果出来了，和景兵兵的正脸相似度超过百分之九十的全国共有三百八十二人。郭海燕根据郑晓锋给出的条件缩小搜索范围，只剩下了十二个人，但是这些人都很像，不能直接排除。其中有两人姓景，嫌疑最大。郭海燕把这十二个人的姓名和身份证号给郑晓锋发到了腾讯通。郑晓锋在单位餐厅匆匆扒了几口饭，然后回到办公室，在人口信息系统搜索起来，将有文化、有单位的人排除后，还剩下四人。

郑晓锋又把这四人的违法犯罪史查了一遍，其中一名叫景水兵的，有四次盗窃前科，都是撬保险柜，应该就是此人，但是还不可以百分之百确认。刘小乐拿着一张服刑人员登记表走进二中队的办公室，看见郑晓锋一个人在电脑跟前沉思，过去对他说："晓锋，人家帮你查到了，景兵兵的真名叫景水兵，安定人，曾在燕南监狱服刑，是个盗窃惯犯。你看，这是服刑人员登记表。"郑晓锋看了一眼："对上了，就是他，景水兵！"

四、一路向北紧锣密鼓地追查

郑晓锋给何胜利汇报：“何队长，景兵兵的真实身份查清了，他叫景水兵，是安定的，四次因为撬盗保险柜被判刑，在燕南监狱服刑过，和王友胡是狱友。等一会儿我就去看守所，让王友胡对景水兵进行辨认。辨认笔录完成后，我的想法是对景水兵呈请刑事拘留，上网追逃。”何胜利比较谨慎：“你说辨认了之后以刑拘在逃上网，证据充分吗？有没有风险？”

郑晓锋想了想说：“我觉得没有风险。《刑事诉讼法》规定，被害人或者在场亲眼看见的人指认他犯罪的，可以先行拘留。王友胡如果指认了他，就不存在问题。”何胜利不放心地说：“那好吧，咱们两个现在就去看守所吧，王友胡已经出院回到看守所了。”郑晓锋把景水兵和另外十一个人的彩色免冠照片打印在一张 A4 纸上，拿上笔录纸和提讯证，然后和何胜利开车去了看守所。郑晓锋选了 6 号讯问室，因为他喜欢“6”这个数字。他把看守所的清洁工老张叫到了讯问室当见证人。

很快，王友胡被管教民警提到了讯问室。王友胡的心情很好，问何胜利："何队长，我应该关不了多长时间吧？我想早点儿出去。"何胜利说："那你就好好配合我们工作，争取一个好的态度。"郑晓锋把打印照片的A4纸拿了出来："王友胡，你辨认一下，上面有没有你之前供述的景兵兵。"王友胡有些犹豫："说实话，我害怕景兵兵。他的道行比我深，那个大个子都听他指挥，这个人很厉害，我不想得罪他，能不能不要让我辨认？"郑晓锋有点儿生气："我们公安机关待你不薄啊，你现在都忘记自己是谁了吗？你必须配合我们的工作！你如果拒不辨认，就说明你的认罪态度有问题。如果不是他来拉你入伙，你现在也不会待在看守所里。你难道还想包庇他？是他害了你呀！"

王友胡把照片看了一眼，很肯定地说："就是七号，七号就是景兵兵。"辨认是成功的，郑晓锋迅速做好了辨认笔录。二人离开了讯问室，郑晓锋开着车，何胜利坐在副驾驶座。何胜利说："咱们顺路把王友胡和景水兵的话单调一下吧。"郑晓锋当然乐意："好啊，我正有此意，咱们想到一块儿去了。"他们去移动公司，使用调取证据通知书，出示警官证，调了话单。

回到单位后，郑晓锋和何胜利来到了大队长刘成金的办公室。刘成金一口又一口地抽着烟，眉头蹙成了川字形。刑警大队大队长这个位置，压力山大。何胜利给刘成金汇报："刘大队，我们现在已经查清了王友胡的同案犯景兵兵的真实身份。他叫景水兵，四次因为撬盗保险柜被判刑，现在不知所终。我们想上网追逃。"

刘成金问道："证据充分吗？"何胜利回答："我觉得差不多。"刘成金问郑晓锋："你觉得呢？"郑晓锋回答："我觉得充分，错不了，就是他。"刘成金展开了眉头说："那就好，赶紧办上网手续，昨天马支队、刘局长都问过，希望我们抓紧动作，把案子办好。”快到下班的时候，火急火燎的郑晓锋就把景水兵的拘留手续和上网追逃手续全办出来了。

下班了，郑晓锋还在电脑上分析王友胡和景水兵的话单，一边看一边感慨：“真狡猾呀！”景水兵的号码是作案专用的，刚开户，非实名，机主是一个内蒙古的老年妇女。景水兵的号码只和两个号码联系过，一个是王友胡的，尾号 2586。王友胡在这方面没有景水兵有心机，他的号码不是作案专用的。另外一个号码，郑晓锋分析应该就是大个子的，尾号 3194。这个手机号是大个子的吗？是实名的吗？是作案专用的吗？郑晓锋的心中打了一连串的问号。

第二天一大早，郑晓锋又拉上张宏去移动公司调取了尾号 3194 的手机号，果然也是作案专用的，刚开户，只和景水兵一人通过话。机主是一个叫杨明的镇远县人。郑晓锋查了一下杨明。杨明是涉毒人员，多次因为吸食毒品被行政拘留、强制隔离戒毒。难道大个子就是杨明，还是这张卡也是非实名的？

郑晓锋思索良久，他给杨明的户籍地派出所打过去电话：“喂，是七里沙派出所吗？”对方很客气：“是，你有什么事？”郑晓锋说：“我是毛乌苏市公安局大漠分局刑警大队的民警，我叫郑晓锋。我想问一下，你们辖区有一名叫杨明的涉毒人员，你们掌握着不？”对方说：“当然掌握着了，我们处理过他好几回了，咋了？”郑晓锋很高兴：“前几天我们这里发生了几起撬保险柜的案子，我们怀疑他参与了。”

对方笑了，给郑晓锋泼了一盆凉水：“不可能，杨明半年前因交通肇事一条腿断了，头上少了巴掌大的一块颅骨，现在精神都有问题，憨憨傻傻地连吃饭都需要人喂，基本是个废人了，不可能去撬保险柜！”郑晓锋失望至极，说：“好吧，麻烦你了。”对方挂断了，郑晓锋手里的电话还没放下去，嘀嘀地响着。何胜利提醒他：“快挂了，响得烦死了。”郑晓锋说：“何队长，你也听见了，这大个子不好找呀！”

何胜利鼓励他：“没事，山重水复疑无路，柳暗花明又一村。慢慢找，会有转机的。”何胜利接着又说：“现在景水兵和那个大个子肯定像惊弓之鸟一样，不好抓。你先把证据打扎实，把王友胡逮捕了再说。饭要一口一口吃，案子要一点一点办，不要心急。你就有这毛病，一有案子恨不得一两天就拿下。”郑晓锋点头说：“大哥，你说的对。”

这一天真是一个好日子！一大早，李勇就给郑晓锋打电话，告诉他一个好消息：“晓锋，我突然间想起一个问题。王友胡的那辆吉利是分期付款购买的，所以小额贷款公司很有可能给这辆车安装了 GPS 定位系统。如果他安装了，咱们到小额贷款公司调取一下，王友胡等人作案的轨迹就一清二楚了。”郑晓锋精神为之一振：“大哥，你说的太对了，姜还是老的辣，还是你聪明！知道是哪家小额贷款公司吗？咱们现在就出发？”李勇说：“是银发小额贷款公司，咱们把你们中队的车开上。”

郑晓锋和李勇在楼底碰面，李勇手里拿着一个大号硬盘晃了晃。郑晓锋开着黑色普桑，拉着李勇去了高新区的容智大厦，银发公司在十五楼。郑晓锋和李勇到了十五楼后，在一个拐角找到了银发公司的金字招牌。

公司不大，只有三间办公室，每个办公室都有三四个人。这些人虽然穿得西装革履，却一脸凶相，而且坐没坐相、站没站相，一副邋里邋遢的样子。郑晓锋和李勇很清楚，这些小额贷款公司的工作人员，大部分都是有违法犯罪史的社会闲散人员。现在他们都不叫“斧头帮”或者“天龙会”之类的名字，而是多以小额贷款公司的形式出现。李勇“嗯嗯”了两声，把这些人的注意力吸引了过来。一看是两名目光犀利威严的警察，这些人下意识地立马都站了起来，其中有一个直接立正。

一个左脸有条刀疤的年轻男子抽出两根中华烟走了过来，他满脸堆笑：“两位大哥有事吗？抽根华子。”李勇摆摆手：“我们都不会抽烟。我们想查一下一辆车有没有装 GPS，可以吧？”刀疤脸毕恭毕敬：“没问题，什么车？车牌号是多少？”李勇说：“吉利轿车，车牌陕 MYY×××。”刀疤脸在电脑上搜索着，很快说：“有了，有了，我查到了。你们要最近多长时间的记录？”李勇问：“最近两个月的怎么样？”刀疤脸说：“没问题，我让兄弟出去买个大号硬盘给你拷贝。”

李勇把他的硬盘拿出来说：“我带硬盘了，256G，应该够用。”刀疤脸马上把硬盘插在电脑上，开始拷贝，随口问了一句：“这辆车有什么问题？”郑晓锋瞪了他一眼：“不该问的别问。”刀疤脸尴尬地说：“是，不该问。”李勇在填写调取证据通知书，刀疤脸一看说：“不需要这个，我认识你。”李勇说：“我们需要一张附卷，这是法律规定，以此证明证据的来源合法。”李勇一边填写一边问：“你认识我，你叫什么名字？”刀疤脸谄媚地笑着：“哥，我是魏明飞呀，你忘了我了？”李勇“哦”了一声，思绪回到了十年前。

当年李勇侦办一起案件，其中有一名叫魏明飞的嫌疑人，涉嫌寻衅滋事，被抓回来后龇牙咧嘴不服气，威胁李勇说以后要弄死他。李勇血气方刚，哪能受得了这委屈，他拍着腰间的手枪怒吼：“你试试。”魏明飞吓傻了：“我错了，我不敢了。”最后的审讯很顺利，魏明飞被判处有期徒刑二年。李勇想不到在这里遇见他了，冷笑道：“哦，想起你了。你当年不是说要弄死我吗？今天我们两个都没带武器，你们人多，应该可以弄死我们。”魏明飞一脸认真地承认错误：“哥，我错了。我当年年轻不懂事，多见谅，多见谅！”李勇笑了：“没事，我早忘记当年的事了，和你开个玩笑。拷贝好了吗？”刀疤脸忙说：“好了，好了。中午一块吃个饭？”李勇说：“我们还有事呢，你忙吧。”刀疤脸客气地送到了门口。二人拿上硬盘和调取证据通知书走了。

回到单位，李勇把车辆轨迹给郑晓锋的电脑上拷贝了一份。他把硬盘拿回去了，走之前给郑晓锋撂下一句话：“晓锋，咱们要抓紧时间扎扎实实地把轨迹过一遍，发现问题后互相沟通。”郑晓锋说：“谢谢大哥，等一会儿我请你吃驴肉盖米饭。”李勇意味深长地看了一眼何胜利，对郑晓锋说：“你请的不吃，应该让官大的请。”何胜利说：“嘿嘿，今天单位炖羊肉了，还是回单位吃比较好。”李勇笑了：“何队长又逃过一单。”

转眼一晃又过了十天。二中队的办公室里，郑晓锋问何胜利：“何队长，不知道王友胡的身体恢复得怎么样了，我准备带他去指认现场。”何胜利说：“我估计差不多了，你还是给看守所那边打电话问一下。”郑晓锋拨通了王友胡的管教民警魏民富的电话：“民富，我是晓锋。我准备带王友胡出去指认现场，不知道他的身体咋样了。”魏民富说：“我见王友胡这两天吃喝都基本正常，我们的医生说他恢复得不错。我再去问问王友胡，看他自我感觉咋样，能不能出所指认。”郑晓锋说：“好的，等你电话。”过了半个小时，魏民富的电话打过来了：“晓锋，王友胡说他身体能行，可以出所指认。”郑晓锋客气道：“麻烦你了。”

郑晓锋拿着提讯证找副局长刘浩光签字。刘浩光千叮咛万嘱咐：“这可是张安民副市长密切关注的犯罪嫌疑人，务必要注意安全。”郑晓锋很感激刘局长的提醒：“刘局长，请放心，我一定注意。”郑晓锋叫上张宏和刘江，开着现代越野警车来到了看守所，提讯证放下后，王友胡很快被提了出来。

张宏给王友胡上脚镣，郑晓锋把王友胡的双手铐在了身后。脚镣和手铐事关安全，是万万不可大意的。好多民警因为没有规范使用脚镣和手铐，导致发生安全事故，甚至造成人员伤亡，这样的案例比比皆是。手铐、脚镣一定要贴着皮肤，绝对不可以贴着衣服。贴在皮肤上后，郑晓锋会用右手食指从缝隙插进去，食指恰好能插进去的话，就说明铐得不松不紧。这是警务课程里没有教过的，这是老警察使用手铐、脚镣控制无数违法犯罪嫌疑人后总结出的经验。如果你铐得太松，嫌疑人有可能趁你不备把手脚从手铐、脚镣里脱出来，逃跑或者发动袭击。如果你铐得太紧，时间太长嫌疑人的肢体有可能会缺血坏死，造成残疾。手铐也不能轻易铐在身前。铐在身前时，嫌疑人的双手还有很大的活动余地，危险性不言而喻。

三人把王友胡先带到了大漠区驼山的关中老碗面馆，郑晓锋把王友胡的手铐换在了身前。四个人结结实实吃了一碗面。王友胡狼吞虎咽地边吃边说：“看守所的面没有这里的好吃。”张宏白了他一眼：“一碗二十块，当然好吃了。”吃完后，三人把王友胡带回了车上。刘江开车，王友胡坐在后排座，郑晓锋和张宏一左一右把他夹住，以防他跳车。

郑晓锋给王友胡安顿说："咱们今天出来是指认现场。你们每次作案，你开车在哪里把他们接上，又在哪里把他们放下，他们作案后又让你去哪里接，接上后把他们又放在了哪里。这些地点你必须找见，而且咱们要按照时间先后顺序找地点，不可以乱了顺序。我要把你们作案走过的地方全部走一遍，要和你们的轨迹完全相同，能不能做到?"王友胡点点头说："没问题，我都记着了。"

警车在王友胡的指引下，从大漠区开到了安远县，又从安远县返回了大漠区，接着又去了怀远区，然后又去大漠区，最后开到了东华市小杨岭，最后一个地点是王友胡的抓获地。这时，天也黑了。王友胡叹口气说："我又想起了那天，唉!"刘江呵呵笑了："莫伸手，伸手必被捉。"

指认过程中，每到一个地点，三人就把王友胡带下车，选择一个标志性背景，拍照留证。一路上，王友胡都很配合，和郑晓锋看过的吉利的轨迹完全相同，郑晓锋对他很满意。郑晓锋问王友胡："咱们晚饭吃啥?"王友胡不好意思地说："吃抿尖可以吗？好长时间没吃了。"郑晓锋痛快地说："行。"等到返回大漠区，吃了抿尖，完善了地点辨认笔录，已经是晚上 10 时许了。王友胡被带回看守所的时候，恋恋不舍："郑队长，改天再来看我，今天吃好了。"

犯罪嫌疑人被刑事拘留后，依据《刑事诉讼法》的规定，公安机关认为需要逮捕的，应当在拘留后的三日以内，提请人民检察院审查批准。在特殊情况下，可以延长一日至四日。对于流窜作案、多次作案、结伙作案的重大嫌疑分子，可以延长至三十日。

郑晓锋早就把王友胡的拘留期限延长至三十日了，时间过得好快，马上就要到期了。何胜利和郑晓锋参加了局务会，向局务会汇报了王友胡的犯罪事实。李和平局长语重心长地说：“你们刑警队只抓住了一名犯罪嫌疑人，还是个从犯，张安民副市长不是很满意，让我们再接再厉，不能有漏网之鱼，一定要把案子办成铁案。刘大队长要把这个案子盯紧了。”刘成金大队长缄口不言，何胜利、郑晓锋只好点头。刘浩光副局长郑重其事地说：“刑警大队的人都是拼命三郎，能破的案子一定会破。这个案子有很大的难度，这么短的时间抓住一人，摸清一人，已经难能可贵了，希望领导们能体谅同志们。”李局长没有再说话，何胜利和郑晓锋感激地看着刘浩光副局长。

王友胡的提请批准逮捕书很快就写好了，郑晓锋花了一上午把提捕的案卷整理完毕。为了争取办案时间，在王友胡被拘留的第三十天，郑晓锋才把提捕卷送到了大漠区人民检察院案管办。窦主任忙着和副检察长王智聊天，案管办的鲍娟在审阅。窦主任看了一眼鲍娟：“郑晓锋的案子你能找出问题了?”鲍娟笑了：“也是啊，从来没有找出过问题，我只是像他们公安一样——例行检查，哈哈哈。”

《刑事诉讼法》规定，逮捕犯罪嫌疑人、被告人，必须经过人民检察院批准或者人民法院决定，由公安机关执行。对被拘留的犯罪嫌疑人，人民检察院应当自接到公安机关提请批准逮捕书后的七日以内，作出批准逮捕或者不批准逮捕的决定。人民检察院不批准逮捕的，公安机关应当在接到通知后立即释放，并且将执行情况及时通知人民检察院。对于需要继续侦查，并且符合取保候审、监视居住条件的，依法取保候审或者监视居住。

司法实践中，检察院为了让公安机关的办案期限更宽裕，一般都会在第七日才出具文书，本案也是如此。郑晓锋拿着批捕决定书开具了逮捕证和逮捕通知书。

次日上午，郑晓锋和周俊安去了看守所对王友胡执行逮捕，由于犯罪嫌疑人已被羁押，所以执行逮捕其实只是宣布逮捕。郑晓锋对王友胡宣布："犯罪嫌疑人王友胡，你因涉嫌抢劫罪、盗窃罪，经报大漠区人民检察院批准，现由我局侦查员郑晓锋、周俊安持我局逮捕证对你依法执行逮捕，你听清楚了吗？"王友胡平静地回答："听清楚了。"郑晓锋继续说："你看一下逮捕证，并在上面签字捺手印。"王友胡接过逮捕证看了一下，然后签字捺手印。郑晓锋又说："你以前所谈是否属实？"王友胡犹豫了一下后说："基本属实吧。"郑晓锋迅速完善了笔录，然后叫管教民警收人。郑晓锋和周俊安走出讯问室后，周俊安说："我感觉这家伙有翻供的可能。"郑晓锋"嗯"了一声："你说的很对，我也有感觉。毕竟，抢劫罪判刑起步三年，王友胡怕了。"

《刑事诉讼法》规定，逮捕后，除无法通知的以外，应当在逮捕后二十四小时以内，通知被逮捕人的家属。《公安机关办理刑事案件程序规定》中详细列举了无法通知的情形，拘留、逮捕还有指定居所监视居住后无法通知的情形都是相同的。回到单位后，郑晓锋给王友胡的哥哥王友朋邮寄了逮捕通知书。

刑警二中队办公室，郑晓锋在给何胜利汇报："何队长，我手上有三个案子需要到河北和山西出差。第一个是徐红被非法拘禁案。徐红被扣走的宝马原车主是河北的。原车主购买此车后用车贷款，后来她还不上贷款，此车几经转手，最后被转质押给了广发公司。广发公司又将车卖给了徐红，所以要去谈话取证。第二个是张某被强奸案。张某被强奸后，曾给自己工作的饭馆的洗碗工刘海燕哭诉过。这个刘海燕是山西忻州人，现在在老家，所以要去忻州向刘海燕取证人证言。第三个是马达华被诈骗案。受案初查阶段，估计不够立案，我要去高邑找一下所谓的嫌疑人核实情况。”

何胜利静静地听完后说：“张宏有个诈骗案，需要去北京查银行流水，让他把账号给你，你去查吧，这是第四个案子。我听说四中队的王栋要去太原和一个诈骗案的证人谈话，你和王栋可以搭伙，再叫个大队司机就可以了。我给刘大队汇报一下。”

郑晓锋又说：“我估计得走好多天，这段时间里你们可要抓紧查景水兵了。”何胜利说：“不用担心，我已经到市公安局请求技术部门支持了。你准备哪天出发?”郑晓锋想了一想：“宜早不宜迟，我想明天吧，但是还要看看王栋方便不。”何胜利露出了满意的笑容：“说打就打，说干就干，像老刑警的样子。王栋也是准备明天出发，你们明天早点儿走吧。”

郑晓锋给王栋打了电话，王栋很乐意和郑晓锋一起出差。王栋说：“我看司机就把我们队的李小虎叫上吧，咱们三人一起去。”郑晓锋说：“没问题。”

一轮红日从东方缓缓升起，阳秋也能布德泽，万物尚可生光辉。李小虎驾驶着桑塔纳警车，载着王栋和郑晓锋从毛乌苏东高速路口驶入了乌太高速，疾速驶去。

下午 5 时许到达，三人匆匆忙忙吃了晚饭，登记了房间，冲了澡后倒头大睡。第二天一大早，郑晓锋就把王栋和李小虎叫了起来，直奔合山公安分局刑警大队，他要去查宝马原车主张艳峰的实际住址和电话。值班中队长是一名微胖健谈的中年男子，他看了介绍信和警官证后笑脸盈盈：“稍等啊，远道而来的客人，你们辛苦了。我马上查。”很快，他就查询到了张艳峰的住址。他给辖区派出所打电话：“你好，我是刑警队的周航，你们辖区张丰村有一个叫张艳峰的女人，五十二岁了，在不在家住?”辖区派出所的民警回答：“你问的肯定是那个大老板张艳峰吧？她现在欠下一屁股债，东躲西藏，哪里敢在家里住。她全家都是法院的失信被执行人，全家都不知道去哪里躲债去了。”周航又问：“你们有没有她的手机号?”派出所民警说：“等下我问村干部，把号码发到你手机上。”周航说：“辛苦，拜托了。”

很快，张艳峰的电话号码发过来了。周航用办公室电话给张艳峰打了过去，打了三遍，终于打通了。张艳峰的声音很紧张：“是公安局的领导吗？找我有什么事?”周航问：“是，你在哪里？我们想找你了解个情况。”张艳峰叹口气说：“我在江苏，我们在江苏既是要债，也是躲债。”周航说：“毛乌苏市公安局的民警要和你了解个情况，你接电话。”然后，他把电话递给了郑晓锋。郑晓锋按了免提键，打开执法记录仪后开门见山：“张艳峰，我们是毛乌苏市公安局大漠分局刑警大队的，我们想问一下你的宝马购买、抵押、质押的情况。”

张艳峰说：“2015 年，我在一个汽贸公司以分期付款的形式买了这辆车，汽贸公司给我介绍了一个小额贷款公司贷了款，签订了抵押协议。过了几个月，我的生意资金周转不开，我就把这辆车质押出去了。质押和抵押不一样，车抵押后你还可以开，质押后你就不能开了，车要交给质押权人。又过了几个月，我实在没钱给质押权人还了，人家就按照合同约定把车转质押出去了，车现在在哪里我也不知道。”

郑晓锋又问：“你给我们说一下抵押权人和质押权人的情况。”张艳峰说：“他们公司叫什么名字我真的不记得了，有抵押权的公司法人叫张浩南，因为强行扣车之类的事情被公安局上网追逃了，不知道跑到哪里去了，质押权人叫张鸿丰，电话我没有。其他情况我就不知道了。”郑晓锋问她：“不知道你能不能回来配合我们做个笔录？”张艳峰为难地说：“我真的不敢回来，不方便，多理解。”然后，她就挂断了电话。

周航对郑晓锋说：“张浩南我知道，是混社会的老油条了，以前因为打打杀杀被我们处理过好几回。最近两年他开了小额贷款公司，挣了不少钱。他被上网追逃的事情我还不知道。张鸿丰绰号大疯子，以前是团伙老大，最近两年开了汽车金融公司，也挣了不少钱。这家伙我处理过，我一个电话就能把他叫来。”郑晓锋高兴地说：“我们想要查清楚这辆宝马的流转情况，所以需要和张鸿丰做份询问笔录，他应该只是中间人，我们和他取一份证言。你方便的话现在就联系他吧。”

周航从自己的手机通讯录里翻到了张鸿丰的电话，直接拨了出去：“张鸿丰，在哪里？”张鸿丰马上回道：“周队长，你说我在哪里我就在哪里，听你的指示。”周航笑着说：“你的嘴真甜，你现在到我办公室来。”张鸿丰说：“我二十分钟后到。”周航说：“赶紧过来。”周航挂了电话后给郑晓锋解释说：“张鸿丰我处理过后，他怕我了。我和他处好了关系，市面上的好多事都能知道。”

十几分钟后，张鸿丰过来了，看见有三个陌生人，不知道发生了什么事，一头雾水。周航介绍说：“这是毛乌苏市公安局的弟兄们，找你了解个情况，你配合一下人家。”张鸿丰说：“没问题，全力配合。”郑晓锋就在周航的办公室询问了张鸿丰。张鸿丰说：“这辆宝马质押到我这里后，我看了登记证书，知道还有抵押权了，我就把车转质押给了我以前的兄弟黑子，我赚了两万元。后来我听黑子说，他把车又转质押给了秦皇岛的广发公司。之后的情况我就不知道了。”做完笔录后，郑晓锋给张鸿丰说：“你把黑子叫过来吧，他来了你就可以走了。”

张鸿丰拨通了黑子的电话，黑子也过来了，毕竟，昔日老大的面子还是要给的。张鸿丰识趣地走了。郑晓锋又和黑子做了询问笔录。黑子真名黑军，因为皮肤黑，社会人都叫他黑子。黑子说：“我把车转质押给了秦皇岛广发公司的胡三胖，赚了两万元。”笔录完成后，黑军给周航说：“周队长，能不能赏脸吃个饭呀？”周航说：“我今天值班接警，不能离开单位。你可要向张鸿丰学，不要干违法犯罪的事了。”黑军连连点头：“不敢了，再也不干了，我现在是正经倒腾二手车了。我和刘红、姜军、张浩南不一样，他们那是巧取豪夺。”

郑晓锋来了兴趣：“你认识张浩南？”黑军说：“他以前是个小混混，整天使刀弄枪，后来搞小额贷款公司，常常强行扣车，不给就打，听说又出事了，好几个地方的公安局在找他。”郑晓锋说：“好吧，没事了。”黑军看了看周航。周航说：“你走吧，出去别乱说。”黑军出门后把门轻轻带上。

周航坐在电脑前对郑晓锋说：“张浩南现在不好找，我刚刚查过了，今年 8 月他被城宁县公安局刑警大队上网了，你看。”郑晓锋凑了过去，把城宁县公安局刑警大队办案民警的电话号码记下了。周航接着说：“我建议你们先去秦皇岛吧，把外围证据打扎实再说。”郑晓锋说：“你说得很对。但是，我们还要调查取证，我们要去张浩南的公司了解一下情况。再就是我需要张鸿丰和黑军把质押和转质押合同复印件给我拿过来。”周航说：“没问题。我给张鸿丰、黑军打电话，让他们半个小时内把合同送过来。”周航又给郑晓锋说：“你们三位跟我到我们单位餐厅吃饭吧，四菜一汤。”郑晓锋正欲推辞，李小虎满口答应：“没问题，谢谢了！”周航把三人带到了餐厅，刚刚开饭，热气腾腾，民警都排着队打饭，整齐有序。

饭后，张鸿丰和黑军把合同都拿过来了，郑晓锋让他们在接受证据材料清单上签字捺手印，又在合同上写了“此件由我提供，与原件一致”，并签字捺手印。张鸿丰和黑军走后，周航对郑晓锋说：“张浩南的公司应该是叫浩南小额贷款服务公司，地点以前在创兴大厦，咱们喝点儿茶，然后我陪你们去。”郑晓锋自然是感激不尽。四人喝着茶水，聊着闲天。转眼到下午 2 时了，周航说：“咱们出发吧，我带你们去张浩南的公司。”李小虎说：“开我们的车吧，你们的车留着出警。”周航点点头。

周航上车后感慨地说：“开了十几万公里的桑塔纳跑远路不安全呀，你们局里看样子经费也不宽裕。”王栋愤慨地说：“毛乌苏经济非常发达，但是政府过日子很节俭。”周航叹了一口气：“都一样，你们应该也注意到了，我们局里的警车也是以桑塔纳和五菱面包为主。”

警车开到了创兴大厦楼下，四人到了十楼，找到了浩南小额贷款公司。该公司只有两间办公室，透过玻璃可见办公室内空无一人，门上还贴着封条：“城宁县公安局二〇一七年十月五日封！”郑晓锋等人把周航送回了单位。

他们把车停在了一个小公园边，三人商量着，郑晓锋说：

“我看咱们去秦皇岛吧，找广发公司的胡三胖。”王栋说：“你的案子你安排，我们跟着你走。”李小虎说：“听你的，你看吧。”郑晓锋查了一下说：“到秦皇岛有七百多公里，桑塔纳车灯不亮，咱们尽量不开夜车。如果现在出发，半路上去哪个城市休息比较好？”李小虎笑道：“咱们可以去沧州休息一晚。沧州是武术之乡，晓锋不是喜欢武术吗？”王栋一拍大腿：“好主意。”三人驾车出发了，他们的第二站是沧州。

天色渐渐暗了下来，到沧州的高速路车流量很大，李小虎的眼睛警惕地盯着路，不敢有丝毫松懈。离沧州还有一百多公里，王栋说：“太饿了，前面有服务区，咱们吃晚饭吧，吃完再走。”郑晓锋也早就饿得胃疼了，说：“好啊，吃饭。”车开进了金河服务区，三人走进餐厅，点了自助餐，每人四十元，饭菜质量不佳。出门在外，只能凑合了。

吃完饭后，三人走出餐厅一看，好厚的雾霾呀，遮天蔽日，能见度不足五十米，空气中弥漫着一股臭味。旁边还有大车司机说：“这下走不了了，非要等这雾霾过去才能走。”王栋凑过去问：“师傅，这里雾霾咋这么严重？雾霾多长时间能过去？”大车司机说：“这附近厂矿多，雾霾就多，有时一两个小时就过去了，有时一晚上都过不去。”王栋叹了一口气，李小虎说：“只能等等了。”

三人坐在桑塔纳里嗑着瓜子。这服务区没有住宿，在车里坐一夜可不行啊，郑晓锋心情很糟：“早知如此，就在当地过夜了。”王栋说：“没事，你也不是料事如神的诸葛亮。”三人在车里整整坐了六个小时，坐到了次日凌晨1时，正昏昏欲睡，听见外面有人喊：“霾散了，能走了。”霾确实消散了不少，李小虎赶紧发动了车，朝服务区出口驶去。一路上到处都有标语：“绿水青山就是金山银山！”“爱护环境，人人有责！”到了凌晨3时许，三人终于到了沧州，登记了酒店，倒在床上呼呼大睡。

郑晓锋睡到自然醒，一看手机，已经中午11时20分了，他想起了一句歌词：“太阳、太阳，给我们带来七色光彩。”拉开窗帘一看，灰蒙蒙的天空雾霾依旧浓厚。王栋和李小虎也起来了，三人凑在一起。李小虎说：“这地方空气质量太差了，我昨晚咳嗽得很厉害，咱们走吧。”三人在酒店吃了午饭，然后开车往高速路口走。快到高速路口时，仪表盘上的发动机高温警示灯亮了，李小虎担心地说：“坏了，车坏了。”郑晓锋扫视了一圈：“那里有个修理厂，凑合着开过去。”

到了修理厂，修车师傅是一个年轻的小伙子，一看笑了：“警车也会坏呀！”他打开引擎盖说：“看，是冷却液水壶老化裂缝，冷却液漏完了引起的高温，换一个水壶就可以了。”李小虎说：“那赶紧换。”小伙子又笑了：“桑塔纳的配件比较缺，这两年谁开桑塔纳呀，就你们政府单位为了省钱才开，我问一下看有没有水壶。”小伙子给好几个供货商打电话，都说没有水壶。三人又羞又气，王栋一言不发，郑晓锋踱来踱去，李小虎说：“师傅，务必想想办法，我们有急事。”小伙子感慨地说：“你们这些警察真不容易，没白天没黑夜地抓坏人，保护我们老百姓的安全，你们很辛苦。我真的很感谢你们警察，但是这水壶真的没有，其他车型的装不进去呀！”

李小虎灵机一动说：“你知道哪里有报废的桑塔纳吗？从上面卸下来一个旧的也可以呀！”小伙子一听，茅塞顿开：“你说的对，我现在就联系。”小伙子给十几家修理厂打电话，终于找到了一辆报废的桑塔纳。小伙子说："那家修理厂离这里有三十几公里，你们耐心等待，我骑摩托车去卸水壶。"

一个小时后，小伙子骑着摩托车风尘仆仆地回来了，从后座上解下来一个旧水壶，满心欢喜地安装在了桑塔纳上，又给水壶加满了冷却液。郑晓锋问："多少钱？"小伙子摇摇头说："不要钱。"郑晓锋一脸吃惊："开什么玩笑。不要钱？"小伙子把上衣撩起来，露出了肚皮，上面有一道长长的伤疤。小伙子眼圈红了："三年前的一个晚上，我下夜班回家时，有人拿刀子捅了我一刀，抢我的钱。恰好过来一辆警车，下来两个警察，把抢劫犯抓住了，把我也送到了医院，我才捡了一条命。我不能要你们的钱。你们安心地走吧。"郑晓锋说："那就谢谢你了，你的手机号码是多少，我以后还来你这里修车。"小伙子把手机号报了出来，郑晓锋把手机号记在了通讯录里。

车上了高速，郑晓锋问李小虎："这次修车咱们应该给人家付多少钱？"李小虎答道："一百多二百吧。"郑晓锋默默给小伙子的手机号充进去二百元的话费。

夕阳西下的时候，他们的第三站秦皇岛终于到了。这是一座风景绮丽、气候宜人的海滨城市，这里湛蓝的天空、变幻的白云、古老的青山、挺拔的绿树、广阔的大海、无垠的沙滩，构成了一幅美轮美奂的画卷。当年毛泽东主席就喜欢在秦皇岛的北戴河度假游泳，并且写下了传颂千古的绝唱《浪淘沙·北戴河》："大雨落幽燕，白浪滔天，秦皇岛外打鱼船。一片汪洋都不见，知向谁边？往事越千年，魏武挥鞭，东临碣石有遗篇。萧瑟秋风今又是，换了人间。"

现在是旅游淡季，酒店房价很低。三人去海边登记了一间海景房，约好次日早起看日出。海浪冲刷沙滩声无疑就是最好的催眠曲，三人很快进入了梦乡。

最近几天太累了，三人起床时已经日上三竿了。郑晓锋说："现在连早点也误了。我查过了，广发公司在海港区，咱们去秦皇岛市公安局海港分局吧。"三人来到了海港分局刑警大队值班室，见十几名刑警队员有的穿着警服，有的穿着便衣，验枪的验枪，装弹的装弹，一副大战在即的样子。

郑晓锋掏出警官证给值班室接警民警出示了一下说："我们是毛乌苏市公安局大漠分局的，我们案子中的一名重要证人在你们辖区，想要你们协助找一下，找到后做份笔录。"接警民警听完后说："我们这里今天凌晨发生了一起涉黑团伙聚众斗殴的案子，杀死一人，重伤两人，我们都忙着去抓人呢，今天实在顾不上，你们明天再来吧！你们从毛乌苏远道而来，先休息一天吧，到海边玩玩。"李小虎高兴地说："休息吧。"王栋看了一眼郑晓锋："天意如此。"

三人返回酒店，吃了午饭，跑到大海边的沙滩上，像脱缰的野马一样撒起欢来。最近太劳累了，太紧张了，太压抑了。看着这浩瀚的大海，踩着这柔软的沙滩，吹着这清凉的海风，听着这悦耳的涛声，郑晓锋心里舒服多了。他爬到了一块高大的礁石上，向遥远的东方望去，嘶喊着问王栋："海的那一边是什么？"王栋喊着："还是海。"

郑晓锋想起了曹操的《观沧海》："东临碣石，以观沧海。水何澹澹，山岛竦峙。树木丛生，百草丰茂。秋风萧瑟，洪波涌起。日月之行，若出其中。星汉灿烂，若出其里。幸甚至哉，歌以咏志。"王栋也爬到了礁石上，给郑晓锋看他刚刚捡到的一个海星。李小虎也不甘落后，爬上来怂恿郑晓锋：“不敢冬泳吧？咱们经侦大队的李大队长就敢，哈哈哈。”郑晓锋指着远方说：“快看，那里好像有一艘小船。”

茫茫大海上，孤零零的一艘船，也不知道船舱里有没有人。李小虎拍了一张照片，立马把这张照片作为自己的微信头像，对郑晓锋说：“怎么样，我的这张头像好吧？”郑晓锋了解李小虎。李小虎是武警部队转业的，性格像李逵一样直爽而鲁莽，平时容易得罪人，朋友不多。而且他是刑警大队里唯一的山西人，所以他有时会感觉到孤独，就像这大海里的小船一样，可能这也是他选择这张相片作为微信头像的原因。郑晓锋理解李小虎，实际上，有时候他也会感到孤独。

天还没亮，三人就起床了，看了日出，发了感慨，吃了早点，然后驾车再向海港分局出发。他们到了刑警队值班室，才7时许。坐在接警平台前的民警认出了他们：“你们怎么这么早就过来了？”郑晓锋嘿嘿笑了：“心里有事睡不着啊！”那名接警民警说：“我们昨天的案子还没有处理完，实在有点儿缺人手。你们要找什么人？不知道在哪个派出所辖区？”郑晓锋说：“我们要找广发小额贷款公司的一名工作人员，叫胡三胖，广发公司的地址在和平路。”接警民警说：“哦，那里是和平路派出所的辖区，我帮你联系和平路派出所的片警吧。”郑晓锋说：“好的。”

接警民警给派出所片警打过去电话：“喂，我是金志华。毛乌苏公安让我们帮忙找一个证人，你知道昨天发大案了，我们太忙了。我看让他们过来找你，你给帮帮忙吧。”对方说：“没问题，我现在就在所里值班室。”接警民警金志华解释说：“昨天他们所里也忙，在帮我们搞那个案子的外围证据材料，今天他们不参与了。所以我给你们联系了他们，你们过去后直接找白恒就可以。”郑晓锋等人就驾车去了和平路派出所。

所里人来人往，一片繁忙景象。郑晓锋在值班室找到了白恒警官，出示介绍信和证件，说明来意。白恒皱着眉头说：“这家公司我知道，其实是放高利贷的，也搞二手车业务，里面的工作人员都是些骗子、混子。他们很善于打法律擦边球，到我们派出所告他们的人很多，但是都不好处理，好多事情不归咱们公安机关管辖。咱们只能调解，人家不听，咱们也没办法。”郑晓锋说：“我们要找的仅仅是一个证人，我想他应该会配合的。”白恒把头摇得像拨浪鼓一样：“他们没你想象的那么简单，你们稍等一下。”然后，他就上楼了。很快，他下楼了。郑晓锋敏锐地发现，他的腰间多了一把六四式手枪。

白恒跟着郑晓锋等人上了桑塔纳警车，朝着广发公司驶去。十分钟后，车停在了一条喧闹的国道边。国道两边有很多小公司，都是搞二手车或者汽车租赁以及小额贷款的。广发公司并不是很显眼，只有两间相通的门面房，房子里横七竖八坐着七八个人，都是年轻小伙子，穿得花里胡哨，体型都偏胖，有的剃着光头，有的戴着链子，有的戴着墨镜。

白恒穿着警服，郑晓锋等人都是便衣。四个人进去后，没人搭理他们。郑晓锋问：“胡三胖在吗?”没人说话。郑晓锋又问：“胡三胖在不在?”其中一个戴墨镜的胖子说话了，声音不高但是很刺耳：“这里没有胡三胖，你们走错地方了，赶紧走。”郑晓锋掏出了警官证：“我们是毛乌苏市公安局大漠分局的，找胡三胖有点儿事。”戴墨镜的胖子瞥了一眼郑晓锋：“毛乌苏的警察，吓唬谁呢? 我不认识你，不想和你说话，赶紧走。”李小虎眼睛一瞪："我们是公安局的，你态度好一点儿啊！"墨镜男一拍桌子站了起来，对方还有两个男子也站了起来，脸上都是恶狠狠的表情。

白恒有点儿生气了："我是和平路派出所的，你们想怎么样，配合一下人家行不行？"站起来的人一听是和平路派出所的，又坐下了。

墨镜男说："什么事？"郑晓锋盯着他说："我们有一起案件，需要和胡三胖了解一下情况，谁是胡三胖？"墨镜男用大拇指指着自己说："我就是。"郑晓锋用命令的语气："那你跟我们到和平路派出所走一趟吧。"墨镜男冷冷地说："对不起，我很忙，有事请在这里说。"郑晓锋很干脆地说："我们要和你了解情况，要做一份笔录，这里不方便。你必须配合我们的工作。"白恒大声喊道："别磨叽了，赶紧走。"公司的五六个男人立马都站在了墨镜男旁边，给他助威涨势。

郑晓锋等三人和对方拉开了距离。白恒后撤一步，从腰间拔出六四式手枪，拉了一下套筒，双手举枪，喊道："想干什么？嗯，想干什么？"对方缓缓散开各回各位。墨镜男看见情况不妙，态度好转了很多："我跟你们走吧，反正又没干啥，我不怕。"李小虎开车，墨镜男坐在后排座，郑晓锋和王栋一左一右把他夹住。白恒把弹匣取下，把上膛的子弹退出来，重新装在了弹匣里，然后把枪装入了枪套，坐在了副驾驶座上。

车驶入了和平路派出所，墨镜男被带入了执法办案区。郑晓锋和墨镜男谈笔录。墨镜男说："我绰号叫胡三胖，大名叫胡冯伟，我从黑子那里收过一辆宝马，时间不长我就把这辆车转质押出去了，不是卖出去的，转给了你们毛乌苏的一个男子，我挣了三万元。这辆车现在什么情况我也不知道，我也不关心。”郑晓锋边敲键盘边说：“这辆车被人强行扣走了，还把我们毛乌苏那个人控制起来打了一顿，你知道吗?”

胡冯伟眯起了小眼睛说：“哦，你们认为是我干的?我就是倒腾车挣个差价而已。如果是我干的，那我不就成了抢劫犯了?至少判三年，我又不傻。但是我能猜到是谁干的，应该是这辆车还有抵押，抵押权人叫社会上的人把车扣走了。”郑晓锋又问：“你给我们毛乌苏人转质押车的协议有吗?”胡冯伟说：“当然有，我给小弟打电话让送过来吧。”郑晓锋点点头。很快，胡冯伟的小弟把协议原件送了过来。王栋复印了一份，郑晓锋完善了询问笔录和接受证据材料清单后，让胡冯伟走了。

郑晓锋感激地对白恒说：“今天多亏了你，不然我们可能工作任务没完成，还要挨打受气，下午我们请你吃饭。”白恒笑了：“来了这里，你们是客，我请你们吃饭才合适。但是我今天值班，走不开，你们明天不走的话，我请。”郑晓锋说：“明天我们恐怕要去北京了，这次出来案子太多，实在是拖不起时间呀，有缘的话以后还会见的。”

双方挥手告别，郑晓锋一行人走到派出所门外。见有一个水果摊，郑晓锋买了将近一百元的香蕉、苹果、橘子，和王栋一起提到了派出所的值班室，给白恒安顿说：“你们值班辛苦了，多吃水果少抽烟啊。”白恒推辞不掉，笑着收下了。

三人专程跑到沧海碣石饭馆吃了午饭，海鲜依旧味美，价格依旧不贵，餐费依旧八折，却没再见到第一天刚到接待他们的红脸庞的女老板。吃完饭，加满油，三人驾车向着第四站北京出发了。

2017年12月9日中午，郑晓锋等三人驾车来到了伟大祖国的首都北京。适逢一二·九爱国学生运动纪念日，街面到处红旗招展，歌声嘹亮。好多地方都拉着横幅，内容有“勿忘国耻，爱我中华”“青年学生要以天下为己任”“忘记过去意味着背叛”等。车子驶过北京阜外心血管病医院，郑晓锋想起了六年前自己带着父亲来阜外医院做心脏搭桥手术的事情。

郑晓锋的父亲是葭芦县公安局民警郑勇军，他为人诚实守信，工作勤勤恳恳，一辈子为民、亲民、爱民，是个群众交口称赞的好警察。高风险、高强度、高压力的公安工作使他积劳成疾，三十八岁时就患上了高血压，四十岁时检查出糖尿病，五十五岁又得了心肌梗死，命悬一线。他费尽九牛二虎之力辗转来到阜外医院，做了心脏搭桥手术，才捡回了一条命。

手术之前，郑勇军是这样教育郑晓锋的：“一定要当个好警察，多破案，破大案，群众看公安，关键看破案。晚上抓回去的嫌疑人，一定要连夜突审，不给嫌疑人构筑思想防线的机会，不能偷懒睡觉。凌晨4时到6时是抓捕嫌疑人的好时机，再能熬夜的嫌疑人，在这个时间段也会犯困，一躺倒就起不来。”手术之后，郑勇军是这样嘱咐郑晓锋的：“工作一定要好好干，我们警察重任在肩，但是也要讲究方式方法，要尊重嫌疑人的基本人权，不能晚上不睡觉搞疲劳审讯。只要不是暴力犯罪的嫌疑人，尽量不要黑天半夜把人从床上揪起来，这样不安全。你也尽量少熬夜，身体是革命的本钱，保护好自己，才能更好地打击犯罪。”

那一年，郑勇军经历了人生中最大的劫难；那一年，郑勇军领到了光荣从警三十年的荣誉勋章；那一年，郑勇军千般不舍地办理了退休手续，无奈地成为小区门口晒太阳老汉们中的一员。

李小虎的一声“到了”把郑晓锋从回忆拉回到现实中，中国银行北京市分行就在眼前。郑晓锋和王栋拿着调取证据通知书走了进去，却看见司法查询窗口上贴着一张 A4 纸，上面用毛笔写着蚕头燕尾的隶书：今日吾有恙，明日君再来！郑晓锋笑了：“天意如此，正好逛逛。”

三人开车在北京大街上找宾馆，问了好几家，价格高得吓人，远远超出了差旅费报销标准。郑晓锋突发奇想：“咱们可以去毛乌苏市驻京办的宾馆碰碰运气，那里都是老乡，应该可以把价钱谈下来，离这里应该也不远。”王栋和李小虎都说好。郑晓锋打开了导航，才九公里，车很快就到了。

那是一家中等规模的宾馆，虽不奢华气派，但是干净整洁。郑晓锋等人把警官证、身份证都出示了，李小虎厚着脸皮说：“我们出门办案不容易，给我们优惠一点儿吧。”前台服务员一口毛乌苏话：“咱们毛乌苏的警察可以按照报销标准走价，而且明天早上有早餐，满意了吧？”李小虎说：“还是老乡好，还是老乡好。”大家都笑了。

李小虎去昌平区看望他的二舅了，王栋去海淀区拜访他的老师了，郑晓锋也拨通了他的大学同学陈星的电话：“陈星，我到北京了，你在哪里？”陈星惊喜地说：“别问我在哪里，你说你在哪里，我马上请假过来。”郑晓锋说：“我在西城区毛乌苏驻京办宾馆。”很快，陈星开着一辆黑色的帕萨特过来了。他下车后扑了过来，用拳头捣着郑晓锋的胸口：“咱们有三年没见了吧？想死你了。”

陈星开车拉着郑晓锋往金山岭长城方向走：“我知道北京城里边你都逛完了，这次我带你去爬长城吧。”郑晓锋说：“好啊，了却我多年的心愿。”

二人爬到了金山岭长城的最高处——望京楼。顾名思义，立于此楼，可望北京。东面一座大山，云雾霭霭中只能隐约可见；西面一条峻岭，初冬寒气里好似铁锁横江。南面一方湖泊闪着银光，北面一片松柏绿意盎然。

陈星说：“好美的景色呀，如果你当年读完研究生和我一起携手并肩来北京，该多好。我们单位工作很轻松，工资也很高，我的月工资是一万五千元，有时候还有奖金，你现在能拿多少工资?”郑晓锋尴尬地说：“四千二百三十元，除此之外，再无分文。”陈星叹气说：“你后悔没听我的话吧？你千辛万苦考上了研究生，却退学去当警察，太可惜了。警察这份工作虽然很光荣、很伟大，但是太辛苦、太危险了，每天打交道的不是罪犯就是坏人!”

郑晓锋笑了：“警察这份职业，风险高、压力大、工作忙、待遇差，但是总得有人干呀，咱们的社会不能没有警察。周总理说过：国家安危，公安系于一半。我选择了，就不后悔，就要一直干下去，干到干不动为止。”陈星感慨良久：“在这个物欲横流的社会，很多人都在绞尽脑汁地追求金钱和名利。而你，却始终不渝地追求崇高和正义，不得不佩服你!”郑晓锋转移话题：“到吃下午饭时间了，你该请我吃北京烤鸭了吧?”陈星恍然大悟：“是啊，不早了，咱们走。”

全聚德烤鸭店，古色古香的方木桌，灯光温暖的红灯笼，端庄大方的服务员，香气扑鼻的鸡鸭鹅，二人吃得满嘴流油，尽兴而归。郑晓锋住在了陈星家里，和他聊着无忧无虑的校园往事，一夜无眠。

次日上午，郑晓锋和王栋赶到中国银行北京市分行。司法查询窗口，那张 A4 纸已经不见了。窗口有一位光头大叔正在聚精会神地盯着电脑，敲着键盘。郑晓锋把调取证据通知书、警官证原件和复印件递了进去。大叔查验后问：“身份证呢？”

郑晓锋解释说：“2002 年，中国人民银行就发布了相关规定，公安机关司法查询只需要出示查询法律文书和工作证，不需要出示身份证，请您依规办理。”大叔听了后有点儿诧异：“我们行一直要求提供身份证，你们提供一下应该也没啥事吧？”

郑晓锋继续解释：“首先，我们出来执法办案是职务行为，不是个人行为，职务行为只需要出示法律文书和工作证，个人行为才出示身份证。其次，身份证上有住址，我们办理的涉黑、涉恐、毒品案件和一些暴力性犯罪案件，犯罪分子对我们恨之入骨，打击报复的可能性很大，所以我们不可以出示身份证。最后，你们的相关规定也明确要求我们出示法律文书和工作证，没有要求出示身份证，你要我们出示身份证没有理由。”

大叔微笑着点了点头：“小伙子博学多才，说得有理有据，老朽不得不服。”银行流水顺利地调了出来，郑晓锋当场分析了一下，没有继续调取的必要了。郑晓锋客气地给大叔打招呼告别：“大叔，谢谢了，您是个明理讲理的好人！”大叔摸着自己的光头，哈哈笑了。

王栋、郑晓锋、李小虎吃了午饭，又踏上了征途，第五站高邑。高邑县是河北省石家庄市的一个小县，人口外流严重，经济发展滞后。除了种植业，最大的产业就是大大小小的瓷砖厂。郑晓锋来高邑初查的马达华被诈骗案，就和瓷砖厂有关。马达华是大漠区瓜园湾建材市场一个卖地板砖的小老板。半个月前，马达华到刑警大队值班室报案称：有一个河北省高邑县的男子以给他出售地板砖为由，诈骗其人民币两万元，现在不发货，不接电话，不回微信。当时接警民警不能准确地把握合同诈骗罪和诈骗罪的区别，把这起涉嫌合同诈骗的案子当作诈骗案接了下来。何胜利中队长要将案件移交给经侦大队。经侦大队的温玉中队长坚决不收："我们这里的案子太多了，实在办不完，你们已经接案了，就初查吧，确实是合同诈骗再移交，如果是民事纠纷，你们出不予立案通知书就可以了。"

何胜利很无奈，回到办公室后和郑晓锋探讨案件。郑晓锋说："这案子真的有可能是民事纠纷，实在不行就初查一下吧。"何胜利叹口气说："也只能这样了，你拿上办吧。"郑晓锋点点头。这次郑晓锋顺路来到高邑，准备初查这起案件。

郑晓锋和王栋、李小虎来到了高邑县公安局刑警大队值班室，一位白发苍苍的老民警问道："什么事?"郑晓锋说："我们是毛乌苏市公安局大漠分局的，想在你们高邑找一名诈骗案的嫌疑人做份笔录。"老民警问："是嫌疑人还是犯罪嫌疑人?"很多群众不明白嫌疑人和犯罪嫌疑人的区别，常常以为嫌疑人是犯罪嫌疑人的简称，事实上并非如此。

嫌疑人是指有犯罪嫌疑的人，而犯罪嫌疑人是指因为涉嫌犯罪，已受到刑事追究的人，在检察院提起公诉之前的称呼。检察院提起公诉以后，犯罪嫌疑人就成了被告人。法院作出有罪判决后，被告人就成了罪犯，投送监狱后，被告人又多了一个称谓——服刑人员。

郑晓锋说："仅仅是嫌疑人，我们在受案初查，很可能会不予立案。"老民警问："涉案金额大不大?"郑晓锋回答："才两万元。”老民警挠挠头，吹了一下落在桌子上的头皮屑，又问：“人是哪里的？电话多少？我打个电话应该可以叫过来。”郑晓锋说：“叫王亚军，身份证的住址在陶城路顺安巷一号，电话一直关机。”

老民警一听说：“我知道这个人，这个人不是骗子，是个正经瓷砖生意人，很讲诚信。他有点儿倒霉，半个月前锅炉爆炸了，把他烧伤了，他现在还在医院躺着。”李小虎好奇地问：“你怎么知道?”老民警笑了：“高邑县一共十七万人口，县城人口不到两万，好多人都认识，谁家出啥事，用不了几天，全城的人都知道了。”郑晓锋问：“知道他在哪家医院吗?”

老民警又笑了：“全县只有两家医院，一家是县人民医院，一家是中医院，烧烫伤肯定不能看中医。”郑晓锋“哦”了一声说：“麻烦你给领导汇报一下，派个人和我们去医院走一趟。”老民警笑了：“我就是领导，我是刑警大队大队长，我叫个人配合你们就是了。”王栋说：“你们这里大队长还要坐在值班室接警?”老民警说：“我们这里的穷人少治安好，刑警队只有十个人，年轻人不喜欢坐值班室，我白天没事就下来坐一会儿，有时一坐一整天，哈哈。”

老民警打了一个电话：“王潇，你下来。”很快，一个高大健壮的小伙子跑到了值班室问：“大队长，有案子?”老民警说：“这是毛乌苏的警察，你带他们去找一下锅炉爆炸被烧伤的王亚军。”王潇客气地握了郑晓锋、王栋、李小虎的手，然后自我介绍：“我叫王潇，一定全力配合你们。”四人一起走到了院子里，王潇把他们的长城皮卡警车发动了起来，招呼郑晓锋等人：“上我们的车，赶紧来。”郑晓锋等人就上了这辆皮卡警车，王潇解释说："最近十天都没案子，这辆皮卡车长时间不开了，都快放坏了。这车和人一样，生命在于运动。"李小虎附和着说："是的，长时间不开轮胎都会老化的。"王潇小心地问："什么案子？方便透露吗？"郑晓锋说："一个诈骗案，受案初查，很有可能不予立案，找王亚军谈一份笔录而已。"

四人很快到了县人民医院外科五号病房，王潇指着一个脸上缠着纱布的人说："这就是王亚军。"王亚军的脸上、脖子上都有大面积的烧伤，而且有感染的迹象。床边一个女人问："你们找王亚军什么事？"王潇赶紧解释："这是毛乌苏市公安局的，来这里找王亚军了解个情况。"女人说："王亚军不方便说话，你们问我，毛乌苏的事我知道。"

郑晓锋就说："你们是不是收了毛乌苏马达华的两万元地板砖货款，但是没有给人家发货。"女人说："有这么一回事，我们收了他的货款，第二天准备发货，结果锅炉就爆炸了，然后我就把我老公送到了医院，抢救了两天，现在还是不能说话，都毁容了。"女人说着哭了起来。王栋赶紧安慰她："现在医学这么发达，可以治好的，有很多药可以祛疤痕的。"等女人止住哭泣后，郑晓锋问："那你们为啥不发货，也不退款？也不接电话？"那女人说："都忙着了，哪里能顾得上他那档子事儿，现在发货也行，退款也行。"郑晓锋说："那你代表你老公给马达华打个电话吧，你们看看咋解决。"

那女人把王亚军的手机开机了，在上面查到了马达华的手机号，拨了过去。二人商量了几句，最后决定还是发货。郑晓锋把电话要过来给马达华说："发货还得好几天，你能等得住？"马达华高兴地说："还是发货吧，他家的货质量好。都是误会，不好意思了，警察同志，给你们添麻烦了。”郑晓锋说：“那就好。”

四人驾驶皮卡回到了高邑县公安局，已经到下午了。郑晓锋给大队长说：“领导，太麻烦你们了，下午请你们吃饭。”大队长呵呵笑着：“你们客气了，在这里应该是我们请。”大队长带着王潇和在单位的三位民警，请郑晓锋等人在一家驴肉馆吃饭，饭菜丰盛，相谈甚欢。中途，郑晓锋借口上厕所，悄悄把账结了。

高邑的工作完成了。郑晓锋和王栋、李小虎一商议，为了避开雾霾，少开夜车，确保安全，就在高邑县休息一晚，次日再赶往下一站忻州。

忻州市位于山西省北中部，有史以来一直是连接冀、陕、蒙的商贸集散地和全省重要交通枢纽，素有“晋北锁钥”之称。李小虎的老家兴县就是忻州市的一个县。李小虎对忻州市区也很熟悉，东看西看，激动万分，给郑晓锋和王栋介绍着忻州的历史。郑晓锋的心思却在案子上，有点儿心神不宁。

他在路上给张某被强奸案的重要证人刘海燕打电话，刘海燕没有接，发短信刘海燕也没有回。被害人告诉过郑晓锋，刘海燕居住在忻州市忻府区冀北大街秀荣巷的一处独院，她和刘海燕以前关系不错，她被强奸后，给刘海燕哭诉过，刘海燕说自己有了心理阴影就辞职回家了。

走了一段路，李小虎突然说：“晓锋，我舅舅在这里住，我想去看看他，你和王栋去找人谈话吧，谈完过来把我接上，怎么样？”郑晓锋说：“好吧，你忙你的。”李小虎下车走进一家超市买礼品去了。郑晓锋开车拉着王栋按照高德导航的指引走到了秀荣巷口，车进不去了。

郑晓锋和王栋下车步行，进入巷内，里边是一排破旧但整齐的独院。他们挨家挨户地敲门问，当敲开第四家的大门后，一个十来岁的小男孩儿出来了，扑闪着水灵灵的眼睛问：“叔叔，你们找谁?”郑晓锋弯腰微笑着说：“叔叔要找刘海燕，你认识吗?”小男孩儿说：“你们找她有什么事?”郑晓锋给小男孩儿看了一下警官证说：“叔叔是警察，找刘海燕问个事情。”小男孩儿看了一下警官证，说：“警察叔叔是好人，我带你们去。”然后把郑晓锋和王栋带到了第六家的大门外，小男孩儿用力敲着门：“姑姑，姑姑，快开门。”很快，一个四十多岁的女人过来开了门，开门后问：“你们是谁?”

郑晓锋嗅到了厨房里的饭菜味，又看了一眼女人皴裂的双手，说：“刘海燕吧，我们是毛乌苏市公安局大漠分局的，给你打过电话。”刘海燕有些不知所措，小男孩儿说：“姑姑，咱们是好人，警察叔叔也是好人。”刘海燕一听，觉得自己真的没有理由把警察拒之门外，就打开大门说：“进来吧。”王栋对小男孩儿说：“小朋友，谢谢你了，你去忙吧，大人们要聊点儿大人的事。”小男孩儿带上门走了。

刘海燕把郑晓锋和王栋带到了客厅里，招呼他们坐下。客厅布置很简单，但是却很干净，一尘不染。刘海燕说：“我看一下你们的证件。”郑晓锋和王栋都把警官证递了过去，刘海燕仔细看过后说：“家里就我一人，我老公也出门打工去了。这里说话方便，你们有什么就问吧。”郑晓锋就把笔录纸放在了茶几上，开始询问。

刘海燕捋了捋头发，叹了口气，清了清嗓子，开始讲了：“张霞和我都是忻州人，又同一天进入毛乌苏的同一个饭馆打工。

她是服务员，我是洗碗工，她端来的碗我洗，她比我小十几岁，常叫我大姐，我们两人的关系比较好。有一天下午，那个胳膊上文了条龙的顾客又来饭馆吃饭了。他经常来吃饭，常和张霞搭讪。我见他有文身，而且眼神很阴，就感觉他不是好人。我之前就提醒过张霞，离那个客人远一点儿，不要和他说话。但是张霞头脑简单，说没有那么多坏人，文身在现在的社会就是一种艺术。那天下午，那名客人吃饭吃到了晚上 8 点多，还喝了不少酒。最后那个客人让张霞送他一下，送到附近的福顺小区门口。我当时偷偷地把张霞拉到一边劝她别去，张霞不听，说送一下也没啥。我当时想，要不我也陪张霞去送，结果老板叫我了，让我赶紧洗碗，我就洗碗去了。我当时心想，是不是我太多疑了。我洗完碗后就下班了，回到了我租的房子。结果到了晚上 10 点半，张霞哭着问我在哪里，我说我在出租屋，张霞说她马上过来。几分钟后她就到我的出租屋了，我看见她手腕上有红印子，脸上都是泪痕，我就知道肯定出事了。她给我说那个人到了小区门口后，见四下无人，居然拿出一把刀子顶在她的腰上，逼着她到了一间单元房里，然后强奸了她。那个男的刚强奸完，又有一个男的开门进来，也强奸了她。然后那个男的给了她二百块钱说拿着花吧，赶紧走，不要报警，不然就杀了她。她在毛乌苏举目无亲，就给我哭诉来了。我当时就劝她报警，她犹豫了一晚上，第二天早上她才报警。出了这事儿，第二天上午我在饭馆上班时，看见那个客人坐的桌子心里就不舒服。当天我就辞职回忻州了，我恨张霞不听我的劝，我恨老板催着让我洗碗，我恨自己没去保护她，我心里可烦了，谁也不想联系，就把手机关了几天。提起这事，我就心里烦得像黄河发了大水一样。”

郑晓锋完成了笔录，暗自思忖着：这份证人证言和其他证据完全可以相互印证，它的证明效力是毋庸置疑的，我们不可以小看传闻证据的力量！

传闻证据作为证明案件事实的证据，构成证据的核心不是能够直接证明案件事实的另一种事实，而在于“传闻”，它不是陈述人直接感受而是他人的相关信息被陈述人借以用来证明其陈述事实的真实与否的转述。

传闻证据具有可能性，所以没有直接证明案件事实的作用，如果当作证据采用，将属于间接证据，必须与其他证据结合起来，形成证据体系，才能证明案件事实。

他和王栋开车接上了李小虎，他们向第七站，也是最后一站太原驶去。

五、刁钻狡猾的景水兵

此时正是中午，大漠分局刑警大队副大队长李沛阳，正在和周俊安、方军、张宏在安远县春夏秋冬大酒店三楼的套房里打麻将。

三天前，毛乌苏市公安局给大漠分局推送了一条线索，逃犯景水兵在安远县城有活动轨迹，疑似在郊区的一片平房区租房藏身。刘成金大队长立马指派李沛阳带队抓捕。李沛阳等人着便衣、开便车到达安远县景水兵疑似藏身的平房区附近。

这片平房区位于开发大道东侧，有两条巷子。这两条巷子都只有西巷口，没有东巷口。开发大道西侧有一个大酒店，叫春夏秋冬大酒店，名字很别致，四人就在酒店登记了一个套房。套房的落地窗正对着两条巷口。四人在打麻将的同时，就可以观察到巷口进进出出的人员。李沛阳脸上都是笑容：“这是一个绝佳的蹲守点，娱乐、工作两不误。”

今天李沛阳笑不出来了，他们整整三天二十四小时不间断地盯着，都没发现景水兵的踪迹。究竟景水兵在不在里边？如果不在，会不会回来？如果在，会不会出来？李沛阳的心里打着很多问号。张宏还在开玩笑：“李大队，幸亏你带着我们来，我们可以陪你打麻将，如果你把晓锋带来了，恐怕就打不成了，晓锋不会打麻将。”周俊安也笑了：“晓锋只会搞案子，不会抽烟，不会喝酒，不会打麻将。”

李沛阳没听他们说什么，而是自顾自地说着：“这么蹲守下去不是个事儿呀！”他站了起来，说：“我和俊安以租房的名义去把景水兵住哪个房子摸清楚，张宏和方军守在巷子口，如果我们打电话，你们就冲进来！”三人点头。李沛阳和周俊安先走，张宏和方军分散开跟在后面。

李沛阳和周俊安挨家挨户地看，好多人家的大门都是打开的，可以直接进院子看有没有住人的偏房或者下房。如果门不开，李沛阳和周俊安就以租房的名义问人家有无房屋出租。当走到南面巷子最后一家时，发现一个小房半拉着窗帘，里面床上有一团未叠起的被子，墙上挂钩上有两件黑色的上衣，水泥地上还扔着烟头和卫生纸。

李沛阳正往里面继续张望时，一个慈眉善目的老太太出来了，笑着问：“你们看啥？”李沛阳说：“阿姨，这个小房子住的是谁？”老太太说：“是个后生，不知道是干什么的。”

李沛阳在手机相册里翻出景水兵的照片，给老太太看：“阿姨，你看看是不是这个人？”老太太一看说：“是了，就是他。你们找他有什么事？”李沛阳呵呵笑了：“我们是他的朋友，好久不联系了，他的手机号码换了，联系不上，你有他的手机号码吗？”老太太摇摇头。李沛阳又问：“他多少天没回来了？”老太太说：“五六天了吧。他住在这里快有两个月了，有时在，有时不在，生活不规律。他说他在工地干活，有夜班。”李沛阳“哦”了一声，和周俊安撤了出去。

四人返回酒店房间，继续打麻将。李沛阳心不在焉，输了好几把。他心想：这咋办呢？

正在他一筹莫展之际，市公安局的王旭给他打来了电话：“李大队，我听说你正在安远县抓景水兵，现在有条新线索，景水兵在安远县汽车站出现了，你们赶快过去。”李沛阳如获至宝，四人跑到楼下，驾车风驰电掣般向安远县汽车站赶去，五公里的路程十分钟到达。

四人下车后，李沛阳和周俊安进入汽车站大厅，方军和张宏在站外寻找。一辆安远县发往延安的金龙客车发动起来了，里面坐着一个戴着棒球帽和口罩的男子，正在望着窗外。李沛阳用余光看了他一眼，低声给周俊安说了一句：“眼睛真像。”周俊安说：“这是开往延安的，方向也对着了。”但是金龙客车已经开出客运站大门了，二人跑过去也拦不住了。李沛阳记下了车牌号，和周俊安来到调度处，出示了警官证后，问道：“刚发往延安的金龙车走高速还是低速？半路停吗？”调度员说：“走高速，会在安远南服务区停车吃晚饭。”李沛阳说：“走吧，到安远南服务区抓捕，比较安全。”

李沛阳和周俊安出站，叫上张宏和方军，四人开车跟在金龙车后面，一直跟到了安远南服务区，司机把人都赶下车，劝人去餐厅吃饭。戴着棒球帽和口罩的男子也往车下走，当他一只脚刚踏在地面上时，方军抓住了他的左手，张宏抓住了他的右手，周俊安把手搭在他的左肩上，李沛阳左手举着警官证，右手握着七七式手枪，不怒自威：“我们是便衣警察，现在依法对你进行盘查，你的身份证呢？”对方缓了一下说：“丢了。”李沛阳又问：“你的手机呢？”对方答：“被人偷了。”

李沛阳很自信地摘下了对方的口罩，冷冷地说：“景水兵，跟我们走吧。”景水兵低下了头，周俊安把景水兵的双手铐在了背后。李沛阳问：“你车上的东西呢？”景水兵狡辩：“没有东西。”李沛阳把他拉到看热闹的司机跟前，问司机：“师傅，他上车时带行李了吗？”司机说：“后面有个黑袋子是他的，车上有监控，我看一下。”景水兵垂头丧气地说：“不用看了，是我的。”方军上车把那个黑色的行李袋取下来，打开一看，两瓶茅台酒映入了众人的眼帘。

四人把景水兵押上便车，朝着大漠区方向驶去，李沛阳给刘成金大队长打通了电话：“刘大队，踏破铁鞋无觅处，得来全不费工夫。景水兵抓住了。”刘成金大队长激动地说：“好好好，一定要把人安全地带回来，我给刘局长、马支队汇报。”

李沛阳等人押解着景水兵，驾驶便车在高速路上奔驰着。快到安远县城时，李沛阳对开车的张宏说：“咱们去安远县城开发大道平房区。”景水兵轻声问道：“领导们，咱们去那里干什么，你们准备把我怎么样？”李沛阳一言不发。

车行驶到开发大道南巷口，李沛阳等四人押着景水兵走进了巷子最深处，进了景水兵租房的院内。景水兵明白他们要干什么了，淡淡一笑：“哦，你们连我住在哪里都知道了，真厉害。你们准备搜查我的房子，这里什么也没有。”李沛阳也淡淡一笑：“有没有，搜一下就知道了。”景水兵镇定自若：“搜查可以，你的搜查证呢，让我看看？”

《刑事诉讼法》规定，为了收集犯罪证据、查获犯罪人，侦查人员可以对犯罪嫌疑人以及可能隐藏罪犯或者犯罪证据的人的身体、物品、住处和其他有关的地方进行搜查。进行搜查，必须向被搜查人出示搜查证。在执行逮捕、拘留的时候，遇有紧急情况，不另用搜查证也可以进行搜查。

李沛阳说："在执行逮捕、拘留的时候，遇有紧急情况，没有搜查证也可以搜查。"景水兵的脸上依然沉着冷静："那你们现在是在执行逮捕还是拘留?"李沛阳说："拘留。"景水兵笑了："领导，拘留证也没给我看呀。"李沛阳向方军使了个眼色，方军从文件包里把景水兵的拘留证拿了出来说："你先看看。"景水兵看了一眼拘留证，没有再说什么。李沛阳冷笑道："怎么样，可以搜查了吧?"景水兵点点头。

李沛阳把房东老太太叫了出来，对老太太说："阿姨，我们是公安局的，租你房子的是坏人，我们要搜查，你给我们做个见证吧。"老太太吃了一惊，看了景水兵两眼，然后说："好吧，配合你们。"周俊安看守景水兵，方军打开了执法记录仪摄像，张宏在做搜查笔录，李沛阳戴上手套进入室内翻找着，没有发现赃款赃物，没有发现作案工具，没有发现其他线索，最后的结果是一无所获。

四人把景水兵带回了车上，天已经完全黑了。李沛阳说："回单位吧。"一路上，四人一言不发。李沛阳已经意识到，景水兵很厉害，伪装能力很强，法律意识很强，将会是一块难啃的骨头。晚上9时许，车开进了大漠公安分局后院，何胜利和韩卫健从办案中心出来了，何胜利给李沛阳等人说："你们辛苦了，人交给我们吧，你们赶紧回家休息。"

1号讯问室，何胜利和韩卫健对景水兵进行了详细的安全检查，戴上了脚镣，然后将景水兵控制在铁椅上。电子挂钟显示的时间是 2017 年 12 月 12 日 21 时 35 分，讯问开始了。

韩卫健例行告知："我们是毛乌苏市公安局大漠分局刑警大队民警，现在依法对你进行讯问，你有如实回答的义务，如果说假话，将负法律责任，你听清楚了吗？"景水兵冷冷地说："讯问我干什么？我不听。"何胜利听后愣了一下说："你什么意思？我们抓你抓错了？"景水兵点头说："当然抓错了，我什么也没有干。"韩卫健把《犯罪嫌疑人诉讼权利义务告知书》和《认罪认罚从宽制度告知书》递给景水兵说："你是犯罪嫌疑人，你要配合我们的工作，你看一下。"景水兵置之不理，昂起头看着天花板。何胜利大为光火："景水兵，这里是大漠刑警队，你也是多次被打击处理过的人了，大漠刑警队的大名你该听说过吧，放弃你不切实际的幻想，这里不可能让你蒙混过关的。你和王友胡干什么了？说！"

景水兵不紧不慢地说："领导，有理不在声高，我什么场面都见识过。"何胜利压压怒气："王友胡已经交代得清汤利水，你还准备狡辩顽抗？"景水兵说："你们如果相信王友胡说的是真的，你们就按照王友胡说的给我定罪，给我判刑就好了。"何胜利把胸中的恶气咽下去："景水兵，谈你撬保险柜的事，不要浪费时间，我们都知道了！"景水兵皮笑肉不笑："既然你们都知道了，还问我干什么？"何胜利还没有说话，景水兵接着说："我什么都没说，你就说我撬过保险柜，你这是不是诱供？我看你干脆把我的犯罪事实都写下来，我直接签字就行了。"

何胜利火冒三丈，但是看看满屋子四个录音摄像头，三百六十度无死角，只能缓缓语气说："你以前四次因为撬盗保险柜被判刑吧？”景水兵面露不屑：“怎么了？以前是撬过保险柜，都已经判过了。你是问我以前撬保险柜的事吗？这我倒可以给你详细讲讲。”何胜利用笔头敲了几下桌子：“好了，你不想说就算了，我要看看你能不能扛过去!”景水兵叹了一口气：“领导，不要生气，能不能给我吃点儿饭，到现在还没吃晚饭呢。”何胜利不想搭理他。

景水兵开始讲了：“我一个没有犯罪的人，你们把我铐到这里不让走，还不给饭吃，你们准备干什么？准备饿死我？你们公安局还讲不讲人权了？还有没有王法了？”何胜利烦得不行了，给韩卫健使个眼色。韩卫健给景水兵泡了一桶康师傅方便面，过了几分钟后给景水兵放在了铁椅上，把他的手解开。景水兵吃完后打了一个饱嗝，韩卫健又把他的手控制起来。

这时，何胜利的手机响了。一看是妻子打来的，何胜利就到院子里去接电话，没好气地说：“什么事？你不知道我今晚加班吗？”电话里传来了哭声：“儿子感冒发烧三十九度五，都已经在说胡话了。”何胜利着急地说：“你打个120嘛!”何胜利的妻子说：“你又不是不知道咱家那个巷子窄，救护车开不进来，你回来一趟吧，把娃娃背到巷口，怎么样？”何胜利无奈地说：“好吧，等我。”何胜利回到讯问室，给韩卫健安顿：“我有事出去一下，你注意安全，给值班室打个电话让人帮忙。”韩卫健说：“好的。”

韩卫健给值班室打电话要人，六中队民警白晓波迅速赶到讯问室，何胜利匆匆离去。景水兵从鼻孔哼了一声：“你们真是无缝衔接呀。”

景水兵说话了：“我要上厕所，我想拉屎。”韩卫健只好把景水兵从控制椅上放出来，然后给他戴上了手铐，铐在身前。景水兵在前面走，韩卫健和白晓波抓着他的胳膊跟在后面，把他带到了卫生间。景水兵蹲在了便坑上。很快，一股恶臭冲天而来。韩卫健掏出一支烟叼在嘴上，又掏出打火机点着了烟。景水兵说话了："兄弟，给我也来一根。"韩卫健给景水兵递了一根烟，又把打火机递过去。

意想不到的一幕发生了，景水兵把打火机塞进了嘴里，用力想要吞下去。韩卫健急眼了，塑料打火机到了胃里遇到高温有爆炸的可能。他一下把景水兵拉起来，按在地上，然后在景水兵脸上狠狠扇了两巴掌。景水兵的嘴不由自主地张开了。白晓波用手指把景水兵嘴里的打火机抠了出来。景水兵把嘴里的血吐在了地板上。

韩卫健和白晓波把景水兵拖到讯问室，重新将他控制在了铁椅上。韩卫健给何胜利打电话："何队长，你快回来了吗？景水兵刚刚要吃打火机，被我从嘴里掏出来了。"何胜利听了后又急又气："谁让你把打火机给他的？我马上过来。"何胜利安抚了医院急诊科里心急如焚的妻子说："没事的，别担心，人家医生很容易就解决了，我有事走了。"然后，他头也不回地大步走了。何胜利的妻子歇斯底里地喊了一声："你滚吧，赶紧滚，不想看到你。"

何胜利回到了讯问室，问景水兵："你咋回事？"景水兵瞪着眼睛不说话，闭上了眼睛，一副死猪不怕开水烫的样子。

审讯无法继续进行了，此时已经是 13 日凌晨 1 时了。何胜利也闭上了眼睛，他在想：如果晓锋没有出差，该多好。此时的郑晓锋，正和王栋、李小虎躺在太原市大坊区金龙大酒店的席梦思床上呼呼大睡呢。

郑晓锋和王栋、李小虎早早就起床吃了早点，王栋要去大坊区虎城街道找一名诈骗案的证人郝江波。他和郝江波已经约好上午 8 时在大坊区虎城派出所见面做笔录。

三人赶到派出所值班室，王栋给一位大个子的年轻民警说："我们是毛乌苏市公安局大漠分局的，我们想在你们所里询问一名证人，不知道方不方便？"大个子民警犹豫了一下问："确定是证人吧？不是嫌疑人吧？"王栋点点头："是证人。"大个子民警说："我给所长汇报一下。"他打电话把情况说了一下，所长说："好的，务必注意安全。"

稍等片刻，郝江波准时过来了，王栋和李小虎把郝江波带到值班室隔壁的办案区做笔录。郑晓锋坐在值班室和大个子民警聊天。这时，进来一个怒气冲冲的妇女，用手指着大个子民警骂道："你们这些吃人饭不干人事的东西，我给你们反映过几次张江海欠我的钱不还，你们不管，你们是不是收了张江海的黑钱了？"大个子民警一脸蒙："你这女人怎么一进来就骂人呢？我又不认识你，你报的警又不是我处理的，关我啥事？"那妇女不依不饶："你们都穿一样的衣服，我认不得，我就骂你。我不骂也行，你给我解决，我现在再报警。"大个子民警问："是怎么欠你钱的？"那妇女回答："是借钱不还。"大个子民警解释说："你们这属于民间借贷，你应该去法院起诉他，而不是到派出所来。"那妇女恼火万分："你们派出所不是说有困难找民警吗？你们说话不算数，简直就是在放屁！"

大个子民警无奈地说："我们公安机关有我们的职责范围，有些事情归我们管，我们一定会管；有些事情不归我们管，我们坚决不能管。我们既不能玩忽职守，也不能滥用职权。再就是我提醒你一下，说话礼貌一点儿。”那妇女瞪着大个子民警：“我是农村人，我没文化，我就是这么个说话的方式，你能把我怎么样?”大个子民警憋红了脸，不说话了。

郑晓锋实在看不过去了，语气生硬地说：“人家警察已经给你讲得清清楚楚，不归警察管，归法院管，你去法院就行了。你在这里大吵大闹辱骂警察，是不是想到拘留所吃免费饭了?”那妇女瞪了郑晓锋一眼：“你是干什么的?关你什么事?”郑晓锋一拍桌子：“我是来办事的，你哇哇乱叫影响到我了。我还要办事呢！你还没完没了，你准备干啥?”那妇女见郑晓锋来者不善，赶紧出门走了。

郑晓锋对大个子民警说：“像这种泼妇，欺软怕硬，你厉害一点儿，她就怕你了。”大个子民警叹了一口气：“三年前的今天，我们所里出过事。有一个叫张军的民警，在出警时被一个农妇攻击要害。他在剧痛之下，把那农妇脖子一扭，想不到农妇死了，最后张军被判刑了，成了领导们口中的害群之马。从此之后，我们出警办案都小心谨慎，生怕自己成为下一个张军。我们现在就像太监一样，早去了势了。”郑晓锋长吁了一口气，不知道该说什么好了。

王栋和李小虎、郝江波从办案区出来了，笔录完成了，郝江波走了。王栋说：“还有一位证人，今天在运城开会，明天上午来太原，我明天找他谈话。”郑晓锋说：“那咱们今天就休息吧。”

三人返回酒店的路上，何胜利给郑晓锋打来了电话：“晓锋，昨天李大队带人在安远把景水兵抓住了。我们昨晚讯问了一晚上，他拒不交代。他还吃打火机准备自残，被制止了。实在没办法，你说咱们咋办?”郑晓锋说：“我觉得不管咋说先刑事拘留了吧，同案犯王友胡已经把他供述了，刑事拘留不会错。我明天估计就回来了，等我回来了再慢慢讯问吧。”何胜利有点儿不放心：“零口供刑事拘留能行吗?这人可不是一般人!”郑晓锋肯定地说：“错不了，先拘留。李勇把他们的活动轨迹基本查清了，活动范围内的监控能调取的全调取了，外围证据还可以。写呈请拘留报告书的时候，把我的名字写在前面，有责任我来担。”何胜利说：“好吧，那就先拘留。”

第二天上午，王栋又在虎城派出所办案区，和从运城赶回来的另外一名证人做完了笔录。中午时分，三人在大坊区的一家莜面馆吃饭，点的都是山西特色菜。王栋不住地劝李小虎多吃，说这是最后一顿家乡饭了。李小虎吃得直打饱嗝。三人驾车上了高速，归心似箭。过黄河大桥时，郑晓锋打开车窗吹着秦晋大峡谷的冷风，心里默念着：毛乌苏啊，毛乌苏，久违的家乡！我们回来了！

六、从外围打开突破口

刑警二中队办公室里，郑晓锋把景水兵的第一次讯问笔录看了一遍。景水兵确认了自己的身份，说自己的小名叫兵兵，小学毕业后打工至今，自己独立成户，一人吃饱全家不饿。他对于四次犯罪前科毫不掩饰，承认茅台酒是偷来的，具体地点记不住了，除此之外再未犯案。他和王友胡晚上出去是赌博去了，高个子是赌友，身份不详。

郑晓锋看完笔录后，叹了一口气，喝了一口水，闭上了眼睛。何胜利开了个头："审讯很失败，还差点儿捅乱子，这个景水兵的嘴巴真牢，不好往开撬呀！这拘留后如果证据不足逮捕不了可咋办呀?"张宏说："景水兵掌握一定的法律知识，不是咱们平时说的流氓、文盲加法盲。"周俊安感慨道："坐过四回牢了，里边天天学法律呢。"方军笑了："我看这个案子是办不下去了，难度太大!"郑晓锋没有说话，还是闭着眼睛，大家还在七嘴八舌地讨论着。

郑晓锋拿着景水兵的讯问笔录默默离开了办公室，去找刘小乐。刘小乐正在整理档案，看见郑晓锋来了，就停下了手里的活儿：“晓锋，找我何事?”郑晓锋把笔录递给了刘小乐：“我想请你在公安内网你们的专业平台帮我查一下此人的四次犯罪史的判决书和释放证明。”刘小乐很干脆：“好的，现在就录入。”然后他在电脑上熟练地操作起来。

调取前科判决书和释放证明，是必不可少的工作。但是，郑晓锋的目的不止于此。他想看一下景水兵之前作案的方法手段，与最近作案的方法手段有何异同。还要看看之前的同案犯是谁，是不是那个神秘的大个子。

郑晓锋回到了办公室，填好了景水兵的撤网档案，去找刘成金大队长签字。刘成金大队长扶了扶茶色眼镜：“晓锋，景水兵零口供，像铁板一样硬。你准备咋办?”郑晓锋犹豫了一下：“《刑事诉讼法》规定，对一切案件的判处都要重证据，重调查研究，不轻信口供。只有被告人供述，没有其他证据的，不能认定被告人有罪和处以刑罚；没有被告人供述，证据确实、充分的，可以认定被告人有罪和处以刑罚。我准备过两天再去看守所讯问，实在拿不到口供的话，据证定罪。况且，王友胡已经认罪了。”刘成金又扶了扶眼镜：“法律是这么个法律，道理是这么个道理。关键是王友胡只是个开车的，他并没有直接进入案发现场作案呀。”

郑晓锋解释说：“王友胡和景水兵的活动轨迹是清楚的，李勇和其他县区的同志把监控录像调取得很完善，监控录像可以相互衔接，我觉得外围证据还可以。”刘成金说：“嗯，你说的对，你可是常胜将军，这么多年几乎没有拿不下的案子。这个案子你也一定要拿下，也一定能拿下！拿下了，立功受奖!”郑晓锋开玩笑道："拿不下，军法从事?"刘成金点点头："要给你压力了，有压力才有动力，张市长、李局长对这个案子都很重视，你是知道的。"郑晓锋也点点头："是!"

郑晓锋回到了办公室，大家都东奔西跑查案去了。安静的办公室里，绿萝在柜顶和桌上自由自在地生长着。郑晓锋在想：绿萝如此旺盛，离不开发达的根系和肥沃的水土。景水兵疯狂犯罪，是因为他生活在怎样的家庭环境，又有怎样的人生经历呢?

郑晓锋给安定公安局小川河派出所打通了电话："喂，你好，我是毛乌苏市公安局大漠分局刑警大队的郑晓锋，我想和你们打听一个人。"对方问："哪个村的?"郑晓锋说："景家沟村的，叫景水兵。"对方"哦"了一声："你等一下，我给你叫片警陈宇飞。"很快，陈宇飞接起了电话："你好，你想知道什么?我是片警，他是我管理的重点人口，我都清楚。"郑晓锋很高兴："那你讲讲这个村子的情况，景水兵的家庭情况和个人简历。"

陈宇飞说："好，信手拈来的事。景家沟村是一个贫穷落后的村子，村里户籍人口有五百多，现在实有人口五十六人，都是老人。村里青壮年基本都去外地打工或者犯罪了，村里年轻人违法犯罪率很高。现有重点人口六人，景水兵是重点人口里的重点人口。景水兵的父亲在村里边好吃懒做，据说手脚也不干净，但是没被处理过。景水兵的母亲是个正经善良的农村妇女，景水兵弟兄姐妹五人，他排行老四，他弟弟景水军排行老五，他们还有三个姐姐。这三个姐姐都很规矩，都出嫁了。景水军也不是好人，曾经因为敲诈勒索判过刑。景水兵和他弟弟就像他们的父亲一样，他们的三个姐姐就像他们的母亲一样。景水兵因为盗窃被判过四次刑，都是撬盗保险柜，但是每次都只认定了一起犯罪事实，我记得其中有两起分别是黄卢县和黄陵县的案子。景水兵这个人也不好管理，我们一叫他，不是有这事就是有那事，常常叫不来，这就充分说明他还在作案。”

郑晓锋又问：“景水兵的人品、性格、脾气怎么样？”陈宇飞说：“当然不怎么样，属于背着牛头不认赃的人，喜欢无理狡辩，而且智商很高，反应很快。四五年前的一个夏天凌晨，我和所里两个弟兄便衣在镇子上巡逻，碰见景水兵推着一辆摩托车走了一百多米。这不是很明显的偷摩托车嘛。我们把他当场抓住了。我问他干啥呢，他居然说他看见这辆摩托车停在路边影响安全，所以他把摩托车往边上推了推。我当时就骂他，你都推了一百多米了还狡辩。他问我有什么证据，我们三人都说亲眼看见了。他居然说我们看错了。这家伙把我们气得要死，带回所里，口供不变，没办法，又放了！唉，提起这事我就来气！江山易改、本性难移啊，他又盗窃了吧？”郑晓锋唉声叹气说：“是的，我们已经把他拘留了，但是口供不好。”陈宇飞义正词严：“不要叹气，不要犹豫。你们一定要下定决心，排除万难，把案子办好，为人民除害。”郑晓锋呵呵笑了：“我会尽力的，一定要为你们出那口恶气。”

陈宇飞突然想起了什么：“你们这次抓景水兵是不是因为十年前的案子？”郑晓锋很意外：“十年前景水兵在我们大漠区还有案子？”陈宇飞说：“十年前，你们大队有三名同志来抓过景水兵，其中一人姓韩。”郑晓锋客气地说：“收获颇丰，万分感谢，常联系！”陈宇飞也客气地说：“天下公安是一家，过我们所里来，请你们吃饭。”

十年前，郑晓锋还没有上班，但是他知道当时全大队只有一位姓韩的民警，就是现在六中队中队长韩伟华。

郑晓锋大步流星赶到六中队办公室，韩伟华不见踪影，办公室只有陈壮壮一人正往抽屉里放案卷。陈壮壮问："晓锋，有什么事?"郑晓锋问："韩队长呢?"陈壮壮指了一下手机："你看几点了，韩队长回家吃饭去了，咱们也赶紧去吃吧。"郑晓锋一看手机，已经12时30分了。二人于是去了餐厅。

下午2时，郑晓锋迫不及待地赶到了六中队的办公室，韩伟华已经坐在办公桌前了。韩伟华笑着说："晓锋，听说你找我，我已经恭候多时了。"郑晓锋开门见山："大哥，我办的撬盗保险柜案子中有一名嫌疑人叫景水兵，你以前是不是抓过这个景水兵?"韩伟华捋了一下头发，想了一想问："是不是又叫景兵兵?"郑晓锋点点头。韩伟华可以肯定了："是了。2008年，咱们大队破获了一个入室盗窃团伙，成员有十几个人，互相交叉作案数十起，其中就有景兵兵。景兵兵和刘伟等人合伙作案六起。当时刘伟等人交代得很清楚，景兵兵是小川河镇景家沟村人。我在户籍系统上没有查到景兵兵，我就给小川河派出所打了电话，派出所的人说景家沟村只有一个景兵兵，景兵兵是小名，大名叫景水兵。我又在户籍系统查景水兵，可以查到基本信息，但是没有户籍照片，这就说明景水兵有户口，但是没有办过二代身份证。我就想着干脆去村里抓捕一次，即使抓不住，也看看他家里有没有景水兵的照片。只要有了照片，就可以让刘伟等人辨认景水兵，就可以上网追逃。"

韩伟华喝了一口水继续说："当时是冬天，我和田光、刘冬冬就开着桑塔纳车去了小川河派出所，叫上了一个刚参加工作的同志，姓陈。陈警官给我们介绍说景水兵因为盗窃判过一次刑，是重点人口。景水兵有三个姐姐都出嫁了，他还有个弟弟也不是好人，常年在外胡跑。景水兵也常年不在家，家里只有他父母。我们四人开着桑塔纳去了离派出所七八公里的景家沟村。景水兵家在半山腰上，没有邻居，孤零零的一家人。我们把车停在沟底，四人步行到了景水兵家大门外。景水兵家有三眼破旧的土窑洞，院墙是自己拿烂条石垒的，大门就是个木栅栏，上着一把挂锁。家里连牲口也不喂。我翻墙到院子里，凑到每眼窑洞窗户前一看，一眼窑洞是放杂物的，两眼住人的窑洞也是家徒四壁，墙上也不见挂照片，我又翻了出来。”

郑晓锋问：“那你们撤了吗?”韩伟华又喝了一口水说：“没有。当时是中午，我们四人准备再守守，看有没有意外的惊喜。”郑晓锋也喝了一口水：“你们为什么不让陈警官问问村干部最近见过景水兵没有?”韩伟华摇摇头：“村干部也都姓景，和景水兵很可能是亲戚，咱们一问，人家说不准就通风报信了。我们一直等到下午 6 点，天都黑了，才见景水兵的父母每人背着一摞树枝干柴回来了。我们到景水兵家里坐了坐，和景水兵的父亲聊天。我问景水兵的父亲，景水兵去哪里了？景水兵的父亲一脸不耐烦地告诉我景水兵半年没回家了，他和景水兵断绝父子关系了。我们临走时，景水兵的母亲把我们送到大门口，低声给我说这个不成器的东西又给政府添麻烦了。我们开车把小陈送回所里，在所里吃了晚饭。我准备在安定或者清涧住一晚上，天亮了再走，结果田光说他手上有个杀人案到期了，今晚回去他还准备加班。我们就连夜开车回毛乌苏，走到清涧县的盘山路上时，下起了雨夹雪，桑塔纳的雨刮器坏了，我们只好把车停在路边，在附近村委会的烂窑洞里借宿了一晚。第二天的晚上我们才回到毛乌苏。后来我常常在户籍系统查景水兵，查了好多年都没有照片，在大数据上也没有活动轨迹。时间的流逝会冲淡一切，刚才要不是你问我，我都忘记景水兵了。”说完，韩伟华把保险柜打开了，从里面找出来一沓子案卷材料说：“这就是景水兵涉及的六起案件材料，同案犯的判决书我都调取了，景水兵的逮捕证都有了。我给刘大队说一下，然后你拿走吧。”

韩伟华去了刘成金大队长的办公室，汇报了情况。刘成金一脸愠色：“你当年太不认真了，为什么就不在监狱系统里查一查呢？好了，案子交给晓锋吧！”韩伟华面有愧色，“嗯嗯”着回到了六中队办公室，对郑晓锋说：“材料你都拿走吧。”郑晓锋问：“大哥，你看需要我打个收条吗？”韩伟华笑了：“你赶紧拿走吧，打啥收条，如果我连你都不信任，那整个刑警队都没有我可以信任的人了。”

郑晓锋返回二中队的办公室，何胜利正往煮砖茶的壶里放盐。郑晓锋汇报道：“何队长，韩伟华说景水兵 2008 年作过六起入室盗窃案，他的同案犯已经全部判刑了，景水兵当年已经批捕了，只不过由于没有照片，所以没有上网。韩队长给刘大队汇报过了，之前的案卷材料都交给我了。”何胜利大喜过望：“这下好了，逮捕不成问题了。”郑晓锋又说：“2008 年，景水兵参与作案的证据仅仅是三名同案嫌疑人的讯问笔录，但是由于没有景水兵的照片，所以没有辨认笔录。当年批捕的检察官大意了，这是一个致命的缺陷。如果放在现在，是无法批捕的。咱们即使用当年的逮捕证把景水兵逮捕了，如果不弥补辨认笔录，依据现在的证据规则恐怕这六起犯罪事实无法认定！”

何胜利好像被人泼了一盆凉水：“是啊！当年的犯罪嫌疑人

一时半会儿能找得见吗？找见了会配合吗？”郑晓锋淡定地说：“三个同案犯，我就不相信连一个都找不见。只要找见了，应该会配合。咱们是猫，他们是鼠，不怕猫的老鼠毕竟是极少数。”何胜利被这个比喻逗笑了：“我看你小时候《黑猫警长》看多了。”郑晓锋把韩伟华移交的材料又踏踏实实过了一遍，然后给何胜利说：“韩队长办案很认真，其他证据都没问题，只差同案犯李帅帅、刘伟、赵波的辨认笔录。”何胜利说：“那就好，你就好好想办法找人吧。”

郑晓锋从三人的讯问笔录中找到了三人当年的手机号和家属的手机号。郑晓锋先拨打李帅帅的手机号，已成空号，再拨打家属的手机号，也是空号。毕竟，已经十年过去了。郑晓锋到十五楼找李勇：“李队长，帮我查一下李帅帅的手机号。”李勇笑道：“手续呢？”郑晓锋说：“先查后补。”李勇递给郑晓锋一袋瓜子：“边吃边等。”很快，李勇对郑晓锋说：“手续我不要了，没查到。”郑晓锋说：“家属的号码也行。”李勇摇摇头说：“李帅帅从小父母离异，他应该是和父亲一起生活，他父亲也去世了。这李帅帅也没有什么活动轨迹。”

郑晓锋只好返回办公室，李帅帅是怀远区香水镇李家湾村的，所以只好问一下香水镇派出所。郑晓锋给香水镇派出所打了电话：“你好，我是毛乌苏市公安局大漠分局刑警大队的民警，我想问一下你们辖区李家湾村李帅帅的联系电话。”对方说：“好的，我帮你问问村干部。”很快，香水镇派出所的电话回过来了：“村干部说他们村里的李帅帅前两年因为父亲去世受了刺激，突然患精神病了，现在每天在村里疯跑，村里的邻居亲戚出于好心给他点儿饭吃。李帅帅见谁都傻笑，什么也不懂了。”

郑晓锋问道：“村干部可靠吧?”派出所民警说：“很可靠，是个讲原则、负责任的好人。”郑晓锋还是不放心：“我们准备过来走一趟，亲眼看一看，我好给领导交代。”派出所民警说：“好的，你们随时可以过来。”郑晓锋问旁边的何胜利：“咱们过去看一看?”何胜利脸色难看：“死马当活马医，过去看一看吧。”

次日上午，郑晓锋和何胜利着便衣开着皮卡便车，按照导航指示的路线翻山越岭两个多小时，终于来到了李家湾村村委会院外。冬季的黄土高原，千沟万壑，荒草丛生，光线晦暗，寒气逼人，一派肃杀的景象。有几个老汉把手交叉伸进袖筒里，蹲在墙角聊着天。

何胜利过去打招呼：“老人家，都不忙?”老汉们看见来了生人，都很稀奇，笑着问何胜利干啥来了。何胜利问：“你们村里的李帅帅家在哪里?”老汉们开始叹气摇头，其中一个老汉说：“李帅帅是我侄子，他爸爸前两年有病去世了，李帅帅突然间就疯了，一天胡言乱语到处跑，这会儿估计也不在家。”何胜利问：“那他每天咋吃饭?”老汉说：“他像个讨吃的一样，到处混着吃，大家都沾亲带故的，他跑到谁家，谁家给他吃点儿。”何胜利还不死心：“我们能不能见见本人?”老汉上下打量着何胜利和郑晓锋，然后说：“看你们也不像坏人，你们肯定是政府的人，不用开车了，跟我走两步，前面不远就是他们家。”何胜利和郑晓锋跟着老汉走了二百多米，迎面过来一个灰头土脸、破衣烂衫的后生。后生笑嘻嘻地在老汉的头上摸了一把，说道：“侄子，你和谁一起溜达呢?”老汉对何胜利说：“这就是李帅帅。”

何胜利和郑晓锋看了一下手机上李帅帅的户籍照片，确认无疑。何胜利叹了口气说：“老人家，这后生也可怜，我们走了。”

然后，他拉着郑晓锋，头也不回地上了车。何胜利开车拉着郑晓锋往大漠区方向返，慨叹道：“十年了，物是人非呀!”郑晓锋也慨叹道：“这后生以后可怎么生活?”接着又安慰何胜利：“还有两个人，咱们的运气不会一直差。”何胜利说：“你有信心，我就放心了。”

车很快就到了大漠区玉河镇街上，何胜利停车说：“咱们在这里吃狗肉吧。”郑晓锋摇摇头：“狗是人类的朋友，咱们吃驴肉吧。”何胜利摇摇头：“驴为人类拉磨。”何胜利的手机响了，是玉河派出所的郭涛打来的：“何队长，我看见你和晓锋在玉河镇，到我们所里来吧，今天吃炖羊肉。”何胜利一听乐坏了，开车拉着郑晓锋到了玉河派出所，美美地吃了一顿炖羊肉。

返回单位的路上，郑晓锋对何胜利说：“何队长，有首陕北民歌叫《陕北炖羊肉》，你听过吗?”何胜利说：“没听过，现在听，用你手机放。”悠远高亢又富有深情的歌声入耳又入心：“翻过了一座山，走过一道岭，陕北的水土好，羊肉真足劲。信天游唱不完小康的梦，大秧歌扭出黄土地的情。喝着那山泉水，吃着中草药，羊儿在蓝天下咩咩地叫。拦羊的哥哥圪梁梁上嘹，妹妹的心思哥哥额知道。山知道，水知道，怀远羊肉味道好。风知道，云知道，醇香美酒端起了……”

文武之道，一张一弛。郑晓锋午休后，用办公室电话给刘伟打电话，令人讨厌的声音传来：“对不起，您拨打的号码是空号。”他又用自己的手机给刘伟家属打电话，能打通。很快，一个中年妇女的声音传来：“你是谁?”郑晓锋说：“你好，我想找一下刘伟，我是刘伟的朋友。”中年妇女说：“那你给刘伟打呀，给我打干什么?”郑晓锋很客气地笑着说：“大姐，我是刘伟多年的朋友，老交情了。我没有刘伟的新号码了，麻烦你给我说一下。”中年妇女把刘伟的手机号告诉了郑晓锋。郑晓锋记下后，还不忘说声谢谢。

郑晓锋用办公室电话给刘伟的手机号打了过去，响了四十几秒后，刘伟接了：“你是谁?”郑晓锋用很平和的语气说：“刘伟，你好。我是毛乌苏市公安局大漠分局刑警大队的，我有事想请你帮个忙，不知道你方不方便?”刘伟一听是大漠分局刑警队的，心情立马不爽了：“我自从那次坐牢以后，再也没有犯罪。你们还找我准备干什么?”郑晓锋解释道：“请你帮个忙难道不可以?”刘伟冷笑：“你们那么厉害，还需要我帮忙?”郑晓锋笑了：“我们也都是肉体凡胎普通人，能有多厉害？请你帮忙也是很正常的，而且是你的义务。你配合我们工作，给我们帮忙，才说明你是社会主义好公民。”刘伟不耐烦地说：“我不相信你们警察，你们常常骗人。”郑晓锋笑了：“我叫郑晓锋，你和公安系统的朋友或者是混社会的熟人打听一下，我有没有骗过人。你先打听去，打听完了咱们再聊。”刘伟犹豫了一下说：“好，我打听一下。”

郑晓锋坐在电话前焦急地等待着。电话响了，方军看了一眼说：“找俊安的。”周俊安接了。过了一会儿，电话又响了，方军看了一眼说“找我的”，然后接了。直到晚饭时间，郑晓锋都没有等到电话。他想，我还是稍微等等吧，打电话催促得太频繁会引起刘伟的畏惧心理。

郑晓锋晚饭后开车回家，把妻子和女儿接上，拉到了河滨公园散步。李商隐说：“夕阳无限好，只是近黄昏。”郑晓锋说：“黄昏亦有黄昏景，红霞满天人安宁。”

这时，郑晓锋的手机响了。他一看，是玉河派出所的童雷打来的。童雷问："晓锋队长，不忙吧？说话方便吧？"郑晓锋忙说："不忙，方便。"童雷说："我有个朋友的亲戚叫刘伟，他说你找他了，让他帮忙，这是咋回事？不会准备再抓他吧？"郑晓锋笑了："你告诉他，我们绝对不是要找他麻烦，更不是抓他。我确实是想请他帮忙，同时给我们帮忙也是他的义务。他如果配合我们的工作，他就是优秀好公民。他如果不配合我们的工作，我会经常惦记他的。人家常说，不怕警察抓，就怕警察惦记。哈哈哈！"童雷也笑了："被你惦记绝对不是一件好事！谁不知道你是一个言出必行的人。好的，晓锋队长，我让他明天上午去你办公室找你，怎么样？"郑晓锋说："没问题，我上午哪里都不去，就在办公室等他，让他尽量早点儿来。"

一大早，刘伟就来到了二中队的办公室，非常客气地问："郑晓锋，郑队长是哪位？"郑晓锋赶紧站起来迎了上去，握住刘伟的手，好像生怕刘伟跑了，刘伟本已放下的心又提到了嗓子眼。郑晓锋放开刘伟说："总算把你找到了。别担心，小事请你帮忙而已。"刘伟的心又放下去了，接过郑晓锋倒的茶水受宠若惊地说："谢谢你，郑队长。我本来是不想来的，但是我听说你是一个好人，从不骗人，更不会仗势欺人，所以我就来了。"郑晓锋笑了，直奔主题地说道："刘伟，这次叫你来，是让你辨认十年前和你们一起盗窃的景水兵，你应该能认出来吧？"刘伟两眼放光："你们终于把景水兵抓住了？景水兵把我和李帅帅都害了。当年就是景水兵把我和李帅帅领上道的。我和李帅帅本来都是厨师，在小饭馆打工，挣的钱也够花。我们两人在南沙坑的麻将馆打麻将时认识了景兵兵，他天天给我们灌输坏思想，说现在社会不公平，富的太富，穷的太穷，胆子大了才能有钱，偷人家东西不丢人，没钱花才丢人。我们两人当年还不到二十岁，是非观念淡薄，景水兵就带着我们出去偷东西，我参与了三次，李帅帅参与了两次，他还带过其他人出去偷。我和李帅帅可恨景水兵了。我们两人坐完牢后，明显感觉到社会上歧视的目光。我后来在家人鼓励下在南沙坑开了小超市，规规矩矩过日子，还结婚了。李帅帅坐牢后心里一直有阴影，一天到晚神神道道。前两年他爸爸死了，他成了精神病。李帅帅最可怜了!”

郑晓锋心里踏实了：“你可以辨认出景水兵吧?”刘伟肯定地说：“这驴日的就是化成灰我也能认出来，恶有恶报啊，不是不报，时候未到!”郑晓锋把景水兵的照片混杂在其他十一张成年男子免冠黑白照片中，打印在一张 A4 纸上给刘伟看，刘伟一眼就认出来了：“这狗日的就是景水兵。”郑晓锋完善了辨认笔录。

刘伟千恩万谢：“谢谢你们为民除害呀!”何胜利和方军、周俊安都笑了，不约而同地想：你当年也是我们除的一害啊！郑晓锋又问刘伟：“你认识赵波吗?”刘伟回答：“赵波是景水兵带的人，和景水兵关系比较好，他和我们一起作过案，我和李帅帅都不喜欢和他打交道，这个人满嘴假话，不靠谱。他身上的案子比我和李帅帅多，我和李帅帅当年只判了一年半，赵波判了五年。”郑晓锋问：“我想找赵波，让他再辨认一下景水兵，以求万无一失。”刘伟摆摆手：“不可能的，他和景水兵关系好着呢。”郑晓锋喝了一口茶：“你知道赵波在哪里吗?”刘伟也喝了一口茶说：“好茶，正宗。赵波在哪里我还真的不知道，也打问不上。”郑晓锋客气地说：“麻烦你了，你可以去忙了。”刘伟端着茶水边往外走边说："郑队长，以后有需要帮忙的尽管说。"郑晓锋颔首微笑。

单位餐厅今日的午饭十分丰盛，郑晓锋和周俊安、方军、何胜利坐在一桌吃得津津有味。何胜利一边嚼着肉夹馍一边说："我觉得最好把赵波也找一下，把辨认笔录搞好。景水兵对这六个犯罪事实拒不承认的可能性相当大。"方军喝了一口三鲜汤："他肯定不会承认的。"周俊安也附和着说："景水兵真的不一般。"郑晓锋狠狠地咬了一口肉夹馍，用力嚼着，又用力咽下去："我一定要把他吃掉，像吃肉夹馍一样。"

吃完午饭，郑晓锋没有午休，用办公室电话给赵波打了过去，电话里再次传来郑晓锋不愿意听到的声音："您所拨打的号码已停机。"郑晓锋又给赵波的家属拨了过去，是空号。郑晓锋又到了十五楼合成作战室，李勇不在，姬志飞正在电脑前搜索。郑晓锋把赵波的户籍信息递给了姬志飞说："帮我看看他的联系方式和活动轨迹。"姬志飞说："手续呢?"郑晓锋挠挠头："咱们两人的关系，你还不相信我?"姬志飞笑了："当然相信，但是我要存档。"姬志飞知道，郑晓锋是个谨守规矩的人。

姬志飞收下查询申请表，查了一圈后说："这家伙 2013 年到 2014 年轨迹很丰富，2015 年至今无轨迹。但是户口没有注销，应该是活着的，他很有可能在坐牢。"郑晓锋一听，顿觉很有道理，道了一声谢，返回了办公室，结果在执法办案系统查询到赵波 2015 年 1 月 2 日因为涉嫌盗窃罪被东华市公安局刑警大队刑事拘留，涉案金额两万元。郑晓锋给东华市公安局刑警大队的办案民警打通了电话："你好，我是毛乌苏市公安局大漠分局刑警大队的，我想问下你办的赵波盗窃案咋处理了?"对方说："诉了，判了，在毛乌苏监狱服刑呢。”

郑晓锋追问：“判了几年？”对方说：“三年吧。”虽然赵波构成累犯，不得假释，但是《刑法》规定，被判处管制、拘役、有期徒刑、无期徒刑的犯罪分子，在执行期间，如果认真遵守监规，接受教育改造，确有悔改表现的，或者有立功表现的，可以减刑，有重大立功表现的，应当减刑。

郑晓锋坐不稳了，万一减刑提前释放了，岂不是又不好找了？郑晓锋赶紧给毛乌苏监狱狱政科打电话，结果没人接。郑晓锋猛然想起，人家狱政科是行政班，现在是午休时间。他挂了电话，到宿舍准备午休，却辗转反侧难以入眠。

好不容易挨到下午 2 时，郑晓锋拨通了狱政科电话，对方哈欠连天地问道：“谁？什么事？”郑晓锋说：“我是毛乌苏市公安局大漠分局刑警大队的，我们想提审一个叫赵波的服刑人员，不知道释放了没有。”对方说：“等等。”很快，对方就说：“有四个赵波，你问哪个？”郑晓锋把身份证号告诉了对方，对方说：“没有释放，这家伙一次也没有减刑，到 2018 年 1 月 2 日才能释放。”郑晓锋“哦”了一声，挂了电话，心里的大石头落了地。

恰好此时何胜利回到了办公室，郑晓锋把情况给他汇报了一下，何胜利说：“那咱们就赶紧去监狱吧，今天已经是 12 月 21 号了，离释放也没几天了。”郑晓锋说：“那就明天早上出发，下午就能回来。我和谁搭档？”何胜利咽了一口老茶说：“由你挑。”郑晓锋说：“那就你吧。”何胜利差点儿把一口茶水喷出来：“为什么总爱挑我？”郑晓锋说出了三个理由：“第一，你对案件很熟悉；第二，老将出马，一个顶俩；第三，监狱附近有家铁锅炖羊肉。”何胜利摸摸肚子点点头：“第三个理由我无法拒绝。”

12 月 22 日上午 8 时，刘江开着桑塔纳警车，拉着何胜利、郑晓锋，朝着位于东华市燕家塔的毛乌苏监狱出发了。他们三人有两个共同的目标：一是把赵波拿下；二是把羊肉吃好。

经过近两个小时的长途跋涉，终于开到了毛乌苏监狱行政办公区的院内。高墙电网坚不可破，岗哨林立严肃紧张。身强体健的武警战士们挥舞着零三式步枪在练习拼刺刀，橄榄绿的身影热气腾腾。何胜利和郑晓锋走进了狱政科的办公室，出示了介绍信和警官证，说明了来意。

狱政科的科长说：“你们昨天打电话说起的赵波，可不是个省油的灯，这次是第二次服刑了，老油条，不好管理，喜欢惹是生非，属于唯恐天下不乱的那种人。”何胜利说：“不管他是哪种人，我们都要会会他。”郑晓锋补充道：“仅仅是让他辨认一个同案犯而已，当年他已经供述了，只不过由于同案犯没有户籍照片，所以没有搞辨认笔录。”科长说：“好吧，咱们去讯问室，我叫人把他提出来。”

科长带着何胜利、郑晓锋来到了监狱 2 号讯问室。监狱讯问室的布置和看守所的讯问室差不多，一道铁栅栏把讯问人和被讯问人分开，讯问人这一边摆着办公桌和电脑设备，还有一盏台灯。被讯问人那一边墙壁全部软包，铁控制椅被焊接在地面上。两名狱警很快把赵波从后门带进来，控制在了铁椅上，然后转身锁门出去。

何胜利把赵波上下审视了一遍。赵波已过而立之年，个子不高，身材微胖，肤色很深，左手背的黑色蝎子文身栩栩如生，三角眼流露出桀骜不驯的神情。赵波把何胜利和郑晓锋扫视一遍，语气生硬地问："找我什么事?"何胜利说："我们是毛乌苏市公安局大漠分局刑警队的，2008 年你和景水兵一起盗窃过，你当年把他供述出来了，但是没有做辨认笔录，我们想让你辨认一下景水兵。"赵波晃晃脑袋："十年前的陈芝麻烂谷子的事，我想不起来了。"何胜利说："事情你不需要想起来，你只需要辨认景水兵，听明白了吗?"赵波斜眼看着何胜利说："没听明白，也不想听。"狱政科科长看不下去了："赵波，你认识我吧?你给我老实点儿，端正自己的态度，配合人家工作。"赵波不紧不慢地说："认识你，你不就是狱政科的头头吗?我马上就放出去了，你马上就不能管我了，你能拿我怎么样?"狱政科科长脸色通红，气得说不出话来。郑晓锋没有说话，在静观其变。

何胜利鼻孔里哼哼了两声，继续做思想工作："赵波，我们和你以前没有见过面吧?"赵波说："没有。"何胜利问："我们以前没有得罪过你吧?"赵波说："废话，见都没见过咋会得罪我?"何胜利说："你也是一条好汉，咱们往日无冤，近日无仇的，你和我们耍什么脾气?你有什么理由为难我们?"赵波冷笑一声："我怎么耍脾气了，又怎么为难你们了?"何胜利说："你觉得你说话的态度很好吗?我们让你辨认一下景水兵是个难事吗?"赵波不说话。何胜利顿了顿，接着说："咱们都是人，人应该尊重人吧，我们和你讲话客客气气，你和我们讲话处处带刺。我今年四十岁的人了，比你应该大吧?你是不是应该尊重我?"赵波还是一副不以为然的样子，念叨着："尊重你?哼!"

何胜利压住满腔怒火："难道不应该?"赵波摇摇头："你们这些警察，没几个好人。我不想听你讲什么大道理，我也不会配合你们的，你们赶紧走吧!"

何胜利忍无可忍，无须再忍：“赵波，你少嚣张，我们对你客客气气，是因为我们尊重你，把你当人看。你还真以为我们拿你没办法了，真以为我们是过来求你的。你给我听清楚了，我可是十五年的老刑警了，大到杀人放火，小到坑蒙拐骗耍小姐，什么案子没办过？什么恶人没见过？你还真把自己当成一条好汉了。你如果拒不辨认景水兵，我们今天回到单位后就通过大数据系统把你的轨迹详详细细过一遍，面向社会征集你的违法犯罪线索。我要让你 1 月 2 号刚走出监区大门，就再一次戴上手铐走进看守所的大门，你信不信？”

赵波不敢再犟嘴了，语气和缓了，看向郑晓锋：“我辨认，我配合，我能认出来。”郑晓锋把辨认笔录照片页递了进去，赵波看了一眼说：“是三号，三号就是景水兵。”郑晓锋默默地完善了辨认笔录，何胜利对赵波说：“希望你能好好改造，出狱后做个好人。”赵波点点头，脸上流露出很尴尬的表情，科长用对讲机叫人把赵波带了下去。

何胜利、郑晓锋、刘江、狱政科科长坐在监狱附近的怀远铁锅炖羊肉店里，何胜利满怀歉意地对狱政科科长说：“今天提审赵波，让你受委屈了，我们请你吃饭。”科长不好意思地笑了：“不不不，应该是我请你们吃饭，今天你把那小子收拾了一顿，把他吓住了，给我出了口气。”这时，服务员来了，问道：“你们要多少羊肉？”刘江说：“半斤。”郑晓锋说：“半斤。”科长说：“半斤。”何胜利说：“两斤。”服务员吃了一惊，问何胜利：“你能吃两斤？开什么玩笑？”何胜利白了服务员一眼：“少见多怪的，我可是大漠区西四乡的，正宗草地人。我五岁就能吃半斤羊肉了，现在吃两斤没问题。”服务员讪讪地说：“现在倡导光盘行动，咱们可尽量不要浪费。”郑晓锋微笑着对服务员竖起了大拇指。

科长感慨万分地说：“我在监狱干了也有二十年了，这几年的监狱管理越来越文明了，但是犯人越来越不好管了。”何胜利唉声叹气，刘江低头不语。炖羊肉和米饭、馒头上来了，何胜利拿起筷子说：“咱们吃吧，吃点儿好的，把今天的不愉快都忘了吧！”中途，郑晓锋悄悄起身把账结了。

汽车行驶在返回单位的路上，何胜利问郑晓锋：“赵波顶嘴的时候，你为什么没收拾他?”郑晓锋笑了：“我知道有你在，肯定能搞定他。老将在挥舞大刀，我一个小兵凑什么热闹?”何胜利听了很受用：“你觉得大哥还不老吧？魄力还在吧?”郑晓锋笑嘻嘻地说：“当然不老，老当益壮，不但有魄力，还有魅力，我和刘江都是你的粉丝。”刘江赶紧点头：“晓锋说的很对，我们都很崇拜你。”何胜利笑得合不拢嘴。

七、峰回路转

2017 年 12 月 24 日，又轮到刑警大队二中队值班了。每次值班，按照刑警大队多年来形成的惯例，何胜利都会安排一个接警组和一个出警组。接警组负责在值班室接收接警平台指令，接听报警电话，接待来局报案群众，接警后认为属于刑警大队管辖的刑事案件，就会通知出警组处置。好多群众认为，只要是公安机关管辖的刑事案件，都归刑警大队管辖，事实上并非如此。

郑晓锋今天属于接警组，而且他的接警时段是 24 日 22 时至 25 日 8 时，这个时间段属于圣诞前夕，也就是平安夜。刑警队值班最不喜欢的就是各种花里胡哨的节日了，尤其是情人节、七夕、平安夜，往往容易发生性犯罪。性犯罪案件还很麻烦，多数发生在晚上，要连夜迅速出警，否则好多生物物证容易灭失。一旦发生强奸案件，侦查员、技术员、法医、监控员都不能置身事外。现场勘查提取物证，调取监控录像，给被害人做活体检查、妇科检查、提取阴道拭子，询问被害人、证人，抓捕审讯嫌疑人，这些工作一个都不能少。所以，只要晚上发生强奸案，一晚上和第二天都别想休息了，能把人累到吐血。

郑晓锋接班了，躺在值班室的床上，心里默默祈祷，千万别发生强奸案，今晚一定要平安！郑晓锋翻看着微信朋友圈，有的人发：吃个甜甜的苹果，岁岁都平安；听首柔柔的歌曲，年年都平安。有的人发：平安夜的钟声回响在小路，我送你一棵真诚的圣诞树，挂满了我对你的祝福。郑晓锋也发了一条朋友圈：岁月静好，今夜平安，是因为有人在负重前行。他又配了两张图片，一张是漫天飞雪中守卫边疆的解放军，一张是灯火辉煌中巡逻民警高大的背影。之后，郑晓锋心满意足地关灯睡觉。

不料刚到 23 时，接警平台响起了刺耳的嘀嘀声，郑晓锋一个懒驴打滚，坐到了电脑前，点开了接警平台，果然发案了。有一女子报称在绿洲路溪水酒店附近路边被一名陌生男子持刀劫持后强奸。郑晓锋给报案人打去了电话：“你好，我是毛乌苏市公安局大漠分局刑警大队值班室，把你刚才报案的情况简单说一下。”报案人一边抽泣一边说，郑晓锋简单做记录，安抚被害人，同时已经给侦查员周俊安、技术员余浪、法医贺雷、监控员赵新都发了微信。

很快，出警组四人装备齐全地来到了值班室。郑晓锋简要介绍说：“被害人是一个二十岁的女孩儿，两个月前用手机玩搜索附近的人，认识了一名三十岁的男子。今天下午约见后发现该男子相貌丑陋，不愿意继续交往。该男子强留女孩儿在溪水酒店楼下饺子馆吃饭，吃完后偷偷跟着这女孩儿，跟到绿洲路南头断头路时，趁夜色持刀把女孩儿逼入草丛里强奸了。嫌疑人现在已经跑了，被害人在溪水酒店楼底等待。”周俊安记下了报案人电话，四人匆忙出发了。郑晓锋叹了口气，继续睡觉。

25日凌晨2时，报警电话又响了。郑晓锋翻身起床，接起电话："你好，刑警大队值班室，什么事?"又是一个女人的声音："我报案，我被人强奸了。"郑晓锋的心又跳了一下："你详细说。"报案人说："我前两天在交友软件上认识了一个男的，今天下午这个男的约我见面，请我吃了肯德基，带我逛街，给我买了件一百多块钱的衣服。晚上10点多，他把我带到了松林商务宾馆，要和我发生性关系，我不愿意，他就把我强奸了。"郑晓锋问："你多大了?结婚了吗?有孩子吗?"报案人回答："二十五岁了，结婚了，有一个小孩儿。"郑晓锋问："你文化程度咋样?"报案人回答："大专。"

根据报案人陈述的语气和过程，凭借自己多年的经验和直觉，郑晓锋初步判断应该是假案，他有点儿恼火："文化程度可以，智力水平应该没问题呀！大家都知道现在的网上交友软件怎么回事儿，你应该知道吧?人家男人又请你吃饭又给你买衣服是为啥，你知道吧?男人半夜三更约你去宾馆是为啥，你知道吧?你背着老公，不管娃娃，和一个陌生男人去宾馆，太过分了吧?"报案人挂断了电话。郑晓锋又把电话拨了过去："你究竟是不是被强奸了?你如果谎报案情、诬告他人，我们查清楚了将会追究你的责任。你考虑清楚，这案子你报不报了?"报案人说："我不报了，我错了。"郑晓锋平静地说："嫁人了，就不要胡闹了，跟着老公，照顾好娃娃，规规矩矩过日子吧。"报案人挂断了电话。郑晓锋一连三叹，继续睡觉。

日有所思，夜有所梦。郑晓锋梦见他和方军在大街上跟在一个大个子后面使劲儿追，那个大个子手上还拿着一根明晃晃的撬棒。二人追了好远，都追不上。大个子腿长跑得快，一闪身进了一条巷子不见了。他急得直跺脚，然后就醒了，发现自己满头大汗，被子都蹬到地上了。郑晓锋捡起被子，用手抹掉额头的汗水，准备继续睡，却心烦意乱怎么也无法入眠。他反复回忆梦中的情景，突然想起了明光闪闪的撬棒。

根据《公安机关办理刑事案件程序规定》的规定，为了查明案情，在必要的时候，侦查人员可以让被害人、证人或者犯罪嫌疑人对与犯罪有关的物品、文件、尸体、场所或者犯罪嫌疑人进行辨认。

是啊，撬棒这么重要的物证，应该让马建党辨认一下，如果马建党能从混杂在一起的撬棒中把这根撬棒辨认出来，将会是一份有力的证据。郑晓锋怕自己睡一觉起来又忘记，就把这点记在了闹钟上，然后放心睡了。

《公安机关办理刑事案件程序规定》中要求，辨认时，应当将辨认对象混杂在特征相类似的其他对象中。辨认物品时，混杂的同类物品不得少于五件；对物品的照片进行辨认的，不得少于十个物品的照片。

上午8时，郑晓锋交班后，脸也没洗就叫上张宏，开车朝迎宾路五金机电城驶去。他要去那里拍九根撬棒的照片，作为被辨认撬棒的陪衬物。郑晓锋和张宏找了五家销售撬棒的五金门店，给九根形态各异的撬棒拍了照片。隔行如隔山，这五家门店的老板，都是一脸纳闷的样子，心想：这两个警察是要干啥呢？难道是个人爱好？

郑晓锋和张宏回到了单位，他把这九张撬棒照片和从王友胡的车里扣押的两根撬棒的照片都打印出来，准备按照辨认的规则，让马建党对扣押的这两根撬棒分别进行混杂辨认。郑晓锋给马建党打电话："老马叔，我是毛乌苏市公安局大漠分局刑警大队二中队的郑晓锋，你来我们单位一趟，辨认一下蒙面人抢劫你时拿的撬棒。"马建党说："我现在忙着呢，我中午1点有时间，你午休不？"郑晓锋本来是想午休的，毕竟一夜没睡好，无精打采，但是他怕马建党再有事情耽误了，只好说："好的，我不睡觉了。我等你，不见不散。"

马建党是个守信用的人，中午1点果然来了。辨认的时候，郑晓锋没有给马建党任何的暗示或者诱导，并有物业清洁阿姨做见证人。马建党人老眼尖，不负众望，顺利地辨认出了景水兵等人作案时使用的撬棒，郑晓锋疲惫的眼睛里充满了微笑。他高兴地把马建党送到了楼底，又高兴地看见周俊安和何胜利把一个面相丑陋的年轻男子从后排座拉了出来，旁边方军还提着一个透明塑料物证袋，里面是一把匕首，强奸犯抓住了。法网恢恢，疏而不漏啊，等待他的将是法律的严惩！

众多俊男靓女都盼望圣诞节能够雪花纷纷洒洒，为节日增添一点儿罗曼蒂克的氛围。但是，老天偏不遂人愿。27日上午，姗姗来迟的大雪却把毛乌苏城变成了一个银装素裹的世界。

郑晓锋坐在刑警二中队办公室的窗前，痴痴地望着窗外洁白无瑕的雪花，美美地喝着何胜利煮好的浓香扑鼻的老茶，心想：如果社会能像雪一样简单该多好，如果人心能像雪一样纯洁该多好！

何胜利的咳嗽声让他从想象中回到了现实。何胜利问他："晓锋，咱们什么时候去看守所讯问景水兵？"郑晓锋喝了一口热茶："茶要慢慢喝，不然会烫嘴。人要等等问，不然会失败。"

何胜利伸了个懒腰："反正案子交给你了，办好了说明你果然名不虚传，办砸了会毁了你的一世英名。"何胜利知道郑晓锋是个爱惜名誉的人，郑晓锋吹吹热茶不说话。周俊安笑了："这案子本身难度很大，办砸了也很正常。晓锋也是人，不是神仙。"方军也说话了："何队长，你对晓锋要求太高了，零口供的盗窃案不好办。"何胜利正色道："办案就像打仗，刚开始就连勇气都没有，怎么能打赢呢？看看人家李云龙，明知不敌，也要毅然亮剑，这是勇气使然，更是责任使然！"大家都安静了。

郑晓锋说："大哥，你说的对，不管能不能打赢，至少要敢打。我还要等等景水兵的前科材料，我要看看他以前作案的方法手段，看看这次的大个子是不是以前的同案犯。在我第一次审讯他之前，我就要尽可能多地收集他的情报信息，分析他的性格心理。"何胜利赞同道："本该如此，好！"

郑晓锋开始写张霞被强奸案的起诉意见书，准备尽快把这起案件移交大漠区人民检察院审查起诉。写到一半时，刘小乐推门进来了："晓锋，景水兵的前科材料回来了。"郑晓锋说："真是说曹操，曹操到。你把材料给何队长看看吧。"刘小乐把材料交给了何胜利，何胜利一页一页翻着仔细看起来。郑晓锋的起诉意见书刚写完，何胜利也仿佛心有灵犀一般刚看完。郑晓锋把材料取过来看，何胜利用牙咬着笔头思索着。郑晓锋看完后朝何胜利看，何胜利说："看完了就说说你的心得体会。"

郑晓锋开始口若悬河："景水兵这四次作案，都是撬盗保险柜，都只认定了一起犯罪事实。第一次是 2010 年 3 月，景水兵和王海浪没有任何伪装，晚上撬门进入黄卢县自来水厂的财务室，撬开保险柜，盗走人民币一万元，次日被抓，被判处有期徒刑二年。第二次是 2012 年 12 月，景水兵和李小伟戴着口罩，晚上撬门进入黄陵县税务局财务室，撬开保险柜，盗走人民币八千元，三天后被抓，被判处有期徒刑一年。第三次是 2014 年 2 月，景水兵和刘楚江戴着口罩、手套，凌晨撬门进入宜水县益农商贸公司财务室，撬开保险柜，盗走人民币两万八千元，一个月后被抓，被判处有期徒刑两年三个月。第四次是 2016 年 7 月，景水兵和高海波戴着口罩、手套、棒球帽，凌晨撬门进入宜水县兴盛商务酒店财务室，撬开保险柜，盗走人民币一万二千元和中华烟两条，两个月后被抓，被判处有期徒刑一年。作案时间从晚上变成了凌晨，作案目标从国家单位变成私人企业，从没有伪装发展到充分伪装，从如实供述发展成避重就轻。”

何胜利笑了：“景水兵确实很聪明，但是把聪明用错了地方。你碰上景水兵，真的是棋逢对手。”郑晓锋点点头：“你遇上我，真的是将遇良才！”周俊安诧异道：“晓锋怎么突然不谦虚谨慎了？”郑晓锋故作正经：“嘴上不谦虚不代表心里不谦虚，我也有口是心非的时候。其实，我的心里始终知道自己是一个很平凡的人，渺小得如同沧海一粟。”大家都笑了，死气沉沉的办公室里，气氛活跃了起来。

郑晓锋言归正传：“我今天下午把张霞被强奸案的案卷装订好，明天上午去检察院送卷，卷一送完就去安远县调查两瓶茅台酒的来源。”何胜利说：“好吧，按你的步骤进行，你准备带谁去查茅台酒？”郑晓锋说：“谁最喜欢喝酒，我就带谁去。”大家都笑着看向何胜利，何胜利又叹气了：“唉，我也不是喜欢喝酒，我是喜欢喝酒的感觉！好吧，我陪你去，让刘江把车开上。”

郑晓锋又急不可待地把景水兵当年的四个同案犯的信息在违法犯罪人员信息库搜索了一遍，个子最高的刘楚江才 175 厘米。这四人都不是神秘的高个子，郑晓锋陷入了沉思。

刘江开着黑色桑塔纳行驶在大漠区到安远县的高速路上。何胜利和郑晓锋都坐在后排座，一边嗑瓜子，一边交谈着。郑晓锋说："景水兵承认茅台酒是他 12 日中午在安远县城郊区的一个独院偷来的，但是他不说具体作案地点。他应该是认为这个犯罪事实只要他不交代、不指认作案地点，我们就无法找到被害人，无法给他认定，所以他才大方承认这两瓶酒是偷的。"何胜利说："言之有理，咱们不管咋说，先去安远县公安局刑警大队查一下，看警情通报里有没有，他们有没有接到报案。万一没有，只好碰碰运气，看能不能找到茅台酒是从哪家店里卖出去的。我觉得这两瓶茅台酒很有可能是在安远县购买的。毕竟，大多数人买东西都不会舍近求远，尤其买贵重物品喜欢在本地买，喜欢找熟人。办案有时候就是要大胆假设，小心求证。"郑晓锋点点头："我也是这么想的，英雄所见略同。"

由于路上还有积雪，车速缓慢，直到中午时分，才到了安远县公安局刑警大队值班室。值班室里有一位民警正在看电视，看见三个人走了进来，赶忙问道："你们有什么事?"何胜利说："我们是毛乌苏市公安局大漠分局刑警大队的，我们想看一下你们 12 月的警情快报和接出警登记册。"值班民警看了何胜利的证件和郑晓锋填好的介绍信，打开了值班室的铁皮柜子，把 12 月的警情快报翻出来递给了何胜利，又把值班接出警登记簿交给了郑晓锋。

郑晓锋和何胜利仔细翻了一遍，没有茅台酒被盗的报案，二人万分失落。郑晓锋不死心："你们12月接到茅台酒被盗的报案了吗？"值班民警说："我们这里刑事发案量不太大，所有刑事案件不管重大与否都由刑警大队侦办。我们一中队肯定没有，你们再去二、三中队问一下。"何胜利和郑晓锋又去问了二、三中队，都没有。何胜利在三中队碰见了一名老民警胡文杰，胡文杰握着何胜利的手说："何队长呀，咱们是司晋督时的同学呀，一个区队的，你忘了？"何胜利"啊"了一声："是的，我想起来了，你在我隔壁宿舍。"胡文杰热情好客："正好到吃饭时间了，我请你们去吃风干羊肉剁荞面吧。"何胜利不好意思地推辞："不了，不了，我们还有事。"胡文杰一边把警服脱下换便衣，一边说："天大的事也要吃饭，民以食为天嘛！"盛情难却，却之不恭。于是，何胜利等人就跟着胡文杰步行去了公安局大门外的一家剁荞面馆。

四人一边吃饭，一边聊天。何胜利说："大哥，我记得你比我大五岁，今年四十五岁了吧？"胡文杰点点头："老了，四十五岁了，还是个刑警队的中队长，快干不动了，刑警队是年轻人的天下啊！"郑晓锋也叹了口气，一切尽在不言中。

刘江为了缓解大家的不愉快，给每个人面碗里加肉汤，劝着："咱们好好吃，这面真不错，我每次来安远都要吃，百吃不厌。"中途，郑晓锋又想去偷偷结账，被胡文杰看穿了。胡文杰冲到吧台前，一把拉住他："你这是干啥？咱们都是刑警，兄弟你和我客气啥？再说了，你们帮我们把4S店的撬保险柜案子都破了，我们不应该感谢你们吗？"

郑晓锋只好坐下继续吃，他边吃边问："大哥，你们这里有多少家卖茅台酒的门店？"胡文杰尴尬地笑了："这茅台酒我也喝不起，我还真的不是很清楚。我觉得你们可以随便找一家问一下，商家应该能知道，毕竟做买卖的很注意同行的情况。县政府大门对面就有一家同致酒行，你们去那里问一问。”郑晓锋说：“好的，我们一会儿去那里。”

面足汤饱，四人回到安远县公安局刑警大队。胡文杰一边打开宿舍门，一边说：“你们到我们宿舍午休一会儿吧。”何胜利一看，宿舍的地板像镜子一样明亮，墙壁像雪一样洁白。两张架子床有四个床铺，都铺着白色的床单，一头是蓝格子枕头，一头是蓝格子被子。床单拉得整整齐齐，枕头放得端端正正，被子叠得有棱有角。何胜利不好意思地说：“不睡了，我们真的很忙，改天再来打扰。”胡文杰双手扳住何胜利的肩膀：“你不要客气嘛，实在是忙的话那就改日再来。”何胜利很感动：“大哥，你不忙了来毛乌苏玩，把嫂子带上。”

刘江开车拉着郑晓锋、何胜利来到了县政府对面的同致酒行门外。何胜利在前面走，郑晓锋提着两瓶飞天茅台酒跟在后面，一前一后进了店。何胜利问道：“我们是毛乌苏市公安局大漠分局刑警大队的，想要请教一下，你们店里卖出去的茅台酒会不会有登记?”女老板看了何胜利的警官证后说：“会有登记，我们店里登记卖酒时间、卖酒人、酒的品牌和价格，还有酒瓶上的编号。但是，不登记买酒人。好多人买酒是送礼用，所以不想被登记个人信息。”郑晓锋把两瓶茅台酒放在柜台上，女老板拿起来看了一下编码，又在自家店里的登记簿上查了一下后说：“不是我们店里卖出去的。”何胜利问：“你们安远县卖茅台酒的门店有多少家?”女老板拿出一张白纸，逐个写了起来，最后写了七家门店的名字。郑晓锋说：“麻烦你把地址也给我们写一下。”

女老板又把地址都写了。郑晓锋问："全了吗?"女老板说："没问题，全了，加上我们共有八家。我们这个行业，竞争很激烈，互相很关注。"郑晓锋和何胜利千恩万谢，然后走了。

三人驾车一家一家地查找，一次一次地失落，走到第六家军辉茅台酒专营店时，终于查到了。男老板翻看了自家的登记簿，又看了茅台酒的编码，指着登记簿说："你们看，2017 年 11 月 25 日，小丽卖飞天茅台酒两瓶，3400 元，后面还有编号，和你们拿的茅台酒一样。"何胜利和郑晓锋兴奋不已。郑晓锋问："小丽在不在?"男老板喊了一嗓子："小丽。"

马上，一个眉清目秀的女孩儿跑了过来问："咋啦?"男老板朝郑晓锋努努嘴。郑晓锋问："11 月 25 日你是不是卖出去两瓶飞天茅台酒?"小丽点点头说："是一个留着络腮胡子的中年男人买走的。"郑晓锋又问："你认识这个中年男人吗？有联系方式吗？为什么记得这么清楚?"小丽说："当天晚上是这个男人一个人过来买酒的，说是要送领导。他的胡子比较特别。他还撩逗我，说我长得漂亮，想加我微信，我不愿意。所以，我对他印象深。搞笑的是，过了半个月左右，一天晚上他又来了，还是我上班，我以为他是过来撩逗我的。结果，他黑着脸说他家当天中午被人偷了，家里不放现金和金银首饰，贼娃子把茅台酒偷走了，他要重新买两瓶。"

小丽翻了一下登记簿又说："他家被偷的那天是 12 月 12 日。登记簿上一查我就知道了。"郑晓锋看了一下登记簿，大喜过望，又问道："你知道那个人当天报警了吗？他家住在哪里？怎么才能联系到他?"小丽说："我当时问他报案了吗，他说没有报，报案了也破不了。他家住的应该是独院，不是单元，因为他说贼娃子在他家小房也翻过。他家具体住哪里我就不知道了，他的联系方式我也没有。”

郑晓锋又问：“你们店里的监控能保存多长时间?”小丽回答：“只有七天。”何胜利说：“给小丽和老板做个笔录，把登记簿两次交易的记录一并复印，再加上景水兵的供述，还有赃物，我觉得可以认定，你认为呢?”郑晓锋略一思考：“嗯，可以认定。”就在店里，何胜利和郑晓锋先后分别询问了男老板和小丽。郑晓锋负责记录，写好了询问笔录和接受证据材料清单，并让老板复印了登记簿。大功告成，这时已经是晚上 6 时 30 分了。

刘江开车拉着何胜利和郑晓锋到了一家小饭馆门外，招牌上写着沙蒿界炖羊肉。刘江问：“这里怎么样?”何胜利说“行”，然后给胡文杰打电话。他准备回请胡文杰，结果胡文杰说：“下午我们抓住五名寻衅滋事的犯罪嫌疑人，都够拘留，我也得上手了。”何胜利说：“好吧，大哥，咱们来日方长，后会有期啊。”胡文杰笑道：“一定有期。”

何胜利和郑晓锋、刘江围着一张小圆桌，点了两斤炖羊肉，一盘油炸花生米，一盘炒油麦菜，美滋滋地吃着。郑晓锋开玩笑说：“今天工作顺利，你们二位要不要喝点儿酒庆祝一下?”何胜利用力摇了两下头：“你忘记咱们的纪律了？五条禁令和六条警规可是高压线，触碰不得!”三人大口大口吃着炖羊肉。三人汤足肉饱后，住进了春夏秋冬大酒店。

29 日上午 9 时，刘成金大队长给何胜利打电话：“胜利，你们安远的工作怎么样了?”何胜利说：“虽然没有找见被害人，但是有证人和外围证据，能确定茅台酒是偷来的，可以给景水兵认定。”刘成金说：“那就好，把茅台酒认定上，把韩伟华那里的六起入室盗窃认定上，也够他小子喝一壶了。近期的这几起案子才是重中之重，马支队又过问了，你们赶紧提审景水兵吧。”

何胜利说“好”，然后赶紧叫刘江起床。他没有叫郑晓锋，因为他知道郑晓锋从来不睡懒觉。确实如此，郑晓锋已经在餐厅吃早餐了。

八、初次交锋

郑晓锋开车，拉着刘江和何胜利回到大漠区已经是中午了。下午 2 时，郑晓锋问二中队办公室的人：“谁不忙和我一起去看守所审讯景水兵?”方军说：“我和俊安要去调话单。”韩卫健摆摆手说：“我看见景水兵就来气，不适合去。”张宏也摆摆手：“景水兵不是我的菜，我吃不下去。”何胜利走上来说：“咱们两个去吧。”郑晓锋点点头。郑晓锋去案审中队借了一辆比亚迪警车，拉着何胜利往看守所赶去。

何胜利沉稳地探问：“今天去就是让你见识一下景水兵，过上两招儿摸摸底，一举拿下的可能性几乎为零。另外，你准备什么时候宣布逮捕?”郑晓锋成竹在胸：“我准备拖到最后，争取办案时间。”对于审讯景水兵，郑晓锋还是有信心的。毕竟，郑晓锋参与侦办的大要案数不胜数，有陕西省集资诈骗第一案，涉案金额二十多亿元；有土家族系列团伙盗窃案，认定七十一起；有大漠公安史上最复杂的诈骗案，涉案金额两千三百万元……

景水兵被提讯民警带到了 4 号讯问室，他剃了光头，刮了胡须，额头发亮，眼睛有光。何胜利开口了：“景水兵，在看守所待了这么长时间，你的问题考虑好了吧？可以交代了吧？”景水兵冷笑了一下：“交代什么？我什么都没干。你们强迫我自证其罪？”何胜利眼睛瞪得像个铜铃一样。郑晓锋盯着景水兵的眼睛：“景水兵，咱们俩第一次见面，咱们聊聊吧。”景水兵淡定地笑着说：“行，你说。”郑晓锋说：“你为什么要盗窃茅台酒？”景水兵说：“我没有盗窃茅台酒。”

郑晓锋说：“你之前的笔录已经供述了，你准备翻供？”景水兵始终保持平淡的表情：“翻供不是很正常嘛，你的见识太少了。”这句话有侮辱的成分，郑晓锋喜怒不形于色，继续问：“你这次出狱后作过其他案子吗？”景水兵说：“当然没有。”郑晓锋问：“难道我们抓你抓错了？”景水兵点点头：“应该是抓错了。你们也是人，也会犯错。”郑晓锋问：“你之前因为盗窃被判过四次刑，那四次公检法机关是不是全办了冤假错案？”景水兵说：“呵呵，那四次倒是没有办冤假错案。如果他们办了冤假错案，我出狱后会报复他们的，我也不是好欺负的。”

何胜利拍着桌子吼：“你小子吓唬谁呢？你不要太嚣张了！”景水兵脸上依旧冷静。郑晓锋说：“你之前四次盗窃的原因是什么？咱们聊聊。”景水兵开始给何胜利、郑晓锋上课：“我觉得现在的社会分配制度有问题，说的是按劳分配为主体，多种分配方式并存，实际上根本不是按劳分配。如果是按劳分配，工地上绑钢筋和水泥的工人和地里的农民应该成为高收入群体了，你们看现在他们糊口都难。现在的社会穷人太穷、富人太富，贫富差距太大导致很多贫穷的人心理失衡，容易走上犯罪的道路。你们应该好好收拾收拾那些贪官污吏和为富不仁的人，而不是我们这些小偷小摸犯点儿小错误的人。你们说我说得对不对?”

景水兵的这一番强词夺理、逻辑不清的演讲把郑晓锋和何胜利的下巴都惊掉了。何胜利问:“你小学都没毕业,怎么能一口气讲出这么多的话?”景水兵不屑地说:“我小学没毕业是因为家里太穷,念不下去了,不是因为我傻。我在燕南监狱服刑的时候,同监室有一名大学的马克思主义哲学系的副教授,天天给我们讲课,我都背会了。”郑晓锋说:“你讲得貌似一套一套的,其实是在故作高深。我觉得你的回答应该是,我没有钱,所以就去偷。我应该接着问你为什么没有钱,然后你说自己没本事挣钱。我会告诉你那是因为你懒,现在的社会,只要人勤快,就不会过得太艰难。”

景水兵说:“是的,本来咱们俩的对话应该像你说的一样,因为你审问了很多盗窃犯,都是这么交流的,而我不喜欢按照套路出牌。你说得也有道理,我如果在工地上玩命地搬砖,养活自己是没问题的。但是,我想要更好的生活。我需要打麻将消遣,需要女人满足生理需求,需要穿让人瞧得起的好衣服,还想要住舒适的房子,所以靠在工地搬砖是万万不可能满足的。”

郑晓锋说:“你这就是能力配不上你的欲望。”景水兵反驳:“那些挥金如土的人能力比我高吗?他们很多都不如我,有的人只不过是比我命好,生在了官宦之家或者富裕之家。有的人和我一样的出身,但是比我更坏,知道咋样钻法律的漏洞,压榨欺骗他人,最后成了富人。”郑晓锋说:“你还真是巧言善辩。但是,你无法否认,盗窃侵犯了他人的财产权,是为大家所不齿的,情节严重就是犯罪。你说呢?”景水兵笑了:“你说得也有一定道理。”

郑晓锋接着说:“没错,盗窃、抢劫危害的是百姓的安全感,你老实交代你的问题吧。”景水兵神态自若：“我没有什么大问题，小问题我也不想交代。你们该怎么调查就怎么调查，只有铁证如山才能让我低头认罪，想让我自己交代，绝无可能。”提讯民警走进讯问室，给何胜利和郑晓锋解释道：“晚饭时间到了，我们要收号了，犯人也要吃饭了，你们改天来问吧。”

郑晓锋和何胜利只能草草结束讯问，返回单位。何胜利说：“怎么样，这景水兵不是一般人吧？”郑晓锋点点头：“你说的对。”何胜利又说：“你把旁证往扎实打吧，口供估计拿不下了。”郑晓锋还不信邪：“旁证我肯定会往扎实打的，等我宣布逮捕的时候，咱们再试着讯问一次景水兵，看能不能拿下。”

九、抓捕瘾君子

月夜苦寒，寒风刺骨。郑晓锋顶着月光，迎着寒风，提着一包从超市买来的蔬菜、水果走在回家的路上，冷得瑟瑟发抖。当走到距离小区门口还有五百米时，他看见路边的绿化带里一个年轻男子把一个年轻女孩儿压在身下。女孩儿手上挥舞着一部手机呼喊："就不给你，就不给你。"男子左手把女孩儿压住，右手在抢夺手机，嘴里还骂着："给老子，快点儿给老子。"

郑晓锋怒不可遏，迅速把蔬菜、水果放在路边，然后扯住男子的胳膊一下把他从绿化带拉了出来，用膝盖压在地上，并把他的双手都拉到身后，吼道："别动，公安局的！还不到 9 点就开始抢人了？"男子吓蒙了："警察叔叔，她是我女朋友。"郑晓锋看向女孩儿，发现她偷偷在手机上了点了两下，然后解释说："是的，他是我男朋友。"郑晓锋把男子放开了，原来是一对二十来岁的情侣。

郑晓锋不明就里地问："你们这是怎么了，打架都打到绿化带里了，就不怕树枝把脸和眼睛扎伤了？"男孩儿生气地说：

“他背着我和其他男人搞暧昧，我发现她好像和其他男人聊微信，我要看她手机，她不给。”女孩儿强作镇定：“我没有和其他男人搞暧昧，他冤枉我了，他越是怀疑我，要看手机，我越是不想给。他如果和我好好说，我就给他看。”郑晓锋心里暗笑，嘴上却说：“你这小伙子，既然恋爱，就应该信任，如果不信任，就分手算了，天涯何处无芳草。你这女子，把手机给他，让人家看看。”女孩儿把手机递给了男孩儿。男孩儿仔细检查了一遍，好像没有发现可疑之处，就把手机还给了女孩儿，满怀歉意地说：“我错了，咱们和好吧。”女孩儿点点头说：“我的衣服磨烂了，明天你给我买。”男孩儿说：“小事一桩。”二人相跟上走了。女孩儿回头看了一眼郑晓锋，感激地笑了笑。

郑晓锋提着蔬菜、水果继续往家走，心里泛起一阵酸楚。可怜的女孩儿呀，你知道你要遇上一个一心一意对你的男孩儿该有多难吗？你居然不珍惜这份爱！可怜的男孩儿呀，你知道你要遇上一个一心一意对你的女孩儿该有多难吗？你可能真的遭到背叛了！

郑晓锋刚走到楼底下，电话响了，一看是何胜利打来的。何胜利不好意思地说：“知道你这两天辛苦了，但是刚刚刘大队又催我了，咱们必须在 12 月 31 号之前抓获一名吸毒人员。你想想办法，今天已经是 29 号了。”郑晓锋叹口气：“唉，29 号马上也过完了，咱们只剩两天了！”何胜利说：“我知道你有办法的。”郑晓锋说：“好吧，我想想办法，办法总比困难多。”说完，郑晓锋的思绪陷入了回忆之中。

五年前的一个秋天，郑晓锋和李小虎在对星河大酒店进行旅馆业例行检查中，发现一名年轻男子神色恍惚、面色漆黑、眼窝深陷、骨瘦如柴。郑晓锋凑到该男子面前检查身份证，闻到一股特殊的酸臭味。他让该男子把袖子撸起来，该男子磨磨叽叽。郑晓锋一把撸起他的袖子，果然上面针孔遍布。李小虎也在房间垃圾桶里搜到了带血的二点五毫升注射器。他们给男子戴上了手铐，带回单位使用吗啡试剂条尿检，赫然显示阳性。

郑晓锋和李小虎询问该男子，男子百般狡辩，坚决不承认。郑晓锋知道他已经毒瘾很重了，所以淡定地说："我有耐心，咱们一会儿看吧。"过了一会儿，该男子全身发抖、鼻涕横流，叫喊肚子疼。郑晓锋知道他犯瘾了，默默打开了执法记录仪。男子叫唤了一会儿"肚子疼"后，开始撕心裂肺地哭喊"给我打一针，给我打一针"，并且用头撞击着控制椅的桌面。

郑晓锋怕他把头撞破了，给控制椅上垫了一块棉花毯子。李小虎笑道："你真是心善，对这种人还这么好。"郑晓锋既怒其不争，也哀其不幸，无奈地说："他们既是违法者，也是受害者。"此时的他，对毒贩子痛恨万分。就是这些毒贩子，让多少家庭由富变贫、负债累累、妻离子散、家破人亡。女吸毒必卖淫，男吸毒必盗抢。毒品的威力能让人丧失理智、丧失道德、丧失人性，而且强制隔离戒毒出所后终生不复吸的比例非常低。

郑晓锋正唉声叹气的时候，听到办案区门口传来哭声。郑晓锋出去一看，是一个头发花白的老大爷在掩面哭泣。郑晓锋指着"办案区域，请勿靠近"的牌子说："叔，别哭了，我们这里是办案区，麻烦你保持距离。"老大爷止住了哭声："警察同志，我儿子在里面呢。"郑晓锋看看老头相貌，猜测他儿子应该就是瘾君子了。郑晓锋不知道说什么好，老大爷说："你们这次一定把他好好地打一顿，一定要把他关了。我们以前太溺爱他了，没有好好管教，把他放纵成了现在的样子，真是惯子如杀子，我后悔呀！”

老大爷难以抑制情绪，又哭了，突然开始朝着自己的脸上扇巴掌。郑晓锋赶紧把老头拉住，劝道：“叔，别激动，怨他自己，怨不得你呀！”郑晓锋苦口婆心地安慰好老大爷，回到询问室。那男子哭着问：“是我爸吗？我爸是不是哭了？”郑晓锋恨恨地说：“不光哭了，他还打自己呢！”那男子仰头大哭：“哥哥，你打我吧！我犯瘾了，身体难受得不行了。我爸爸打自己，我心里难受得不行了。”郑晓锋怒气冲冲地扬起了手，又于心不忍地放下了，叹气道：“你爸爸太可怜了。”男子泪流满面：“哥哥，我一定要戒，戒不了我就不是人。”

郑晓锋又去了办案区门口：“叔，你回家吧。你儿子后悔了，他说会戒毒的。”老头握着郑晓锋的手说：“谢谢你，麻烦你了。”然后他低头走了，留给郑晓锋一个孤独苍老的背影。该男子如实陈述了自己吸毒的违法事实，郑晓锋和李小虎把他送到了毛乌苏市强制隔离戒毒所。男子在走进收押室的时候说：“哥哥，等我出来了，我听你的话，做个好人。”郑晓锋点点头。

两年后，该男子主动到毛乌苏市公安局大漠分局刑警大队找到郑晓锋。他把郑晓锋拉到楼道无人处：“哥哥，以后你能不能监督我，经常尿检我？”郑晓锋说：“没问题，我随时抽查。”男子又说：“你以后需要了解什么事情就问我。”郑晓锋满意地笑了。

郑晓锋根据线索将目标锁定一个叫雷亮亮的后生。雷亮亮三十多岁，是一个富二代，无业人员，一个人在东风花园小区 1 号楼 3 单元 602 室住，以前被东华公安局强戒过。雷亮亮白天到处溜达，家里不做饭，都是在饭馆吃，一般吃完晚饭才回家。郑晓锋查询了雷亮亮的户籍和违法史信息，然后告诉了何胜利。

下午 4 时，何胜利、郑晓锋、方军三人换上便衣，开着一辆遮阳膜贴得很厚的无牌商务车，到了东风花园小区 1 号楼 3 单元楼门对面的车库口。这是一个观察的好位置。方军坐在驾驶座，何胜利坐在中排。郑晓锋过去检查了一下楼门，发现楼门坏了，就回到了车上。何胜利安排：“方军到三楼的楼道等，我和晓锋在车上守候。雷亮亮在小区出现后，咱们不动。等雷亮亮一进单元门，我和晓锋立马跑进去，方军从上面跑下来，咱们在一楼楼道控制他。”方军进了单元门，郑晓锋和何胜利守株待兔。

直到晚上 7 时 30 分，天完全黑了，雷亮亮才现身。他把叼在嘴里的烟吐在地上，鬼鬼祟祟溜着边闪身进了单元门。郑晓锋和何胜利箭一般从车上下来，跑到单元门口，拉门进去。已经走到一楼台阶上的雷亮亮见事不对，大喊“我有病”，然后从裤兜掏出一把折叠水果刀，迅速展开，在自己的左手背上划了两刀，静脉血管破了，黑红的血流成了一条线。何胜利叫道：“你干啥呢？把刀子放下！”此时，方军从楼上蹑手蹑脚地摸下来，乘何胜利分散雷亮亮注意力的机会，用双手抓住雷亮亮持刀的右手，郑晓锋上去抓住雷亮亮流血的左手，方军和郑晓锋合力将雷亮亮的双手铐在了背后。何胜利从裤兜里掏出卫生纸，按压在雷亮亮的左手背上。

三人把雷亮亮拉到车上，迅速拉到了最近的医专附属医院。伤势不重，急诊科医生给雷亮亮清创、消毒、缝合、包扎。何胜利和郑晓锋、方军先后洗了自己沾满血的手，并且用酒精凝胶消毒。何胜利问雷亮亮：“你有病吗？”雷亮亮说：“我有乙肝。”

何胜利问郑晓锋和方军："大家手上本身没伤口吧?"郑晓锋和方军检查了一遍自己的双手说："没有。"郑晓锋问何胜利："你呢?"何胜利说："没有，谢天谢地!"

好多涉毒人员都有乙肝、丙肝、肺结核、性病等传染病，甚至有些还有艾滋病。抓捕涉毒人员过程中，如果自己身上的伤口沾上了涉毒人员的血液，被传染的概率非常高。三人将雷亮亮带回公安局，尿检、询问、体检、关人一气呵成。雷亮亮被送到戒毒所的时候感慨地说："我以前遇到抓捕，只要带刀，都会自残，好多警察都放弃了。你们几个真不要命！唉，算我倒霉!"

31 日上午 10 时，刑警大队二中队办公室里，何胜利又接到了刘成金大队长布置的任务。何胜利看向正在喝茶的郑晓锋。郑晓锋也听见刘成金的电话指示了，他低声说："可以再试试。"何胜利就给刘成金答复："我们再试试，就剩一天了，难度很大。"

郑晓锋继续摸排线索，又找到一个叫钟鸣的男人，是金驿人，五十岁左右，在二道沟村开水粉厂，很有钱，以前被金驿县公安局强戒过。中队其他人都有案子出去了，只剩何胜利和郑晓锋，他们两人穿着便衣，开着那辆商务车去了水粉厂。

水粉厂有一排平房是办公区，一个蓝色彩钢棚是生产区，正热气腾腾搞生产。何胜利给一个办公室的女员工说："我们想要买很多水粉，你们厂价钱咋样?"女员工说："我不懂价钱，你问我们老板娘吧，在四号办公室。"何胜利说："女人不好说话，不好讲价，我们要和男老板谈。"女员工说："男老板管组织生产，不管销售，销售老板娘管。"说完就低头在电脑上打字了。

何胜利和郑晓锋敲四号办公室的门，一个年轻女孩儿喊道："进来。"何胜利和郑晓锋进去后，见房间里只有一个二十来岁的时髦女孩儿，电视机正在播放不知名的韩剧。何胜利问：“你是老板娘?”女孩儿说：“是呀，要买水粉?”何胜利说：“是啊，价钱你能做主?”女孩儿笑了：“当然能。”何胜利装模作样地问：“你们这里价钱咋样? 贵了我可不买。”女孩儿说：“买得多了优惠幅度大，你要多少?”何胜利说：“我们准备开一个能摆十张桌子的羊杂碎店，需要长期供应。我们想和你们的一把手谈谈，他在吗?”女孩儿白了何胜利一眼：“好吧，你信不过我，就去找他吧，在二号房。”

何胜利和郑晓锋来到二号办公室门前，见门开着，一个秃顶微胖的老汉正坐在宽大的躺椅上，跷着二郎腿抽烟。何胜利和郑晓锋往里走，老汉看见有人进来，站起来客气地问：“什么事?”他还给何胜利和郑晓锋递软中华烟。何胜利和郑晓锋已经看过钟鸣的户籍照片了，确定此人就是他。何胜利掏出了警官证，钟鸣看了一下，点头哈腰地问：“何警官，有事您说?”郑晓锋把办公室门闭上，把吗啡试剂条掏了出来。钟鸣一看，脸都白了：“两位兄弟，能不能不要尿检了?”何胜利说：“不行，你要配合我们的工作，不然我们不客气了。”钟鸣急得像热锅上的蚂蚁，但没有按指示照办。

何胜利又说：“《治安管理处罚法》规定，公安机关对与违反治安管理行为有关的场所、物品、人身可以进行检查。对确有必要立即进行检查的，人民警察经出示工作证件，可以当场检查。所以，我们要尿检。你必须配合。”钟鸣只好取过桌上的一次性纸杯，尿了进去。郑晓锋用吸管吸取尿液，滴在了试剂条加样孔。很快，试剂条只有 C 处有一道横杠，是阳性。

这时，钟鸣突然去拉办公桌的抽屉。何胜利立即抓住钟鸣的左手，郑晓锋一把抓住钟鸣的右手，并用电警棍顶在钟鸣的腰上命令道：“别动，准备拿刀还是拿枪？再动我电你！”钟鸣头上大汗淋漓：“不动，不动，你们帮我开一下抽屉，我取个东西。”何胜利把抽屉拉开，里面有四沓子银行纸条捆扎的百元面额的现金人民币。钟鸣说：“两位兄弟，这是四万元现金，你们辛苦了，一人拿上两万元，把我放了吧！求求你们了！”何胜利和郑晓锋不说话。钟鸣继续说：“这里只有咱们三个人，也没有监控，你们拿了钱，谁也不知道，我绝对不会乱说的。”

何胜利的父母都在务农，妻子是协管员，工资微薄。郑晓锋家住驼山的老旧小区，早就想在高新区买房了，却苦于拿不出钱来，只好望房兴叹。但是，何胜利和郑晓锋几乎是同时说：“不行！”何胜利迅速给钟鸣戴上了手铐，并将抽屉闭上。何胜利问：“我们要关你，你厂子里边有什么嘱咐的没有？”钟鸣还是抱有侥幸心理：“两位兄弟，你们把钱拿上。我知道你们工资低，过得不宽裕，这些钱就是我的一点儿心意。这样多好，多和谐呀，两位兄弟？”

郑晓锋吼道：“不要以为你有钱，就可以侮辱警察、侮辱法律。”说完，郑晓锋把钟鸣的手机塞进了钟鸣的衣兜，又把钟鸣的外套拉出来盖住手铐。他和何胜利一左一右搂着钟鸣的肩膀，把黑着脸的钟鸣带到了商务车上。郑晓锋在后排照看钟鸣，何胜利开车，返回了单位。

晚上10时，何胜利和郑晓锋把钟鸣送到了戒毒所。钟鸣用手机给老婆和厂里的一些工作人员打电话，嘱咐了厂里的事情。年轻的老板娘哭得梨花带雨，骂道：“这些警察欺负人！”钟鸣叹气说：“不能怨人家，人家就是搞这个工作的，人家是在挽救我，每年吸毒死的人太多了。我自己戒不掉呀！我现在身体明显不如以前了，再不强戒，说不准哪天我也死了。我不怨人家，只恨我自己，没有决心，没有毅力！”说话间，钟鸣已经哭成了泪人。男儿有泪不轻弹，只因未到伤心处！

十、乌龙铺镇的无头案

2017年钟声悦耳，圆满结束；2018年彩旗招展，如期到来。新年伊始，元旦放假。劳累多日的郑晓锋今天休息。郑晓锋和父母妻儿围着家里的圆桌舒舒服服地吃了午饭。吃完后，郑晓锋和父亲郑勇军又召开了二人圆桌会议。郑勇军先发言："你最近很忙吧？常常不回家！"郑晓锋点点头："确实忙，但是很有成效。"郑勇军满意地点点头："好好工作，为人民服务，让群众满意，同时也要依靠群众。刑事侦查工作的几大原则你该记得吧？"

郑晓锋哈哈大笑："当然记得了，我大学时的选修课《刑事侦查学》考了九十五分。迅速及时，客观全面，深入细致，比例合理，程序法制，保守秘密，依靠群众。"郑勇军没有发表意见。郑晓锋继续口若悬河："迅速及时原则是指要迅速组织力量，制定方案，及时采取措施，收集证据。不给犯罪分子隐匿、毁灭证据，串供、再犯的机会。客观全面原则是指一切从实际出发，尊重客观事实，全面地调查了解，既要收集有罪、罪重的证据，又要收集无罪、罪轻的证据。深入细致原则是指侦查人员必须作深入细致的调查，对犯罪的具体情节要全部查清，并有相应的证据证明。比例合理原则是指侦查权在侵犯公民权利时，必须依法选择侵害公民权利最小的方式。程序法制原则是指必须严格遵守法定程序，依法采取措施、收集证据。保守秘密原则是指严格禁止将案情、证据、涉案人员的情况向无关人员泄露。依靠群众原则是指侦查人员要相信群众，善于依靠群众的力量。怎么样，我能得满分吧？”

郑勇军严肃地说：“满分不可能，能得九十分。”郑晓锋一脸纳闷：“哪里扣了十分？”郑勇军说：“你怎么能把依靠群众原则放在最后一位呢？我们当年，一直把依靠群众原则放在首位。群众路线是我党一切工作的根本路线，是公安机关同犯罪分子作斗争的强大力量源泉。刑事侦查工作实行依靠群众原则也是咱们公安机关的优良传统。警力有限，民力无穷，群众的力量和智慧是无穷无尽的。连毛主席都说，和人民群众相比，我们往往是幼稚可笑的。”

郑晓锋认可地点点头：“爸爸，你说得很有道理。”郑勇军回忆起了当年，开始滔滔不绝：“我当年在派出所工作的时候，和群众的关系非常好。我们派出所只有五位民警，我们辖区有五个乡镇，四十二个行政村，三万两千多人口。但是，我们辖区的社会治安相当好，发案非常少，群众十分满意。你知道为什么吗？”郑晓锋似懂非懂：“肯定是依靠群众！”

郑勇军点点头接着讲：“我把这些村子挨个走了一遍，把村干部和村里的治安积极分子召集起来，在每个村都组建了治安巡逻队，并且给他们宣传防火防盗和法律知识，教授调解民事纠纷的方法。村里基本不发案了，有纠纷村干部就调解了。我是怎么调动他们的积极性呢？很简单，每到过年我就叫上乡政府干部、村干部、治安积极分子开几次群众大会。表彰先进，给他们发奖状。奖状上扣着乡政府和派出所的红章大印，再让乡政府给他们发点米面油。他们的积极性立马上来了。治安巡逻队给我们派出所扭送了很多违法犯罪分子，提供了很多违法犯罪线索，功不可没。镇子上遇到集市，有时候也会有盗窃的，我们派出所民警就穿着便衣挤在群众中间找。我们从不俩俩搭伙，都是单枪匹马。有一次，我一个人在集市上发现了两个贼娃子。我把一个铐住了，另外一个要跑，我随便喊了一嗓子“这个也是”，马上有六七个群众把那个贼娃子围住了。大家帮我把那两个贼娃子带到了派出所。后来，我的辖区慢慢地贼娃子都不敢来了。”郑晓锋听后感慨万分。

郑勇军把《毛乌苏公安志》拿出来翻开，指着一处内容让郑晓锋看。郑晓锋一看，上面写着：“1977 年 9 月 7 日，葭芦县公安局民警郑爱国同志，充分依靠群众，破获了发生在葭芦县乌龙铺镇集市的 9·3 无头尸案，荣立个人三等功！”郑爱国就是郑晓锋的祖父，因为辛勤工作，积劳成疾。年过半百时就疾病缠身，未逾古稀即溘然长逝。但是时至今日，群众仍然时常提起他的名字。郑晓锋说：“爸爸，看样子你要给我讲我爷爷的故事了。”郑勇军怀着崇敬和怀念的心情，慢慢打开了话匣子。郑晓锋也知道了这起尘封已久的案件。

1977 年 9 月 2 日，葭芦县乌龙铺镇遇集，赶集的人黑压压的，一片热闹繁荣的景象。9 月 3 日早上天还没亮，清洁工在打扫街道的时候发现，供水站门外有具尸体，头不知道去哪里了。

清洁工吓得半死，跑到派出所报了警。派出所赶紧保护现场，又给局里打了电话。局长马明飞开着拖拉机，带着郑爱国等五名警察沿着沙土路走了半天，终于在中午12时到达了乌龙铺镇。

现场过于恐怖血腥，群众看热闹的寥寥无几。技术员对现场进行了勘查，头一天是集市，供水站门外的土路被踩得乱七八糟，脚印交叉重叠，没有一个有价值的，也没有发现指纹和作案工具。死者体型健壮，个子中等，穿着灰色的中山装和蓝色的确良裤子，衣兜和裤兜空无一物，脚穿黑色新布鞋。死者脖子下有一摊血，供水站的墙面上还有喷射状血迹。法医初步判断是脖子被砍，失血过多死亡，头又被人割下带走，身上未见其他明显伤痕，死亡时间在六小时以上，供水站门外应该就是杀人现场。死者是谁都不知道，为何被杀更不知道，当务之急是查清尸源。

当年没有先进的技术手段，没有DNA检测技术，没有监控录像，尸源怎么查？只能是依靠群众，要开始大面积的调查走访工作。在乌龙铺镇派出所办公室，案情分析会在紧张的气氛中召开了，大家各抒己见。

郑爱国说："咱们警察必须充分相信群众，充分依靠群众，这么长时间没有群众来认尸体，说明死者是外乡人的可能性大。咱们把死者的照片打印出来，把乌龙铺镇街上住的人问一遍，重点是开旅店和开饭馆的，因为外乡人来了赶集市，应该要吃要住。再就是咱们要派人去附近的乡镇贴查找尸源通告，看看有没有群众提供线索。咱们要让派出所的同志给所有的村干部通知，问他们村里人都在不在，如果有村民出门在外联系不上，就让村干部来派出所辨认照片。咱们还要打听前科劣迹人员有没有突然出门失联的，再就是发动群众找头。"马明飞又问大家："你们判断死者是干什么的?”有的人说是农民，有的人说是做买卖的。郑爱国说:“大家说的都不错。死者应该以前是务农的，因为身体很壮，现在是做买卖的，因为穿戴很好而且双手没有老茧。死者衣兜裤兜都空着，所以抢劫杀人的可能性大。”大家都点头称是。郑爱国带人开始调查走访。

调查了一天，终于有情况了。幸福旅店的老板看过照片后说:“这人在我的旅店大通铺住了一晚上，是赶集那天晚上 7 点多来的。当时他一个人来的，拿着一张住宿介绍信。我看了一下，字写得太潦草了，我记得他的名字是三个字，好像是姓姚。我看过介绍信没有登记，收了二毛钱的房费，就让他住了大通铺。一个通铺住了十三四个人。至于他是早上几点走的，我就不知道了。”郑爱国问:“这人哪里口音?是干什么的?住店时拿不拿包?”老板回忆说:“口音很像山西的，他身上有一点儿膻味，不拿包，住店的时候心情很好。”郑爱国又问:“在你这里住宿的其他人你登记身份了没有?”老板摇摇头:“说实话没有，我认识的字不多，好多字不会写。但是，他们住店都拿介绍信了。”

郑爱国带人走访饭馆。当走访到丽丽炒面馆时，面馆老板看了照片后说:“这个人好像下午 6 点多在我这里吃了面。他当时一个人，他要吃莜面。我听不懂，问他什么是莜面?他“哦”了一声说，你们没有，你就上白面吧。”郑爱国问:“他当时拿没拿行李?哪里口音?”老板说:“反正不是葭芦县口音，没拿行李。我是根据衣服和体型认的，我感觉就是那个人。”

葭芦县在黄河西岸，山西临克县在黄河东岸，与葭芦县是一衣带水的邻居。郑爱国知道，临克县人爱吃莜面，常有在葭芦县做买卖的。晚上回到派出所，郑爱国又打着手电钻进派出所漆黑的空窑洞里，把尸体认真观察了一遍，发现死者的衣服上粘着一些白色的毛。他把几根白毛拈在手上闻了闻，没有味。他又凑近尸体，终于闻到尸体身上除了血腥味，还有一点儿羊膻味。

郑爱国跑到所长的办公室，问李所长：“你们这里遇集市是不是有买卖羊皮的？”所长说：“是的，收羊皮的摊点有五个，都是乌龙铺镇本街的，收了羊皮做毛裤。”郑爱国恍然大悟：“我想找这五个人。”李所长说：“咱们吃晚饭吧，吃了再去。”郑爱国说：“行，吃了你和我一起去。”晚饭是煮玉米、炒茄子，还有黑豆钱钱稀饭。大家吃饱后，马局长说：“咱们开个会。”郑爱国摇摇头：“稍微等等，我和李所长出去一下，回来再开。”局长点点头。

郑爱国和李所长出去找那五个收羊皮的人了。第五个收羊皮的人终于认出来了：“这个人是卖羊皮的，昨天下午 5 点他卖给我二十二张羊皮，挣了不少钱。他和我讨价还价半天，我听他口音是山西的，我就问他是哪里的，他说他是临克县黑虎镇的。”郑爱国又问：“他有没有同行人员，有没有带包？卖了多少钱？”老板说：“他一个人，没带包，卖了三块二毛钱，装在他的裤兜里了。”

郑爱国回到所里，给马局长汇报：“死者是临克县黑虎镇的卖羊皮的买卖人，昨天下午 5 点一个人在乌龙铺镇羊皮摊位以三块二毛的价格卖了二十二张羊皮，然后在丽丽面馆吃饭，吃完去了幸福旅店的大通铺睡了一晚，今天早上早早就走了。”马局长抽了一口旱烟，把旱烟锅子递给郑爱国。郑爱国也抽了一口。马局长说：“看样子咱们要去临克县黑虎镇了，你带人去吧。我们继续在这里找头，走访群众。你去把死者是谁的问题解决了。”郑爱国说：“行，我带人先去黑虎镇。”马局长说：“你把拖拉机开上先回局里。”郑爱国笑了：“拖拉机还是留给你们吧，我明天想办法回城里。”

第二天早上，郑爱国一个人站在乌龙铺镇的西街口等车。他知道，那里肯定会有赶着驴车进城的农民。果然，一辆驴车过来了。赶车老汉看见路边站着一位身材高大的民警，已经猜到他是要回局里，就问道：“同志，你是不是回城里?”郑爱国敬了个礼：“是的，能不能捎我?”老汉笑呵呵地说：“你拿着枪，我敢不捎?”郑爱国知道是开玩笑，坐在了驴车上，和老汉说说笑笑四个小时进了城。老汉把郑爱国送到了公安局门口，分别的时候非要送给郑爱国两个桃子。郑爱国婉言谢绝了。

郑爱国在局里吃了午饭后，把赵建华叫上，两人步行四公里，到了黄河边的桃花渡口。大木船停着，船长一人坐在船头抽着旱烟。郑爱国问：“过山西不?”船长叹了口气：“发动机坏了。”赵建华看向郑爱国：“咋办?”郑爱国笑了：“我单手可以游过去，头发都不会湿，你咋样?”赵建华笑了：“我也一样，没问题。”

两人各自把衣服脱了，把衣服、手枪和公文包打成小包裹，然后左手把包裹顶在头上，慢慢走进黄河里，双脚斜着踩水，右手划水，朝着山西游过去。黄河的河面有将近两公里宽，二人游了半个小时，终于踏上了临克县的土地，包裹和头发还是干的。二人穿好衣服又步行了两公里，终于到了黑虎镇派出所，找到李文龙所长说明来意。李文龙说：“这好查，我们这里只有屈峪村和魏桥村有姓姚的人，那两个村子挨着。咱们过村子里边让群众辨认，或者让村委会查一下最近开出去的介绍信，就可以查清死者的身份了。但是村子离镇子比较远，有三十公里，都是土路，好多路段都在悬崖边。有些路窄得咱们的三轮摩托都过不去，只能骑马，晚上太危险了。现在已经是下午 4 点多了，咱们明天早上早早去。”郑爱国有点儿失望：“好吧，听你安排。”

当晚，李文龙让所里杀了一只鸡，炒了个花生米，所里的四个人陪着郑爱国和赵建华饱饱地吃了一顿。郑爱国和赵建华在所里的空窑大炕上美美地睡了一觉。

第二天早上，二人起来去找李文龙。李文龙指指院子里拴的三匹马说：“早准备好了。我们只有两匹，我让乡政府的人送过来一匹，咱们三人一起去。”郑爱国连连说好，赵建华犹豫了一下问：“这马欺生不？”李文龙笑声很爽朗：“咱们都穿着警服呢，这马不敢不给咱们面子。”

三人骑马朝着两个村子进发了，翻山越岭三个小时后，到达了屈峪村的村委会。李文龙找村干部辨认。村干部确定地说，这是魏桥村的人，常收羊皮，叫什么名字不知道。

三人又骑马走了二十分钟，到了魏桥村。一座石拱古桥出现在眼前，桥边大槐树下，坐着七八个村民正在聊天。他们看见三名警察骑着马过来了，都站起身来打招呼。有的说辛苦了，有的问有啥事，有的问吃饭没。李文龙把死者照片给一位男村民看，那人一看就说：“看这身材和衣服，像是我们村的姚虎啊，这怎么出事了？”其他村民都凑过来看，有的大惊失色，有的摇头叹气，有的眼泪直流。

很快，姚虎的媳妇过来了，看了照片后哭天抢地：“姚虎啊，你走时还好好的，咋就被人害了？”三名警察默默不语。等姚虎的媳妇情绪平稳了后，郑爱国问道："你家男人什么时候出门的？出门干什么去了？"姚虎媳妇说："他大前天早上就走了，说是赶前天下午要到葭芦县乌龙铺镇赶集卖皮子，结果就有去无回了。"郑爱国问："姚虎为人怎么样？有没有仇人？"姚虎媳妇哭着说："他心地善良，和村里人关系都很好，没有任何仇人。他和我也关系好，从来不和其他女人多说话。我们孤儿寡母没办法活了，同志，你们一定要抓住凶手，替我男人报仇啊！"

郑爱国目光炯炯："我们一定会破案的，绝对不能让犯罪分子逍遥法外。"郑爱国和赵建华先后和姚虎媳妇、姚虎父母、姚虎儿子，还有两名村民做了笔录。李文龙把姚虎出门的介绍信存根也调取了。郑爱国嘱咐姚虎媳妇："过一段时间忙完了，你们再到乌龙铺镇派出所把人领走吧。"

下午 3 时许，三人把工作忙完了，骑着马要走，被很多村民拦住了。有的拿着馒头，有的拿着烤红薯，有的拿着煮玉米。村主任说："警察同志，走夜路不安全，不留你们吃饭了，把东西带上吃吧。"李文龙摆手说："我们有纪律，不能拿群众一针一线。"村民们坚决拦住不让走，民警们坚决推辞不能收，僵持了很长时间。民警们感动得眼里噙满了泪水。他们知道，这些村民自己常常吃不饱饭，却怕警察同志饿肚子。

三人骑马到了黑虎镇政府，调取了姚虎的户籍证明信，在镇政府喝了点儿稀饭后回到派出所。天已经黑了，郑爱国和赵建华又躺在了派出所的炕上。郑爱国心想，本案基本可以排除情杀和仇杀，凶手应该不是临克县的熟人。凶手会是谁呢？看来应该是葭芦县乌龙铺镇一带的歹徒抢劫杀人。

第二天一早，李所长骑着三轮摩托车把郑爱国和赵建华送到了黄河岸边。岸边停着那条大木船，好多人正在上船，郑爱国和赵建华也上了船。赵建华和船长打招呼：“发动机修好了?”船长说：“嗯，好了。”赵建华问：“船费多少钱?”船长笑了：“我请教你个问题，你如果知道，就不要付船费了。”赵建华有些惊讶：“什么问题?”船长笑了：“你晓得天下的黄河几十几道湾?”赵建华也笑了，唱道：“我晓得天下的黄河九十九道湾。”船长和船上的好多人都唱起来：“你晓得天下黄河几十几道湾哎？几十几道湾上，几十几只船哎?”歌声回荡在秦晋大峡谷，回荡在黄河岸边的枣树林，回荡在黄河两岸人民的心中。

郑爱国和赵建华回到局里，要了两辆自行车，骑上向乌龙铺镇驶去，下午 1 时到了乌龙铺镇，在所里喝了点儿红薯高粱稀饭。马局长听了郑爱国的汇报后，忧心忡忡：“这案子不好破呀，不是仇杀，不是情杀，也不是熟人，估计就是集市上卖羊皮的时候被歹徒盯上了。”郑爱国抢过马局长的旱烟锅子，抽了一口又一口，然后咬牙切齿地说：“这案子我一定要破，不然对不起老百姓，对不起我这身警服！我要发动群众，广辟线索来源，把凶手揪出来。”

有志者事竟成，苦心人天不负。郑爱国和赵建华耗时半个月，走访了附近二十五个行政村的上千名群众，最后获得一条重要线索。柴家沟的盗窃前科人员柴建宝最近见人总是躲着走，还总是打问这起案子的情况，形迹非常可疑。郑爱国在柴建宝家附近秘密监视，赵建华骑着自行车回到派出所给马局长汇报：“爱国同志有点儿拿不定主意，是先抓回来审问还是再找找外围证据。”马局长当机立断说：“抓回来再说。”马局长立即开上拖拉机，带上赵建华等人赶到柴建宝家附近，和郑爱国会合。

马局长说："我看咱们进吧，即使抓错了也没事，一放了之。"几人冲进了柴建宝家。柴建宝脸色大变，举起了一把杀羊刀，恶狠狠地喊道："谁敢过来?"郑爱国和马局长都拔出了五四式手枪。郑爱国的眼睛里喷出了火焰，朝地面开了一枪，骂道："狗日的，把刀放下，不然老子开枪打死你!"柴建宝被吓住了，把刀扔在地上不敢动。马局长和赵建华过去把他铐了起来，带回了派出所。

马局长和郑爱国审讯了一天一夜，柴建宝供述："我那天赶集见他卖羊皮挣了不少钱，就想抢他。我一路跟着他。他在哪里吃，我就在哪里吃。他在哪里住，我就在哪里住。我一直在找机会，结果他睡到早上5点多就起床了，朝街上走去，我就悄悄尾随他，一直跟到供水站。他发现我了，准备跑，我就掏出杀羊刀砍在了他的脖子上。他的血喷射了出来，立马就倒地死了，连一声都没叫。我把他兜里的钱和介绍信，还有一张账单子全部掏走了。我想给你们造成熟人作案的假象，让你们找不到尸源，就把头也割了下来，抱在怀里趁着天还没亮跑到了河边，挖了个坑把头埋了，又把账单和介绍信都扯碎扔在了河里。钱我拿上赌博输了。杀羊刀就是昨天你们抓我时我拿的那把刀。"

马局长和赵建华、郑爱国带上柴建宝指认了埋头现场，挖出了人头。案件成功告破，乌龙铺镇的群众组织起来欢庆。他们扛着彩旗，拉着横幅，扭着秧歌，敲着锣鼓，放着鞭炮。横幅上写着：感谢英勇无畏的人民警察为民除害！郑爱国望着天流下了激动的泪水，死者可以瞑目了！

十一、完整的证据链

2018年1月11日的上午，天色阴沉，欲雪未雪。何胜利和郑晓锋再次到看守所提审景水兵。景水兵看到二人后阴着脸说："你们终于记得来释放我了！再迟一天你们就要违法了！"郑晓锋问："从何说起？"景水兵说："刑事拘留一般是三天以内，特殊情况七天以内。对于流窜作案、多次作案、结伙作案的，三十天以内。最长三十天，明天就超期了，超期羁押等于非法拘禁。公职人员利用职权非法拘禁的，从重处罚。"

郑晓锋朗声读道："犯罪嫌疑人景水兵，你因涉嫌盗窃罪，经报大漠区人民检察院批准，现由我局侦查员何胜利、郑晓锋持我局（2008）第982号逮捕证，对你依法执行逮捕，你看一下逮捕证，并在上面签字捺印，听清楚了吗？"

景水兵瞪大了双眼接过逮捕证，看了看后说："这逮捕证纸都发黄了，这是假的吧？"郑晓锋哈哈大笑："你好好看看，这是2008年的逮捕证。2008年你和李帅帅、刘伟、赵波一起盗窃过，你当年已经被批捕了。"景水兵又仔细看了看说："哪怕我当年作过案，马上十年了，追诉时效是不是过了？”何胜利冷笑道：“法定最高刑为五年以上不满十年有期徒刑的，经过十年，犯罪才不再追诉。你 2008 年的盗窃案，肯定能判五年以上十年以下。而且，在公安机关立案侦查以后，逃避侦查或者审判的，不受追诉期限的限制。你就不要为我们操心了，更不要用你的业余爱好挑战我们的专业技能！”

《刑法》规定，犯罪经过下列期限不再追诉：（一）法定最高刑为不满五年有期徒刑的，经过五年；（二）法定最高刑为五年以上不满十年有期徒刑的，经过十年；（三）法定最高刑为十年以上有期徒刑的，经过十五年；（四）法定最高刑为无期徒刑、死刑的，经过二十年。如果二十年以后认为必须追诉的，须报请最高人民检察院核准。

景水兵死性不改，在逮捕证签名栏下写上：“我没有盗窃，我是冤枉的。景水兵。”然后，他按了指印。郑晓锋正色道：“景水兵，你当年的同案犯交代得清清楚楚，并且对你进行了辨认，证据是确凿充分的，我建议你老实交代，不然后悔的是你自己。拒不交代，无悔罪表现，量刑会偏重的。”景水兵的神态和表情告诉郑晓锋，此时的景水兵已经不是彼时自信心爆棚的他了。

郑晓锋耐心地等了两分钟，然后劝说：“交代吧，先把 2008 年这六起案子交代了。”景水兵咬咬牙，还是说：“我没盗窃过。”郑晓锋说：“上次你给我讲了很多大道理，以此证明你盗窃并不可耻。今天，我也想给你讲讲。”景水兵无精打采地说：“你讲，我还能堵住你的嘴！”

郑晓锋义愤填膺：“你上次演讲口若悬河，快把自己包装成劫富济贫的英雄好汉了，绝非如此！你自己四体不勤、五谷不分，懒于劳动，勤于挥霍，不务正业。用卑鄙可耻的手段窃取他人财物，用于自己赌博、玩女人。你看看你作案侵害的对象，有手无寸铁的老汉，有租房的打工人，有起早贪黑开小店的。他们和你一样都是农村出身来城里讨生活的，他们辛辛苦苦挣钱，挣的每一分钱都是血汗钱。你呢，不吃苦，不流汗，轻而易举把人家辛辛苦苦挣来的钱收入囊中。你对不起你案子中的被害人！你侵犯了他们的人身财产权利。你对不起你的父母！他们把你养大却要背负养了个贼娃子的骂名。你对不起我们！我们苦口婆心劝你认罪悔罪，你却执迷不悟，要一条道走到黑！”

景水兵看看房顶，看看地面，又看看四周，就是不看郑晓锋的眼睛。景水兵的思想斗争很激烈。他深知，一旦交代，十年以上有期徒刑不可避免。他咬紧牙关说道：“你们不要问了，我没有盗窃。”郑晓锋瞪了他一眼：“你如果拒不交代，量刑会很重的，我最后一次提醒你。我明确地告诉你，你绝对逃脱不了法律的制裁。你就准备再进监狱吧！”说完，郑晓锋把写好的笔录让景水兵签字。景水兵摇摇头说：“我不想签。”郑晓锋在笔录上注明：“犯罪嫌疑人景水兵拒绝签字。侦查员：郑晓锋。”何胜利也签上了自己的名字。

《公安机关办理刑事案件程序规定》要求，讯问笔录应当交犯罪嫌疑人核对；对于没有阅读能力的，应当向他宣读。如果记录有遗漏或者差错，应当允许犯罪嫌疑人补充或者更正，并捺指印。笔录经犯罪嫌疑人核对无误后，应当由其在笔录上逐页签名、捺指印，并在末页写明“以上笔录我看过（或向我宣读过），和我说的相符”。拒绝签名、捺指印的，侦查人员应当在笔录上注明。

二人驾驶黑色桑塔纳车离开看守所，何胜利问："去年10月的案子你可以给景水兵认定上吧？"郑晓锋叹口气说："可以的，只不过比较麻烦，工作量大。"何胜利说："我知道，你不是一个怕麻烦的人。你先把我送到大街我二舅家，我找他有点儿事。你去二街移动公司帮张宏取一份情况说明，然后回单位吧。"

郑晓锋到了移动公司门外，刚下车就看见路边围着一圈人，直觉告诉他，肯定没好事。他凑上去一看，原来是两个中年男人在对峙，一人手里拿着香蕉刀，一人手里拿着圆铁凳，相隔不到两米。拿香蕉刀的男人骂道："你再过来老子一刀扎死你！你连点儿脸都不要，这块地一直是我在用，你凭什么占老子的位置！"拿圆铁凳的男人也骂道："老子今天占了就是老子的，不要以为老子怕你！"拿香蕉刀的男子在步步逼近，围观的人都噤若寒蝉。郑晓锋当时穿着便衣，赤手空拳。那又如何？他明知自己上去制止有危险，但是仍然挺身而出。

郑晓锋挤开人群，站在两人中间喊道："两位大哥，听我的，都把东西放下，有话好好说。你们都是上有老下有小，要养活一大家子的人，你们捅下乱子判刑坐牢了，一家老小怎么办？"这两句话说到了点子上，拿香蕉刀的男人先把手垂了下去。郑晓锋又把另一名男子拿圆铁凳的胳膊按了一下，那名男子也把手垂了下去。郑晓锋心里想，依靠群众的时候到了，就对围观人群喊："大家说我说的对不对？"围观人群听见他这么说，都凑上来七嘴八舌地劝两人不要打了。两人或许也觉得民意难违，就默默地放下了刀和凳。

郑晓锋又安抚道："两位大哥，大家都是农村人，来到城里应该互相帮助呀！大家养家糊口都不容易，应该互相体谅呀！不要为了争这不到一米的地方吵架了，互相让一下好吗？和气才能生财，你们俩一吵，买东西的人都被吓跑了，哈哈哈。”二人都被郑晓锋说动了，不好意思地回到了自己摊位。郑晓锋又笑道：“不打不相识，给我个面子，化干戈为玉帛，交个朋友吧。”群众也在帮腔：“人家后生说的对！”郑晓锋把各回摊位的二人又拉了过来，让他们握手言和。有群众鼓起掌来。郑晓锋对两男子说：“听见了吧？看见了吧？大家都为你们和好而高兴！”

郑晓锋走进移动公司，出示警官证，对一位女职员说：“我是刑警队的，取一份情况说明。”工作人员把情况说明双手交给他说：“原来你是警察呀！刚才真危险，差点儿两个家庭被毁掉，幸亏你来了！你们警察真牛！”郑晓锋微微一笑：“职责所在，应该的。”

1 月 12 日下午，刑警大队二中队办公室里，李勇正兴冲冲地给何胜利讲着什么，郑晓锋进来了。李勇把一沓子材料递到郑晓锋的手上：“晓锋，王友胡在小杨岭还有一起盗窃案。小杨岭分局已经通过执法办案系统把案件给咱们移交了，你看一看材料全不全。”郑晓锋问：“什么时候的案子？涉案价值大不大？”李勇答道：“2017 年 5 月 12 日的入户盗窃案，偷了一瓶红酒，两盒软中华烟。”郑晓锋又问：“怎么确定是王友胡干的？”李勇说：“小杨岭刑警队民警梳理有监控未侦破案件时意外发现的。监控很清晰。两人作案，一人确定是王友胡，另外一人身份不明。”郑晓锋问：“监控呢？”李勇说：“已经拷贝到你的电脑桌面了。”郑晓锋说：“好的，我看看再说。”李勇感慨道：“晓锋，这案子辛苦你了！”郑晓锋笑笑不说话。

郑晓锋打开了执法办案系统看案件，被害人乔宝祥家位于小杨岭镇前杨岭村山上平房区，是一个独院。2017 年 5 月 12 日中午，乔宝祥在山下经营书店，其母亲折梅泽在院内晒太阳。两名男子和折梅泽攀谈，问有没有房屋出租、价钱咋样。之后折梅泽锁门外出散步，走到半路想起忘记吃药，就又返回。刚到大门口，她看见打听租房的那两名男子从自家慌张跑出，一人还拿着一瓶红酒。折梅泽不敢追赶，慌忙给儿子打电话。乔宝祥回家后发现大门、柜门被撬，除了红酒，还丢了两盒软中华烟。乔宝祥报警后，小杨岭刑警队出警勘查现场。受理案件登记表、立案决定书、被害人乔宝祥和折梅泽的询问笔录都有，没有现场勘查笔录和价格认证鉴定意见书。

郑晓锋又开始看监控。监控是室外监控，可以覆盖整个院子和大门洞。王友胡的正脸清清楚楚，走路一颠一颠。另外一名男子刻意低头，没有拍到正脸。郑晓锋又在公安内网旅馆业系统查询，2017 年 5 月 11 日晚，王友胡在小杨岭镇前杨岭村红梅宾馆登记住宿，12 日上午 11 时退房。郑晓锋给何胜利汇报：“确实是王友胡干的，我先去讯问他吧，看他会不会承认。如果不承认，我就上小杨岭走一趟，补一份辨认笔录，把案卷的原件和现场勘查笔录要回来。”何胜利说：“你看着办，靠你了。”

次日上午，郑晓锋和周俊安去看守所讯问王友胡。郑晓锋问：“犯罪嫌疑人王友胡，据我们掌握，你还有犯罪事实没有交代，我们希望你如实交代。”王友胡眨眨眼睛：“再没有了，该交代的我全交代了。”周俊安哼了一声：“还有没有你很清楚，我们也很清楚，放老实点儿，不要做无谓的抵抗，给我们找麻烦，也给自己找麻烦。”王友胡装作不满的样子：“我还不老实？我够老实了。我如果不老实，没交代，现在也不会在看守所里了。”

郑晓锋提醒他道：“好好想想，2017 年 5 月 12 日你在哪里？”王友胡直摇头：“记不得了，时间这么长，换你你也记不得。”郑晓锋又提醒：“5 · 12 是汶川大地震纪念日，也是中国的护士节。”王友胡把头摇得像个拨浪鼓一样。郑晓锋又问：“是不是在东华？”王友胡说：“绝对不在东华。”郑晓锋解释说：“小杨岭也是东华的。”王友胡说：“我敢保证，我除了 2017 年 10 月和景水兵去过小杨岭，之前我就没有去过小杨岭。”郑晓锋说：“我们可是有证据，你不想交代就算了，不要以为我们没办法。”王友胡坚定地说：“绝对没有，我记得很清楚。”

郑晓锋完善了讯问笔录，结束讯问，和周俊安走出了讯问室。周俊安说：“这家伙果然不老实了，估计他交代了的都后悔了，更不可能继续交代了。”郑晓锋平静地说：“趋利避害是人的本性，但是这起案子外围证据还可以，零口供也能认定，只是可能查不清另外一名嫌疑人是谁。”

13 日上午，呼呼的北风刮得树叶哗哗作响，郑晓锋和刘江开着桑塔纳朝北面的小杨岭出发了。逆风行车速度慢，两个多小时后，他们终于来到了小杨岭分局的院子，找到了刑警队指导员胡一飞。胡一飞把案卷材料找了出来，又和技术队要来了现场勘查卷宗。郑晓锋一边翻看现场勘查卷宗，一边赞叹：“你们的现场勘查卷宗很细致、很规范。”胡一飞摇摇头：“就是提取指纹这一块儿还不够专业，没有提取到指纹。”

郑晓锋说：“王友胡不承认这起犯罪事实。咱们去找一下折梅泽吧，我们要做一份辨认笔录，让她辨认王友胡，我要把外围证据打扎实。”胡一飞点点头说：“我和你一起去。”胡一飞把郑晓锋和刘江叫上了自己单位的福克斯警车，胡一飞说：“我们的车比你们的舒服，最起码不冷，桑塔纳四处漏风。”郑晓锋点头称是，刘江又把福克斯警车夸赞了一番。路过乔宝祥的书店，胡一飞问乔宝祥：“你妈妈在家吗？案子破了，我们要让你妈妈辨认一下小偷的照片。”

乔宝祥喜出望外，赶忙递烟说：“抽根华子，我妈在家，辛苦你们了，东西丢了无所谓，可我家被翻得乱七八糟，门也被撬坏了，太可恨了！你们也算是给我出了一口恶气。”胡一飞哈哈大笑，接过烟不客气地抽了起来，然后开车到了乔宝祥家门外。折梅泽在电话里听儿子说案子破了，已经高兴地洗了苹果、摆了橘子在家等着了。

辨认过程很顺利，折梅泽一眼就认出了：“就是4号，你看他长得就不像个好东西。我家当时有空房，我看他们不像好人，所以没租。没想到他们是贼娃子。”郑晓锋又指着王友胡的照片问：“这个人还有什么特征你记得吗？”折梅泽说：“我发现他走路一踮一踮地，好像腿有毛病。”郑晓锋写好了辨认笔录后，又和折梅泽补了一份询问笔录。

胡一飞带着郑晓锋、刘江离开乔宝祥家，来到了分局附近一家内蒙古烩菜馆，点了一份烩菜、一份内蒙古焖面。胡一飞介绍说：“这里和内蒙古紧挨着，我们小杨岭的这条河叫乌兰木伦河。乌兰木伦河在蒙语中是红色的河的意思。这家烩菜馆的老板是蒙古族人，咱们今天点的菜都是内蒙古风味的。”刘江赞叹不已：“好吃，好吃。”郑晓锋说：“你们这里的红梅宾馆在哪里？”胡一飞说：“走路十五分钟就能到，怎么了？”郑晓锋解释说：“王友胡头一天晚上在这家宾馆登记，作案当天11点退房的。我想去宾馆问下有无同住人员。”胡一飞说：“我明白了，咱们吃完就走。”

三人又开车到了红梅宾馆，是一家只有十间房的小宾馆。宾馆工作人员只有夫妻二人。这一对夫妻已到中年，操着金驿县口音。他们在电脑上调了王友胡登记住宿的信息，郑晓锋又给他们看了案发当日监控截图的王友胡照片，让他们根据衣着打扮回忆。二人看了半天后还是摇头说：“记不得了，没印象了。”没办法，胡一飞把郑晓锋和刘江拉回了小杨岭分局。郑晓锋和刘江驾驶桑塔纳回大漠区。来时逆风，回时顺风，不到两个小时就已经抵达目的地。

《刑事诉讼法》规定，为了查明案情，需要解决案件中某些专门性问题的时候，应当指派、聘请有专门知识的人进行鉴定。公安机关在办理侵财类刑事案件或者其他案件涉及的财物价值影响定罪量刑的，需要对财物的价格进行鉴定。

这也是一项很烦琐的工作，必须细之又细。如果粗心大意未写完整，价格认证中心会退回委托或者无法认定，间接导致涉案价值缩水，量刑变轻，罚不当其罪。

1月14日，三九第六天，一上午天寒地冻。郑晓锋坐在二中队办公室里，整理着王友胡、景水兵抢劫、盗窃案的涉案财物信息。整整一个上午他才把价格认定委托书写好打印出来，接着去八楼办公室登记、编号、盖章，一切就绪已到下班时间，看样子只能下午再去价格认证中心了。

下午一上班，郑晓锋开着四处漏风的桑塔纳出发了，他要去大漠区人民政府十二楼的价格认证中心。刚到火车站，车突然熄火了，郑晓锋并不感到意外，跑了将近二十万公里的桑塔纳，坏在路上是常有的事。他给警务保障室打了电话汇报了情况，然后把钥匙交给了火车站警务室的民警。

离区政府不到两公里，近在眼前，郑晓锋提着公文包风风火火地步行到了区政府。进了十二楼价格认证中心办公室，认证中心的人和郑晓锋都很熟，客气地打招呼，招呼喝茶水。但是郑晓锋的委托，大家都不想要，都知道他常办重大疑难复杂案件，往往涉案财物多，评估难度大，工作时间紧。

最后张英副主任说话了："轮谁了？收下吧，人家晓锋等得好着急！"高新笑了："拿来吧，我收下吧。你的案子大家都害怕，哈哈哈。"郑晓锋把委托书放在她的桌上，她检查了一遍说："没有问题，该收。但是数量不少啊，费时间。"郑晓锋讨好地笑了："美女，麻烦了，辛苦你了。"送完委托，郑晓锋站在区政府门外等出租车，脚都冻麻了也等不来，他挤上了一辆 11 路公交车回了单位。

恶语伤人六月寒，良言一句三冬暖。人都爱听好话，高新也不例外。五天后，高新就把价格鉴定意见书写好了，电话通知郑晓锋来取。郑晓锋和何胜利开着刚修好的桑塔纳一起去区政府取了鉴定意见书。《刑事诉讼法》规定，侦查机关应当将用作证据的鉴定意见告知犯罪嫌疑人、被害人。如果犯罪嫌疑人、被害人提出申请，可以补充鉴定或者重新鉴定。郑晓锋和何胜利拿着鉴定意见书去了看守所，先提审景水兵。郑晓锋单刀直入："景水兵，我们对你的涉案财物委托大漠区价格认证中心进行了评估，现在想要把鉴定意见书交给你阅读，你听清楚了吗？"景水兵说："我不想看鉴定意见书，我没有盗窃过，没有抢劫过，你们爱给谁看就给谁看。”郑晓锋又问他：“我还是希望你能交代你的犯罪事实，好好配合我们的工作。”景水兵不说话。

郑晓锋又说：“监控录像是不会骗人的，你的身影已经留在监控录像里了。”景水兵哼了一声：“我有权保持沉默。”郑晓锋一拍桌子：“《刑事诉讼法》规定，犯罪嫌疑人对侦查人员的提问，应当如实回答。”景水兵不说话了。郑晓锋完成了笔录，问道：“你是否核对笔录并签字？”景水兵摇摇头。郑晓锋让提讯民警把景水兵带走，再把王友胡提出来。

郑晓锋也是开门见山：“王友胡，我们对你的涉案财物委托大漠区价格认证中心进行了评估，现在想要把鉴定意见书交给你阅读，你听清楚了吗？”王友胡回答：“听清楚了。”他接过鉴定意见书看了一遍，看完后脸色惨白：“金额不小啊！”郑晓锋安慰他：“也不算多，现在的量刑标准和十年前不一样了，不要压力太大。”王友胡稍微放松了一些：“说的也是啊。”郑晓锋问：“你对此鉴定意见有无异议？你是否申请重新或者补充鉴定？”王友胡回答：“没有，不申请重新、补充鉴定。”郑晓锋心里松了一口气，重新或者补充鉴定的程序很麻烦。

郑晓锋又问：“你好好想想，2017 年 5 月 12 日，你和谁在小杨岭作过案？”王友胡想也没想，脱口而出：“没有，你们不要问了。”郑晓锋笑着说：“如果我把监控录像拿出来呢？”王友胡说：“你拿啥我也不会承认的，我说了的都后悔了。”郑晓锋把讯问笔录写完，让王友胡核对签字。

返回单位的时候，何胜利问：“如果我没记错的话，2 月 1 日王友胡的捕后羁押期限就到了，你准备延长羁押期限一次吗？”郑晓锋说：“今天是 19 日，距离 2 月 1 日还有十四天，我觉得时间够，证据也够，我把监控录像再扎实过一遍，找找细节上的相同点，把各种监控录像和汽车轨迹的时间衔接起来。起诉意见书写出来后，对于每一起犯罪事实为何能够认定，我再写一个详细的情况说明，检察官看了后会一目了然。我觉得十天时间足够了，到期没问题可以移送审查起诉。至于其余漏网的人，咱们再慢慢查吧。”何胜利点点头：“希望如你我所愿，给上级有个交代，给群众有个交代，给自己也有个交代!”

泰山不拒细壤，故能成其高；江海不择细流，故能就其深。细节往往是成功与否的关键，所以不能忽略任何细节，不管它看似多么无关紧要。郑晓锋深知此理，养成了谨小慎微、重视细节的工作习惯。

他坐在刑警大队二中队办公室里，目不转睛地盯着电脑屏幕，他要把景水兵、王友胡涉嫌抢劫、盗窃案的监控重新过一遍，找出各处监控中嫌疑人衣着打扮和体貌特征的相似处，截取图片、文字注明、整理附卷，以证明各处监控中的人系同一伙人。各处监控的时间又能相互衔接，结合部分犯罪嫌疑人供述、被害人陈述、现场勘查笔录、作案工具、赃物、汽车 GPS 轨迹等证据，足以认定犯罪系该伙人所为。

郑晓锋反复观看了顺风货运站被抢劫案的监控，发现两名犯罪嫌疑人一高一矮。高个子的身高在 190 厘米左右，身份无法查明。矮个子的身高在 170 厘米左右，矮个子系景水兵无疑。二人的衣着打扮和其他案发现场以及住宿酒店的衣着打扮相符。景水兵蹲下撬保险柜的时候，鞋侧的反光条一闪一闪，他穿的是一双特步运动鞋。

郑晓锋看二道沟超市的监控，发现景水兵揭起门帘的一刹那外套拉链没有完全拉到胸口，里面的卫衣胸前有一串字母，这一串字母郑晓锋在查看桃花泉酒店的监控时也看到过。尽管景水兵作案时戴着帽子，但是超市的监控还是可以发现他的前额头发缺失。桃花泉酒店和小杨岭酒店的监控中，景水兵没有戴帽子，前额光亮如油。

郑晓锋再看皖榆粮油门市的监控时，发现景水兵还是穿的特步鞋，在小杨岭、大漠区的酒店穿的也是这双鞋。皖榆粮油门市的监控还可以清晰看出景水兵手上的撬棒的形状，根据监控的比例，可以发现和扣押的一根撬棒相符。

之前刑警四中队谢小楠给郑晓锋移交的皖榆粮油门市的材料，被害人询问笔录太简单，没有详细询问看到的嫌疑人的体貌特征。郑晓锋叫上了刘江，开上桑塔纳赶到了皖榆粮油门市。门市的老板罗江浪正在忙活着卖蔬菜，看见来了一辆警车，赶紧笑着迎了上来。罗江浪问："你们有事吗?"郑晓锋开门见山："我们是毛乌苏市公安局大漠分局刑警大队的，你家的那起案子破了，抓了两个人。以前和你做的笔录不够详细，我们今天来补充点儿问题。"罗江浪很高兴："太好了，你们问吧。"

郑晓锋说："你发现两名嫌疑人后，嫌疑人跑了，这两人的体貌特征衣着打扮你看清楚了吗?"罗江浪仔细想了想说："其实，我当时睡得迷迷糊糊的，我记得他们都穿着深色的衣服，衣服的款式不记得了。我印象比较深的是一个小偷个子特别高，一个稍微有点儿矮。矮个子手上拿个亮晶晶的东西，有手臂那么长，我刚开始以为是刀子，后来感觉像个撬棒。不管咋样我也没有追，因为我一个人，他们两个人，还拿着工具，我觉得不安全。他们跑了后，我发现好像没丢东西，我就把门锁好继续睡了。”

做完笔录后，郑晓锋和刘江准备离开。罗江浪突然给郑晓锋和刘江每人塞了一瓶脉动饮料说：“你们辛苦了，没什么好招待的，每人喝一瓶吧。”郑晓锋和刘江恰好口渴，没有推辞，拿起就喝。郑晓锋悄悄地扫了一下门市玻璃门上的付款码，上车后，给人家付了八元钱。

回到单位已是中午了，二楼餐厅吃麻婆豆腐、韭菜炒鸡蛋、红烧茄子、清蒸鲶鱼。郑晓锋胃不舒服，没敢多吃。细嚼慢咽吃了点儿，就回到办公室里，继续看监控。这是一项枯燥无味的工作，需要有耐心的人做。郑晓锋聚精会神地看着，突然肩膀被人拍了一下，扭头一看是嬉皮笑脸的李小虎。郑晓锋夸张地摸摸胸口：“吓我一跳，吓死人不需要偿命啊！”李小虎说：“吓不死，你的心脏没问题，是胃有问题。你每天一吃完饭就工作，时间长了再好的胃也受不了。”郑晓锋叹口气说：“你说得还真有道理。”

李小虎说：“今天下午能不能请你吃个饭？”郑晓锋问道：“为什么？”李小虎说：“去年你帮我二婶抓住了抢她金项链的那两个后生，项链没追回，你又给后生家属做工作把钱赔了，我二婶和二叔很感谢你，想要请你吃个饭。”郑晓锋笑了：“抓人破案追赃都是分内事，都是咱们应该做的，我不能接受人家的吃请。”李小虎假装生气：“你这人，原则性太强，灵活性太差，难说话，难打交道。”郑晓锋想了一下说：“你家二叔不是开刀削面馆的嘛，我好久没有吃刀削面了，咱们就到那里吃吧，到那里吃我就去！”李小虎说：“好吧，下午 5 点半。”

山西刀削面，果然是一绝。外观中厚边薄、棱锋分明、形似柳叶，入口外滑内筋、软而不黏、越嚼越香。郑晓锋说道：“吃面养胃，吃自己喜欢吃的东西养胃，今天这碗面吃好了。”李小虎呵呵笑着，看着郑晓锋不说话。李小虎的二叔过来了：“小兄弟，以后常来吃，敞开吃，不要钱。”郑晓锋笑着点头。李小虎说：“他这人太难请了，今天还是我好说歹说才来的，路上还让我掏钱付账呢！”

转眼到了 1 月 30 日，刑警大队二中队办公室里，何胜利的烧茶壶滋滋冒着热气，浓郁的茶香沁人心脾。郑晓锋杯中的茶水却放凉了。景水兵、王友胡系列抢劫、撬盗保险柜案的案卷材料全部整理好了。

《公安机关办理刑事案件程序规定》要求，侦查终结的案件，应当同时符合以下条件：（一）案件事实清楚；（二）证据确实、充分；（三）犯罪性质和罪名认定正确；（四）法律手续完备；（五）依法应当追究刑事责任。

郑晓锋把侦查终结报告和起诉意见书写好了，检查了一遍又一遍。方军看不过去了：“你都检查好几遍了，肯定没问题，这么好的茶要趁热喝，放凉了就浪费了。”郑晓锋回过神来，呷了一口凉茶。“凉了也好，凉了泻火。”说完他继续检查。

再三确认没有瑕疵后，郑晓锋在执法办案系统把两份呈请报告传给了刘成金大队长，然后去三楼敲大队长办公室的门，里面传来一声：“进来。”郑晓锋推门进去。刘成金说：“你进来就不要敲门了，不要那么客气。”郑晓锋笑着说：“礼多人不怪，我在执法办案系统给你传了两份呈请报告。”刘成金对郑晓锋做的报告放心，点了同意传给了法制员田毅。

郑晓锋返回办公室，给田毅打电话：“田大队，我在执法办案系统给你传了两份呈请报告。”田毅问：“是你办的案子还是别人办的?”郑晓锋说：“是我主办的，报告都是我写的。”田毅吃了定心丸，快速浏览了一遍，果断签署了同意，传给了刘浩光副局长。刘浩光点开呈请报告，一看是郑晓锋主办、何胜利协办的景水兵、王友胡系列抢劫、撬盗保险柜案，满意地看了一遍，放心地签了同意，然后悠闲地抽起烟来，吐出一个又一个烟圈。其实，作为主管刑侦的副局长，他的压力是很大的，抽烟是解压的一种好方式。

郑晓锋吃过午饭后继续工作，装订了七本刑事侦查卷宗，一本文书卷，六本证据卷。证据一卷为犯罪嫌疑人供述及辨认笔录；证据二卷为被害人陈述、证人证言及辨认笔录；证据三卷为搜查、扣押、检查的笔录、清单及照片，抓获经过、情况说明等；证据四卷为现场勘查笔录及照片；证据五卷为监控录像截图和汽车 GPS 轨迹截图及文字说明；证据六卷为技术侦查措施卷。

《刑事诉讼法》规定，采取技术侦查措施收集的材料可以作为证据使用。如果使用该证据可能危及有关人员的人身安全，或者可能产生其他严重后果的，应当采取不暴露有关人员身份、技术方法等保护措施，必要的时候，可以由审判人员在庭外对证据进行核实。

郑晓锋特意在证据六卷的封面标注：建议审判人员庭外核实。郑晓锋长伸了一个懒腰：“苍天啊，大地啊，明天终于可以把这颗烫手的山芋扔出去了!”

次日一大早，郑晓锋来到地下车库，尝试着用钥匙启动车牌为陕 MYY×××的吉利，结果发现电瓶没电了，无法启动。他只好给刘江打电话，让刘江开着桑塔纳拿着对车线下来，给车补了电才发动起来。郑晓锋把吉利开到前院，叫刘江帮忙把景水兵、王友胡的刑事侦查卷宗和案卷扫描光盘、监控光盘都搬上车，然后他开着吉利驶入了大漠区人民检察院的大院。

郑晓锋抱着卷宗和光盘进入案管办。案管办的鲍娟正在和不知道哪个单位的一位年轻民警争执着。女检察官鲍娟一脸严肃："你的卷我真的不能收，这也太不规范了，你的装订顺序都是乱的。"年轻民警嬉皮笑脸："订起来就行了嘛，又不是多复杂的案子，总共就是一本卷，你们又不是看不懂。"鲍娟板着脸摇着头："无规矩不成方圆，你们必须按规矩来。你不按照《公安机关刑事案卷立卷规范》重新装订，我绝对不收。"

《公安机关刑事案卷立卷规范》指出，公安机关刑事案卷，是公安机关对在办理刑事案件过程中形成的法律文书和证据材料，根据一定顺序和要求组装后形成的案卷，是公安机关刑事执法办案水平和质量的重要体现。

年轻民警软了："下不为例，这次收了吧！"鲍娟指着郑晓锋，对年轻民警说："人家晓锋就很认真，装订的案卷里连错别字都找不出来，你信不信？"

年轻民警嘿嘿笑着说："我不相信。"鲍娟说："你找找看呀！"郑晓锋冲鲍娟摇摇头："刑事侦查卷宗属于警务工作秘密，无关人员无权知悉。"年轻民警冲郑晓锋摇摇头："你让我看，我也不敢看。咱们有纪律，不该问的不问，不该看的不看。"

年轻民警走后，鲍娟叹气道："我们的工作也太难了。"郑晓锋安慰道："气大伤身，少叹气。"鲍娟又叹了一口气："未经他人苦，莫劝他人善。我只不过是按制度办，常常遇到不守规矩的。"郑晓锋说："我们这些警察也很难，办起案子常常是时间紧、任务重、压力大，哪一个办案民警不是每天疲于奔命，恨不能有分身之术。咱们公检法是相亲相爱一家人，要互相理解!”

鲍娟情绪好转笑道：“感觉你在占我便宜，谁和你是相亲相爱一家人了?”郑晓锋红了脸：“你误会了。”鲍娟开始检查郑晓锋的案卷和光盘，不停地点头，啧啧赞叹：“这案子就像破棉袄，却让你缝得像新的，手艺真好呀!”郑晓锋谦虚地说：“大汉缝棉袄，粗人干细活，凑凑合合。”鲍娟看完后，郑晓锋说：“院子里有作案车辆和一些工具，咱们一起去清点一下，清点完了在移交清单上签字盖章。”鲍娟点点头，二人清点无误，履行了交接手续。

十二、邪不压正

腊月二十三，北方过小年，家家祭灶神。中午，毛乌苏市公安局大漠分局餐厅按照西四乡的习俗炖三下锅。所谓三下锅，就是把带骨头的羊肉、猪肉、鸡肉一锅炖，味香肉烂汤鲜，还能过一把啃骨头的瘾。郑晓锋和法医贺雷坐一桌，贺雷边吃边对郑晓锋说：“羊肉是暖胃的，鸡肉是养胃的，要多吃。”郑晓锋附和着说：“你说的对。不管工作多辛苦，吃点儿肉立马又干劲十足。”方军也说：“是啊，人活着不是为了吃饭，但是如果连饭都吃不好，活得又有什么意思呢?”

郑晓锋的手机响了，一看是检察院慕敏洁打来的。慕敏洁和郑晓锋是西北政法大学的校友，比郑晓锋低四届。慕敏洁说：“学长，我感觉你办的景水兵、王友胡的案子口供情况不好啊，景水兵拒不供述，王友胡没有进入案发现场且口供模糊。”郑晓锋说：“其他证据材料你还没看吧？如果你看了，就不会这样说了。你把全部案卷和证据踏踏实实看一遍吧，不要急性子。”慕敏洁笑了：“你猜对了，我刚看了证据一卷，就急着给你打电话了。”郑晓锋说：“那就改天聊吧，我在单位吃饭呢，不要影响我啃骨头。”慕敏洁忍俊不禁，挂了电话。

下午4时，郑晓锋一人走在建业大道，准备去检察院找慕敏洁。鞭炮和烟花的响声不时地冲击着耳膜，空气中飘散着幽微的火药香。慕敏洁见郑晓锋来了，嗔笑道：“你还说我是急性子，我看你也是。”郑晓锋载笑载言：“看完了吗?”慕敏洁答道：“刚看完。我认为证据确实充分，相互印证，形成了牢固的锁链，可以排除合理怀疑，足以认定起诉意见书中的犯罪事实。我给我们组长马磊汇报了。马磊也简单阅卷了，他同意我的看法。”郑晓锋如遇知音：“太好了，那你们准备什么时候起诉?”慕敏洁面露难色：“你看看我桌子上、抽屉里、柜子里有多少案子吧，你的这个案子我准备给你退查一次，然后拖到期再起诉。”

大漠区人民检察院的检察官办案压力很大，如牛负重，日理万机。每位检察官的桌子上案卷都摞得像小山一样，加班加点对于他们来说已是家常便饭。有时候案子实在办不出去，他们就退回公安机关补充侦查，拖延一下时间。郑晓锋叹口气说道：“我理解，你们的案子确实太多了。但是你要给我退查，我还是不开心啊！你们退查时，提纲上准备写什么?”慕敏洁捂着嘴笑：“别担心，我只写两条：一是建议你局加大审讯力度，争取突破景水兵的口供；二是加大抓捕力度，争取将在逃嫌疑人抓捕归案。”

郑晓锋心领神会地笑了：“那我写个情况说明就可以了。尽管我局民警多次加大审讯力度，由于犯罪嫌疑人景水兵拒不认罪，负隅顽抗，所以无法获得其口供。在逃嫌疑人身份尚不明确，我局民警正在全力以赴调查抓捕。怎么样?”慕敏洁满意地答道："没问题，但是你一定要拖到最后，我的案子太多了。"郑晓锋点点头："君子一言，驷马难追。"

2018年1月23日，党中央、国务院发出《关于开展扫黑除恶专项斗争的通知》指出，为了保障人民安居乐业、社会安定有序、国家长治久安，巩固党的执政基础，决定在全国开展一场震天撼地的扫黑除恶专项斗争。

通知发出后，全国各级公安机关高度重视，迅速开始学习、研讨、落实，掀起了打击涉黑涉恶违法犯罪的狂风巨浪。毫无悬念，各级公安机关刑侦部门，就是扫黑除恶的先锋队、排头兵。

2018年2月11日是农历腊月二十六，街上到处是一片喜庆祥和的气氛。上午，副局长刘浩光坐在刘成金大队长的办公室里，二人正在讨论扫黑除恶工作。刘成金边抽烟边说："这次扫黑除恶的任务这么重，真的不好完成呀！"刘浩光点点头说："深入群众，发动群众，广辟线索来源，一定要把大漠区黑恶势力打尽杀绝。咱们刑警队下午开个会？"刘成金说："你说开就开。"

下午的扫黑除恶工作会郑晓锋没有参加。郑晓锋和技术员陈鹏宇、法医贺雷去白牛滩镇出警处置一起刚报的故意投放危险物质案了。当天中午，白牛滩镇柠条滩村二组村民马龙报案称，他养在羊圈的十只肉山羊口吐白沫、腹胀如鼓，陆续死亡，损失惨重。

三人到达后，发现现场位于柠条滩村二组马龙家的院子外羊圈，羊圈四方四正，用红砖砌成，面积四十平方米，一半用彩钢板盖顶，一半露天，墙高一米五，圈门用铁栏杆制成。羊圈外围是松软的沙土地，靠西墙堆放着高高的一垛玉米秆压制成的饲料。郑晓锋问马龙："你的羊在外面散放过吗?"马龙说："没有，我的羊是圈养的。"郑晓锋发现羊圈外果然没有羊蹄印，又问马龙："你看看羊圈周围的这些脚印都是你们自家人的吗?"马龙看了一圈后说："都是我和我爸爸的。"郑晓锋又问："你最近和谁有过矛盾纠纷?"马龙想了想，摇了摇头。郑晓锋又问："你说人家给你的羊投毒了，人家怎么投的毒？好像没人靠近过你家的羊圈呀!"马龙一脸纳闷："这是咋回事呢?"

陈鹏宇提着一个物证袋走过来说："估计是羊饲料有问题，我刚刚在饲料槽子里发现了一个被压穿孔的氧化乐果农药瓶。"贺雷也拿着一根试管过来了："这是我提取的羊胃内容物，一股大蒜臭味，有机磷农药中毒死亡的可能性大。"陈鹏宇说："氧化乐果就是有机磷农药的一种，主要用于防治玉米、高粱的害虫。"郑晓锋给马龙说："你的羊恐怕不是被人故意毒死的，是误吃了渗透氧化乐果的玉米秆饲料死亡的。你的玉米秆饲料从哪里买的?"马龙叹气道："在我们邻村的羊饲料加工作坊买的，我一直在他们那里买，人家两口子开的作坊。"陈鹏宇解释道："从农药瓶上贯穿的小孔来看，应该是他们压制饲料时不小心把农药瓶压进去了。人家两口子没必要故意害你这个老客户吧?"马龙点点头："没必要。我的问题咋解决？我的损失咋办?"郑晓锋说："你的案子不属于公安机关管辖的刑事案件，应该由大漠区农业综合执法大队处置。我帮你给他们打电话吧。"郑晓锋拨通了农业综合执法大队的电话，给对方介绍情况，顺利移交了案子。

太阳已落，天色已晚。三人驾车返城，欢声笑语一片。郑晓锋的手机响了，一看是何胜利打来的，一股不好的预感袭来。他无奈地接起电话，打开免提。何胜利说："苜蓿园发现一具尸体，估计是上吊死亡的，你们去看一下现场。尚武路派出所的张小明会和你联系的。"大家的脑袋都嗡嗡作响。很快，尚武路派出所张小明的电话也打过来了："郑队长，你们在哪里？快到了吗？"郑晓锋说："我们估计再有二十分钟能到，现场在苜蓿园的哪里？"张小明说："在后苜蓿园的榆树林里，我们的车闪着警灯，你们到了后苜蓿园水泥路的尽头就看见了。"郑晓锋说："你叫上两名社区工作人员当见证人吧。"张小明说："好吧。"

晚上 8 时，三人到达案发现场。派出所的面包警车闪着警灯停在旁边，张小明和万博正在保护现场，远处还有两名社区工作人员不敢靠近。现场位于后苜蓿园榆树林中，西面和北面都是防风固沙的榆树林，南面和东面都是荒草覆盖的沙梁。有一条东西向的土路可以通往中心现场，一棵歪斜的榆树上，挂着一具尸体，在寒风中摇摆着。尸体长度在 180 厘米左右，穿着黑色的羽绒服和牛仔裤。牛仔裤小腿部位成了烂布条，脚和小腿的肉缺了很多。尸体下方有一摞倒下的砖头，似乎是起了垫脚石的作用。

陈鹏宇和贺雷全副武装后打开雪亮的勘查灯朝尸体走去，郑晓锋在听张小明介绍情况："下午有一个群众给我们派出所打电话，说是在这里发现了尸体，有三四条流浪狗正在啃食尸体的腿部，当时把他吓坏了。我们过来看了看，感觉应该是自杀，因为现场只有一人的脚印，而且很明显是上吊，但是我们不敢肯定，还是需要你们来确认一下。"

很快，陈鹏宇对现场情况进行了拍照固定。贺雷对尸体表面进行了静态检查，然后叫道："都过来，咱们把尸体从树上卸下来吧。”郑晓锋和张小明、万博都走到尸体旁边。吊起尸体的是一条尼龙绳，挂在树杈上，可以解开。陈鹏宇和贺雷扶着尸体。郑晓锋蹲下来让体型瘦小的万博踩在他的肩膀上，然后再缓缓站起来。万博解开了尼龙绳，陈鹏宇和贺雷把尸体慢慢放在了地上。大家看清楚这是一具眉清目秀的男尸。贺雷叹气道：“脖子上的勒痕是弧形，不是圆圈，应该是自杀。两只脚和小腿的肉基本被流浪狗啃完了，尸体冻得硬邦邦的，死了一两天了。”

陈鹏宇开始翻死者的衣兜，找到一部裂屏的华为手机、一张身份证、二十元现金，还有一张折起来的纸条。身份证上显示死者叫张玉凤，大漠区人，二十四岁。手机没电无法开机了。郑晓锋把纸条展开一看，字体娟秀工整：“我要离开这个世界了。这个世界对于我来说没有什么意义，我找不到人生的乐趣。如果有来生，我再做你们的儿子吧！谢谢你们！2018 年 2 月 9 日。”贺雷又把尸体的衣服裤子解开，未发现明显的伤痕，看样子是自杀无疑。郑晓锋对张小明说：“我们认为可以排除他杀。你们按照非正常死亡的程序处理吧。尸源清楚了，你们联系家属吧。”

晚上 10 时许，现场勘查笔录和尸检笔录完成了。张小明把死者的父母喊过来了，一时间哭声四起。郑晓锋和陈鹏宇、贺雷安抚了几句后，就上车朝单位驶去。

郑晓锋叹口气：“真可怜，年纪轻轻就想不开了。”贺雷说：“家属说是死者患了抑郁症。抑郁症很难治的，一旦患上非常痛苦。”陈鹏宇说：“尤其可怜的是死了还不能留个全尸，脚和小腿都让流浪狗啃完了。流浪狗真的应该好好管管了，每年都有很多人被流浪狗咬伤。人被咬伤后要打狂犬疫苗和免疫球蛋白，得花两千多元呢。狂犬病是很危险的，被狂犬咬伤后发病率为百分之二十五，发病后的死亡率为百分之百。”回到单位已经是23时了，三人各回宿舍休息了。

2018年5月5日是农历三月二十，节气立夏。春天悄然离去，夏天款款走来。一大早，郑晓锋就和技术员刘普宁、法医张高波驾车去了灰塔寺镇灰塔寺村阳洼的荒地，出警处置一个女尸骨被盗的现场。盗窃地点在远离村庄的荒郊野外，盗窃时间远在发现时间之前。

现场遭到人为和自然的双重破坏，没有发现任何有价值的痕迹物证。三人勘查现场后，又走访了附近村庄的群众，意料之中，一无所获。三人驾车行驶在颠簸的土路上往单位走，前几日的暖风细雨给黄土高坡披上了绿装，一派欣欣向荣的景象，三人却无心欣赏。

在大漠区，盗窃女性尸体、尸骨的案子屡屡发生，屡禁不绝，形成了地下黑色链条，有专业的盗窃、介绍、销售人员，分工明确，盈利颇丰。由于盗窃女性尸体、尸骨非法获利高、破案难度大、判刑时间短，所以不法之徒肆无忌惮，死者家属心痛如绞。

盗窃女性尸体、尸骨触犯了《刑法》第三百零二条之规定，涉嫌盗窃、侮辱，故意毁坏尸体、尸骨、骨灰罪，应处三年以下有期徒刑、拘役或者管制。

郑晓锋感叹道：“古人说，法轻使贼不足以畏法。很有道理呀！”刘普宁说：“咱们无能为力，说什么也没用。这起案件恐怕又难破了。”张高波也叹口气：“这里是三中队责任区，移交三中队吧，看看人家有什么好办法。”刘普宁不屑道：“晓锋都没办法的话，他们更不行。”

郑晓锋的手机响了，是大漠区人民法院刑事庭副庭长郭雨荷打来的。郭雨荷说：“晓锋，你办的景水兵、王友胡系列抢劫、盗窃案在我手上。我已经把卷阅完了。这案子办得非常好，证据很扎实。我准备下午开庭了，你要不要过来旁听一下?”郑晓锋顿时来了兴趣：“好啊，我到时候穿便衣过来，以普通群众的身份悄悄旁听一下。几点开始?”郭雨荷说：“下午 2 点半。”郑晓锋说：“我会准时到的。”

《刑事诉讼法》规定，人民法院审判第一审案件应当公开进行。但是有关国家秘密或者个人隐私的案件，不公开审理；涉及商业秘密的案件，当事人申请不公开审理的，可以不公开审理。

景水兵、王友胡涉嫌抢劫、盗窃案依法应当公开审理，群众都可以旁听。但是盗窃、抢劫案件稀松平常，大家都了无兴趣。旁听人员主要是三类人：一是被告人的亲友；二是法学院的学生；三是新手律师。第一类人是出于关心，第二、三类人是为了学习。

郑晓锋穿着便衣，戴着墨镜悄悄进了审判庭，坐在一个偏僻的角落默不作声地旁听。他关心被告人的刑期，同时也想向检、法两院的同志学习。审判长是女中豪杰郭雨荷，审判员是业务能手王卫华，人民陪审员是魏路，书记员是刘媛媛，公诉人是慕敏洁和马磊。王友胡有辩护律师，景水兵没有辩护律师，被害人均未出庭。

一切都在依据《刑事诉讼法》的规定有条不紊地进行。审判长郭雨荷确认当事人到庭，宣布案由和诉讼参与人名单，告知权利、义务。公诉人马磊宣读起诉书后，要求法警将景水兵带出法庭，并讯问被告人王友胡。王友胡没有翻供，但是仍然不承认小杨岭乔宝祥家被盗案是其所为。然后马磊让法警将景水兵带回法庭，再将王友胡带出法庭。马磊讯问景水兵：“被告人景水兵，你现在是否准备认罪认罚？你参与犯罪的事实是清楚的，证据是确实充分的，我们认为完全可以零口供给你定罪量刑。”景水兵低着头，来个徐庶进曹营——一言不发。

郭雨荷义正词严：“景水兵，你要考虑清楚拒不认罪认罚的法律后果。”景水兵依旧保持沉默。

慕敏洁开始向法庭出示物证，让景水兵辨认。景水兵斜眼看着，还是不说话。慕敏洁让法警把王友胡带回法庭，让王友胡进行了辨认。慕敏洁又宣读了证言、鉴定意见、勘验笔录和其他书证。王友胡及其辩护律师对于证据无异议。景水兵仍不表态。证据核实完毕，郭雨荷把法槌一敲，宣布法庭辩论开始。景水兵弃权，王友胡沉默。王友胡的辩护律师早已阅卷，知道这个案子是板上钉钉的事，不可能翻转，但是拿人钱财、忠人之事，总要说两句：“我觉得我的当事人的认罪态度是诚恳的，而且是从犯，希望法庭能从轻处罚，给他一个改过自新的机会。”郭雨荷和王卫华、魏路低声交换意见。

马磊发表意见：“我认为对于王友胡，可以从轻处罚，建议判处七年以下有期徒刑。但是景水兵拒不认罪认罚，执意对抗法律，导致赃物无法追回，被害人白白损失；导致同案犯无法归案，完全有再次危害社会的风险。景水兵是主犯，且是累犯，无任何悔罪表现。本着宽严相济的刑事政策，建议对景水兵从重处罚，判处十年以上有期徒刑。”

景水兵恶狠狠地扫了马磊一眼，然后盯着审判席。郭雨荷和王卫华、魏路低声交换意见。然后郭雨荷法槌一敲，宣布辩论终结，被告人可以作最后陈述。王友胡开口哀求了："该说的我都说了，希望能少判我两年，我也是个可怜人!"郭雨荷点点头，又看向景水兵："景水兵，你有最后陈述的权利!"景水兵抬头看着天花板，叹了一口气："是我干的，我也认罪认罚，少判我两年吧，我也是个可怜人。"

法律是公正的，也是威严的。景水兵终究还是怕了，表示认罪认罚。郑晓锋心中一震：礼治君子，法治小人，古人诚不欺我也。

郭雨荷宣布休庭，择日宣判。郭雨荷和王卫华、魏路返回办公室，评议案件，均认为案件事实清楚，证据确实、充分，依据法律应认定被告人有罪，且检察院的量刑建议完全可以做到罪责刑相适应。与此同时，法警也将景水兵和王友胡带上警车，驶往看守所还押。景水兵骂王友胡："怂包。"王友胡鄙夷地看了景水兵一眼："你不是也怂了。"法警威严地提醒道："老实点儿，不准交谈。"

马磊和慕敏洁收拾材料也离开了法庭。郑晓锋和马磊、慕敏洁在法庭门口碰面了。马磊吃了一惊："你怎么戴个墨镜鬼鬼祟祟地从里面出来了?"郑晓锋呵呵笑了："向学长和学妹学习呀。"慕敏洁听后忍俊不禁。

郑晓锋在餐厅吃完饭后回到二中队办公室，何胜利居然还在一页一页翻看着案卷。郑晓锋把下午庭审的情况绘声绘色地给何胜利讲述了一遍，逗得他哈哈大笑。何胜利说："王友胡对于2017年10月的案子全部认罪，对于小杨岭乔宝祥家被盗案却拒不承认，很可能是想包庇同伙。景水兵虽然当庭认罪，但是肯定不会轻易说出大个子以及安远那起案子中的同伙是谁。他害怕咱们把漏网之鱼全逮住，会供述出新的犯罪事实，再给他加刑期。而且景水兵也不想轻易得罪人，尤其是身强体壮的大个子。咱们先把在逃人员的身份查清了，再看看景水兵和王友胡是否愿意供述和辨认。”郑晓锋点点头：“我也是这么想的，在逃人员估计已成惊弓之鸟，会找地方躲起来，暂时没胆量再作案了。”

六一儿童节到了，附近小学校园里响着《小燕子穿花衣》的歌曲，操场上家长和老师都在陪着孩子们做游戏，到处是天真无邪的欢声笑语。郑晓锋正站在窗前望得出神，感叹自己再也回不到从前。何胜利叫道：“晓锋，刘大队叫咱们了。”郑晓锋回过神来，跟着何胜利一起去了刘成金的办公室。李勇也坐在沙发上，见何胜利和郑晓锋来了，往里挪了一下，给二人让出了位置。刘成金一脸笑意地抽着烟说：“景水兵和王友胡的案子破得好，办得好，张市长基本满意。李局长决定把这个案子报一个三等功，就从你们三人中选一个，你们说选谁?”

郑晓锋先表态：“我还年轻，让老前辈立功吧。”李勇说：“这个案子的办案难度比破案难度大，胜利和晓锋把案子办得非常好，应该让他们立功。”何胜利推辞道：“案子能破还是李勇的功劳大。”郑晓锋和何胜利推门出去了。刘成金对李勇说：“他们都走了，就剩你了，就给你立功吧。”李勇低下头说：“真是不好意思!”

郑晓锋和何胜利刚回到办公室，郭雨荷就给郑晓锋打来了电话：“晓锋，景水兵判了十二年，王友胡判了九年，我已经宣判了。我还顺路帮你问了一下景水兵大个子是谁，他还是不肯说。”

郑晓锋笑了："郭庭长，你辛苦了！"

李勇立功受奖的证书和勋章很快就领到手了。与此同时，景水兵和王友胡系列抢劫、撬盗保险柜案也当选为2017年省十大视频追踪技战法经典案例。李勇忙得焦头烂额，他要写汇报材料，制作PPT文件，然后在全省巡回演讲。材料和PPT文件准备好后，李勇给刘浩光副局长汇报了一下。刘浩光副局长说："既然要出去演讲，那就一定要演讲好，不能让人家笑话。我的意思是你先在咱们局里试着演讲一次，练练手。我给政工科说，让他们安排。"李勇点点头。

毛乌苏市公安局大漠分局五楼会议室，主席台上坐着李和平局长、李岳峰政委、刘浩光副局长、刘成金大队长等领导同志，台下坐着全局承担刑事案件任务的基层一线实战单位的民警，座无虚席。电子屏幕上李勇制作的形象生动的PPT文件正在播放。李勇讲得扣人心弦、引人入胜，不时赢得阵阵掌声。

课件讲完后，李勇等到掌声平息，继续说："这个案子的破案难是有目共睹的，但是，办案更难。为了把这个案子办成经得起考验的铁案，刑警二中队的同志们绞尽脑汁。费尽心思，把外围证据打造成了一条坚不可摧的铁链。尤其是主办人郑晓锋同志，把监控录像看了一遍又一遍，不放过任何细枝末节，把有价值的监控内容全部截图打印，并且用文字标注，工作细致到了无以复加的地步。他这种细之又细的工作态度和精益求精的敬业精神，值得我们大家学习。"掌声再次如雷鸣般响了起来。

何胜利和郑晓锋都没有去听李勇的演讲会，他们两人忙着去摸排吸毒人员了，以完成一年一度的夏季大收戒行动任务。

已经是下午4时了。毛乌大道普吉岛KTV门外对面的路边，停着一辆无牌银灰色商务车，何胜利和郑晓锋正坐在车上小声聊天。郑晓锋问："何队长，你的线索可靠吗？那个女的会出来吗？"何胜利说："你注意观察就行了，那个女的穿着白色黑条纹的连衣裙，身高一米七，身材很好，梳着辫子。她每天都在下午四五点的时候出来吃饭，吃完回去上班。咱们趁她出来吃饭的机会把她抓住就行了。"郑晓锋说："咱们要不要多叫几个人，直接到 KTV 里边找？"何胜利呵呵一笑："里边很大，包间很多，还有暗房和暗门，不好找。"郑晓锋又问："这个女的以前处理过吗？吸食还是注射？"何胜利说："行政拘留过，没有办过社区戒毒。以前是吸食，现在有没有注射就不清楚了。"郑晓锋叹口气："看样子不一定能强戒，说不准就是拘留而已。"

二人正说话间，KTV 的门开了，白裙女闪身而出，骑上了门外的白色雅迪踏板摩托车朝南而去。郑晓锋迅速发动汽车，掉头跟了上去。白裙女骑着摩托车不紧不慢地向南走，走了不远就拐到了右边的水泥路上，向松树山上驶去。郑晓锋也只好开车跟上去，他问何胜利："我觉得有点儿不对劲，她怎么朝山上开了，准备到哪里去吃饭？我要不要把她别住？"何胜利摇摇头："跟一会儿再看，别车不安全。"摩托车开到了山上，商务车也跟到了山上。摩托车停了下来，白裙女站在路边。商务车也停了下来，身穿便衣的何胜利和郑晓锋一左一右走到白裙女跟前，亮了一下警官证。

白裙女说："我知道你们是公安局的，前段时间我见过这辆商务车上下来警察抓人。"何胜利问："你骑摩托车到这里干什么？"白裙女强作镇定地说："我等你们。"何胜利问："等我们干什么？"白裙女说："我本来准备骑摩托车去吃饭，结果看见你们的车在我后面，我就想验证一下你们是不是找我，所以我就拐到这上面来了。”何胜利说：“依照《人民警察法》的规定，我们认为你有违法嫌疑，要当场对你进行盘问、检查，请你配合一下。”连衣裙没有兜，白裙女带着一个手包。郑晓锋命令道：“把包拿过来。”白裙女不敢违抗。

郑晓锋把包的拉链拉开，里面有一沓子现金、一张身份证、一串钥匙、两只避孕套、一只口红，还有一张锡纸。郑晓锋问道：“最近还吸呢?”白裙女犹豫了一下说：“两位大哥，我错了，我以后不吸了，能不能放我一马？包里这点儿钱你们拿着花吧。这里没有其他人，我也不认识你们，你们放了我算了。”何胜利眼睛瞪得像玻璃弹珠一样：“我们不要钱。”

白裙女忙说：“要人吗？要人也可以。我包里有安全套，你们的车上很宽敞，我不说，你们不说，谁也不知道。”说完就把裙子撩了起来，露出了白色的三角内裤和丰满诱人的臀部。何胜利义正词严：“把裙子放下去，要点儿脸吧，把我们当成什么人了!”白裙女赶忙解释：“你们警察也是有血有肉的男人，有什么不好意思的，这是人的正常生理需求。”见何胜利不为所动，她又把乞求的目光转向郑晓锋：“大哥，大哥，你帮我说说好话，我一看你就觉得和你很投缘。”

郑晓锋冷冷地掏出了手铐，把白裙女的手铐在了背后。何胜利给张宏打电话：“张宏，你开车带上方军到松树山顶上来，我们在这里抓了一个人。这里有辆摩托车需要开回单位。”张宏和方军赶忙开着桑塔纳来到了松树山顶。回到单位，白裙女如实陈述了自己吸食毒品海洛因的违法事实，被依法处治安拘留十五日。

十三、神秘大个子的往事

2018年农历八月十六，十五的月亮十六圆，刑警二中队值班。在明朗的月光下，萧瑟的秋风里，郑晓锋一个人在毛乌苏市公安局大漠分局的后院散步赏月，想起了李白的诗："小时不识月，呼作白玉盘。又疑瑶台镜，飞在青云端。"郑晓锋正仰头思索间，和何胜利撞了一个满怀。何胜利开玩笑道："对我有意见？想要撞死我？"郑晓锋也开玩笑："和你有缘，走到哪里都能碰见。"

二人相伴而行。何胜利问："你最近手上的案子处理得差不多了吧？"郑晓锋装作不满的样子："是啊，案子处理得差不多了，但是你刚给我分了六条涉黑涉恶线索呀！"何胜利笑笑："撸起袖子加油干，抽个时间把那个大个子查清楚吧，刘局长和刘大队都问过我有没有线索。"郑晓锋叹口气："大个子可能叫富平，姓什么不清楚，在燕南监狱服过刑。他持有的手机号只和景水兵通过话，机主是镇远县七里沙镇一名叫杨明的涉毒人员。但是此人在2017年夏季因为交通肇事受伤了，头上少了一块颅骨，精神方面出了问题，生活自理都很困难。我觉得大个子很可能是杨明的亲友熟人，至少在镇远县七里沙镇居住过，所以很有必要去七里沙镇走一趟，借助辖区派出所的力量先排查一下杨明的社会关系网，没有情况的话就把七里沙镇一带身高一米九以上的人员都排查一遍。”

何胜利咂咂嘴：“这工作量不小啊！”郑晓锋乐观地说：“不一定，说不准老天眷顾，咱们一出去就可以手到擒来。”何胜利点点头说：“我跟你一起去吧，咱们明天出发怎么样？”郑晓锋赞同道：“行，宜早不宜迟。”

次日一大早，何胜利和郑晓锋就着便衣、驾驶黑色桑塔纳朝镇远县七里沙镇出发了。刚上了高速路，就开始下雨了。一场春雨一场暖，一阵秋雨一阵寒，前挡风玻璃都起雾了。何胜利叹气道：“没有看看天气预报，又湿又冷又不安全！”郑晓锋紧握方向盘，目光坚毅地看着远方说：“咱们这么多年一直都是风雨无阻，今天也一样。你就好好欣赏秋雨中的大漠风光吧。”何胜利又叹气道：“希望老百姓能明白，他们能过平安喜乐的好日子，是因为我们这些警察为了打击犯罪而风雨无阻！”郑晓锋肯定地说：“老百姓会明白的。”何胜利问：“咱们去了七里沙镇能不能吃羔羊肉火锅？”郑晓锋笑了：“当然能，你要吃，我敢说不字吗？”

风雨中行驶了两百多公里，终于到达了七里沙镇。何胜利说：“兵马未动，粮草先行。我看咱们先吃午饭吧，吃完再干。”郑晓锋赞同：“正好也到了午饭时间了，正好也碰到羔羊肉火锅店了。”二人将车停好，快速跑进了火锅店。小店里没有其他客人，郑晓锋和何胜利默默地用木炭火铜锅涮着羔羊肉，鲜香麻辣，正好可以驱走一路上的寒气。

吃完后，二人开车到了七里沙镇派出所，值班民警郭富林端着两杯热气腾腾的奶茶接待了他们。郑晓锋说道："我们在侦办系列抢劫撬盗保险柜案件，两名犯罪嫌疑人已经被判刑了。一名在逃的犯罪嫌疑人使用的手机号码是在你们七里沙镇办理的，机主是七里沙镇的杨明，我之前给你们所里打过电话，你们的同事告诉我杨明因为交通肇事头部受伤，腿脚残疾，不可能作案。我们觉得我们案子中在逃的犯罪嫌疑人即使不是杨明，至少也是杨明身边的密切关系人。这名在逃的犯罪嫌疑人可能叫富平，姓什么不清楚，个子很高，在一米九以上，可能在燕南监狱服过刑。我们来此的目的就是查明大个子的身份并实施抓捕。"

郭富林放下手里的茶杯，笑了："杨明个子不高，体形微胖，确实因为交通肇事丧失了作案的能力。你说的很对，大个子就是杨明身边的密切关系人，叫李富平。"何胜利和郑晓锋对视了一眼，脸上露出了惊讶的神色。郭富林继续讲道："我在七里沙镇派出所工作了七年。我为人和善，办事公道，这里的干部和群众都喜欢和我聊天，所以我对这里的情况很熟悉。"郑晓锋竖起了大拇指。

郭富林娓娓道来："杨明的姐姐叫杨丽，杨丽的丈夫叫李富平，三人都是吸毒人员。李富平因为盗窃罪在燕南监狱服过刑，属于重点人口。李富平是延安市真武县人，父亲在他五岁时就去世了，母亲含辛茹苦把他和弟弟妹妹拉扯大，家里非常穷。2009年秋季，李富平到杨丽家当了上门女婿，杨家地多人富，日子一直过得很滋润。杨家对这个身高一米九、身强体壮的女婿很满意，李富平也以为自己的好日子要来了。谁知道 2010 年春季，杨家来了一个人，这个人改变了杨丽、杨明和李富平的一生。”

何胜利和郑晓锋竖着耳朵听得很入神，郭富林喝了一口奶茶，叹了一口气：“改变三人命运的人叫马望龙，是杨丽的姑父，也是一个以贩养吸的毒贩子。马望龙在杨家借住了两个月，悄悄给七里沙镇的吸毒人员贩卖毒品海洛因。他自己也吸毒。李富平没事的时候就去马望龙的屋子串门聊天。丧失人性的马望龙当着李富平的面吸食海洛因，吸后飘飘欲仙的感觉让李富平很好奇。马望龙就撺掇着李富平也吸两口。欲望战胜了理智，李富平吸食了几次后就上瘾了。吸食海洛因时间长了就会丧失性欲，对女人不感兴趣。杨丽发现了异常，几次逼问李富平是不是吸毒，李富平都矢口否认。纸包不住火，终于有一次杨丽抓了李富平现行。杨丽又哭又闹，让李富平戒毒，还要赶走马望龙。李富平哭着说自己戒不掉了，戒毒太难受了。杨丽骂李富平不是个男人，连海洛因都戒不掉。李富平说谁也戒不掉，海洛因太厉害了。杨丽给李富平说她要给李富平做一个戒毒的表率，然后也开始吸食海洛因。结果吸食了几次后，也戒不掉了。杨丽的父母发现女儿女婿都吸毒，就把他们骂了一顿，逼着他们戒毒，并且把马望龙赶走了。杨明对姐姐、姐夫说，海洛因没有什么可怕的，完全可以戒掉。他也吸食了马望龙临走时留下的海洛因，准备给姐姐、姐夫做戒毒的表率，结果他也戒不掉了。儿子、女儿、女婿整天吸毒，浑浑噩噩，地也不种了。杨家虽然富裕，也经不起长时间坐吃山空，很快就家道中落了。我们派出所在 2010 年国庆期间把这三人全部行政拘留了十五日。但是，他们三人出来后时间不长就复吸了。生理的瘾好戒，心理的瘾难戒啊！2011 年春季，我们派出所又把这三人全部抓回来，最后强制隔离戒毒二年。”

郭富林顿了一下继续说："2013 年春季，三人解除戒毒回家后，才知道父亲由于又急又气，不到古稀之年就撒手人寰了。经历了重大变故，杨明洗心革面开始跑农用三轮车搞运输，暂时戒毒了。但是，杨丽和李富平还是戒不了。为了获取毒资，杨丽打扮得花枝招展开始在附近乡镇卖淫，多次被公安机关罚款、拘留。李富平开始在镇远县、安远县流窜盗窃，既偷摩托车，也入户盗窃。2014 年 1 月，我们派出所配合镇远刑警队将李富平抓获。李富平被判刑四年，2017 年 7 月提前释放。就在他释放回家的前几天，他小舅子杨明又交通肇事了，好不容易才捡回一条小命。真的是悲剧啊！"

何胜利和郑晓锋唏嘘不已。何胜利问："那个没有人性的害人精马望龙咋样了？"郭富林说："多行不义必自毙！2012 年马望龙因为贩卖毒品罪被我们镇远县禁毒大队拘留，后来被判了死刑，现在坟头草都有一米高了吧。"郑晓锋余怒未消："这种人应该适用古代的刑罚，千刀万剐。"

郭富林打开了电脑，把李富平的户籍信息和前科信息调了出来。郑晓锋和何胜利凑过来看李富平的全身三面照片。郑晓锋说："像，体型和头型很像，应该不会错。咱们现在去李富平家里抓捕吧，咋样？"郭富林点点头说："可以，我再叫上魏涛，咱们四个人足够了。你们带武器了吗？"郑晓锋笑着摇摇头："有你们了，我们就没带武器。我们带了一副手铐和一个催泪喷射器。"郭富林从裤兜里掏出了一把保险柜钥匙，打开了值班室的绿色保险柜，从里边取出一把七七式手枪。他又把魏涛叫到了值班室。魏涛从裤兜掏出一把钥匙，打开了值班室床底下藏着的一个蓝色保险柜，从里边取出六颗子弹，交给了郭富林。郭富林把子弹装入弹匣。郑晓锋开着桑塔纳，拉上何胜利、郭富林、魏涛，驶出派出所大院，直奔李富平家。

李富平家位于七里沙镇北面的一片平房区，是一处独院。郭富林指着大门外两个拉话晒太阳的老婆子说："左边那个穿红花薄袄的就是李富平的丈母娘。"何胜利说："你们觉得咱们是直接进屋还是在他家附近蹲点守候？"郭富林和魏涛都说："听你们的，都可以。"郑晓锋想了想说："我看咱们没有必要蹲点守候。咱们以派出所入户走访重点人口的名义直接进入，找不到就问，问不到就撤。"大家都说行。四人下车直接走到李富平的丈母娘面前。郭富林和魏涛着警服，问李富平的丈母娘李富平去哪里了。

李富平的丈母娘恨恨地说："死了，不见了，你们派出所又来抓他了？"魏涛笑了一下："不是抓他，我们就是问一下，看他最近在干什么？"李富平的丈母娘说："从去年秋天到现在一直没在家，鬼才知道他干什么呢。"魏涛笑笑说："你不请我们去你家坐坐，不合礼数吧？"李富平的丈母娘手一挥说："走吧，跟我进去，看看李富平在不在。"

四人跟着李富平的丈母娘进入院内。院内有四间正房和两间下房。杨明坐在客厅的沙发上，目光呆滞地看着四人。描眉画眼的杨丽从西卧室来到客厅，略带紧张地和郭富林、魏涛打招呼。郭富林问道："你老公去哪里了？"杨丽长出了一口气："从去年10月到现在一直没在家，连个电话也不打，也不知道去哪里了。"郭富林给杨丽安顿道："你们可不要再碰毒品了，你把你老公也照应住，不要干违法犯罪的事情。"杨丽点点头："知道了，我很后悔，我一定改，李富平我也尽量监督他。"

趁着郭富林、魏涛和杨丽聊天之际，何胜利和郑晓锋已经把各个房间都挨个看了一遍，李富平确实不在家。其实这是意料之中的事情，李富平又不傻，干了那么大的案子，怎么会待在家里等着警察抓，出去避两天风头才是明智之举。

四人离开了李富平家，郑晓锋开车把郭富林和魏涛送回了派出所，然后拉着何胜利往毛乌苏方向赶。何胜利说："咱们今天不虚此行，搞清楚了大个子的身份。虽然今天扑空了，迟早能抓住他。人家七里沙派出所的基层基础工作搞得好啊！"郑晓锋点点头后说："景水兵和王友胡已经投牢了，都关在燕南监狱。景水兵故地重游，不知道会不会感慨万千！"郑晓锋和何胜利不禁住咯咯地笑了。郑晓锋接着说："我抽时间去监狱，让景水兵和王友胡辨认一下李富平，然后上网追逃。"何胜利满意地点点头说："好。但是回到单位后，你恐怕要出一趟差，时间很长，路程很远。"郑晓锋疑惑地问："什么案子?"何胜利说："我也不知道，你明天上午去刘大队办公室，他会给你说的，估计是涉黑涉恶的案子。"郑晓锋"哦"了一声，再未多言。

十四、扫黑除恶

第二天上午，刑警大队全体在后院练习军体拳，嘿嘿哈哈打了好几遍，大家虽然大汗淋漓，却也浑身舒畅。训练完毕，郑晓锋去了刘成金大队长的办公室。刘成金说："晓锋，咱们大队最近在秘密侦查多起涉黑涉恶案件，我准备派你和重案中队的加贝去甘肃出一趟差，主要任务是询问被害人和证人，你和加贝对接一下。"郑晓锋问："什么时候出发?"刘成金说："毛泽东同志说过，一万年太久，只争朝夕，今天或者明天就走，怎么样?"

郑晓锋不自觉地"啊"了一声。刘成金笑了，他的兵他知道，今天是9月27日，国庆假期来临在即却要出差，郑晓锋舍不得国庆假期。刘成金说："今年国庆假期你们中队要值班一天，备勤两天，工作任务不会少。你出差完成任务后，还可以忙里偷闲玩玩串串，多好啊！出差回来后，我还可以给你放年休假!"郑晓锋一听，觉得很有道理，点点头说："好的，我坚决服从命令，听从指挥，对接加贝，今天出发。"刘成金笑了，他对郑晓锋的工作能力和敬业精神还是很满意的。

从刘成金的办公室出来，郑晓锋径直走到加贝的办公室。胡子拉碴的加贝正在阅卷，看见郑晓锋进来，赶忙问道："你准备好了吗？咱们什么时候走？"郑晓锋反问道："你怎么知道刘大队会派我去？"加贝呵呵一笑："是我主动和他要的你。你知道，我喜欢你不是一天两天了。"郑晓锋佯怒道："你这个变态狂，我不去了！"加贝赶紧把一根剥好的香蕉递到郑晓锋手上。郑晓锋说："我随时可以走，咱们带车还是坐火车？"加贝说："路太远，我觉得咱们还是坐火车比较好。"

郑晓锋又问："咱们去哪里，具体要干啥？"加贝长吁一口气："首先是要去西安，到省公安厅司法鉴定中心送文博故意杀人案的DNA检材，到省委组织部开一个查无此人的证明。之后去宝鸡市虢镇戒毒所和一名涉黑涉恶线索的举报人谈话，然后去甘肃省定西市渭源县和屈星星等人高利放贷、暴力讨债案的两名被害人谈话，再去张掖市甘州区和屈星星案的两名被害人谈话。最后，去宁夏中卫市的农村商业银行调取刘建平涉嫌诈骗案的银行流水。"郑晓锋用手捏了捏下巴，无奈地说："我看这趟差至少耗时二十天。你看看今天还有没有到西安的火车票，有的话就订票吧。"加贝用微信买好了下午的火车票，拍拍郑晓锋的肩膀说："买了下午3点的火车票，到西安已经是晚上了。"

下午2时，郑晓锋和加贝坐上了李小虎驾驶的新款传祺警车。李小虎把二人送到了火车站，挥动着毛茸茸的胖手，呼喊着"一路顺风"和二人告别。加贝手里提着一个红色的葭芦县手工挂面纸箱，里面装着三个物证袋：一个装着一把菜刀，一个装着一顶被砍破的帽子，一个装着一块抹布。菜刀、帽子、抹布都沾满了黑红的血。为了不引人注目，加贝特意把物证袋装在了挂面纸箱里。

加贝和郑晓锋过安检时，给火车站工作人员和乘警出示了介绍信和警官证。为了厉行节约，加贝买的是硬座票。他和郑晓锋都坐在靠窗的位置，两人面对面，加贝把挂面纸箱放在了脚下。郑晓锋把前后左右的人都扫视了一遍，没有值得注意的人员。

两人静静地坐着不说话，看着窗外的风景，都是一副若有所思的样子。很快到了下午 5 时许，列车员开始叫卖盒饭了："三十一份，三十一份。"加贝问郑晓锋："咱们吃盒饭还是去回民街吃牛肉泡馍？"郑晓锋说："还是吃盒饭吧，到了西安都晚上 10 时了，我怕饿得胃疼。"加贝说："好的，咱们稍微等等再吃吧。"郑晓锋说："好的。"二人心照不宣地笑了。他们都知道，火车上的盒饭，刚开始卖得贵，过一会儿卖不出去就会降价的。果然，还不到 6 时，盒饭就降到了一份十五元，二人得意地买下，吃了起来。

晚上 10 时 30 分，火车停靠在西安站。加贝提着挂面纸箱，郑晓锋提着公文包，一前一后出了站，坐上出租车，赶往北大街，住在了回民街附近的全意酒店。

第二天上午，郑晓锋和加贝打出租车来到省公安厅司法鉴定中心门外，二人出示了警官证和介绍信，进入鉴定中心大楼，来到一楼的受理审核窗口。一位内穿警服，外穿白大褂，前额光亮的老民警接待了他们。老民警认真查看鉴定委托书和物证。加贝看着老民警的前额感慨道："你们的工作压力大呀！"老民警看着郑晓锋同样光亮的前额，玩笑道："你们的压力也不小，哈哈。"老民警检查后认为无误，打印了一份鉴定受理登记表，交给了加贝，并问道："十五天后出具鉴定文书，你们什么时候过来取文书和检材?”加贝回答:“我们单位其他人会尽快来的。”

加贝和郑晓锋结伴走出大楼,加贝开始低声给郑晓锋讲述这起杀人案的前因后果:“文博其实很可怜的,他是一个路桥公司的技术员,经常在外地工作,一年回家的次数超不过六次,每次回家待三四天就走。长此以往,他的老婆耐不住寂寞,就和隔壁的邻居勾搭上了,文博还一直蒙在鼓里。直到那天晚上,他请假回家,没有提前告诉老婆,想给老婆一个惊喜。结果他拿钥匙打开门后,发现一个戴着帽子的男人正慌慌张张地从卧室走出来。他老婆和那个男人虽然穿着衣服,但是床上很凌乱,窗帘也拉着。文博就知道这两人没干好事。他怒从心头起,恶向胆边生,跑进厨房拿出菜刀,在没有来得及跑出去的那个男人的头上砍了四刀。那个男人疼得“啊”了几声,把破帽子扔在地上,并用餐桌的抹布按住伤口,然后跪在地上求饶。那个男人由于急性特重开放型颅脑损伤,很快倒在地上,当场死亡。文博的老婆跑过来哭着夺下菜刀,并拨打了120和110。文博心如死灰,坐在椅子上一根接一根地抽烟。咱们到了现场后将文博控制起来了。”

郑晓锋叹了一口气:“文博到案后如实供述了吗?”加贝说:“文博态度非常好,明知老婆已报警,仍然不逃跑,在现场等待公安民警抓捕。他被抓后如实供述,认罪认罚。我觉得文博的行为可以认定为自首。

郑晓锋点点头:“《最高人民法院关于处理自首和立功具体应用法律若干问题的解释》规定,犯罪后逃跑,在被通缉、追捕过程中,主动投案的,应当视为自动投案。由此可见,我们在理解自动投案时应当作宽泛解释,只要犯罪嫌疑人愿意将自己置于公安司法机关控制之下接受国家追诉,就应当认定为自动投案,而且投案后如实供述，当然是自首。文博供述他的主观目的是什么?”加贝叹了一口气：“文博很实在，说他就是为了砍死奸夫，所以定性故意杀人。”

加贝又说道：“此人一贯表现良好，没有违法犯罪前科，愿意给死者家属在经济方面进行补偿，死者家属有谅解他的可能。我觉得他不会被判处死刑。”

郑晓锋点点头说：“本案中，文博具有两个法定从轻情节：一是自首，二是认罪认罚。具有六个酌定从轻情节：一是赔偿被害人家属的损失，二是被害人有过错在先，三是主观恶性相对小，四是属于初犯和偶犯，五是一贯表现良好，六是取得死者家属的谅解。所以，我也认为肯定不会判死刑。”加贝摇摇头：“唉，自古奸情出人命啊!”

说话间，二人已经走到了未央大道地铁口。加贝说：“咱们节约点儿吧，坐地铁，坐到八里村后走两步就到省委了。”郑晓锋是一个很随和的人，笑着点点头。虽然不在交通高峰期，地铁站里依旧人流如潮。郑晓锋和加贝挤上了车，在摩肩接踵中凑合了半小时，终于又挤下了车，出了地铁站。望着蓝蓝的天空，郑晓锋夸张地出了一口气。

省委大门口，两名腰里配着手枪的武警战士在站岗，他们不断地转动着头部，用警惕的眼睛扫视着四周。郑晓锋和加贝远远地就掏出了警官证，举起来朝武警战士走过去。一名武警战士检查了证件后说：“请你们等一下，我给组织部打个电话。”

这名武警战士快步走进门卫室，拨通电话：“组织部办公室，有毛乌苏市公安局大漠分局的两位民警想找你们。”对方问：“公事吗?”武警战士说：“是的。”对方说：“让他们来316办公室吧。”武警战士答道“是”，然后挂断了电话，跑到郑晓锋跟前敬了一个礼说：“请你们到一号办公楼316办公室。”郑晓锋说了一声“谢谢”，想回敬一个礼，却想起自己穿着便衣，只好作罢。郑晓锋和加贝根据路标走进了一号办公楼，在楼内值班室登记了身份信息，然后来到316办公室门外。

门开着，办公室陈旧朴素却干干净净，桌子上的文件堆积如山却整整齐齐，一位秃顶的中年男子客气地问道：“你们是毛乌苏来的公安同志？有何贵干？”加贝小心翼翼地说：“我们是毛乌苏市公安局大漠分局刑警大队的，我们在侦办一起诈骗案，有一名叫李鼎盛的男子，2015年谎称自己是省委组织部的干部，可以帮助别人安排大漠区协管员的工作，以此为由诈骗了八个人，涉案金额共一百多万元，到现在事不办，钱不退，人跑了。麻烦你们出一个查无此人的证明，之后我们就可以将此人上网追逃了。”加贝说完后把介绍信、警官证复印件、调取证据通知书，还有李鼎盛的户籍信息递了过去。中年男子认真检查后，在电脑上把证明打了出来，然后把保险柜打开，取出了印章，盖了上去，并且在调取证据通知书附卷联上也盖了章。

郑晓锋盯着中年男子油亮的头顶出神，中年男子笑了：“看啥，我写了二十年材料了，写不出来就急得揪头发，把头发都揪完了。你的前额也秃了，估计是破不了案子就急得揪头发，把头发都揪完了吧。”郑晓锋也笑了，心想：这省委组织部的大官一点儿架子也没有，和蔼可亲，还和我们这些后生晚辈开玩笑，真有意思。郑晓锋、加贝和这位领导握手告别，离开了省委大院。

加贝问：“咱们中午吃什么？”郑晓锋说：“随便。”加贝瞥了一眼郑晓锋：“这地方不卖随便。”郑晓锋笑了：“牛肉泡馍或者葫芦头吧。”二人边走边找，结果走到了大雁塔的小吃一条街，老孙家泡馍馆的招牌旗子映入眼帘。二人进去吃得胃口大开，额头冒汗。加贝拍了一张牛肉泡馍的照片，发了个朋友圈，写道：“牛肉泡馍味道好，一吃绝对忘不了！”很快，收赞无数。

加贝正为自己的文采斐然沾沾自喜的时候，四中队民警李晓泉的电话打了过来：“加贝哥，看样子你在西安啊，帮忙做个笔录吧。”加贝“唉”了一声，李晓泉赶紧说：“不复杂，就是一起故意伤害案的证人，人家愿意配合，人在长安区韦曲街道，回来后我请你吃驴肉、驴板肠。”郑晓锋抢过加贝的手机说：“还有我呢，也要请我。”李晓泉笑了：“没问题，晓锋哥。”加贝把手机接过来说：“好吧，把简要案情、询问提纲和联系方式微信发给我吧。”挂断电话后，加贝说：“看样子今天不能去宝鸡了。”郑晓锋说：“没事的，咱们刑警队的弟兄们向来精诚合作，所以才能成为公安局的尖刀连。团结就是力量！”加贝低声哼了起来：“这力量是铁，这力量是钢，比铁还硬，比钢还强！”

从饭馆出来后，两人在大雁塔广场散了一会儿步，赏了一会儿景，聊了一会儿天。秋高气爽，天蓝水清，草绿柿红，佛音袅袅，人声喜乐，好一派祥和热闹的景象！加贝给伤害案的证人拨通了电话：“老韩，你好。我们是毛乌苏市公安局大漠分局刑警大队的民警，你是张乐被故意伤害案的证人，我们需要和你做一份笔录，你务必要配合我们的工作。”老韩说：“我在长安区韦曲街道的锦鸿小区当门卫，我一直在这里，你们过来和我谈吧。”加贝说：“好的，我们现在在大雁塔，这就出发。”加贝用高德导航搜索了一下锦鸿小区，然后和郑晓锋走进了地铁站。

二人从航天城站出来后，郑晓锋说：“这里我很熟，离我们西北政法只有五站路。”加贝说：“做完笔录正好让你回母校去转转，天意如此。”郑晓锋的眼中流露出孩子般的欣喜。二人步行了一公里，找到了锦鸿小区，进入门房，老韩客气地和二人握手，又给二人泡茶。郑晓锋一闻味道，就知道是茉莉花茶，行气开郁，香气袭人。

加贝根据李晓泉的询问提纲，一步一步询问，老韩一口西安话徐徐道来：“我在大漠区地税局家属院当门卫，和我一起的还有一个叫张乐的小伙子。9 月 10 号晚上 9 点半，有一辆不挂牌子的黑色路虎要进家属院，张乐让司机登记身份信息，司机不但不登记，开口就骂张乐是看门狗、驴日的，让他滚开。张乐年轻气盛，回骂司机是牲口。那个司机听了后立马跳下车，手里拿着一把砍刀，我见情况不妙赶紧躲进了房子。张乐准备逃跑，不小心摔倒了，他求饶道：‘大哥，我错了，别砍我。’但是那个司机不听，在张乐的背上和腿上砍了十几刀，然后开车跑了。我赶紧先打 120，又打了 110。很快急救车把人拉到了第三医院，警车也很快过来了。”

加贝说道：“你谈一下这名司机的体貌特征和衣着打扮。”老韩回忆道：“他是一个四十岁左右的男人，身高一米七五，很胖，寸头，穿着黑色的阿迪达斯运动服，脖子上戴着一根很粗的金链子，听口音是毛乌苏的。”加贝又问：“你谈一下这辆黑色路虎的特征，包括车身有无特殊标记或者破损处、内饰如何。”老韩说：“根本记不起了，我当时都被吓傻了。我们小区大门的灯不亮，当晚又没有月亮，也看不清楚。”

加贝问：“你以前见过这辆车和这个人吗？”老韩摇头说：“我在家属院干了一年多了，从来没见过。”加贝接着问：“我们警察第二天早上去找你，你为什么去西安了？”老韩说：“我怕他再来家属院砍我，所以我就跑到西安了。这里是我的老家，亲戚熟人多，我觉得比较安全。出了这件事，我感觉毛乌苏的天都不是蓝的了，而是黑的了。”询问结束了，也到下午了。

加贝和郑晓锋走在韦曲大道上，郑晓锋想起刚刚老韩的讲述不禁感慨万分，连连叹气。突然加贝一把拉住郑晓锋，说道：“想什么呢？红灯停，绿灯行，黄灯亮了等一等。”郑晓锋说：“刚才走神了，现在你陪我去我的母校看看吧。”加贝认真地说：“我也想去看看，你的母校究竟是咋样的一所学校，竟能培养出你这样一位优秀的警察。”郑晓锋谦虚地摇摇头：“我不优秀，给母校丢脸了。”

二人从西北政法大学的东门进入校园，风华正茂的学生们三三两两并肩而行。有的谈笑着，有的讨论着，有的打闹着。郑晓锋羡慕不已，加贝也感慨道：“年轻，真好。”郑晓锋指着正南方说：“我们学校是司法部直属的五所政法院校之一，校训是严谨求实、文明公正。我们的教学楼是天平形状的，前面的广场也是左右对称的，象征着公平公正、不偏不倚。”

加贝点点头。郑晓锋带着加贝往西走，他又指着图书楼说：“我们学校的图书楼有七层，里面的藏书我一辈子不吃不喝不睡也看不完。我在图书楼里看过很多公安专业的书，如《人民警察手册》《美国警察自卫术》《刑事现场勘查技术》等。我一直相信凡事预则立，不预则废，总是喜欢提前做准备。”

二人继续走，到了宿舍区，郑晓锋指着七号楼说：“当年我在 312 宿舍，我们宿舍住六个人，下层是衣柜和桌子，上层是床，宿舍里有卫生间，可以洗澡，洗澡水是地热水，一股硫黄味，却可以治疗皮肤病。当年宿舍没有电风扇，夏天很热，现在电风扇已经装上了，夏天也凉爽多了。”加贝露出了羡慕的神色。

太阳已经开始落山了，红霞满天飞。二人沿着正义路走到了体育馆外，郑晓锋说：“我大一的时候，就开始在体育馆里练跆拳道，我是西北政法南区第一届跆拳道队的队员。我们的教练叫高凯，山东人，陕西省体工队队员，黑带二段。我们当年的训练很苦，经常累到汗水流到眼睛里。打一场实战后，浑身是伤，疼得路都走不了。有很多人坚持不住，中途退出了，但是我一直坚持到底。直到有一天，我上大三了，道馆也只有我一个学生了。教练说他要生存，要挣钱，这个道馆他准备放弃了，他要回山东老家了。我问他，我咋办？他说，师父引进门，学艺在自身，你已经可以自己慢慢揣摩提高了。”加贝问：“你觉得跆拳道的实用性怎么样？”郑晓锋说：“跆拳道是朝鲜半岛传统武术和中国唐手、日本空手道的融合体，也是手、脚、肘、膝并用的武术，在无限制的格斗中威力十足，但是比赛的时候按照规则只能用腿和正拳。我们学校有唐龙散打队。我们跆拳道队员经常用散打的规则和散打队的人切磋，他们不是我们的对手。”

二人在夜色中继续前行，郑晓锋说：“我们西北政法的选修课很有特色，有拳击、散打、跆拳道，甚至还有一门警用边三轮摩托车驾驶课。我当年选修过这门课，在校园里学会了驾驶警用边三轮摩托车。但是上班之后，发现偌大的公安局没有边三轮摩托车了。时代在发展，社会在进步，边三轮摩托车已经退出警用交通工具的历史舞台了。”加贝也说：“其实，当年的警用边三轮摩托车还是很洋气、很拉风的。”

二人溜达到了操场，郑晓锋说：“我当年每周一、三、五晚上练跆拳道，二、四、六、日晚上要在操场跑五公里。我们当年的跑道还是煤渣的，现在都成了塑胶的了，还修了看台，太羡慕现在的同学了。”加贝问：“你以前跑五公里需要多长时间?”郑晓锋自豪地说：“我的最好成绩是十九分三十秒，校运会第十一名。”加贝竖起了大拇指。

华灯初上的校园分外美丽，灯火通明的教学楼和图书馆，莘莘学子在寒窗苦读。一股来自秦岭山脉的融合着青草香的湿气，进入了郑晓锋的鼻孔，也进入了他的内心，让他倍感舒服，十分留恋，却又微微失落。青春已经逝去，他再也回不到从前!

二人返回了酒店，加贝在微信上买了两张到宝鸡的动车票，已经规划好了次日的行程。第二天上午二人坐地铁来到西安高铁北站，坐动车不到一小时就到了宝鸡。

加贝带着郑晓锋在宝鸡高铁站附近转了一圈，找到了一家西府小吃店，招牌上写着二十年老店，里面食客爆满，需要排队点餐。之后，加贝和郑晓锋坐上了55路公交车，赶往虢镇戒毒所。55路公交车慢慢悠悠地穿过繁华热闹的金台区，又颠颠簸簸地穿过略显破旧的陈仓区，终于来到了虢镇戒毒所附近。郑晓锋和加贝下车后折返步行了五百米，终于走到了戒毒所门前。

戒毒所门卫室里走出来一位身着保安服的中年男子，用询问的眼神看着加贝和郑晓锋。加贝掏出警官证说：“我们是毛乌苏市公安局大漠分局的民警，过来提审一名戒毒人员，核实一条扫黑除恶线索。”保安看了一下证件，打开伸缩门说：“你们请进来吧。”他把加贝和郑晓锋带到了门卫室，还给二人倒了热水。保安说：“我给扫黑办打个电话。”加贝说：“现在是中午1点，扫黑办的人上班了吗？他们不午休?”保安摇摇头说：“他们最近太忙了，根本没有时间午休。”加贝“哦”了一声。保安给扫黑办拨通了电话：“有毛乌苏的两名警察过来提审，核实黑恶线索，是你们接待吧？”对方说：“请他们到一号楼103来。”保安把加贝和郑晓锋带出门卫室，指着一座破旧的灰砖三层小楼说：“那就是一号楼，你们去103办公室。”加贝和郑晓锋连声道谢，走到了103办公室门前。

门开着，里面有三名民警在办公，有整理档案的，有在电脑前打字的。看见加贝和郑晓锋来了，其中一名瘦高个民警放下手里的材料站起来，笑着问道：“毛乌苏来的吧？你们是提审杨忠的吧？”加贝点点头。瘦高个民警解释道：“这个杨忠，说他有重要的涉黑涉恶线索要提供，我去问他，他又不说，说是不放心我，一定要亲口告诉毛乌苏市公安局大漠分局刑警大队的民警，所以我们就给你们发函了。”

加贝问：“这个杨忠平时表现好不好，说话靠不靠谱？”瘦高个民警说：“这个小伙子平时表现很好，挺老实的，没有说谎的情况，应该不会骗你们的。”郑晓锋把介绍信和警官证复印件交给了瘦高个民警。瘦高个民警核对后说：“跟我去询问室吧。”加贝和郑晓锋跟上瘦高个民警走了。

留着光头、穿着学员服的杨忠被提到了询问室，瘦高个民警看了杨忠一眼，说了一声“我回避一下”，然后离开了询问室，关上了门。杨忠眨巴着亮而有神的小眼睛看着穿便衣的加贝和郑晓锋，恭敬地问：“你们是毛乌苏市公安局大漠分局刑警队的吧？”郑晓锋和加贝点点头。加贝开口了：“你为什么不把线索直接提供给戒毒所的民警，配合他们做个笔录，完了他们把笔录邮寄给我们，我们也就不用出这趟差了，能节约一笔经费。”杨忠说："我的线索绝对是真实的、有价值的。我之所以让你们过来提审我，主要是有些情况和你们一说立马就清楚了。他们戒毒所的人对毛乌苏不熟悉，对案子不熟悉。再就是我们这个戒毒所毛乌苏人太少，我想见见家乡人、听听家乡话。"杨忠说着眼圈红了。

加贝拿出了笔录纸开始询问兼记录，杨忠开始讲述线索的详细情况："2009 年，大漠区凌云广场有个地下旱冰城，你们知道吧？"加贝点点头。郑晓锋喜却未形于色，问道："你是要提供 10・2 聚众斗殴致人死亡案的线索吧？"杨忠赶忙说："是的，是的。你知道那起案子？"郑晓锋说："当然，那时候我就在刑警队工作了。"杨忠说："那起案子上有一个漏网的嫌疑人，绰号叫'小鸡'，当年不到二十岁，你知道吧？"郑晓锋摇摇头："案子不是我主办的，我只是众多协办人之一，小鸡我确实不知道。"杨忠说："这个'小鸡'的真名叫姬小虎，现在也在虢镇戒毒所戒毒呢。"郑晓锋问："你是怎么知道的？又是因为什么要举报他？"

杨忠说："今年 5 月，姬小虎也被送到虢镇戒毒所戒毒，我们在一个宿舍。我和他都是毛乌苏老乡，我也挺乐意和他处好关系的，经常和他闲聊。他在我跟前吹牛说他当年也是混社会的，社会上人都叫他'小鸡'。我就问他当年跟谁混，他的老大是谁？他说他的老大叫康俊。2009 年，康俊因为在凌云广场地下旱冰城聚众斗殴弄出人命被判了无期徒刑。他还说他也参与了那起案子，拿砍刀把对方一个人砍伤了。由于他当时刚加入康俊团伙时间不长，大家都不知道他的真名和家庭情况，所以其他人陆续被抓了，就他一个人因为身份没有被查清而逃过一劫。"郑晓锋疑惑地问："按道理你们是难兄难弟，关系应该不错，你怎么会举报他呢?”

杨忠气呼呼地说:“他拿刀砍伤的人,叫秦二蛋,是我的姑舅哥哥。亲不过姑舅,香不过猪肉,这话你该听说过吧?”加贝感慨道:“真是冤家路窄呀!”杨忠说:“确实如此!而且后来我们两人的关系从朋友变成仇人了。他属于刺头,对民警的话常常阳奉阴违,常常被训斥。我很乖,民警让我咋样我就咋样。民警都对我不错,常给我抽烟、嗑瓜子。他嫉妒我,就和我成了仇人,常常挖苦、欺负我。”询问结束了,戒毒所民警把杨忠提走了。

郑晓锋给当年的主办民警韩伟华打了电话,详细介绍询问情况。韩伟华说:“当年这个案子确实漏了一个绰号叫‘小鸡’的金驿县人,由于他刚入伙,所以团伙成员不清楚他的真实身份。他刚入伙,急于表现自己,所以下手狠,砍伤一人。你们把他的基本信息调一份,我让当年的同伙和对方进行辨认。确认是他后,我们办理解回手续过来把他提走,你和加贝不用管了。”郑晓锋和加贝返回103办公室,把情况如实告诉了瘦高个民警。瘦高个民警说:“杨忠说的这些情况基本是属实的。这个姬小虎确实不是善茬,不好管理。我也隐隐约约觉得这人很有可能背案子。我把他的收戒登记表给你们打印一份吧。”

郑晓锋把姬小虎的身份信息用微信发给了韩伟华。韩伟华很快打过电话来说:“姬小虎和当年监控录像里的‘小鸡’长得一模一样,八九不离十了。”加贝赶紧给瘦高个民警说:“你们可千万不要把这人提前释放了,我们大队会派人过来解回的。”

瘦高个民警笑了:“放心吧,根据《禁毒法》和《强制隔离戒毒人员诊断评估办法》的规定,强戒期限为二年。执行一年后，在生理、心理、认知、行为、家庭和社会功能六个方面的考核中，符合转入社区戒毒的要求，报经公安机关审核，才可提前解除转入社区戒毒。他现在强戒了还不到五个月。”

郑晓锋和加贝离开了戒毒所，步行赶往公交车站。加贝说：“给我讲讲当年那起聚众斗殴致死案吧，我想学点儿经验。”一个百发百中的神枪手，是拿子弹操练出来的；一个业务精湛的侦查员，是拿案子历练出来的。见得多、听得多、干得多，才会成为优秀的侦查员。郑晓锋对此深有体会，感悟颇深。

郑晓锋说：“2009 年 10 月 2 日凌晨 1 点多，凌云广场地下旱冰城的工作人员报案说旱冰城有四五十人拿着砍刀和钢管聚众斗殴。当天我们中队值班，我们赶到现场后，巡警队和派出所的弟兄们已经把场面控制了，当场抓获二十几人。120 救护车也到现场了，把三名受伤严重的人员拉走了，其中一名因抢救无效死亡。这起聚众斗殴致人死亡案的起因很简单，就是两伙恶势力争抢地盘，收保护费。一个团伙的老大叫康俊，另一个团伙的老大叫杜林军。这里本来是康俊的地盘，康俊团伙成员一直在这里收保护费、看场子。杜林军团伙势力扩大后就准备抢地盘，当天在旱冰城故意闹事，调戏女收银员。康俊团伙成员和杜林军团伙成员发生冲突，双方叫来了自己的老大商量解决。康俊和杜林军针锋相对，吵得不可开交，谁会愿意把自己吃到嘴里的肥肉吐出来呢？两人都打电话叫人，康俊团伙来了二十余人，杜林军团伙来了三十余人。双方有的人拿钢管，有的人拿棒球棍，还有的人拿砍刀，混战成一团，最后导致一人死亡、两人重伤，轻伤和轻微伤还有很多。双方都损失惨重，死者是康俊的大马仔，重伤的秦二蛋是杜林军的小弟。最后这两个团伙的其他犯罪事实也被一点一点挖了出来，认定的罪名有赌博、开设赌场、敲诈勒索、寻衅滋事、故意伤害等。康俊和杜林军都被判了无期徒刑。这案子引起了当时咱们局里新来的杨局长的注意，他下了死命令，要在一年内把大漠区的砍刀队、棒棒队等黑恶势力统统消灭。之后，经过杨局长的有力指挥，各警种的艰苦奋战，大漠区的黑恶势力基本销声匿迹了，涉黑涉恶发案率大幅下降，社会治安满意率大幅上升。”

加贝感慨道：“是啊，当时我在巡警队，我们没白天没黑夜地巡逻防控，累得要死，抓获了不少违法犯罪人员。刑警队当时应该更辛苦。只要大漠平安，群众满意，咱们苦点儿累点儿也值得!”郑晓锋赞叹地点点头，对加贝说的话非常认可。

加贝又问：“这案子的两个团伙最后认定黑社会了吗?”

郑晓锋说：“咱们中国没有黑社会，只有黑社会性质的组织。黑社会性质组织要同时具备四个特征：一是形成较稳定的犯罪组织，人数较多，有明确的组织者、领导者，骨干成员基本固定，即组织特征；二是有组织地通过违法犯罪活动获取经济利益，具有经济实力，以支持该组织的活动，即经济特征；三是以暴力、威胁等手段，有组织地多次为非作恶，欺压残害群众，即行为特征；四是通过违法犯罪活动，或者利用国家工作人员的包庇纵容，称霸一方，在一定区域或者行业内，形成非法控制或者重大影响，严重破坏经济、社会生活秩序，即危害性特征。这两个团伙不具备第二个和第四个特征，所以没有认定为黑社会性质组织。”

加贝惊讶地问：“你把这都背会了?”郑晓锋呵呵一笑：“是的。咱们大队马上要成立扫黑除恶中队了，其他中队的中队长都有人选了，我听说大队长准备让我当这个扫黑除恶中队中队长，所以我一直在加强这方面的知识储备。”

加贝说：“最近几年涉黑涉恶案件太少了，我怕你会没有用武之地。三年的扫黑除恶斗争结束后，扫黑除恶中队会不会撤销？我觉得你还是应该争取一下责任区中队长。”郑晓锋自嘲道：“我没有能力胜任责任区中队长。”加贝叹道：“你完全有当责任区中队长的能力，但是你不善于争取责任区中队长的位置！”郑晓锋没有再说话。

加贝和郑晓锋几经辗转，终于在10月1日中午抵达了甘肃省渭源县首阳镇。首阳镇附近有座首阳山，镇因山而得名。商朝末年，孤竹国的王子伯夷和叔齐与周武王交好，得知周武王要伐纣灭商，认为是不忠不孝之举，竭力阻拦未成。二人不愿做官，耻食周粟，遂隐居在首阳山，采薇而食。后有村民说粟是周朝土地所生长，薇亦是周朝土地所生长。二人听后绝食，活活饿死。孔子认为二人坚守道义，以死明志，舍身成仁。鲁迅先生也写过白话文《采薇》，既对二人的执着、骨气进行了肯定，又对二人的迂腐、愚忠进行了批判。

加贝给两名被害人拨通了电话，约两人在派出所见面做笔录。加贝带着郑晓锋往派出所方向走，并给郑晓锋介绍简要案情：“我和白志军前段时间去葭芦县摸排屈星星涉黑案线索，这是一位群众给我们匿名提供的。2013年春季，孙王军和马晓霞夫妇因为办养猪场需要资金，就和同一个镇子的屈星星贷款十万元，约定月利息是五分。孙王军给屈星星写贷款条据时，屈星星要求把月利息写成三分，等孙王军写完条据后，屈星星只给了孙王军九万五千元，提前扣了一个月的利息五千元。屈星星解释这就是剁头利，并要求孙王军每月把利息打在他的银行卡里。孙王军和马晓霞无奈地拿着钱走了。之后，孙王军每月按时给屈星星付利息，付了整整一年。不料，孙王军养的猪患病一夜之间死光了。孙王军的资金周转很困难，无力给屈星星支付利息，让他宽限几天。屈星星毫无人性，知道孙王军在村里是独户且父母已去世没有其他亲属，就叫上几个小弟跑到孙王军家里把电视机和电冰箱都砸了。孙王军和马晓霞被吓得不轻，和邻居借了五千元给屈星星又还了一个月利息。屈星星临走时威胁说，马晓霞长得还挺风骚的，实在没钱还利息可以让马晓霞陪他睡觉，睡一觉抵销一千元。孙王军苦苦哀求才把屈星星等人送走。孙王军知道屈星星是个说到做到的狠人，为了以防万一，就带着马晓霞跑到了渭源县首阳镇，靠帮亲戚种地为生。他们栖居此地至今已经四年多了，连孩子都出生了，一直不敢回老家。"

加贝和郑晓锋来到了派出所。派出所民警感慨道："只有公安局的人才没有节假日的概念，国庆节都满世界跑着不回家。"加贝笑道："国庆节更要为国出力！"

孙王军和马晓霞来了，加贝和郑晓锋给他们做完了笔录，并让二人辨认了屈星星团伙其他成员。郑晓锋看着人高马大的孙王军说："你这身板不错嘛，没必要害怕他吧？"孙王军用手挠挠头："我只身一人，心又善，胆又小。屈星星有好多小弟，个个心狠手辣，常常带着刀子，我怕他。"郑晓锋问："你为什么不报警？"孙王军叹气道："警察不可能二十四小时保护我们，我怕屈星星坐牢出来暗害我。现在扫黑除恶是国家大政策，我听说屈星星案子也成立了专案组，指定你们大漠分局办理，我考虑了几天才下定决心配合你们的。”

加贝开玩笑道：“一个小小的屈星星把你吓得躲了这么远！”马晓霞反驳道：“屈星星在我们葭芦县可不小，是有名的活阎王，谁提起他都害怕。据说有个后生在街上捂着嘴巴龇牙咧嘴，同村人问他怎么了，他说被人打了。同村人问他还手了吗？他说没有还手。同村人笑他窝囊废，说他真丢人，还说要和他一起去报仇。他说是屈星星打的，同村人马上说算了，打得不重，让屈星星打了不丢人，好多人都被屈星星打过，赶紧回家吧。”

加贝有点儿不相信：“你说得也太夸张了吧？”马晓霞一本正经地说：“不夸张，屈星星在我们那里想打谁就打谁，大家都不敢还手。”孙王军叹口气：“我老婆说的都是真的，我现在特别希望你们把屈星星和他手下的流氓都抓了。我很想带着孩子回我们村子走一趟，让孩子知道他的老家在哪里，他的根在哪里！”加贝目光炯炯：“会的，我们一定会让你们安心回老家的！”

孙王军夫妇离开后，郑晓锋和加贝给派出所的民警打招呼说要去渭源县火车站。派出所的民警说他们正好要去渭源县，可以把他俩捎过去。加贝眉开眼笑：“这么巧！”派出所的两位民警驾驶着五菱之光警车，拉着加贝和郑晓锋赶往渭源县。郑晓锋感慨道：“你们局里的经济条件也不好啊！你们的车也该换了，我看见里程表都跑了有二十万公里了。”驾车的民警满足地说：“有车开就不错了，前几年我们出警都骑摩托车。”

渭源县很快就到了，加贝看看手机，17 时了，该吃晚饭了。加贝邀请两位派出所的民警：“咱们先去吃饭吧，我们请客，吃完我们上火车去兰州。”两位民警欣然同意，其中一位说：“我们这里晚饭一般都吃汤汤水水的牛肉面，你们喜欢吃吗？”加贝看了一眼郑晓锋说："我们不挑食。"派出所民警把车停在一家兰州拉面馆门外，四人到店里点了四碗拉面，一盘牛肉，吃得干干净净。其中一位民警调侃道："我们都是光盘行动的忠实践行者！"

吃完结账时，派出所的两位民警把加贝挤在一边，抢着结了账。结账的民警说："我们是地主，你们是远客，怎么能让你们结账呢？你们放弃国庆假期，不远千里来这里办案，认真负责，一丝不苟。不知道被害人有没有感动，我们是被感动了！"另一位民警说："其实我们今天来渭源县没任务，就是想要送送你们。"郑晓锋和加贝备受感动。

派出所的民警又开车把郑晓锋和加贝送到了渭源火车站。在站台上，四人相互拥抱了一下。加贝和郑晓锋上车了，两位民警挥手喊着："兄弟，保重，再见！"加贝和郑晓锋也挥手道别。晚上9时，火车到达兰州站。

10月3日下午2时，郑晓锋和加贝终于坐上了兰州西站开往张掖的动车。他们两人面对面坐在靠窗的位置，一路上像打了兴奋剂一般不知疲倦地欣赏着窗外美如画的风景。

过海东站后，海拔迅速上升，爬坡的动车速度急剧下降，时速仅仅四十多码，像没有吃饱肚子的乌龟。窗外的风景却越来越美，云雾缭绕着祁连山脉，阳光照耀着莽莽雪山。一望无际的碧绿草原上，到处是悠闲自在地吃着草的羊群和牦牛，这些牲畜的脸上都是怡然自得的表情。高原的天气就像小孩子的脾气，说变就变，动车快到西宁时，突然开始刮风下雨。郑晓锋心想：羊群和牦牛肯定会惊慌失措，四散而逃，却找不到避雨之处。但是他想错了，高原的牲畜们耐寒抗冻，根本没有把风雨放在眼里，依然不慌不忙地咀嚼着青青的草，游荡在茫茫宇宙下广袤无比的青藏高原，大有一副“敌军围困万千重，我自岿然不动”的气势。

动车的广播里，动人的歌声响了起来：“在那遥远的地方，有位好姑娘……”这悠扬淳朴的歌声余音袅袅，郑晓锋听得如痴如醉，无法自拔。

郑晓锋的眼前突然一黑，动车钻进黑漆一团的祁连山隧道，长长的隧道似乎没有尽头，动车整整跑了十几分钟。郑晓锋的眼前突然一亮，动车从隧道里窜出来了。雪山之下，草原之上，风雨已止，马鸣萧萧，山丹军马场站到了。数十名解放军战士们一身戎装，背着长枪，舞着长刀在策马奔腾，苦练杀敌本领。好多乘客拍手欢呼，有的人喊：“解放军战士太帅了！”有的人喊：“解放军战士辛苦了！”有的人喊：“我爱你们！”两名乘警整理着装后，向解放军战士敬礼。郑晓锋想起了刑警支队支队长马富国在当大漠分局主管刑侦的副局长时，曾经谆谆告诫新入警的同志们：“你们穿上了警服，走进了警营，就不能选择安逸，不能害怕困难，要像军人一样，有不畏强敌的信心，有攻坚克难的本领，有敢打必胜的勇气！”

动车缓缓驶离了车站，悄悄提高了速度，风驰电掣一路向西。镜子般湛蓝的天空，波涛般汹涌的白云，翡翠般碧绿的草原，瀑布般耀眼的阳光倾泻了下来，好一片秀美山川！人在车中，车在路中，路在山中，山在云中，云在天中，天在茫茫宇宙中！将暮未暮之时，张掖站如期到达。加贝和郑晓锋打出租车到了预订的酒店，把行李放在房间。

张掖是丝绸之路的商贾重镇，名字取“张国臂掖，以通西域”之意。市辖区叫甘州区，既有美不胜收的自然美景，也有历史悠久的名胜遗迹、古迹，最有名的就是丹霞地貌。国庆假期，张掖市迎来了很多远道而来看丹霞的游客，他们为这个平时冷冷清清的西部小城增添了热闹活跃的气氛。

二人在东大街发现一家尚有余座的炖牛肉饭馆，主营筋头巴脑一锅香。郑晓锋和加贝进入店内，点了小份的一锅香和两碗面条。郑晓锋胃不舒服，于是给服务员安顿道："不要放辣椒，一定要煮熟煮烂。"

二人细嚼慢咽地吃着，随心所欲地聊着。这时，丰腴又美丽的老板娘走了过来，甜甜地笑着问道："二位觉得味道怎么样？"郑晓锋轻轻点点头，加贝把头点得像小鸡啄米一样。老板娘起身离开，对着加贝回眸一笑百媚生。郑晓锋笑逐颜开："此地不宜久留，吃完赶紧走。"加贝也压低声音说："我看像是一个温柔的陷阱。"

在清凉的夜风中，在闪烁的霓虹下，郑晓锋和加贝边走边聊。郑晓锋问加贝："咱们在张掖找的被害人什么情况？"加贝介绍道："咱们在张掖找的被害人是父子二人，父亲叫董仁贵，儿子叫啥我忘记了。这条线索是我和白志军在葭芦县过秦镇走访群众时得到的。他们是葭芦县过秦镇人，2006 年和屈星星贷款，后来遭到暴力催收，迫不得已举家逃到张掖，具体案情要进一步了解。之前我给董仁贵打过电话，让他回毛乌苏配合咱们工作，他说他害怕屈星星的手下杀他灭口，不敢回来。"郑晓锋拊掌大笑："屈星星现在自顾不暇，忙着逃跑，哪能顾得上去杀他。他多虑了。况且，屈星星也没有那个胆量。"加贝正色道："屈星星的恶名和恶行确实把这些被害人震慑住了，他们是真的害怕。"郑晓锋点点头，不得不认可加贝所言。

加贝给被害人董仁贵打电话："老董，你好啊，我们是毛乌苏市公安局大漠分局刑警大队的民警，我之前给你打过电话。我们来张掖了，想要明天跟你见个面，了解一下屈星星向你暴力讨债的事情，不知道你什么时候有时间?"董仁贵缓缓说道："我不知道你是不是警察，我不能和你见面，我怕你是屈星星的手下过来杀我的。"加贝赶紧说道："咱们可以在张掖的公安局或者派出所见面，有张掖的警察保护你，你该不害怕了吧?"董仁贵还是不放心："万一你们是屈星星的人，你们在我去公安局的路上埋伏把我杀了怎么办?"

加贝掩口而笑："老董，你想得太多了吧！光天化日，朗朗乾坤，屈星星的人会在大路上杀你？他们有这个胆量吗?"董仁贵肯定地说："有，我害怕。"加贝说："你可以先去公安局或者派出所，然后给我打电话，我们过来找你。"董仁贵说："如果我告诉你们我在哪个公安局或者派出所，你们不过来，而是在附近路上埋伏，等我出来后杀我，这该怎么办呢?"加贝说："还是我们先去公安局或者派出所，然后让当地警察给你打电话，你再过来，好不好?"董仁贵说了句"让我想想"，就挂断了电话。

晚上10时了，董仁贵还没有给加贝回电话。加贝说要打电话催一下，郑晓锋劝道："先别打，咱们催得越急，他越害怕，让他好好想想吧。"加贝说："有道理，咱们先睡吧。"

睡到凌晨2时许，郑晓锋冷得受不了，起床把秋衣秋裤都穿上，钻在被子里缩成一团。他把被子裹得紧紧的，还是觉得冷，只好打开了空调暖风。加贝被吵醒了，问郑晓锋："你冷了?"郑晓锋疑惑不解地问："我感觉很冷啊，你不冷吗?"加贝摇摇头说："我不冷。"然后披上外套走到郑晓锋跟前，摸了摸郑晓锋的额头，迅速把手缩了回去说："你的头好烫，你发烧了，我出去给你买点儿药吧。"郑晓锋镇定自若："看样子我是感冒了，没事的，抗一晚上就过去了，现在药店也关门了，咱们睡吧。"加贝也钻进了被窝。到了凌晨3时许，郑晓锋终于恍恍惚惚地进入了梦乡。

上午8时许，郑晓锋醒来，体温正常了，但是咳嗽、咽痛的症状出现了。郑晓锋把加贝叫了起来，二人先去酒店餐厅吃了自助早餐，然后去大街上找药店买感冒药。他们走了很远，才找到一家药店，买了三九感冒灵和强力银翘片。加贝把账付了，笑笑说："你这是因公感冒，这几天风尘仆仆，伤风着凉了。"郑晓锋喟然叹息："老了，抵抗力下降了。"

二人回到酒店，加贝给董仁贵打电话，提示音是："对不起，您所拨打的电话已关机!"加贝摊开双手，表示无可奈何。郑晓锋安慰道："没事，等等看。可能他的手机没电了，也可能他还没有考虑好。"加贝紧蹙的愁眉展开了："对，要有耐心。"

中午11时了，郑晓锋和加贝来到了民主街一家张掖特色美食店，点了牛肉小饭和一盘西红柿炒鸡蛋。吃完后，二人继续散步，发现自己置身于张掖有名的大佛寺山门外。山门两侧有一副对联：睡佛长睡睡千年长眠不醒，问者永问问百世永问难明。加贝说："咱们进去看看吧。"

二人刚转至白塔处，加贝的手机响了。他拿起手机一看，喜出望外地叫起来："董仁贵的电话。"然后赶紧按下接通键。董仁贵说："我今天在张掖周围一个县里，晚上回来太迟了。明天上午我先去一个派出所。我去了后给你们打电话，你们过来。"加贝客气地说："没问题，麻烦你和你儿子一起过来。"董仁贵说：“好，正好我儿子可以照应我。”

5日上午9时，郑晓锋和加贝盼星星、盼月亮，终于盼到了董仁贵的电话。董仁贵告诉加贝他在甘州公安分局西街派出所。郑晓锋和加贝提上公文包迅速下楼，打出租车赶往西街派出所。二人到了西街派出所值班室，董仁贵和他儿子已经等候多时。西街派出所的民警认真核实了郑晓锋和加贝的警官证、介绍信，然后给董仁贵说：“你放心吧，确实是毛乌苏市公安局大漠分局的民警，你们好好配合人家工作。”董仁贵连连点头道谢。

郑晓锋和加贝先把董仁贵带进了办案区询问室。郑晓锋主问兼记录，董仁贵开始了他的血泪控诉：“2006年正月，我女儿董小丽突然连续几天刷牙出血，流鼻血，止也止不住。我和老婆就把女儿带到了过秦镇卫生院，医生检查后说情况不妙，让赶紧去毛乌苏大医院看看。我们就带着女儿来到了毛乌苏第二医院，确诊是白血病。当时我感觉天都塌了，我老婆把眼睛都哭肿了。我赶紧回老家把家里的一头牛卖了，还和亲戚、邻居到处借钱，凑了几万块钱要给我女儿治病。医院里边花钱如流水，几万块钱根本不够用，一个月就用完了。我实在是没办法了，就去过秦镇找屈星星贷款。我知道屈星星不是个好人，但是我实在是办法想尽了。我在二月二龙抬头那天，在过秦镇找到屈星星。我给屈星星说了我的难处，他当时还说同情我愿意帮我。我就和屈星星借了三万元，约定月利息是三分。我回到毛乌苏继续给我女儿治病。医生当时都劝我别治了，说这病是治不好的，只能延长生命期，多活几个月。我看着我女儿可怜的眼睛，下定决心让她多活一天是一天。我从屈星星那里贷的三万元很快就花完了，又和亲戚借了几万元。到了当年腊月，女儿见我和她妈实在负担不起了，她在半夜趁我们睡觉的时候，拔掉了心电监护和氧气管，把自己的鼻子捏破，因流血过多而死。我和老婆回到老家，把女儿安葬了。我开始在山西砖窑打工烧砖，我老婆在家种地。过了半年，我和老婆凑了四万六千二百元，去过秦镇找屈星星还钱。屈星星当时说本金和利息都对着了，但是没有找见我的借据。他说知道我经济还不宽裕，让我先给其他人还，过段时间宽裕了再还他。我和我老婆当时感动得差点儿给屈星星跪下，以为他是个大好人，是我们的恩人，社会上说他不好的人都是造谣污蔑。我和我老婆继续每天起早贪黑地挣钱。又过了两年，到了 2009 年 7 月，我们把其他人的借款都还完了。我们就拿着四万六千二百元去屈星星家找他还钱。结果屈星星说以前算错了，拿出计算器要和我重新算。他说我借他的三万元，月利息五分，借了十八个月，本息共计五万七千元。这五万七千元一点儿都没有还，所以两年前利息也变成本金。这五万七千元借了两年，月利息五分，现在我欠他本息合计十二万五千四百元。我说咱们说好利息是三分，不是五分，两年前我要还，你没有要。屈星星当时翻脸了，一把揪住我的领子，恶狠狠地说他屈星星放款都是条子写三分，实际算五分。他说，他说多少就是多少。我老婆赶紧求情。他一把把我摔倒在地。这时，他家里一直坐着看电视的两个年轻后生也扑过来要打我。我老婆跪在地上求饶，答应给他还钱。屈星星抢过我老婆掏出来的四万六千二百元数了一遍，然后说我还欠他七万九千二百元。他逼着我重新打了一张七万九千二百元的条子。我和他要以前的借据，他也不给我。那两个后生骂我，让我滚。我和我老婆就赶紧回家了。再后来，屈星星每过一段时间就带着一大帮流氓来我家要账。我先后又给过他五次钱，时间我记不清了，金额分别是四万元、两万元、三万元、八千元、九千元。2013年秋天，屈星星带着五个文龙画虎的后生来我家找我，说我还欠他十八万六千元。我刚说了一句没有这么多，屈星星一拳上来打掉我两颗门牙，他们把我家下蛋的两只鸡也抓走了。我实在没办法了，就和老婆、儿子一起跑到了张掖，在这里打工为生。我老婆前年也因病去世了。我儿子今年三十四岁了还没有结婚。我这么多年都没回过老家，是因为不敢回去。我听说我们跑了后屈星星找不见我们，就把我家里能搬的东西都搬走了。”董仁贵说着说着突然情绪失控，涕泪横流。郑晓锋和加贝继续完善笔录，并且让董仁贵辨认了屈星星团伙的其他成员。

加贝把董仁贵送到了值班室，让他坐在沙发上等待。之后，加贝又把董仁贵的儿子带进办案区询问室。加贝主问兼记录。郑晓锋问加贝：“询问室是不是有点儿冷？”加贝停下了敲电脑的手，摸了摸郑晓锋的额头，叹口气说：“你又发烧了，怎么样，能坚持吗？”郑晓锋打了一个哆嗦后说：“你稍微等等，我和值班民警借件外套披上。”加贝点点头。郑晓锋快步走到值班室，对值班民警说：“兄弟，借件外套，我发烧了，冷得受不了。”值班民警从柜子里取出一件春秋执勤服。郑晓锋看见了柜子里的军用毛毯，赶忙说：“毛毯我也要。”值班民警把执勤服和毛毯都递到了郑晓锋手上。

郑晓锋如获至宝，穿上执勤服，披上毛毯，返回了询问室。他坐在椅子上疲惫不堪，昏昏欲睡，咬着牙打着寒战又坚持了一个多小时。加贝终于完成了询问和辨认。两人在值班室和董仁贵父子道别，董仁贵的儿子拉着加贝的手不愿松开，董仁贵流着眼泪抱住郑晓锋说：“你们警察就是我们的救星，我们的恩人！你们抓住屈星星的日子，就是我们回家的日子！”刹那间，加贝和郑晓锋深切感受到了作为一名人民警察的使命感、责任感、荣誉感，这将激励着两人在血与火、罪与恶的刑侦战线上披荆斩棘，一路前进，决不退缩。

加贝陪着郑晓锋在甘州区人民医院便民门诊输液，一名目测已过知天命之年的女医生絮絮叨叨地说着：“这小伙子真傻呀！出门在外，发烧三十九度，扁桃体肿得像两个桃子一样，都化脓了才来医院。年轻时糟践身体，年老了百病来袭。”郑晓锋晕晕忽忽地听着，对医生的话深信不疑，但是又万般无奈。加贝感慨良深地说：“没办法，工作时间紧，任务重，责任大，东奔西跑，吃饭作息都不规律，长此以往哪能不生病！”

女医生轻轻叹气：“你们是警察吧？我看见你们都穿着警裤，而且我能感觉到警察身上那种特有的精气神。我丈夫也是警察。”郑晓锋和加贝都“哦”了一声。女医生突然低声抽泣起来：“他去年秋天因为连续两天两夜追逃、审讯，过度劳累，突发心梗牺牲了。”她缓缓摘下眼镜，取出一张纸巾抹去了眼角溢出的泪水。郑晓锋和加贝都默默低下了头，无言以对……

事实上，有很多牺牲的民警都是因为长年累月积劳成疾而英年早逝的，说通俗一点儿就是活活累死的。这样的事情屡见不鲜，在公安系统内部，大家已经见怪不怪了。

女医生给郑晓锋递过来一瓶葡萄糖说：“喝了，补充体力。”郑晓锋拿过来一饮而尽，长吁了一口气说：“生活有点儿苦，所以喝点儿甜的！”

输完液已经是中午12时了。郑晓锋把医生开的药揣在兜里，跟着加贝来到了一家臊子面馆。张掖臊子面和岐山臊子面口味相似，最大的区别就是张掖臊子面是荤汤，岐山臊子面是素汤。吃完后二人回到了酒店。郑晓锋问加贝：“咱们什么时候离开?”加贝答道：“你的体力恢复之日，就是咱们离开之时。”郑晓锋说：“那你就买明天的票吧。”加贝在微信上购买了6日下午3时出发、晚上9时到中卫的火车票。

火车上座无虚席，旅客们载笑载言。茫茫戈壁滩上鲜有人烟，秋风已然带着寒意，秋阳依旧炙烤大地。到了金昌站，列车员在广播里热情地介绍道：“金昌是古丝绸之路和河西走廊的重要城市，因盛产镍被誉为祖国的镍都。伟大祖国能摘掉贫镍国的帽子，金昌功不可没!”过了金昌，戈壁滩又变成了腾格里沙漠。和毛乌苏的沙漠不同，腾格里沙漠植被覆盖很少，几乎寸草不生，连绵起伏的沙丘气势恢宏。

过了武威，低树矮草给沙漠披上了绿装，时不时能看到三三两两埋头吃草的马、羊、牛、驴和骆驼，给沙漠增添了盎然的生机。圆圆红红的太阳落山了，不知何处飘来两股烟，直上云霄。加贝诧异道：“大漠孤烟直，长河落日圆是真的。”郑晓锋笑笑：“当然是真的，文学源于生活。”两人吃完了盒饭，加贝欣赏着大漠夜色，郑晓锋静坐着闭目养神。

中卫到了，郑晓锋和加贝挤出了人头攒动的火车站，打车到了预订的酒店。郑晓锋和加贝跟随着酒店服务员看房间。一开门，一股浓烈的烟味扑鼻而来。郑晓锋不沾烟酒，而且恰逢感冒咽痛，所以对烟味更敏感，他剧烈地咳嗽起来。服务员不好意思地说：“这间房以前是麻将房，所以烟味比较大。”加贝皱皱眉：“这间太呛了，还有房间吗?”服务员摇摇头。郑晓锋和加贝离开了预订的酒店，走了不远来到了中卫大酒店。他们根据名字判断，这家酒店是政府接待酒店，非常高端、大气、上档次。

加贝问前台服务员：“标间还有吗？多少钱？”服务员说：“有两间，四百一晚。”郑晓锋咂咂嘴：“太贵了吧？”服务员莞尔一笑：“平时的价格不高，现在是国庆假期，涨价是很正常的。我们这里的沙坡头名满天下，枸杞子誉满天下，你们二位肯定会玩得开心，吃得舒心。”加贝黑着脸说：“我们是来出差的。”服务员嫣然笑道：“你们是哪个单位的，国庆假期都不让放松两天，还要出差？”加贝用手摸了一把下巴说：“公安局的。”服务员收起了笑脸，庄重又不失温和地说：“原来二位是警察，辛苦了。房价按照你们的差旅标准三百三十元付，怎么样？”加贝看看郑晓锋，两人相视一笑，心有灵犀地点点头，办理了入住手续。

7日早上，郑晓锋和加贝早早起床，来到酒店三楼餐厅，宁夏特色的自助早餐丰富多样、五色俱全、香味扑鼻。加贝和郑晓锋每人吃了一小碗拉面，又吃了一小碗纯羊杂。郑晓锋已经饱嗝连连，擦干抹净了。加贝意犹未尽，又尝了一道沙葱拌凉皮。二人看时间尚早，就回到了房间，坐在沙发上聊天。

郑晓锋说：“屈星星在社会上应该不是个厉害角色，我工作这么多年居然没有听说过他。那些被害人竟然被吓得战战兢兢，不敢反抗，不但望而生畏，甚至听而生畏。”加贝郑重其事地说：“屈星星主要在葭芦县为非作歹，大漠区的案子不多，所以你没有听说过。屈星星在葭芦县真的是恶名远扬，好多群众都说他就是葭芦县的老大，是活阎王，没有人性，手段毒辣。”郑晓锋问：“有多毒辣？”

加贝说：“被害人李世峰，借了屈星星的高利贷还不上，屈星星的小弟把他关在白菜窖里整整四天不给吃喝。他不管饿了还是渴了就靠吃白菜度日。直到第五天他老婆给屈星星把账还清了，屈星星才把他放出来。人出来后已经瘦得不成人形了。被害人马丁虎，借了屈星星的高利贷还不上，屈星星带着小弟把他拉到暖山渠水库。当时是11月，水库结了一层薄冰。屈星星逼着他表演冬泳。他游了一会儿又冷又累想要上岸，屈星星就用柳树条子抽打他，不让他上岸。直到被折磨得奄奄一息，屈星星才让他爬上岸来。他差点儿被冻死。被害人何四贵，借了屈星星的高利贷还不上，屈星星就带着小弟赶到何四贵家，往他的碗里尿了满满一碗尿，逼着他喝完，还威胁说再不还钱就要让他吃屎。”

郑晓锋伸了个懒腰说：“这屈星星确实可恨呀！但是那些被害人究竟是有钱不还，还是无力偿还呢?”加贝说：“不排除少数人想赖账，但是大多数人都是无力偿还，因为屈星星的高利贷，多数都是套路贷。”郑晓锋点点头：“确实是这样的。”

加贝接着说：“套路贷是假借民间借贷之名，诱使或迫使被害人签订借贷或变相借贷、抵押、担保等合同，通过虚增借贷金额、恶意制造违约、肆意认定违约、毁匿还款证据等方式形成虚假债权债务，并借助诉讼、仲裁、公证或暴力、威胁以及其他手段非法占有被害人财物的违法犯罪活动的总称。套路贷起源于民间高利贷，却不以获得被害人支付的高额利息为最终目的，而是以借贷为名隐瞒真相，用非法手段尽最大可能侵占被害人财产。套路贷是高利贷不断演化的结果：第一阶段，民间高利借贷，放贷人以获得高额利息为目的；第二阶段，收取砍头息，等于虚增了借贷金额；第三阶段，套路贷，特点有收取砍头息、利滚利、虚增借贷金额或者利率等，借款人在借款时被告知如正常还款，虚增数额和利率不需归还，如果不正常还款才要还虚增的数额，借款人主观上认为对虚增部分不必偿还。套路贷的放贷人为了达到占有虚增数额的目的，往往采取拒接电话、失踪等方式，让借款人在约定期限内无法还款，造成违约。套路贷放贷人放贷后采用暴力威胁、虚假诉讼等方式讨债几乎是必然的。套路贷往往会触犯的罪名有诈骗罪、合同诈骗罪、虚假诉讼罪、敲诈勒索罪、非法拘禁罪、寻衅滋事罪、非法侵入住宅罪等。套路贷对社会秩序、金融秩序、经济秩序、司法秩序会造成极大的破坏，对群众的人身权利和财产权利会造成极大的侵害，社会危害性毋庸置疑，我们必须严厉打击。”郑晓锋聚精会神地听完，拍掌赞道：“三人行必有我师，你讲的真好。”加贝不好意思地笑了。

太阳温柔地照进了窗户，窗台上文雅俊秀的君子兰花开得正艳，确有温和谦逊的君子风姿。加贝喝完茶，郑晓锋吃完药，二人下楼打车到达中卫市农村商业银行，准备调取刘建平涉嫌诈骗案的银行流水。

司法查询窗口空空如也。加贝环顾一周后说道：“我们是公安局的，司法查询。”银行大堂经理走了过来说：“实在不好意思，司法查询的工作人员是行政班，今天休假，请你们明天再来吧。”

郑晓锋忙说：“我们是远道而来的，你们银行能不能安排其他人给我们查一下。”大堂经理摆摆手：“实在不好意思，司法查询专人负责，其他人员没有指纹授权。”郑晓锋和加贝无奈地开门而去。郑晓锋想起了一句歌词：这世上本就有许多无奈，你要学会忍耐。加贝带着郑晓锋在街上散步。加贝对郑晓锋说：“咱们案审中队的武队长，经常把合同诈骗案当作诈骗案受理了。

我觉得这个刘建平涉嫌的诈骗案实际上就是合同诈骗案。”郑晓锋说：“你给我讲讲这起案件的案情吧。”

加贝开始娓娓而谈：“去年5月，毛乌苏市沐枫工程有限公司的法定代表人慕枫在体育馆打乒乓球时认识了宁夏中卫籍男子刘建平。刘建平自称自己当过十年兵，退役后被分配到陕西省国资委工作。两人一起打了几场乒乓球，慕枫被能说会道的刘建平轻松拿捏了。7月份，刘建平说自己可以帮助慕枫承揽毛乌苏市的路桥工程，但是需要给领导送二十万元的好处费。慕枫信以为真，二人签订了合作协议，约定慕枫先付给刘建平二十万元，将此款作为给领导的好处费，等工程干完之后，再给刘建平十万元的感谢费。之后，慕枫将二十万元转到了刘建平的农商银行账号中。工程一直无法承揽到手，慕枫多次催促刘建平。刘建平就换了手机号，拉黑了慕枫的微信。两个月前，慕枫到咱们刑警队控告刘建平诈骗，武队长把案子分给我们中队了。前段时间我们把刘建平刑事拘留了，刘建平承认了诈骗的犯罪事实，说是赃款已经用于玩弄女性，挥霍一空了。咱们这次就是要查一下他账号里的赃款去向。”

加贝喝了一口八宝茶，接着说：“我觉得这个案子双方签订了合作协议，也发生在经济交往过程中，应该是属于经侦大队管辖的合同诈骗案，你认为呢？”郑晓锋摇摇头：“这起案件是刑警大队管辖的诈骗案，不是经侦大队管辖的合同诈骗案。”这一回答出乎加贝的意料。加贝说道：“愿闻其详！”

郑晓锋开始长篇大论：“合同诈骗罪是指以非法占有为目的，在签订、履行合同过程中，骗取对方当事人财物，数额较大的行为，主要情形有：一、以虚构的单位或者冒用他人名义签订合同的；二、以虚假票据或者其他虚假的产权证明作担保的；三、没有实际履行能力，以先履行小额合同或者部分履行合同的方法，诱骗对方当事人继续签订和履行合同的；四、收受对方当事人给付的货物、货款、预付款或者担保财产后逃匿的；五、其他方法。合同诈骗罪是诈骗犯罪的一种特殊形式。合同诈骗罪既侵犯财产权，同时又侵犯合同管理制度。合同诈骗罪只发生在经济合同的签订、履行过程中，欺诈手段有特定范围。”

加贝还是疑惑不解：“很复杂呀，我要慢慢理解。这个案子双方签订的合作协议难道不是合同吗？”

郑晓锋继续解释道：“合同诈骗罪侵犯的是国家对合同的管理制度、诚实信用的市场经济秩序和合同当事人的财产权。合同诈骗罪中的合同是双方通过协商对各自的权利和义务达成一致，从而进行的对价的、相互的经济活动，必须存在于市场经济活动中，反映市场经济条件下的交易关系，必须是双务的有偿合同。刘建平和慕枫签订的合作协议，不是双务合同，不反映市场经济条件下的交易关系，不扰乱市场秩序，所以刘建平不构成合同诈骗罪，只能以诈骗罪论处。武队长没有错，是你错了。”

加贝长叹一口气：“好复杂啊，看样子我还要向你多学习、多请教。”郑晓锋谦虚地一笑：“互相学习，互相请教。”

十五、将强奸犯绳之以法

10月8日上午9时，加贝和郑晓锋在中卫市农村商业银行调取了刘建平账号的流水，发现账号内的存款已被全部取现，已无进一步调取的必要了。随后二人坐上了中卫到绥州的火车，午饭就凑合着在绥州火车站附近的彩钢棚里吃了四十里铺镇羊肉面，然后坐上西安方向驶来的火车回到了毛乌苏。出了火车站，加贝一脸兴奋：“终于回来了，我要请年休假休息两天。”郑晓锋也喜笑颜开：“对对对，我也要请年休假，五天！”开车来接他们的李小虎听了，呵呵笑着，心里想：这俩家伙想得美，案子多如牛毛，请假难比登天。

郑晓锋步伐轻快地走进刑警大队二中队办公室，心情愉悦。方军大笑三声：“你终于回来了，何队长望眼欲穿地盼望你回来！”何胜利全神贯注地盯着郑晓锋看，郑晓锋笑道：“何队长，想我了？”何胜利说：“当然想了，出去顺利吧？”郑晓锋底气十足地说：“所有任务都完成了，我想从明天开始，请五天年休假。”何胜利用手揉了揉胸口：“啊，我的意思是，这个请假是应该请的，但是，能不能迟两天?”郑晓锋仿佛被人浇了一盆凉水，从头凉到脚。

他太累了，也想歇歇了。看着何胜利一副愁眉不展的样子，郑晓锋极不情愿地从牙缝里挤出一个字：“行。”何胜利转忧为喜：“今天上午重案中队给咱们移交了一起强奸案，证据比较少，难度比较大。不说了，明天再说吧，今天你刚回来，也到下班时间了，回家吧。”郑晓锋的胃口被吊起来了，急不可待地说：“离下班还有半个小时，现在回家就是脱岗、溜岗。你赶紧说吧，我想听。”

何胜利给郑晓锋倒了一杯云雾缭绕的老茶水，然后开始讲述案情：“10 月 6 日晚上，犯罪嫌疑人李显峰和被害人井婷婷、井婷婷的男友鲁抗在西沙北路的海龙烧烤店吃烧烤、喝啤酒。三人从 21 时喝到 23 时，李显峰喝了一瓶啤酒，井婷婷喝了两瓶啤酒，鲁抗喝了六瓶啤酒。鲁抗喝醉后因为日常琐事辱骂井婷婷，井婷婷哭了起来。在李显峰的劝解下，鲁抗在附近的今典宾馆开了房间睡了，井婷婷准备自己打车回家。李显峰在宾馆楼下拦住井婷婷，要开车送她回家，问她家在哪里。井婷婷说在瓜园湾驾校附近，她打个车就回去了。据井婷婷讲，她对他男友鲁抗的这个朋友一直没有好感，这个人胸口文了一条龙，流里流气，不像个好人。但是，李显峰抓住她的胳膊拉她上车，并且赌咒发誓要保护她，要把她安全送回家。井婷婷碍于面子就同意了。她上了李显峰的车后，李显峰反锁了车门。李显峰开车沿着毛乌大道走到东风花园路口时，向左拐到了东风花园坡下并向坡上驶去。井婷婷发现方向不对，就说走错了。李显峰解释说他要去上面取个东西，然后拉着井婷婷朝苜蓿园后山方向驶去，越走越荒凉，四周除了沙梁就是坟地。井婷婷发现李显峰心怀不轨，求李显峰把自己送回家。李显峰不管不顾，一直开到了一片距离亮灯的建筑物有五六公里的坟地里。李显峰劝井婷婷和鲁抗分手，做自己的女朋友，井婷婷不同意。李显峰向井婷婷提出性要求，井婷婷更不同意，哭了起来。李显峰说如果不配合就把她一个人放在这片坟地里，自己开车就走。井婷婷还是哭着摇头，李显峰就把井婷婷强行按倒在车后排座上，与之发生了性关系。据井婷婷讲她当时不愿意，用力想推开李显峰，但是推不开。由于荒郊野外没有人，她没有呼喊求救，也不敢呼喊求救，害怕李显峰杀人灭口。即使李显峰不杀人灭口，晚上 11 时把她一个人扔在离市区很远的坟地，她害怕，怕鬼、怕坏人、怕野兽。事后，李显峰把她送到了瓜园湾路口。井婷婷给鲁抗打电话说了这件事，二人商量后报了警。”

郑晓锋问：“然后呢?”何胜利喝一口茶水，润了润干裂的嘴唇后继续说：“重案中队的弟兄们勘查了现场，带着井婷婷做了妇检和活检。井婷婷不是第一次，阴道内提取到了精液，身体没有伤痕。重案中队的弟兄询问了井婷婷，并让其辨认了李显峰，又询问了鲁抗。今典宾馆门外和途经的毛乌大道、东风花园路口的监控都有故障，没有正常摄像。”郑晓锋屏气凝神地听着，何胜利又喝了一口茶水，然后继续说：“井婷婷说她不愿意，但是没有其他证据能证明她不愿意呀！李显峰归案后，肯定会说井婷婷是愿意的，咱们如之奈何?”

郑晓锋用双手在头上搓了几把，说道：“朋友妻不可欺，李显峰寡廉鲜耻，必有恶报！”何胜利用右手的食指和中指反复敲着桌面：“关键问题是怎么让他有恶报?”郑晓锋目光如电：“抓回来再说，老前辈们不是常说只要审讯力度大，铁树也能开出花吗?”何胜利瞪着眼睛说道：“你觉得能行吗?”郑晓锋叹气说：“我没有十分把握。但是咱们别无选择，只能硬着头皮往上冲。难道还能让坏人逍遥法外，好人蒙冤受屈?”何胜利把桌子一拍：“好，抓回来再说。”

郑晓锋阅完案卷材料，核查了李显峰的户籍信息和轨迹，李显峰是葭芦县杜家梁乡李家洼村人。郑晓锋拨通了杜家梁派出所所长乔江龙的电话：“乔所长，我是毛乌苏市公安局大漠分局刑警大队民警郑晓锋，我们在办理一起强奸案，需要你们的协助。”乔江龙说：“哦，你好，你说说需要我们做什么。”

郑晓锋说：“犯罪嫌疑人叫李显峰，是你们辖区李家洼村的后生，现在在逃，我们想抓这个人，麻烦你帮忙打听一下这个后生的情况。”乔江龙说：“行，我问完给你回话。”郑晓锋坐在办公桌前守着电话，耐心等待。过了半个小时，乔江龙打过来电话了：“郑队长，李显峰是个大车司机，最近一直在外地跑大车不回老家。但是比较幸运的是，再过三天，也就是 10 月 12 日，李显峰的弟弟要结婚，所以他肯定会回来。你们到时候过来，咱们一起去抓。”郑晓锋感激涕零，连连道谢，又把这个好消息告诉了何胜利。

10 月 12 日早上 8 时，刘江驾驶着黑色桑塔纳，拉上郑晓锋和何胜利，沿着 210 国道，向着杜家梁方向驶去。杜家梁乡位于葭芦县西南角，与明州县、吴山县接壤，地少雨少，落后贫瘠。过银州县后，桑塔纳开始在黄土高原的大山深沟的枣树林中穿行，终于在上午 10 时到达杜家梁派出所。

四十出头的乔江龙虎背熊腰、剑眉怒立，不怒自威，一看就是有血性的男子汉。他和郑晓锋等三人一一握手，然后招呼三人在派出所餐厅吃午饭。乔江龙说："咱们吃完饭，他们的酒宴也要开了，咱们直接去宴席上把人带走就行了。我已经让人盯着了，跑不了。"何胜利犹豫了一下说："宴席上带人是不是有点儿危险，万一人家的众多亲属阻碍执法该怎么办？"乔江龙哈哈大笑："放心吧，他们没人敢在我面前放肆。我能拿得住他们。我来这里已经三年了，杜家梁的重点人口是全葭芦县最多的，这里的人违法犯罪率高。我一来就严格管理，严厉打击，关了十几个打架闹事的，配合外地公安逮了六个逃犯。我在这里树立威信了。"郑晓锋知道，乔江龙所言非虚。

乔江龙接着说："其实，这个李显峰也是个可恨又可怜的孩子。20 世纪 90 年代，我们这里收买被拐卖妇女的犯罪很猖獗。李显峰的父亲李国良，当年因为家穷娶不到老婆，就从人贩子手里买了一个云南女人，然后关在土窑洞里。后来生下了李显峰，过了两年又生下了李显峰的弟弟。李国良认为这云南女人生了两个孩子，应该不会离开了，想不到这个女人还是走了。从此，李显峰兄弟二人成了没妈的孩子。没妈的孩子像根草，他们不好好学习，小学没毕业就辍学了，后来都以跑大车为生。"何胜利和郑晓锋听了后都唉声叹气，心情沉重。

吃完饭，乔江龙换上便衣，从值班室保险柜里取出了手枪式自卫器。这种自卫器可以远距离发射催泪弹和电击弹，也可以进行接触电击，是公安系统最近两年普遍配发的非致命性武器。乔江龙带着两名便衣民警上了一辆白色现代途胜便车，然后手一挥，对何胜利说："跟我们走。"

李显峰家位于李家洼村岔路口南面的半山坡，是一座有五孔窑洞的开放式院落。院子里摆着十张大圆桌，挤满了说说笑笑吃席的男女老少。途胜和桑塔纳开到了院外路边。乔江龙扫视了一周，发现了正在给人散烟的李显峰。乔江龙喊了一嗓子："李显峰。"李显峰赶忙跑过来递烟，乔江龙语气坚定地说："跟我们出去一趟。"派出所的其他两位民警一左一右把李显峰一挤一拉带上了途胜的后排座。途胜迅速发动撤离，桑塔纳紧随其后，吃席的人根本没有反应过来发生了什么事。

走了两公里，将到省道上时，途胜靠边停下了，乔江龙挥手示意桑塔纳超过去，然后乔江龙把途胜横停在村道上。桑塔纳超过途胜后停下了，派出所的两位民警将李显峰带到何胜利和郑晓锋的面前。郑晓锋把双手已经被派出所民警铐在背后的李显峰带进了桑塔纳，何胜利把自己的手铐换给了派出所民警。李国良带着几个亲戚开着一辆面包车追了上来。乔江龙嘱咐郑晓锋和何胜利："你们带人沿着省道一直向西走，这里有我们！"何胜利和郑晓锋把李显峰带上桑塔纳，迅速走了。

乔江龙掏出手枪式自卫器，吼道："我们在执行公务，谁敢阻拦，就是妨害公务，我绝不客气。"派出所的两位民警握着黑色胶皮警棍站在乔江龙身后，李国良等人不敢靠近。李国良远远地问："我儿子怎么了？"乔江龙说："李显峰被毛乌苏市公安局大漠分局刑警大队带走配合调查，如果他问心无愧，很快就会回家的。如果他违法犯罪，就要承担法律后果。你不要管老大了。你现在应该回去给老二把婚事办好，不要怠慢了客人，听见了吗？"李国良坐在地上呼天抢地哭了起来。亲戚们眼见事已如此，心想又能如何，就赶紧把他拉起来扶到了面包车上，然后开车回去了。

刘江开车驶入国道了，郑晓锋拨通了乔江龙的电话：“乔所长，你们都好吧？回所里了吗？”乔江龙爽朗地笑了：“不要惦记我们了，我们已经安全回所。可惜今天太忙乱，忘了给你们摘点儿红枣了。”郑晓锋说：“太感谢了，多亏了你们鼎力相助！不然，我们不会这么顺利！”乔江龙的声音粗犷而豪气：“兄弟，不要这么客气，天下公安是一家，应该的。”

毛乌苏市公安局大漠分局办案中心 2 号讯问室，郑晓锋和张宏表情冷峻。犯罪嫌疑人李显峰表现得镇定自若，避重就轻地交代了主要犯罪事实。他承认确实将井婷婷拉到了苜蓿园后山的坟地，并与井婷婷发生了性关系。但是，他提出性要求后井婷婷没有明确表示反对，配合他完成了性行为。

郑晓锋貌似闲问：“你在苜蓿园租的房子距离案发现场有多远？房子住了几个人？”李显峰说：“有四五公里吧，就住了我一个人，光棍汉。”郑晓锋问：“你和井婷婷发生性关系的时候，你们二人是否处于醉酒状态？”李显峰肯定地说：“都很清醒，我们喝的酒不多。”郑晓锋盯着李显峰的眼睛问：“哦，那你当时有没有吓唬她？你讲讲，我听听。”李显峰移开了眼神说：“没有吓唬她。我当时说，我想睡你了，你看你愿意不，不愿意我就把你放在这里我自己走了。”这个答案与井婷婷的陈述是吻合的，郑晓锋心里很满意，却装作若无其事地继续问：“你开车拉她到坟地的时候，她愿意跟你去吗？”李显峰心虚地说：“愿意，愿意的。”

郑晓锋疾言厉色：“一派胡言！你以为宾馆、街面上的电子眼都是盲人眼？”李显峰吓了一跳，想了一下说：“不太愿意。”郑晓锋使诈道："她说她哭了一路，眼睛都哭肿了，是不是？"李显峰脱口而出："她胡说，她就是在坟地才掉了几滴眼泪。"郑晓锋又将声音提高了一百分贝："你究竟有没有打井婷婷？"李显峰急出了一头冷汗："没有打，真的没有打，她冤枉我了。"郑晓锋语速很快："那你把她按倒的时候，她是怎么拼命反抗的？"李显峰又说："什么拼命？她推了我一把没推开，就配合我了。"

讯问结束，郑晓锋给何胜利汇报了情况，何胜利狐疑地问："你觉得可以拘留吗？"郑晓锋坚定地说："当然可以。"郑晓锋和张宏带着犯罪嫌疑人李显峰指认了犯罪现场，然后将其刑事拘留，并进行了拘留后讯问，李显峰再次声称之前供述是属实的。

三天后的一个下午，刑警大队二中队办公室里来了一位不速之客，东兴律师事务所的金牌刑事辩护律师张东。张东把李显峰家属的委托书和律师证复印件递给了郑晓锋，一脸傲气地说："郑队长，我受李显峰父亲李国良的委托，担任李显峰的辩护人，我要为李显峰做无罪辩护。"郑晓锋淡淡一笑："说说你的意见。"

在业内以能说会道著称的张东开始口若悬河："我会见过我的当事人了。我的当事人说他没有强奸井婷婷，发生性关系时是自愿的。他没有殴打、威胁、辱骂、捆绑井婷婷，也没有下迷药，双方发生性关系时也都没有醉酒。所谓的强奸罪是指违背妇女意愿，以暴力、胁迫或者其他手段强行与妇女发生性关系。首先我的当事人没有违背妇女意愿，其次我的当事人没有使用暴力、威胁或者其他使被害人不敢反抗、不能反抗的方式。所以我的当事人没有强奸所谓的被害人，双方是自愿发生性关系，他是无罪的，我认为你们公安机关应该将我的当事人立即无罪释放。"

何胜利、方军、周俊安都看向郑晓锋，郑晓锋从容不迫地说："发生性关系时井婷婷究竟是否自愿不是你的当事人说了算。井婷婷陈述其不是自愿的，并且主动来我公安机关报案。如果井婷婷是自愿的，为什么会在上车时就与李显峰发生拉扯？为什么不愿意和李显峰去坟地？为什么要流眼泪？为什么在李显峰把她按倒时推了一把？为什么不登记宾馆或者去李显峰家里发生性关系而是选择了荒郊野外的坟地？毛乌苏的10月已是深秋，半夜三更沙漠地带尤其寒冷，女娃娃难道不怕冷？荒郊野外的一大片坟地里，四周没有人，没有光，一个女娃娃难道不害怕一个有文身的男人杀人灭口？伸手不见五指的黑夜，一个文龙画虎的男人强行驾车把一个女娃娃带到人迹罕至的一大片坟地，并且告诉女娃娃如果不配合发生性关系就把她扔在那里不管了，难道这不是将女娃娃置于一种孤立无援、极度恐慌、不敢反抗的境地？这样的方式对于一个年方二十岁，初次从农村来城里打工的女娃娃，难道不是赤裸裸的威胁？"

张东被郑晓锋反驳得哑口无言，只好用手捋了捋稀疏的头发，一改之前目中无人的神态，笑笑说："我为我的当事人辩护，是职责所在，拿人钱财，忠人之事嘛，呵呵。多理解，打扰了。"张东像斗败了的公鸡一样尴尬地走了。办公室里一片笑声，何胜利说："这律师居然给晓锋普法，真是不自量力。"方军说："晓锋可是侦办强奸案的专家，这律师居然在鲁班门前卖斧子，我都替他尴尬呀！"周俊安说："晓锋这两把刷子真厉害！"一向谦逊的郑晓锋红了脸："不是我厉害，而是有理走遍天下，无理寸步难行。我不光是一个讲法的人，而且是一个讲理的人。"

经过局务会讨论后，郑晓锋很快就把提捕卷送到了大漠区人民检察院。办案干净利索的检察官谢小琴给郑晓锋打过来电话：

“学长好，李显峰的案子又是你办的?”郑晓锋说：“是。”谢小琴说道：“你到我们605办公室来。”郑晓锋疾步如飞地赶到检察院，见到了谢小琴。谢小琴正容亢色道：“这个案子确实违背了妇女意愿，但是从被害人的反应来看，情节是不是不太严重？这个案子确实使用了威胁的方法，但是仅仅是置于一片坟地，是不是足以使被害人不敢反抗?”郑晓锋直摇头：“学妹，井婷婷陈述其不是自愿的，她在上车时就与李显峰发生了拉扯，上车后要求回家，不愿意和李显峰去坟地，被拉到坟地后直流眼泪，李显峰把她按倒时她推了一把，事后及时主动报案。”谢小琴没有说话。

郑晓锋继续讲：“如果她是愿意的，她完全可以和李显峰登记宾馆或者去李显峰家里发生性关系，宾馆或者家里温暖而舒适。荒郊野外的坟地又冷又吓人，这样的环境发生性关系不能获得足够的快感。你再想想，一个凶恶的社会青年半夜三更，强行驾车把一个初入社会的农村女娃娃带到荒郊野岭的坟地，并且威胁如果不配合就把她扔在那里不管了。毫无疑问这就是将女娃娃置于一种孤立无援、极度恐慌、不敢反抗的境地。你可以换位思考一下，假如是你？你该配合还是不配合?”话刚出口，郑晓锋就知道略有不妥，下意识地捂住了嘴。

谢小琴一边思考一边念叨着：“换了是我，换了是我……”办公室里的其他人都笑得前俯后仰，谢小琴意识到了什么，脸红了：“学长，你?”郑晓锋赶忙道歉：“不好意思，我错了，中午请你吃饭。”谢小琴佯装生气地说：“我就是吃狗的饭，都不会吃你的饭。”郑晓锋一脸认真地说：“狗的饭不会给你吃的，护食是狗的天性。”谢小琴笑得合不拢嘴，办公室里的其他人也笑得上气不接下气。

孙文斌说：“晓锋，你以后多来和我们聊聊天，我们好久没有这么开心了。办公室的气氛一直非常沉闷，你就是我们的开心果。”郑晓锋故作躲闪状：“我怕学妹打我。”孙文斌笑了：“你下次过来把冲锋枪带上。”郑晓锋问谢小琴：“能批捕吗？”谢小琴看看孙文斌，孙文斌点点头说：“能批。”谢小琴也点点头：“听你一席话，我也觉得此人确实可恨，该批捕。”

2018年12月22日，星期六，冬至日。自冬至起太阳高度回升，白昼逐日增长，古人把冬至看作大吉之日，有冬至大如年之说。又轮到刑警大队二中队值班了，从上午8时到下午3时，郑晓锋都在警务大厅接警。

郑晓锋安安静静地坐在接警平台前，默默祈祷接警电话和平台也能安安静静。老天常不遂人愿，不到8时30分，电话响了，是钟楼派出所高宏宇打来的。高宏宇说：“有一起入户盗窃案，我们已经保护现场了，需要你们刑警队出警处置。”郑晓锋问：“在哪里？什么情况？”高宏宇说：“大街阿伟糖酒副食门市昨晚门被撬，被盗营业款两千四百余元。”郑晓锋问：“店主平时在门市居住生活吗？”高宏宇回答：“会在门市午休，但是晚上不在门市睡。”郑晓锋说：“这是入室盗窃，但不是入户盗窃，损失一万元以下，归你们派出所管辖。”高宏宇惭愧地说：“我一直分不清什么是入室，什么是入户。郑队长，你给我讲讲吧。”

郑晓锋娓娓而谈：“室是指相对固定隔离的空间，如办公室、厂房、车间、仓库、病房、手术室、实验室、集体宿舍、工棚等。户是指家户，也就是供他人家庭生活，与外界相对隔离的住所。室包含户，户是室的一种。入户盗窃是入室盗窃的一种特殊形态，《刑法修正案八》对《刑法》第二百六十四条进行了修正，规定多次盗窃、入户盗窃、携带凶器盗窃、扒窃的，不计价值，一律构成犯罪。”高宏宇问道：“为什么这样修正呢?”郑晓锋解释道：“多次盗窃说明主观恶性较大，社会危害性严重，理应严惩不贷。而入户盗窃、携带凶器盗窃、扒窃主要是因为具有很大的人身危险性，此三种盗窃形式极易转化成抢劫，对被害人造成严重的人身伤害，所以也要严厉打击。”

高宏宇感慨地说：“学习了，受教了，谢谢。”郑晓锋呵呵一笑：“不敢当，你们赶紧出警吧，群众等得好着急呀。”

郑晓锋刚挂断电话，南郊派出所的李亚军等三位民警就押着一名戴背铐的男子推开警务大厅的旋转门走了进来。李亚军一上来就握住郑晓锋的手说：“抓了一个伪造印章的犯罪嫌疑人，想要移交给你们，你叫人接收一下吧。”郑晓锋皱了皱眉头，把李亚军拉到了值班室，问道：“什么情况?”李亚军说：“我们在巡逻过程中，发现这后生提着个包形迹可疑，上去盘查，发现包里装着两枚印章，我们领导认为此人涉嫌伪造印章，让我们给你们移交。”

郑晓锋问道：“什么印章?”李亚军说：“是两枚村委会的印章。他说两个月前他和朋友需要老家村委会开个贫困证明，他们老家离毛乌苏太远，为了方便，他就去航宇路的一个打印门市刻制了两枚假印章。我们去那个打印门市准备顺藤摸瓜，结果门市已经搬空了，听说这个打印门市的老板一个月前因为交通肇事死亡了。”郑晓锋说：“这后生不涉嫌伪造印章罪。”

李亚军难以置信：“为什么?”

郑晓锋解释道："《刑法》第二百八十条规定了伪造、变造、买卖国家机关公文、证件、印章罪，伪造公司、企业、事业单位、人民团体印章罪。村委会不是国家机关，不是公司企业，不是事业单位，不是人民团体，所以不涉嫌伪造印章罪。"李亚军疑信参半："那村委会算什么？伪造了村委会的印章该如何处罚？"郑晓锋字正腔圆："村委会是村民自我管理、自我教育、自我服务的基层群众性自治组织。《治安管理处罚法》第五十二条规定，伪造、变造或者买卖国家机关、人民团体、企业、事业单位或者其他组织的公文、证件、证明文件、印章的，予以拘留，可以并处罚款。村委会属于《治安管理处罚法》第五十二条中的其他组织。"

李亚军疑惑全消，又和郑晓锋重重地握了手，然后带着人走了。

冬至不端饺子碗，冻掉耳朵没人管。中午二楼餐厅的主食是羊肉胡萝卜馅的饺子，郑晓锋狼吞虎咽地吃了三十个，打着饱嗝又去了警务大厅继续值班。椅子还没有坐热，一对垂头丧气的夫妇就带着他们刚刚十六岁的女儿走进了警务大厅。这个女孩儿泣不成声："我是职业高中的学生，一周前在迪吧玩被坏人盯上，被坏人欺负了。"郑晓锋忙安慰道："别哭了，被谁欺负了，怎么回事？"女孩儿说："我在火狐狸迪吧认识了一个男的，叫师玉虎，他请我吃了三次饭。前天他把我骗到了三街红梅招待所，在那里他就变了脸，扇了我几耳光，强奸了我，然后不让我走，逼着我在那里卖淫。我不听话，他就打我。我被迫卖了五次。今天早上我趁他出去买早点偷偷跑回了家，我爸妈带我来报案了。"

郑晓锋郁闷无比，给治安大队的值班民警陈嘉乐打电话：

"有起强迫卖淫案，你下来接一下吧。"陈嘉乐到了警务大厅，向报案女孩儿问了一下案情，给郑晓锋说："这起案子既有强奸，也有强迫卖淫，你们刑警大队和我们治安大队都有管辖权，究竟谁管，是不是需要给领导汇报一下？"

郑晓锋摇摇头："应该不需要。《全国人民代表大会常务委员会关于严禁卖淫嫖娼的决定》规定，强奸后迫使卖淫的，定强迫卖淫罪即可。"

陈嘉乐半信半疑："这怎么理解呢？"

郑晓锋解释道："最高人民法院和最高人民检察院对这个决定有司法解释，强奸后迫使卖淫，是指强奸行为与强迫他人卖淫的行为有联系，是强迫他人卖淫的方法手段和法定从重情节。因此，只定性为强迫卖淫罪即可。如果强奸行为与强迫卖淫的行为没有联系，则应当分别定罪，实行并罚。这起案件很明显属于前者。它符合刑法理论的牵连犯，择一重处。"

陈嘉乐点点头，打电话叫来队友，然后带着报案女孩儿做笔录去了。郑晓锋喝了一口水，润了润干裂的嘴唇。

晚饭的主食也是饺子，郑晓锋依旧吃得有滋有味。吃完后，郑晓锋一个人在单位后院散步，空气潮湿，寒风呼啸。不一会儿，白雪纷纷而至。郑晓锋走到沙包前，直摆勾拳打一遍，劈踹扫腿来一轮，颇有些拳打下山猛虎，脚踢出海恶蛟之势。郑晓锋始终坚持着练习拳脚功夫的好习惯，夏练三伏，冬练三九。练功夫既能强身健体，又能以暴制暴，还能磨炼意志，何乐而不为？练至出汗后，郑晓锋回到了办公室，喝着何胜利煮的老茶水。

这时，在警务大厅接警的张宏打电话问郑晓锋："晓锋，有人打电话报警，说她是开手机店的。刚刚有一个顾客说是要看一部苹果手机，她把手机递给顾客，这名顾客趁她没看见，拿着手机偷偷走了。这起案子是诈骗？是盗窃？是抢夺？还是侵占？”

郑晓锋说：“首先，不是诈骗罪。诈骗罪是采用虚构事实、隐瞒真相的方法，骗取财物的所有权。本案中，顾客仅仅骗取了财物的短暂占有权，而非所有权。其次，不是抢夺罪。抢夺罪的方法手段是乘人不备，夺取财物，本案中，顾客没有夺取的行为。再次，不是侵占罪。侵占罪的方法手段是将代为保管的他人财物、遗忘物或者埋藏物非法占为己有，数额较大，拒不交还。本案中，手机不是店主委托顾客代为保管的财物。这个案子是盗窃案，尽管一开始使用了虚构事实的方法，但是最终占有手机的方法还是秘密窃取。”

张宏说：“哦，我基本懂了。但是我还有一个疑问，这种盗窃算不算扒窃？”

郑晓锋继续解释：“扒窃是在公共场所或公共交通工具上窃取他人随身携带的财物的行为。手机店作为人来人往的商业场所，当然属于公共场所。但是，店主已经把手机递到了顾客手上，手机已经不算是店主随身携带的财物了，所以不是扒窃。”

张宏大发感慨：“厉害，不愧是何队长的左膀右臂！”何胜利哈哈大笑：“厉害，不愧是西北政法的高才生！”郑晓锋脸颊红了，左手按在右拳上说：“愧不敢当，愧不敢当。”方军调侃道：“晓锋嘴上谦虚，心里骄傲，不是个实在人。如果受到表扬的是我，我就大大方方承认了”。何胜利赶忙唱和道：“你也很优秀！”方军嘿嘿一笑：“希望你的话不是违心的。”办公室里响起了朗朗笑声。

十六、殒命刀下

时光易逝，岁月匆匆。转眼已到 2019 年 2 月 20 日，正月十六。一大早，郑晓锋坐在刑警大队二中队办公室里，埋头整理案卷，手机响了，一看是何胜利打来的。何胜利说："晓锋，你到刘大队办公室来。"郑晓锋迅速赶到刘成金大队长的办公室。刘成金悠闲地抽着烟，吐出一个烟圈后说："晓锋，咱们大队机构人事调整的事情估计你也知道了。扫黑除恶斗争到了决定胜负的关键阶段，咱们大队要成立扫黑除恶中队，要任命一位政治可靠、业务过硬的民警当中队长，我和刘局长准备让你当，你觉得怎么样?"郑晓锋早就猜到了，他点点头说："感谢组织的信任，我会努力工作的。"

当天下午，刑警大队在五楼会议室召开全体民警大会，宣布了人事调整和任命情况。二中队中队长仍然是何胜利，重案中队中队长仍然是曹建军。此外，其余责任区中队中队长和反电信网络诈骗中队中队长都是和郑晓锋同年入警的同志。郑晓锋的扫黑除恶中队编制六人，明显少于其他中队。开完会后，郑晓锋回到二中队办公室整理案卷材料。何胜利把煮好的老茶水给郑晓锋倒了一杯，说："你要走，我还真是舍不得，但是我不能阻挡你进步的脚步。咱们中队案子太多，我的压力很大呀！你能不能再替我分忧解难，把疑难复杂案件带走一部分，怎么样?"郑晓锋心软，不忍心拒绝，一咬牙就答应了。

第二天上午，郑晓锋就搬到了三楼327扫黑除恶中队办公室。他发现自己的队员只有甄磊国一人搬过来了，正感到奇怪时，曹建军走了进来坐在了沙发上微笑着。郑晓锋一脸诧异地问："曹队长，我的其他队员都到哪里去了?"曹建军说："郭婷和杜陆抽调分局扫黑办了，徐志伦抽调市局扫黑办了，郝金桥抽调市局一个扫黑专案，扫黑专案结束就去援疆了。"郑晓锋为难地说："难道扫黑除恶中队只有我和甄磊国两个人？这怎么开展工作?"曹建军安慰道："没事的，我们重案中队人也不多，咱们两个中队团结起来互帮互助联合办案吧。"

郑晓锋没有选择的余地，只能机械地把头点了又点。甄磊国看着郑晓锋安慰道："咱们两个人也能干好多工作的。"郑晓锋笑笑，若有所思，没有说话。他本来以为扫黑除恶大势所趋、大快人心、大有可为，结果扫黑除恶中队只有两个人，失落感和无助感油然而生。

曹建军走了，甄磊国闭上门，拉把椅子坐在郑晓锋跟前说："郑队长，论业务能力，你和韩生君、符楠楠都是刑警大队一等一的高手，这是大家公认的。但是人家都当责任区中队中队长了，却让你当扫黑除恶中队中队长。咱们总共只有两个人，怎么开展工作?"郑晓锋没有说话，也不知道该说什么。

甄磊国又低声说道："我听说咱们扫黑除恶中队主要负责的

是疑难复杂黑恶线索的核查及侦办。咱们的案子都费劲伤神，却鸡毛蒜皮，工作很辛苦，立功很困难。大案要案会成立专案组负责侦办的，不一定多辛苦，但是立功受奖很容易！”郑晓锋挠挠头，又叹了一口气问道：“你是怎么知道的?”甄磊国又压低声音说：“说来也巧，我前天晚上值班，看见刘局长进了刘大队的办公室。出于好奇，我走到刘大队办公室门外，听见刘大队和刘局长说的。”郑晓锋没说话，起身下楼去后院操场了。

沙包在郑晓锋的重拳重脚下不堪一击，发出咚咚的声音，就连吊沙包的钢架都吱呀吱呀表示受之不起。韩尧和王海军站在三楼办公室窗户前，饶有兴趣地看着。韩尧眉飞色舞地给王海军讲着：“这招叫下劈，是跆拳道和散打都有的腿法，散打王柳海龙用下劈腿击败很多高手，人送外号柳腿劈挂。这招是横踢，和散打中的边腿不同，横踢的速度更快。晓锋的拳法结合了跆拳道的拳法、中国武术的拳法、拳击的拳法，花样多变，叫人防不胜防，高手呀！”王海军说：“别当讲解员了，下去和晓锋切磋一下。”韩尧摇摇头：“我又不傻，以卵击石的事情我可不会干，有本事你去。”王海军白了韩尧一眼：“我也不傻。”

2019 年是扫黑除恶斗争的治根攻坚之年，轰轰烈烈的扫黑除恶斗争以雷霆万钧之势卷起了一场全国范围的狂飙，成为党的十九大以来最得民心的大事。群众举报控诉的涉黑涉恶线索接连不断，连绵如水。毛乌苏曾经嚣张跋扈的黑恶势力头目抱头鼠窜，仍然纷纷成为阶下囚。郑晓锋和甄磊国二人加班加点已成家常便饭，他们尽心尽力核查每一条疑难复杂的黑恶线索，一丝不苟地撰写每一份阶段和查结报告，全力以赴抓捕每一名涉黑涉恶犯罪嫌疑人，同时还要配合重案中队值班出警、侦办命案。

2019年3月18日中午12时，大漠区汉寨坡发生一起故意杀人案。犯罪嫌疑人郑强强跟着被害人张汇博要账，当行至汉寨坡半坡幼儿园门外时，张汇博明确表示不会还账，并且出言侮辱郑强强。郑强强盛怒之下，忍无可忍，使用随身携带的菜刀在张汇博颈部砍了两刀。张汇博颈动脉被砍断，鲜血迸射而出，当场殒命，场面骇人。群众纷纷四散躲避，郑强强趁乱逃跑。

光天化日之下，幼儿园门外的街面发生惨案，社会影响恶劣，李和平局长指示：立即破案，刻不容缓！命案侦破机制迅速启动，各组立即展开工作。曹建军负责核心抓捕组，组员郑晓锋、加贝、白志军。毛乌苏市公安局给大漠分局提供了重要线索，郑强强在大漠区凌云门外压人坑一带活动。

20世纪80年代，毛乌苏修建了汽车站，凌云门外也修建了许多小旅馆和小饭馆，成了旅客们住宿和吃饭的繁华之地。到了90年代，一些唯利是图的小旅馆老板们开始拉客招嫖，嫖资从数元到数十元不等，这里又成了外乡旅客的花柳之地。物换星移，这里理所当然地成了治安复杂地带，嫖客、妓女、赌徒、酒鬼、盗抢骗分子、涉毒人员隐匿其中，鱼龙混杂。最近几年经过严打整顿，这里的治安状况已经大为改观，但是仍然不尽如人意。

曹建军带着郑晓锋等人着便衣，在派出所民警的配合下，按照由外及内的顺序，挨个检查小旅馆的住宿人员。曹建军等人和派出所的两位民警正准备扩大搜索范围时，一个十来岁的小男孩儿走过来扑在一位穿制服的派出所民警怀里，小声说道：“叔叔，前面巷子里的长木椅上坐着一个男的，身上好像有血。”派出所民警摸摸小男孩儿的头说："好孩子，谢谢你。"

曹建军等人和派出所的民警迅速朝小男孩儿手指的巷子走去。果然，在没有灯的偏僻角落，一个男的瘫坐在一条破烂的长木椅上。见有警察走了过来，该男子迅速站起身来，手上还提着一把菜刀。从衣着打扮和菜刀来看，确定是郑强强无疑。

曹建军掏出七七式手枪，拉套筒上膛，对准郑强强命令道："把刀放下，蹲在地上。"郑强强一动也不动，一言也不发。郑晓锋悄悄绕到郑强强右面，电光石火间，用左手夺下了他的菜刀，并用抹眉绊腿的方式将其摔倒在地。大家一拥而上将郑强强按住铐了起来。曹建军收起了枪，拍拍郑晓锋的肩膀，激动地说："果然是高手，名不虚传！"

曹建军和白志军去办案区讯问郑强强，郑晓锋和加贝在重案中队办公室里办理立案及拘留手续。加贝感慨万分地说："这个案子告诉我们，欠钱一定要还，欺人切莫太甚。匹夫一怒，血溅五步。"郑晓锋点点头说："这个案子还告诉我们，要注意保护颈动脉，颈动脉一断，即使救护车就在旁边也无计可施，即使神仙出山都无回天之力。"加贝惊讶地问："现在的医疗条件这么好，难道还救不活？"

郑晓锋点头称是，并给加贝解释道："颈动脉完全离断，没有任何抢救机会，任何压迫都止不住出血，伤者会在几分钟内失血死亡。颈动脉部分破裂，压迫止血的效果也微乎其微。如果是在手术台上误伤颈动脉，有生还机会。除此之外，必死无疑。"

加贝的眼神写满了惊讶和恐惧。郑晓锋接着讲："咱们的春秋执勤服和作训服以前都是翻领式的，后来由于多地发生过民警遇袭、颈动脉受伤而牺牲的案例，春秋执勤服和作训服的领子就被设计成了立领式，而且刻意加厚。好多民警为了舒适，经常把春秋执勤服和作训服的领子翻下来，这是一种不好的习惯，好多事情不发生则已，一发生就是重大伤亡，连后悔的机会都没有。”

加贝敬佩不已：“你不说我还真不知道原来如此，谢谢了。”

2019年4月9日晚上，大漠区驼山路庆民巷西六排四号发生一起故意杀人案。犯罪嫌疑人何爱青因为感情纠纷，因爱生恨，使用菜刀将其男友马德涛杀死在出租屋内，又将自己的右手砍断。当晚曹建军带人将在兴源医院治疗的何爱青抓获，由于何爱青尚需治疗，曹建军给何爱青办理了指定居所监视居住手续。何爱青戴着脚镣住在一间单独病房，两位巡警队的女民警在病房内负责照顾何爱青的饮食起居。刑警大队保证一直有两位民警在与此病房对门的病房内守护，既要防止马德涛的家属过来闹事甚至同态复仇，又要防止何爱青袭警逃跑，还要防止她再次自残自杀。

4月10日晚8时至11日早8时的看护任务，由郑晓锋和甄磊国执行。白志军也过来了，他拉着郑晓锋进入何爱青的病房，讯问了犯罪嫌疑人何爱青。

何爱青泪流满面，交代了犯罪事实：“2017年冬天，我在毛乌苏二街天桥摆地摊卖袜子、鞋垫，马德涛在天桥卖娃娃玩具，我们就认识了。我们都是从农村出来的单身青年，时间长了就走到一起，也就是谈恋爱了，说得俗气一点儿就是睡到一起了。他一直住在我的出租房里，我们同吃同住，生活过得很和谐。我想和他结婚，他也信誓旦旦地说非我不娶。结果今年正月他回了一趟老家后，给我说他家里人看不上我，另外给他介绍了个对象，比我漂亮、比我聪明、比我温柔，反正什么都比我好。他要和我分手，和那个女人结婚。我跪在地上哭着求他不要抛弃我，但是他不答应，说他已经决定了。他把没有卖完的玩具给我留下让我去卖，把他的衣服和行李打包起来，头也不回地走了。我整天以泪洗面，痛不欲生。结果意料不到的是，4 月 9 号的下午，他又到我的出租房来找我。我以为他是来与我和好的，就给他做了鸡肉炖土豆，给他熬了小米稀饭。他吃饱喝足后，和我发生了性关系。完事以后，我们两人躺在床上聊天，我问他是不是回心转意了，是不是要和我结婚了。他却说他不会和我结婚的，就是想和我做爱了才过来找我的。我的心情一下子从高潮跌到了低谷。我恍然大悟，他过来就是为了玩弄我的身体和感情。我不是他的爱人，只是他泄欲的工具。在他面前，我没有廉耻，没有尊严。甚至，我连卖淫的小姐都不如！他住房子和吃饭的钱都是我出的，我是倒贴钱让人睡啊！我心想既然你无毒不丈夫，我也要让你见识什么是最毒妇人心。我趁他睡着的机会，悄悄起身取了菜刀，然后在他的头上、胸上猛砍了几刀。他哼了两声就没动静了，我又在他的裆部砍了几刀。这时，我又后悔了。我在想他只是玩弄我，我就把人杀死了，自己是不是过分了。我就想着活着也没有什么意思，干脆自杀赎罪吧。我用左手拿菜刀砍在我的右手上，把右手砍断了。血流得很厉害，我疼得受不了。我又不想死了，就把自己的断手拿上去了兴源医院。手术刚做完，你们就把我抓住了。”白志军和郑晓锋的心情无比郁闷，哀其确实不幸，怒其性子太刚烈。

讯问结束，白志军关闭摄像机回了单位。郑晓锋返回对门的病房，看见甄磊国正在吃泡面。甄磊国问道：“咱们给何爱青办的什么手续?”郑晓锋说:“指定居所的监视居住手续。”甄磊国说:“郑队,给我讲讲吧。”

“监视居住是公检法机关在刑事诉讼中限令犯罪嫌疑人、被告人在规定的期限内不得离开住处或者指定的居所,并对其行为加以监视、限制其人身自由的一种强制措施,法律依据是《刑事诉讼法》。《刑事诉讼法》明确规定,对符合逮捕条件的犯罪嫌疑人、被告人,如果患有严重疾病、生活不能自理的;怀孕或者正在哺乳自己婴儿的妇女;系生活不能自理的人的唯一扶养人;案件特殊或者办案需要;羁押期限届满,案件未办结,都可以监视居住。监视居住最长不得超过六个月。”郑晓锋给甄磊国传道授业解惑一番后,又说:“何爱青符合患有严重疾病、生活不能自理这一项。”

甄磊国点点头又问:“监视居住的场所是怎么规定的?”郑晓锋抿抿嘴说:“《刑事诉讼法》规定,监视居住应当在犯罪嫌疑人、被告人的住处执行;无固定住处的,可以在指定的居所执行。指定居所监视居住的,应当通知家属,且指定居所监视居住的期限应当折抵刑期。何爱青因伤病住在兴源医院,兴源医院就相当于她的住处,但是何爱青可以选择住在兴源医院,也可以选择住在其他医院,可是咱们让她继续住在兴源医院,也相当于指定了她的住处,这就是指定居所的监视居住。”

甄磊国又问:“咱们具体怎么监视呢?”郑晓锋说道:“公安机关作为执行机关,对被监视居住的犯罪嫌疑人、被告人,可以采取电子监控、不定期检查、通信监控等方法进行监视。咱们现在对何爱青采取的方式相当于不定期检查,不间断地和她住在一起,也是一种不定期的检查。”

甄磊国笑道："不定期可以这么理解吗?"郑晓锋说："当然可以，所谓不定期，就是没有固定的时间，随时都可以。"甄磊国问："那两位女同志和何爱青同住，算是不定期的监视，咱们两人住在其他房间，算不算监视?"郑晓锋呵呵一笑："当然算监视，只不过是远距离的监视，而且咱们兼具保护职能，既保护咱们的女同志，也保护何爱青。万一马德涛的家属冲进去将何爱青杀死呢?"甄磊国茅塞顿开。

十七、晋升培训变重案研讨会

伏天6月，烈日炎炎。郑晓锋看向妻子：“我明天就要去西安参加司晋督培训了，培训期限十五天。”妻子许久才做出回应：“去吧，我们早就习惯没有你的日子了。家对于你来说，也就是旅馆而已。”郑晓锋尴尬地一笑：“看你说的什么话，家是最温暖的港湾，有爱我的人和我爱的人，怎么能和旅馆相提并论呢?”妻子并不认同，言语中略带嘲讽：“你说得真好听啊!”

次日早上，郑晓锋和局里同批次培训的同志们相约坐上了发往西安的火车，一路向南而去。到了省人民警察训练学校，大家报到、领物品、铺床、换警服，很快进入角色，重回了学生时代。晚上，来自全省各地的学员们按照通知在操场上集合点到，大家欢声笑语，情绪高涨。学校的领导和老师们来了，其中一位老师高喊：“安静，列队，成四列队形。”

鼎沸的人声忽然就听不见了，操场上传来脚步迅速挪动的声音。老师继续喊：“稍息，立正，向右看齐，向前看。现在报数!”操场上报数的声音干脆而利落，没有学员缺席。接着，一脸严肃的校长对学员们的到来表示热烈欢迎后，告知了培训课程，强调了培训纪律，然后又进行了动员讲话："同志们，学习机会来之不易，希望大家倍加珍惜。来这里学习的，都是全省各地年富力强的精干警力，都是公安机关的中流砥柱，各有各的长处，各有各的能力。大家不仅要向老师和教官学习，同志们还要互相学习，共同进步。要博采众家之长，感受战友之情；要练就过硬本领，提高业务能力。等你们返回工作岗位后，一定要在火热的公安战线再创佳绩，再立新功！"校长讲完后，紧紧握着右拳在空中挥了一下，现场爆发出了潮水般的掌声。

郑晓锋被分配在了321宿舍，宿舍里有渭南市公安局滨河分局的卢超、咸阳市公安局汉宫分局的张飞、宝鸡市公安局的朱栋梁、四原县公安局的漆瑞、西安市公安局汉城分局的许伟。六个人很快就熟络了，晚上9时许，召开了卧谈会，轮流讲故事，其实就是讲案例，互相探讨、互相学习。

睡一号铺的舍长卢超先打开了话匣子，讲第一个案例："有一名贩卖毒品的女性犯罪嫌疑人，叫张丽，今年四十岁了。她从二十五岁开始明目张胆地贩卖毒品海洛因，但是从来没有在看守所待过一天，因为她每次都是趁自己怀孕和哺乳期的时候才作案。"

卢超叹口气后继续说："我们刚开始对她采取取保候审，结果这家伙在取保候审期间还作案，具有了社会危险性，不符合取保候审条件，我们只好给她变更强制措施为监视居住，结果她在监视居住期间还作案。她在婴儿快满一周岁的时候就又怀孕了，几乎是无缝衔接。"

张飞问道："她老公能同意她不停地怀孕生娃，有能力养活这么多孩子？”卢超叹气道：“她老公十年前就因为贩卖毒品被执行死刑了，她的孩子都是和乱七八糟的野男人生的。她生孩子的目的很单纯，就是为了逃避法律制裁。”

郑晓锋愤愤不平：“她生的孩子长大后也很容易走上违法犯罪的道路，和父母一样危害社会。”

卢超叹气道：“谁说不是呢？法律还不完善，让这些丧尽天良的人钻了空子。”

张飞灵机一动：“我觉得可以和医院商量，设立专门的犯罪嫌疑人专门病区，做好安全防范措施。在医院病区执行指定居所的监视居住，同时可以羁押有传染病和严重疾病的犯罪嫌疑人。”郑晓锋点点头：“你说得对，我们毛乌苏正在建设，等建设好了，患有艾滋病、肺结核等传染病或者残疾的犯罪嫌疑人就有了安全的羁押场所了。”

卢超摇摇头：“这是一笔不小的费用，我们滨河区的财政情况暂时不允许。”卢超又说道：“两个月前刑警大队的弟兄们破了七起街面门市被盗案，抓了一个十三岁的小男孩儿，未达到法定刑事责任年龄，只好批评教育后放走了。民警苦口婆心地劝说了半天，小男孩儿都不承认盗窃是错的，一脸的不服气。小时偷针，长大偷金，长大了还了得。”说的人不愿再说，听的人一时无语。

睡二号铺的张飞开始讲第二个案例：“五年前，有一家牛肉面馆，是夫妻店。夫妻二人都是东北人，三十来岁。丈夫是厨师，妻子是服务员。丈夫因为经常看见妻子和男顾客言语暧昧，有一天晚上面馆关门后，就劝妻子洁身自爱，结果妻子不以为然，还讥笑丈夫小心眼儿，丈夫一怒之下就把妻子掐死了。掐死后尸体该怎么处理呢？这里是闹市区，监控基本无死角，所以肯定不能运到外面去。丈夫心生一计，把妻子抱在案板上肢解了。那段时间，他家的牛肉面卖得特别火，老顾客都说味道比以前好，问他妻子去哪里了，他说是回老家办事去了。有一名五十多岁的老顾客，是参加过对越自卫反击战的军人，当年是侦察兵。他吃着这家的牛肉面总感觉味道有点儿奇怪。他喜欢小动物，经常逗猫，那段时间发现猫的眼神比以前凶狠了。他又想起老板说老板娘回老家时的表情很冷漠，瞬间起了疑心。他跑到派出所报案，说他怀疑老板杀了老板娘，把人肉当作牛肉卖了。派出所的民警也去那家牛肉面馆吃过面，也产生过怀疑。老侦察兵一报案，值班民警非常重视，叫上法医赶紧去面馆检查冰柜。法医一闻，说像是人肉。民警立即把老板控制住，叫来了刑警勘查现场，老板当场招供了。他当时就喃喃自语，说终于解脱了，我也该死了，咱们又要见面了之类的话。”

睡三号铺的朱栋梁开始讲案子：“2013 年夏季，有个小镇在短短的一周内，发生了十九起撬盗保险柜案件。一位老刑警被派到小镇，吃住都在派出所，带着派出所民警开展案件侦破工作。老刑警按照案发的先后顺序，把所有案发现场走了一遍，进行了大面积的调查走访，获得了重要线索，嫌疑人为两名年轻男子，个子均不高，驾驶一辆银灰色无牌轿车。老刑警感到很奇怪的是，他一到小镇，盗窃案一起都不发了，嫌疑人好像泥牛沉海般杳无踪影。老刑警在小镇工作了一周，发现镇派出所的民警王浪认识当地一个厉害角色。这个人还经常带着一个年轻男子一起活动。这两个人有意无意地接近老刑警，讨好老刑警。老刑警问他们的身份信息，他们说王浪不让说。有一天，他们过来给王浪提供了线索后悄悄离开。老刑警偷偷跟在他们后面，发现他们开着一辆银灰色无牌桑塔纳轿车。再想想他们的个子都不高，年龄都不大，老刑警就开始怀疑他们。老刑警问王浪那个领头的人叫什么名字，干什么的。王浪说叫牛保亭，以前吸过毒，所以有涉毒线索。老刑警在公安内网上一搜，发现此人还有过入室盗窃前科，他的嫌疑陡然上升。过了两天，他们又来了。老刑警就问牛保亭，知道最近撬盗保险柜的案子吧？牛保亭说，听说过。老刑警问他有没有线索，他说没有。他带的那个年轻男子反问老刑警，案子现在有什么眉目没有？老刑警装作不负责任的样子说，没有眉目，案子再也没发，他要回去了。老刑警观察到他们两人说话时都小心翼翼，有点儿紧张。直觉告诉老刑警，他们就是嫌疑人，但是暂时还不能动他们，因为没有证据。老刑警离开了小镇，采取了技术侦查措施，时机成熟后把他们一举抓获。经过强有力的审讯，牛保亭如实供述了系列撬盗保险柜的犯罪事实。”

漆瑞说：“每个人都有每个人的工作方法，我破案子一般都是依靠广大人民群众。”卢超说道：“漆警官，该你讲故事了。”

睡四号铺的漆瑞开始讲案例：“很多男人深夜无聊，就使用一些不用实名的聊天软件和网上的美女裸聊，美女诱导他们脱衣服做出手淫等下流动作，然后向他们勒索钱财，不给钱就把不雅照片和视频在网上广为传播。人家要两千给两千，要三千给三千，他们都以为给点儿钱就没事了，想不到根本就是个无底洞。骗子们贪得无厌，根本就不懂得什么是适可而止。他们的目的就是榨干你，根本就不会考虑你的死活。最后咱们通过循线追踪，打下线，追上线，在公安部的协调下，在省厅的带领下，赶往国外将这个电信网络诈骗团伙的二十多名成员一举抓获，破案五十多起，追回赃款一百多万元。但是很可惜，团伙主要头目闻风而逃。”

许伟说道：“团伙头目抓不住，这个团伙被打散了，他还可以组建下一个团伙。射人先射马，擒贼先擒王嘛。”漆瑞感慨道：“全世界的警察，中国的警察是作风最好的，纪律最强的，中国的警察真正无愧于人民警察这一光荣称号。有些国家的警察，为了经济利益，会和违法犯罪分子勾肩搭背、蛇鼠一窝。上次之所以没有抓住团伙头目，很可能是境外当地警方内部有内鬼。”卢超说：“这个案子的被害人也应该反省，正是因为他们自己不检点才会被人抓住把柄。”此言一出，大家都深以为然。

睡五号铺的许伟开始讲第五个案例：“2017 年 9 月发生一起精神病人故意杀人案。犯罪嫌疑人王顶成患有精神分裂症，凌晨起床趁父母熟睡，用菜刀将父母砍死，并将父母的头割下来，提着扔到了村里的垃圾箱里，第二天中午被村民发现报警。刑警大队很快就赶到了村里，此时，派出所的同志们已经抓获了王顶成，封锁了现场。”卢超说：“后来呢?”许伟叹口气：“后来把王顶成带回去讯问，王顶成供述他的父母经常强行给他吃慢性毒药，要往死里毒他，他就先下手为强了。王顶成被刑事拘留后，公安机关聘请西安交通大学法医学司法鉴定中心对王顶成进行精神病鉴定，确认王顶成患有严重的精神分裂症，作案时不能辨认、不能控制自己的行为，无刑事责任能力。王顶成无罪释放后，为了安全，咱们先将其送到精神病院接受治疗。办案民警认为他有继续危害社会的可能，符合强制医疗条件，所以呈请强制医疗，并写出强制医疗意见书，连同相关证据材料和鉴定意见一并移送检察院。检察院向法院提出申请，法院判决对犯罪嫌疑人王顶成强制医疗。”

卢超说：“精神病人犯罪是一个严重的社会问题，缺乏有效的监管。解除强制医疗后，王顶成的父母死了，他也没有配偶或者其他家属，估计只能由村委会来做他的监护人了。对于这样一个危险分子，村委会的干部们恐怕也很难把他管理得服服帖帖不肇事惹祸。”

漆瑞说道：“我觉得精神病人应该由各部门齐抓共管，而不是某一个部门孤军作战。卫生部门负责精神病的筛查和治疗，民政部门对生活困难的精神病人提供经济帮助，咱们公安机关遇到精神病人犯罪时，强制监督和强制医疗。咱们的派出所应与社区、村委会多多联系，共同督促监护人对其加以约束、积极医疗。医疗费用的报销比例可以继续调高，减轻精神病人家庭的经济压力。”许伟赞道：“你的想法非常好。”郑晓锋心想：想法确实不错，但落实比较困难。

这时，熄灯号吹响了。楼道里传来查夜老师的声音：“赶紧睡觉，规律作息，明早还要跑操呢！”

黎明时分，起床号吹响了，大家迅速起床、穿衣、跑操，一二三四的口号震天响。跑操结束后洗漱、吃早餐、领课表，课程排得满满当当，有刑法、刑事诉讼法、刑事侦查学、犯罪心理学、痕迹检验学、政治理论、九二式手枪射击、警械使用方法、擒敌拳。

又到了晚上卧谈会时间了。卢超说道：“今天晚上轮到晓锋第一个讲故事了。”郑晓锋回忆起了七年前的那起强奸、猥亵案，开始慢慢讲起来：“2012 年夏天的一个凌晨，一个在酒店前台工作的女孩儿下夜班了。她孤身一人回家，行至毛乌苏汽车北站西侧的土路时，被早就埋伏在这里等候目标的犯罪嫌疑人任虎虎发现。任虎虎蒙面持刀把女孩儿的嘴捂住，然后将其劫持到了汽车北站西北的树林里。女孩儿把身上仅有的五百元钱和一部手机掏出来递给任虎虎，跪在地上连连求饶，希望任虎虎能放过她。任虎虎不要手机和钱，然后把女孩儿按在地上强奸了，之后又对女孩儿实施了长时间的折磨。最后女孩儿惨叫着昏了过去，任虎虎才持刀逃离。女孩儿醒后打电话报警，之后家人把她送到了医院。女孩儿的阴道撕裂，子宫破裂大出血，差点儿就死了，鉴定是重伤。我们局里对这个案子非常重视，利用各种手段，天还没亮就抓住了任虎虎。任虎虎才刚满十五周岁，一审被判了无期，由于是未成年人，二审改判十九年。”

漆瑞骂道：“这家伙真的是畜生不如，丧尽天良，判十九年轻饶他了。这么没人性，再犯的概率很高。”卢超也骂道：“地狱空荡荡，恶魔在人间，这种人真该早点儿见阎王。”许伟感慨道：“现在的未成年人受到社会环境、影视作品、电子产品的影响，成熟得比以前早多了。”

朱栋梁问：“你给他定的罪名是什么?”郑晓锋说：“我认为他涉嫌强奸罪和故意伤害罪。强奸罪是毋庸置疑的。任虎虎将矿泉水瓶强行戳入女孩儿阴道以满足变态性欲，造成被害人重伤的行为属于一个行为触犯两个罪名，即强制猥亵妇女罪和故意伤害罪。按照刑法理论，它侵犯了妇女性的不可侵犯权和身体健康双重客体，属于想象竞合犯，应从一重罪处罚。司法实践中，猥亵致人重伤、死亡，如果属于聚众或者在公共场所当众实施，由于强制猥亵妇女罪的法定刑重于故意伤害罪，对行为人可以强制猥亵妇女罪论处。除此之外，由于故意伤害罪的法定刑重于强制猥亵妇女罪，对行为人应当以故意伤害罪论处。”

朱栋梁赞道：“专业。”卢超说道：“性侵案件发案高，难办理，值得交流学习。我一直在禁毒大队，就不讲了。张飞接着讲一个怎么样?”张飞点点头，开始讲第二个案例：“女孩儿小丽五岁时，父亲因为车祸去世了，母亲也改嫁了，她跟着爷爷奶奶一起生活。爷爷奶奶都是农民，种了几个蔬菜大棚，日子过得还可以。小丽一天天长大，越来越漂亮，爷爷慢慢就动起了歪心思。小丽十三岁时，有一天，奶奶去镇子上赶集了，爷爷一人在家照顾感冒的小丽。爷爷说小丽长大了，该懂的事情也要懂了，他要给小丽教授男女之事。以后，只要小丽的奶奶不在家，爷爷就强迫小丽和他发生性关系。小丽十四岁时，发现例假不来了，肚子变大了。奶奶怕丢人，在医院检查时让小丽不要声张，准备把胎儿打掉，把这件事情隐瞒下去。医生听见奶奶和小丽的谈话后，义愤填膺地报了警。经过审讯，在铁证如山的情况下，爷爷如实供述了犯罪事实，后来判刑十三年。”

卢超满腔义愤地说：“这爷爷真是畜生不如啊，亲孙女都能下手。”郑晓锋分析道：“这个案子，强奸的方法手段是利用教养关系实施胁迫，并且胁迫十四周岁以下的幼女。无论幼女愿意与否，都是强奸，更何况女孩还不愿意。奸淫不满十四周岁的幼女的，以强奸论，从重处罚。这爷爷奸淫自己的亲孙女，近亲属相奸淫，属于情节恶劣，而且造成被害人怀孕的严重后果，理应判处十年以上有期徒刑、无期徒刑直至死刑，我觉得这个案子还是判得轻了，判处无期徒刑较为合适。”

漆瑞问：“近亲属相奸淫，属于情节恶劣一说，有没有司法解释？”郑晓锋回答：“强奸案的恶劣情节，不可能在法律或者司法解释中一一列举，需要办案人员酌情酌理，具体问题具体分析。最高人民法院曾经发布过指导案例，有一起案子类似这种情况，认定属于情节恶劣。”漆瑞茅塞顿开。

朱栋梁清了清嗓子，开始讲第三个案例：“有一名小学中年男教师，教语文，担任班主任，经常被评为区市两级的优秀教师、教学能手、先进个人，甚至还评过全市师德模范标兵。直到一个星期六，有一名女学生的家长来到刑警队，控告这名教师猥亵她的女儿，警察当时还有点儿不相信。这位家长马上打电话联系了好几个家长，很快就又有五个家长带着女孩儿过来了，其中一名家长有一支录音笔，还有一名家长有斥责这名教师的微信聊天记录，证明效力还不错。警察迅速开展工作，把那名男教师抓获了。男教师开始是百般抵赖，后来终于良心发现，交代了犯罪事实。2013 年以来，他以课后辅导作业、谈心谈话、奖励零食为由，将女生骗至自己的办公室，猥亵女生十八人二十五次，道德败坏，恶心至极。”

卢超骂道：“真是枉为人师啊！我们一直都认为老师就是人类灵魂的工程师，却不料也有灵魂这么阴暗卑鄙的人混迹其中。”

许伟开始讲第四个案例：“现在有好多未成年人由于父母离异、家庭不和、无人管教等原因，动辄离家出走。出走后没有一技之长，失去生活来源，好多就在网吧、拆迁房、自助银行过夜。有个变态老汉，是个同性恋，还患有艾滋病。老汉经常半夜三更寻找这些男性问题少年，找到后带回自己城中村的出租屋。有的少年满十四周岁了，有的不满十四周岁，还是儿童。被他猥亵的少年，有的是自愿的，有的是不自愿的，大多数都不愿意报案。终于有一天，有一个少年又羞又气，到刑警大队报案了。老汉被抓了回来，供述了四十多起犯罪事实，但是大多数不知道被害人是张三还是李四，很难联系。最后民警想尽办法联系上了八名被害人，给他认定了十四起犯罪事实。”张飞叹气道：“真是大千世界无奇不有！”

熄灯号又响了，大家自觉地关灯睡觉了。

六天快如流水，周末匆匆而至，警校放假一天。郑晓锋换上便衣，约法制大队的魏海飞在附近散步。当步行到省体育场附近时，一家空手道馆吸引了郑晓锋的注意力。空手道馆的名字叫“笑傲华夏”，招牌上写着：主教练韩笑，空手道黑带二段，曾击败来自日本、韩国的诸多高手，威名远扬！

郑晓锋仔细端详着韩笑的照片，笑了出来：“这是我们西北政法大学南区第一届跆拳道队的队员，我们两人切磋过很多次，他不是我的对手，想不到他现在改练空手道了。”魏海飞问郑晓锋：“咱们上去看看？你去会会老朋友？”郑晓锋说：“正合我意。”二人进了道馆。

道馆面积很大，足足有五百多平方米。方方正正的蓝色胶垫干干净净，训练设施器材一应俱全。馆里有十几人正在韩笑的指导下自由训练，有的在压柔韧，有的在推杠铃，有的在练拳法。韩笑看见有陌生人来了，就走过来询问，一看是郑晓锋，又惊又喜：“晓锋，怎么是你？”郑晓锋呵呵笑着：“都是缘分使然啊！你怎么背叛师门当了空手道教练了？”韩笑解释道：“看你说的！跆拳道我也练，空手道我也练。跆拳道和空手道是两种非常相似、各有所长的武术。我把它们融合在了一起。我觉得我的格斗技术比以前全面多了。”

郑晓锋问：“你现在是专业空手道教练还是兼职?”韩笑嘿嘿一笑：“空手道教练是兼职。你现在干什么工作?”郑晓锋说：“毛乌苏市公安局大漠分局刑警大队民警。”韩笑说：“我记得你当年就说要当警察，现在理想实现了。你参加工作后还练功夫吧？现在水平咋样?”郑晓锋笑着试探道：“咱们切磋一下?”韩笑毫不犹豫：“好啊，给我一个一雪前耻的机会。”郑晓锋咯咯笑着：“一雪前耻？会不会是雪上加霜?”魏海飞急了：“晓锋，算了吧，人家是专业的。”郑晓锋压低声音对他说：“别担心，他是我的手下败将。”魏海飞还是不放心：“士别三日，当刮目相看，你们分开有十一年了呀。”郑晓锋低声说：“你看好戏就行了。”

郑晓锋和韩笑开始穿戴护具，韩笑说：“记得当年你喜欢穿红的，现在还没变。”郑晓锋笑道：“没变。”二人站在了场中央，学员们站在边上，韩笑的助手充当裁判员，宣布了比赛规则。第一回合，郑晓锋全力进攻，连出三个边腿、一个下劈腿，都被韩笑轻松躲过。郑晓锋知道这小子确确实实进步了，水平已非昔日可比。郑晓锋又连出正拳和劈拳，也被一一躲过。对于进攻型选手来说，进攻就是他的生命，进攻停止就意味着失败。郑晓锋继续疯狂进攻，韩笑仍然灵活躲闪，双方的体力消耗都很大。这么精彩的比赛，魏海飞和学员们都忍不住拍手叫好。第一回合结束，零比零。

场间休息一分钟后，第二回合开始，韩笑作为防守反击型选手，准备得分了。他在每次防守后，都会反击一波。郑晓锋灵活的步法犹如凌波微步，韩笑没有占到丝毫便宜，第二回合仍然是零比零。第三回合，二人都是攻中带守，守中带攻，拳脚并用，魏海飞和学员们看得目不转睛，生怕错过一个精彩的瞬间。郑晓锋故意露出一个破绽，让韩笑扳住腿把自己摔倒在地，韩笑得一分。第三局结束了，韩笑一比零获胜。魏海飞和学员们都鼓起掌来。

韩笑和郑晓锋都累得满头大汗，脱下护具后，韩笑的助手给二人递来了毛巾说："二位都是高手，高手过招精彩异常。"韩笑和郑晓锋互加了微信，韩笑说："想不到我一雪前耻了。"郑晓锋哈哈大笑："我多时不练，手艺生疏了。你天天都练，技术提高了。"魏海飞和郑晓锋起身告辞，韩笑把二人送到门外。韩笑扶着郑晓锋的肩膀说："好兄弟，其实我知道最后是你故意让我一招儿，你不能让我输，我的助手和学员都看着呢。这么多年没见了，以后要多多联系。晚上我请你们吃饭，不知道有时间吗?"

郑晓锋把韩笑拥抱了一下说："好兄弟，我们今天下午要返校点到呢。改天我来西安出差，再找你，咱们再切磋切磋。和你一切磋，我好像年轻了十几岁，瞬间回到了校园，回到了咱们的跆拳道队。我心里边真是翻江倒海有万语千言又不知怎么表达，好怀念啊!"韩笑又抱住了郑晓锋："咱们当年打完比赛，也是这么拥抱的。"街上的行人侧目而视，魏海飞分开了两人，说："两个大男人抱在一起会被人笑话的。"韩笑依依不舍地挥手道别，郑晓锋和魏海飞返回了警校。

十五天悄然而逝，培训圆满结束。十五天虽然短暂，但是大家志同道合，惺惺相惜，结下了深厚的友谊。校园里到处有人合影留念，欢声笑语；校园外餐馆生意火爆，大家都不想说再见。

郑晓锋写了一首小诗，命名《再见》："短短的相聚，长长的情谊。昨日欢歌笑语，今宵忍痛别离。道一声珍重，祝一生平安，即使以后相隔千里，我仍然不会忘记你，我的刑警兄弟。"郑晓锋把这首小诗发到了朋友圈，获赞无数。

十八、法不阿贵

2019 年 7 月 15 日下午 6 时，已经忙碌了一整天的郑晓锋换上便衣，准备下班了。刑警大队副大队长高子华来到郑晓锋的办公室。高子华蹙着眉头说：“晓锋，市局指定咱们分局管辖孤山县的一个黑恶势力团伙，咱们新来的杜定坤局长指示咱们刑警大队配合环食药大队侦办，头目姚玉清和三个马仔被环食药大队抓获了，刚刚带到办案区。姚玉清是块很硬的骨头，我想了一下准备让你和曹磊去啃，怎么样?”郑晓锋笑道：“没问题，我会用力啃的。”高子华说：“姚玉清具有四个身份，村书记、煤矿老板、恶势力头目、镇人大代表。你千万不能小觑他，他还是有两把刷子的。你到我办公室来，这里有报案材料和旁证材料。”郑晓锋跟着高子华到了 321 办公室，办公桌上放着一沓子厚厚的材料，曹磊正在看，郑晓锋也凑上去，两个人一起看。姚玉清等人涉嫌两起寻衅滋事，两起故意伤害，一起聚众斗殴，一起故意毁坏财物，案情不是特别复杂，外围证据基本扎实。

郑晓锋看了一遍后已经成竹在胸了。他和曹磊去了办案区 1

号讯问室，接替了环食药大队的看护民警。姚玉清的眼神写满了硬气和傲气，他上下打量了一遍曹磊和郑晓锋，根本没有把他俩放在眼里。

郑晓锋平静如水地问："吃晚饭了吗?"姚玉清点点头，然后反问道："饭吃没吃不是个大事，你们没有经过人大的批准，把人大代表铐在这里才是大事。我作为人大代表，有特殊人身保护权，你们真是目无国法!"郑晓锋语气坚定地说道："人大代表的身份不是免死金牌。为了保障人大代表正常履行职务，法律才规定了对人大代表采取强制措施的特殊程序。如果人大代表违法犯罪，会受到从重处罚。因为人大代表违法犯罪，会严重损害国家机关的权威和人民对国家的信任。你听明白了吗?"姚玉清没有说话，眼神里闪过一丝慌乱。

郑晓锋继续说道："法律规定，县级以上的人大代表，非经本级人大许可，不受逮捕或者审判。如果因为是现行犯被拘留，执行拘留的机关应当立即向该级人大报告。对县级以上的各级人大代表，如果采取限制人身自由的措施，应当经该级人大许可。乡镇的人大代表，如果被逮捕、受审判或者被采取限制人身自由的措施，执行机关应当立即报告乡镇人大。你是乡镇人大代表吧?"

姚玉清的硬气和傲气消散了，他知道眼前的民警是业务过硬的。姚玉清轻轻点点头。

郑晓锋继续讲："我们可以先行对你采取措施，事后予以报告，无须获得许可。你听清楚了吗?"姚玉清又点头。郑晓锋死死盯着姚玉清的眼睛："你的案子，证据是扎实的，毫不夸张地讲是铁证如山。零口供的案子我们都办过很多了。你的口供不能决定我们案子的成败，但是可以反映你的认罪态度和悔罪表现。

你能不能认真配合我们的工作?”

姚玉清低下了头，他知道他是斗不过眼前的这位警官的。讯问正式开始，工作一丝不苟的曹磊兼记录，姚玉清的配合是积极主动的。第一次讯问于当晚10时结束，曹磊和郑晓锋把人交给环食药大队的民警负责看护。

郑晓锋刚走出办案区，胡护卫就叫住了郑晓锋。胡护卫一脸焦急地说：“我和郭飞在讯问姚玉清的大马仔杨虎，他是一个五十多岁的胖男人，他说他的腿麻得厉害，不知道咋回事。”郑晓锋赶紧和胡护卫一起去了3号讯问室。杨虎不仅仅是腿麻，左半侧肢体还伴有僵硬的迹象，嘴角歪斜流口水。郑晓锋一惊，这是突发脑中风了，他立即拨打了120：“我们毛乌苏市公安局大漠分局办案区有一名嫌疑人突发脑中风，你们赶紧过来。能找到地方吧?”120医护人员回答：“能找到，马上到。”郑晓锋又给专案负责人——环食药大队大队长田二生汇报了情况。

120急救车很快过来了，医护人员把杨虎抬上了救护车，郑晓锋和胡护卫、郭飞、田二生也一起上了救护车，救护车响着警笛风驰电掣般驶到了毛乌苏市第一人民医院。郑晓锋等人推轮椅带着杨虎抽血、化验、做CT，神经内一科的副主任梁飞龙看了报告单和片子后说：“他脑梗了，有一根大血管堵住了，必须赶紧做紧急取栓术，不然有偏瘫甚至死亡的危险。”杨虎被推进了手术室。胡护卫和郭飞都劝郑晓锋跟田二生回单位宿舍休息。郑晓锋说：“没事，我陪你们两个在这里等等吧。”郭飞说：“化验室那边有长条椅，你去那里躺躺吧，我看你困得眼睛都睁不开了，我们两人在手术室门口守着。”郑晓锋点点头，一个人来到化验室外，躺在了长椅上，眼睛一闭就睡着了。

过了四个小时，已经是凌晨5时了，有一个年轻的小护士把郑晓锋摇醒了，她着急地说："快起来，快起来，这里不能睡。"郑晓锋赶紧坐起来问怎么了，小护士说："这里有紫外线消毒灯，你的脸都黑了，眼睛也红了，赶紧离开。"然后小护士先走了，郑晓锋也迅速走到了手术室门口。胡护卫和郭飞都是一脸不可置信的表情，胡护卫说："晓锋，你怎么黑成这个样子了，眼睛也红了？"郑晓锋打开了手机的镜子功能，看见自己眼睛里布满了血丝，脸色发黑，脸上的皮肤也火辣辣地疼。郑晓锋叹口气说："我被紫外线消毒灯照射了几个小时呢。"

次日上午，一夜未眠的郑晓锋来到毛乌苏市第一医院。一位眼科男医生用各种仪器给郑晓锋检查后说："你的视力，左眼0.6，右眼0.8，两眼都散光。"郑晓锋说："我以前左眼是1.2，右眼是1.5，也不散光呀。"男医生说："紫外线照射眼睛导致视力下降和散光是正常的，过一段时间能恢复一点，但是不可能恢复到以前的状态，给你开点儿眼药水吧，每天滴三次，滴一周吧。"郑晓锋点点头。

郑晓锋又来到了皮肤科。皮肤科的一位和蔼的中年女医生给郑晓锋检查后说："可怜的小伙子，你的皮肤受伤有点儿严重，短时间不能恢复。正常人可以承受紫外线照射半小时，你足足照射了四五个小时，有造成基因突变的可能。你以后一定要注意防晒，夏天一定要戴帽子。你患皮肤癌的概率是正常人的二十倍。"郑晓锋很无奈。女医生又说："我给你开点儿保护皮肤的面膜和膏药吧。"郑晓锋点点头。

回到单位，郑晓锋盯着电脑屏幕，敲击着键盘，敲了没有几分钟，眼睛就疼得不行了，只好闭上眼睛坐在椅子上休息，一阵困意袭来，居然坐在椅子上睡着了。

睡了不多时，手机响了，郑晓锋一看，是岳母打来的，赶紧接起。岳母劈头盖脸一顿骂：“你死了没有？一晚上不接电话怎么回事？你准备干什么？”郑晓锋一查，凌晨2时许居然有五个未接来电，有妻子的，有岳母的，有父亲的。郑晓锋赶紧解释：“我昨晚太困了，睡得太死了，没有听见，实在不好意思。”

岳母气还未消：“单位的电话没发现你有不接的，家里的电话打了多少个都不接，你不知道你老婆要生娃娃了吗？”郑晓锋问：“生了？”岳母哭出声来：“生了，生了个儿子。你老婆出血差点儿没止住，我差点儿就没女儿了。”郑晓锋说：“我记得预产期应该在十天后，怎么提前了？”岳母说：“不要废话了，赶紧到妇幼保健院五楼来。”郑晓锋赶紧请了陪产假，开车一溜烟赶到了妇幼保健院。

病房里，岳父、岳母、小舅子都板着脸不说话。妻子看了郑晓锋一眼，也不说话。郑晓锋满脸都是讨好的笑容：“你们辛苦了，真不好意思，没听见手机响，孩子呢？”岳父说：“在保温箱观察一下，现在还见不上。你怎么脸黑眼红的？”郑晓锋尴尬地笑笑：“被紫外线消毒灯照射了一会儿，已经看过医生了，没事，过两天就好了。”

小舅子又开始挑刺了：“你平时对家里不管不顾也就算了，老婆生娃娃你也不管，你太过分了吧？还有，上次我朋友打架的事，让派出所拘留了十天，你也不给说说情，让少拘留几天。”郑晓锋不高兴了：“你别提你那朋友了，一天就知道喝酒，醉了就打架，不是一回两回了，属于屡教不改，拘留十天太少了。如果我办案，肯定拘留他十五天。派出所的人太心慈手软了。”小舅子眼睛瞪得像个圆环一样，看了郑晓锋两眼，气呼呼地走了。岳父和岳母也气呼呼地跟着走了。郑晓锋坐在妻子床边，两人都不说话。

到了午饭时间，郑晓锋问："吃什么呢？我爸妈会来送饭吗？"妻子一脸愠色说："当然送，不像你。"郑晓锋呵呵笑了："别生气了，确实没听见手机响，确实没料到你提前生产了。"妻子叹口气说："我爸妈让我和你离婚。"郑晓锋问："为什么？理由？"妻子的眼角流出了泪水："理由你不知道？还问我？一周七天，至少四天晚上不回家，回来也不干家务，就知道喊累，家里大事小事都要我管，有你这个男人和没你这个男人有什么区别？"

郑晓锋争辩道："家里能有多少事？我累了喊喊也有错？有很多男人一年四季都不在家，我每周回家三天，我觉得还可以吧。单位上事太多了，实在没办法。"妻子生气了："你是单位的草，没你单位也倒不了。你是家庭的天，没你咱们家就塌了，你懂吗？"

郑晓锋抿着嘴唇没有说话，妻子继续讲："咱们现在是四口之家了，再加上你爸妈，就是六口人。六口人挤在一套房子里，你觉得不挤吗？那套房子还是个小产权房、楼板房，楼板都裂缝了，暖气管道坏了没人修。墙面连保温层都没有做，夏天热，冬天冷。院子里边连停车的地方都没有，租车库的人把屎尿都倒在了草地上。我们单位的同事都说咱们住的小区是贫民窟。咱们就不能再买套房子吗？"

郑晓锋说："你说的有道理，关键是没钱呀！"妻子冷笑道："你爷爷、你爸爸、你，一家三代都是警察，没钱？钱到哪里去了?”郑晓锋白了妻子一眼：“警察就领那两个工资，哪里来钱?违法乱纪的事情你认为我们能做出来?”妻子又哼了一声：“你自己有点儿钱就借给亲戚了，你能有钱?你借给你三舅的十万元还了吗?你借给你二姑的五万元还了吗?你借给你四舅的三万元还了吗?”郑晓锋叹口气：“他们都是我的亲戚，都遇到了困难，我帮帮他们有错吗?”妻子哭了起来，郑晓锋赶忙安慰：“别哭了，买房的事我会想办法的，刚生完孩子就生气，对身体不好。你是医生，应该知道的。”

终于出院回家了，闷热的中午，儿子在床上无忧无虑地睡着，时不时露出浅笑。郑晓锋坐在儿子身边窃窃私语：“你快点儿长大，长大了子承父业，一定要成为咱们家第四代警察。”妻子叹口气：“咱们儿子以后不能再当警察了，太辛苦了!”

正说话时，郑晓锋的手机响了，是镇远县公安局七里沙派出所的郭富林打来的。郑晓锋心中一喜，火急火燎地问：“抓住了?”郭富林说：“没有抓住，但是听说他今天下午要回家。我们所里今天人手不宽裕，你们不忙的话过来一趟。”郑晓锋说：“好的，我们这就出发。”郑晓锋笑着看向妻子，妻子挽留道：“你忘记你在休陪产假了?”郑晓锋解释：“有一个隐藏很深的犯罪嫌疑人浮出水面了，战机不能错过。机不可失，失不再来!”妻子叮嘱道：“戴上帽子，注意防晒。”

郑晓锋迅速下楼，在开车赶往单位的途中，给何胜利通报了情况。刑警大队大队长刘成金已经提拔到刑警支队担任副支队长了，何胜利给主持工作的教导员刘仲才汇报：“刘教导，我和晓锋以前办理的系列抢劫、撬盗保险柜案的嫌疑人李富平今天下午要回家，我准备和晓锋去一趟镇远县七里沙镇，看能不能抓住。”刘仲才点点头说：“好，注意安全。”郑晓锋和何胜利驾驶黑色桑塔纳，朝着镇远县七里沙镇驶去。

下午3时，桑塔纳驶入了七里沙派出所的大院。郭富林笑道：“你们来得好快呀！”何胜利和郑晓锋异口同声地问：“情况怎么样?”郭富林说：“还没有回来，我让人在他家附近盯着了。”何胜利说：“那就好。”郭富林把何胜利和郑晓锋领到了所长办公室，柴长涛所长热情地招呼二人喝茶。下午5时，柴长涛和郭富林把何胜利和郑晓锋领到所里的餐厅吃晚饭。晚饭是简单可口的风干羊肉剁荞面，汤料上面还漂着泽蒙花，香气浓郁，这是镇远县的特色美食之一。

何胜利和郑晓锋每人吃了两小碗，不敢再吃了。作为老刑警，他们都知道，抓捕有时会演变成一场上气不接下气的越野赛，吃多了影响奔跑速度，甚至造成肠穿孔。吃完饭后，郭富林和何胜利、郑晓锋决定驾驶黑色桑塔纳去李富平家附近路边蹲守。郭富林等人到达后，蹲在路边抽烟的一位便衣警察给郭富林挥挥手打了个招呼，然后默默地步行回所里了。郑晓锋把车停在了距离李富平家大门五十米远的路边，他的眼睛盯着李富平家的大门。

时间在一分一秒地逝去，已经到了晚上11时了，李富平还没有出现。郭富林接到了一个电话，对方说：“郭所长，李富平改变主意了，不回来了。”何胜利和郑晓锋听到了，大失所望。郭富林说：“撤吧，改天再来。”

何胜利和郑晓锋驾驶桑塔纳把郭富林送回了所里，然后连夜返回毛乌苏。等到了毛乌苏时，已经是凌晨1时了。郑晓锋把何胜利送回了家，然后自己回单位宿舍休息。

郑晓锋想要去监狱提审景水兵和王友胡，让二人辨认李富平，再看看王友胡能不能供述和其一起在东华市小杨岭镇实施盗窃的嫌疑人是谁。但是由于多所监狱成了疫情重灾区，所以全国各地的监狱都封控起来，不允许提讯会见，郑晓锋只能叹气作罢。

2020 年 1 月 23 日，腊月二十九。晚上，刑警大队全体民警在五楼会议室召开年度总结大会。刘浩光副局长退休了，新任的主管刑侦副局长赵华年主持会议。各中队长就本年度的工作情况和下年度的工作计划上台发言，最后一个发言的是扫黑除恶中队中队长郑晓锋。郑晓锋大大方方走到发言席，开始慷慨陈词。

“扫黑除恶专项斗争是荡涤黑恶势力的惊涛骇浪，是护佑人民安宁的金盾利剑。2019 年 2 月 20 日应时而生的扫黑除恶中队实有编制二人。”台下有人轻声发笑，郑晓锋停了一下继续讲：“扫黑除恶中队麻雀虽小，五脏俱全。郑晓锋既是队长又是队员，甄磊国既是内勤又是外勤。郑晓锋和甄磊国二位同志加班加点、忘我工作，刑事拘留十一人，取保候审一人，逮捕十人，移送审查起诉十二人，破刑事案件三十九起，抓获网上逃犯一人，核查涉黑涉恶线索十一条，其中中央线索三条，省部级线索三条，市级线索两条，区级线索三条。协助重案中队破获命案四起，侦办了屈星星高利放贷、暴力讨债系列案件。”

台下的同志们开始交头接耳。符楠楠感慨地说：“一共两个人，能做出这样的成绩属实不易。”马东叹气说：“晓锋真是个工作狂呀!”李小虎摇摇头：“把晓锋放在这个位置有点儿屈才了。”何胜利自信满满地说：“我带出来的兵绝对是好样的。”

赵华年“嗯嗯”了两声，台下恢复了平静。刘仲才说：“谈谈扫黑除恶中队在新的一年的工作计划。”郑晓锋接着讲道：“黑恶线索满天飞，我们将继续加大线索核查力度，把线索查实查细。群众看公安，关键看破案。我们将继续加大破案力度，提高办案效率。总之一句话，我们会全心全意、保质保量地完成任务，用实际行动，交满意答卷。发言完毕！”台下响起了热烈的掌声。

赵华年副局长开始作总结发言：“同志们，我很高兴。今年的工作大家成绩斐然，明年的工作大家胸有成竹。我相信，大家团结一心，众志成城，一定能让我们的刑侦工作再上新台阶，扫黑除恶再达新高度。感谢大家今年的辛勤付出，期待大家明年再创佳绩。”赵华年站起来，给台下的同志们敬礼，目光里充满了殷切的期望。礼毕，刘仲才宣布：“会议结束！”大家散场回家了。

为了减少火灾隐患，提高空气质量，大漠区人民政府决定在城区设立烟花爆竹禁放区域，公安机关要派出警力，巡逻检查，依法处罚放烟花爆竹人员。除夕夜，郑晓锋和加贝、白志军一组在肤施路南段巡查。

郑晓锋说：“咱也不知道禁放烟花爆竹是好事还是坏事，但是咱们公安机关作为政府职能部门，必须执行政府的决定。”加贝说：“古时候过年，人们放烟花爆竹就是为了驱逐瘟疫。现在新冠疫情来了，反而要禁放烟花爆竹，好像有点儿反其道而行之的意思。”白志军也说：“李时珍在《本草纲目》中也论述过火药，认为火药能治疮癣、杀虫、辟湿气、驱瘟疫。”加贝悻悻地说：“不放烟花爆竹，总感觉年没有了年味。”白志军笑笑：“谁说不是呢!”

郑晓锋也笑笑:“咱们执行命令吧,政府作出这样的决定,也是经过各行业、各部门的专家教授研究讨论的。每年因为烟花爆竹引起的火灾和人身伤害事件不在少数,政府现在的理念就是生命安全至上。”加贝点点头,默默发了一条朋友圈:爆竹声中一岁除,春风送暖入屠苏。千门万户曈曈日,总把新桃换旧符。配图是肤施路灯光璀璨的夜景,还有蓝红交织的警灯。

白志军问郑晓锋:“万一有不配合禁放工作、坚持要放烟花爆竹的,该怎么处罚呢?法律依据在哪里?”

郑晓锋说:“《烟花爆竹安全管理条例》规定,在禁止燃放烟花爆竹的时间、地点燃放,或者以危害公共安全和人身、财产安全的方式燃放,由公安部门责令停止,处罚款。构成违反治安管理行为的,依法给予治安管理处罚。《治安管理处罚法》规定,违规制造、买卖、储存、运输、邮寄、携带、使用、提供、处置爆炸性、毒害性、放射性、腐蚀性、传染性等危险物质的,处拘留。烟花爆竹属于爆炸性物质,燃放就是使用。”

白志军点点头:“政府决定有法律依据,公安机关执行才有底气。”郑晓锋和加贝都点头赞同。

人民政府精心安排,公安机关有力执行。整个除夕夜,没有任何人燃放烟花爆竹,古城一片宁静,失去了节日的气氛,但是也没有发生一起火灾,没有发生一起烟花爆竹伤人的事故,没有飘散呛人的硫黄硝铵味,空气质量胜于往年。凌晨1时,禁放执勤人员接到撤离命令。凌晨2时,郑晓锋才回到家,阳台上的红灯笼鲜艳醒目。为了防止把父母妻儿吵醒,他进门后没有开灯,蹑手蹑脚脱衣上床了。

大年初二早上，郑晓锋拖家带口给岳父岳母拜年去了。郑晓锋的“过年好”三个字刚说完，手机响了。郑晓锋一看，是高子华打来的，直觉告诉他，有任务了。他接起电话：“高大队，过年好。”高子华也咯咯笑着说：“过年好，晓锋同志。孤山那个涉黑案，需要去大连做手机数据恢复，咱们专案组的人都有任务，没人能顾得上。不知道你愿不愿意去?”郑晓锋笑了：“大哥，我听从命令，服从指挥。需要我去，我就去。”

高子华说：“这次的任务很简单，就是把一部手机带到大连的星海公司，人家的技术人员给咱们恢复手机里被删除的数据。鉴定委托书和警官证复印件已经传真过去了，你只需要把手机带到星海公司，两三个小时就可以恢复完毕拿到报告。你把手机和报告、数据优盘带回来就可以了。关键问题是时间紧张，今天就要坐飞机出发，后天就要回来。大正月的，难为你了。”郑晓锋说：“没事的，我马上订机票，然后到单位去取手机。”高子华很满意：“好，我等你。”

妻子和岳父岳母已经听清楚了，知道郑晓锋又要出差了。岳母面露不悦：“大年初二就出差，让我怎么说你好呢!”郑晓锋笑笑没说话，在微信上购买了机票，然后开车赶到了单位，从高子华处取到了装在密封塑料物证袋里的手机。郑晓锋把这部手机揣在了羽绒服内兜里，并且拉上了拉链。

下午 4 时 15 分，飞机从大漠机场直飞大连。晚上 7 时，天色已暗，华灯已亮，飞机降落在大连机场。郑晓锋坐机场大巴赶到市区，住在了星海公司附近的全季酒店。住宿方面，郑晓锋并不挑剔，只要干净便利，不求奢侈享受。

郑晓锋在抵达大连时就已和技术员约定好见面时间是初三上

午 8 时。次日，吃完早饭的郑晓锋赶紧下楼打车，7 时 30 分就到了星海公司，他是个从不迟到、从不失约的人。星海公司位于一座写字楼的八楼，里面有各种电子仪器设备，科技感十足。8 时，技术员如约而至，是一位年轻儒雅的小伙子，戴着一副圆形的金丝边眼镜，很帅气。

小伙子把手机连接在设备上，看了一眼后说："哥，这部手机的数据量太大了，估计需要五六个小时才能读取完毕。我们出具报告也需要一个小时左右，估计全部工作完成要到下午了。你不用在这里等，出去逛逛吧，弄好了我给你打电话。"郑晓锋客气地点点头："兄弟，辛苦了。"然后他离开了星海公司，在楼下用手机预订了初四中午回毛乌苏的机票。

星海公司位于大连星海广场附近。星海广场位于大海边，风景宜人。郑晓锋步行到了大海边，海风在吹拂，海浪在翻涌，海鸥在鸣叫。海鸥是一种胆子很大、喜欢亲近人类的海鸟。很多人给海鸥喂食，一大片海鸥正在低空盘旋。它们一边无拘无束地吃着人们投喂的食物，一边兴奋异常地鸣叫，声音悦耳动听。人与海鸥和谐相处，这是一幅多么美好的画画！郑晓锋也花十元买了一袋鸥粮，加入了投喂的行列。"故园犹寒，不可见，自去自来堂上燕；滨城已暖，竟能遇，相亲相近水中鸥！"郑晓锋在微信朋友圈发了一个小视频，作为纪念。

坐在返回毛乌苏的飞机上，郑晓锋百感交集。他已经快要走完人生的一半了，四旬将至，半生薄凉。一直在努力工作，却一事无成，郁郁不得志；一直在认真生活，却一地鸡毛，寂寞少人疼。他真想酣畅淋漓地大醉一场，醉得不省人事，一醉解千愁。

十九、再次提审

二月初二龙抬头，扫黑除恶中队配合重案中队值班。原重案中队中队长曹建军提拔到了北沙派出所担任副所长，新来的重案中队中队长是井立新，他是一个严谨而认真的人。井立新刚刚到任就和弟兄们打成了一片，建立了亲密无间的关系。上午 8 时，井立新煮了一壶上好的泾阳金花茯茶，郑晓锋和加贝、甄磊国、白志军都凑在重案中队办公室喝茶。

刺耳的电话声突然响了起来，让人猝不及防，是值班室打来的。井立新接了起来，眉头越拧越紧，发命案了。

2020 年 2 月 24 日，农历二月初二早上 6 时，毛乌苏汽车北站旁胜利加油站休息室发生一起故意杀人案。加油员王龙因与班长李小兵素有矛盾、积怨已久，使用菜刀将李小兵砍死，然后朝桃花河方向潜逃，当务之急是将犯罪嫌疑人王龙抓获。

井立新带着郑晓锋等人驾车赶往汽车北站附近的桃花河展开搜捕。到达汽车北站迎宾大桥后，才发现桃花河两岸到处是民警。信息合成作战大队的张治和曹鑫正在操控两架无人机在空中搜索。李岳峰政委给围在身边的民警们讲话："刚刚咱们在桥下桃花河东岸发现了嫌疑人沾血的运动鞋，嫌疑人把鞋摆在这里的目的很可能是给我们造成他投河自杀的假象。桃花河水深不过腰，水流平缓，不可能淹死一个成年人。他不会往西逃，如果他渡河往西，桃花河西岸的水泥墙很难翻越。他不会往南逃，如果沿河往南，就到了中心城区，监控密布，群众也多。他不会往东逃，理由也是人多监控多。他最大的可能性就是沿着刚刚建好，尚未安装监控的河滨公园一路向北，走七八公里就可以到达没有监控、人烟稀少的乡村。今天天气寒冷，他一夜未睡，身体疲劳，我估计他还没有跑远，咱们的大量警力沿着桃花河西岸向北一路搜索就可以了。"

很快，大批民警携带武器装备沿着桃花河西岸快速向北搜索，不放过任何一个犄角旮旯。井立新和郑晓锋、甄磊国是一组，他们的速度很快。向北走了三公里后，看见符楠楠和王剑正站在一个公共厕所旁沉思着。井立新等人赶了过去。郑晓锋忙问："有情况？"符楠楠说："这个公共厕所没有启用，门窗都关得死死的，但是我看见门外有两滴血，还有一串泥脚印，像是赤脚脚印。"井立新轻声说："这就对了，王龙八九不离十在这里面，咱们等等大部队。"公共厕所里空间狭小，不便躲闪，贸然进去很可能会被藏在暗处的嫌疑人持刀偷袭。开枪后，子弹射在坚硬物体上很难贯穿或者嵌入，很容易被弹飞而形成跳弹误伤甚至误杀自己人。公共厕所的墙面和地面都是硬度很高的瓷砖，所以不敢开枪。

很快，大部队也过来了。巡特警大队警犬中队的民警姜雄伟拉着一条德国黑背狼犬，井立新对姜雄伟说："人估计在里面，让犬进怎么样?”姜雄伟点点头，两脚踹开了公共厕所的门，中间洗手区没人，左侧是男厕，右侧是女厕，左侧的走道上有几滴血迹，警犬冲进了左侧，姜雄伟和巡特警大队的两名民警举着警棍冲了进去。

警犬发现了藏在一个坑位的嫌疑人王龙，龇牙咧嘴疯狂地吠叫起来，赤着双脚、浑身是血的王龙被吓傻了，一动也不敢动。姜雄伟和巡特警大队的两位民警把王龙从厕所里抬了出来，放在了厕所外的草地上。王龙的右手背静脉在流血，姜雄伟取出单警装备的急救包，给王龙简单包扎了伤口。井立新和郑晓锋、甄磊国上前给王龙戴上了手铐，把王龙扶上救护车，就近拉往兴源医院检查治疗。

王龙在逃跑过程中，准备畏罪自杀，就使用碎玻璃片割破了手背静脉。医生检查后对井立新说:“没有大碍，就是失血不少，身体虚弱，你们可以带回去了。”井立新担任重案中队中队长后的第一起命案，成功告破。

王龙坐在控制椅上，目光呆滞地供述着:“我患有重度抑郁症，早就对人生失去了希望，每天都活得无精打采，像行尸走肉一般，只想吃饱穿暖就行了。这个李小兵，仗着自己是班长、老员工，经常欺负我，给我安排的工作很多，还骂我。我给他看过我的病历，多次对他好言相劝，让他不要激怒我。结果他根本没把我当一回事，一如既往，还经常在领导跟前打小报告说我的坏话，建议领导开除我，唆使同事孤立我。自从到了加油站，我的抑郁症更加严重了，每天晚上都睡不着觉，吃安眠药也不管用。我杀他是迫不得已，也是情理之中，他欺人太甚了。我现在一点儿也不后悔，他死得一点儿也不冤枉。我希望你们的程序过得快一点儿，早日枪毙我，我也就解脱了。这个世界太可怕了，到处是人骗人、人害人、人欺人，太冷酷无情了。”

郑晓锋劝道：“你要多发现生活中温情的一面，发现人帮人、人爱人、人夸人。”王龙苦笑道：“我们这些社会底层人，发现不了你所说的温情的一面。咱们的身份不一样、层次不一样、环境不一样，生活中温情的一面，我们根本遇都遇不到。”郑晓锋继续劝道：“想想你的父母亲人，他们对你好吧?”王龙又苦笑着说：“我爸妈在我五岁时离婚了，他们都再婚了，我妈从此对我不闻不问。我跟着我爸生活，他整天就是喝酒，懒得什么也不想干，家里穷得连饭都吃不饱。我初中时学习成绩还不错，将来有希望考个好大学，我爸爸死活不让我念书，逼着我退学跟他去工地和水泥。他害了我的一生!”郑晓锋和井立新都沉默了。

讯问完，井立新和郑晓锋在重案中队办公室聊天。井立新叹气道：“难怪会抑郁，从小太苦了。”郑晓锋感慨道：“抑郁症很难治，对人的影响非常大，这几年每年都有不少抑郁症患者自杀的案件。”

郑晓锋笑着对刚刚走进来的白志军说：“你妹子不是在第四军医大学读书吗？让她好好学习，考硕士、考博士，搞科研，把抑郁症攻克了。”白志军摇摇头：“难度太大了，抑郁症是世界难题，如果谁能攻克，获个诺贝尔生理学或医学奖都如探囊取物一样简单。”郑晓锋叹了一声：“好多事情我们都无能为力!”

4 月之初，春夏交替，天气渐暖。狂风呼啸过大漠，大漠公安练精兵。大漠公安分局组织全体民警在大漠军旅园射击场进行了为期一周的九二式手枪射击训练。

最后一天是考核，十发子弹，郑晓锋打了八十环。经侦大队二中队中队长温玉诧异道："晓锋，你这次打得虽然不错，但是好像没有以前打得好。我记得你那次打五四式和六四式的时候，几乎枪枪十环。"郑晓锋说："我的眼睛被紫外线消毒灯射伤后视力下降了，你忘记了？"温玉"哦"了一声："想起来了。"温玉又问："晓锋，我们经侦大队最近在办两起涉案金额特别巨大的案子，一起是骗取贷款案，一起是合同诈骗案。案情复杂，工作烦琐，我们经侦大队准备抽人成立专案组。这两起案子很锻炼人，很考验人，你要不要过来试试？"郑晓锋犹豫不决："关键是我自己手上也有不少案子要办。"温玉笑了："我们的案子你帮忙，你的案子我们帮忙，互帮互助，两不相误。"郑晓锋说："如果能这样，我还是愿意参加你们的专案的。"温玉说："那就好，下周一你们领导会给你说的。"

郑晓锋正在办公室整理案卷，教导员刘仲才过来说："晓锋，经侦大队有两个专案，需要在刑警大队抽调人，他们和李政委指名道姓要你。李政委同意了，看来你不得不过去了，估计得好几个月。"郑晓锋点点头："好的，我去经侦大队报到。"刘仲才出门后又返回来："你自己手上的案子不复杂的交给甄磊国，他需要人手时去重案中队借。太复杂的，还是要靠你。"郑晓锋说："好的，我知道了，一定做到两不误。"郑晓锋心里很清楚，两不误意味着多付出。

为了保密，分局把经侦大队专案组的办公地点设置在了分局附近的国际酒店。专案组占用了四个房间，其中有一间套房。一大早，专案组十六位民警在套房开会，担任专案组组长的经侦大队大队长李胜凯对同志们的到来表示热烈欢迎，给大家简要介绍了案情，然后进行分工分组。最后，李胜凯宣布了纪律：“所有人必须牢记，不得泄露我们在侦办什么案件，不得泄露我们在什么地方办公，不得泄露专案组的成员有什么人，违反保密纪律的一律纪律处分，违反保密纪律造成严重后果的，追责无上限！”

会后，各组迅速投入工作中，温玉带着郑晓锋外出调银行流水。温玉问郑晓锋：“知道为什么你是第一协办人吗？”郑晓锋笑了：“当然知道，因为你是主办人，是你要的我。”

转眼到了5月5日，立夏节气，花谢花飞飞满天。温玉给郑晓锋说：“咱们两人开车去延安出一趟差吧，去调几份银行流水。”郑晓锋一听，灵机一动：“我有个系列抢劫、撬盗保险柜案需要去燕南监狱提审两名罪犯，怎么样？”温玉哈哈大笑：“当然可以，我是说话算数的。咱们明天就出发。”

6日，温玉和郑晓锋驾驶分局新配发的吉利越野警车，驶往延安。两个人都是有名的工作狂，一路上探讨了很多疑难案件和法律难题。温玉是经侦大队的业务能手和法律专家，郑晓锋感觉收获颇丰。

圣地延安很快就到了，温玉和郑晓锋简单吃了午饭，然后一下午辗转跑完三家银行，顺利调取了七份流水。吃完晚饭，二人沿着百米大道散步。温玉问郑晓锋：“你知道吗？延安古称肤施，还有一个小故事。”郑晓锋故作不知：“愿闻其详。”

温玉讲得绘声绘色：“释迦牟尼的曾孙尸毗正在延安的清凉山上面壁参禅，一只凶猛的黑鹰追捕一只白鸽。白鸽慌不择路，误打误撞飞入了尸毗的袈裟。黑鹰找尸毗要白鸽，尸毗教育黑鹰不得杀生，要有慈悲心。黑鹰争辩说，鹰吃鸽顺应天理，我不吃鸽，我就会饿死。尸毗既不舍得让鸽死，也不忍心让鹰死，万般无奈之下，强忍剧痛，割自己身上的肉喂黑鹰，即以肤施之。后人为了纪念尸毗的善良仁慈，把延安称作肤施。”

郑晓锋心有所感，默默不语。温玉又说：“咱们警察，不能做尸毗。咱们确实要有菩萨心肠，更要有金刚手段。面对黑鹰一样的违法犯罪分子，必须雷霆出击，把他绞杀得灰飞烟灭。”郑晓锋点点头，表情冷峻而严肃。

二人走到了白玉兰酒店门前，郑晓锋说：“咱们就住这里吧，这个名字好。”温玉微微一笑：“好在哪里?”郑晓锋一本正经：“白玉兰象征着真挚长久的友谊和纯洁高尚的品行。”温玉想了想：“我好像没有拒绝的理由，走。”

早上6时30分，郑晓锋睡醒了，伸了个懒腰。温玉刷房卡进门了，脸是红的，T恤是湿的，他已经跑步回来了。莫道君行早，更有早行人！两人洗漱吃完早餐后，驾车赶往燕南监狱。

燕南监狱位于延安市宝塔区南郊的山沟里，是一所省级现代化文明监狱，主要收押毛乌苏、延安、铜川判处十五年以下有期徒刑的罪犯。温玉和郑晓锋把警车停放在监狱大门外，给执勤的民警出示了介绍信和警官证，执勤民警把温玉和郑晓锋放进了院内，并指示了行政楼的方位。温玉和郑晓锋走到行政楼大厅，大厅接待室的人员登记后，告知二人去三楼狱政科找李卫国科长。

胡子拉碴的李卫国科长一脸倦意，看了看二人的警官证和介绍信后，眼睛里有了笑意：“哦，你们是毛乌苏市大漠区的，我是银州的，老乡呀。”郑晓锋呵呵笑着说：“我老家是葭芦县的，咱们还是邻居呢。”李卫国被逗笑了：“确实，确实是邻居。”李卫国给温玉和郑晓锋倒了两杯茶水，然后说：“由于疫情影响，我们监狱不可以在提讯室面对面提讯，只能在指挥中心视频提讯，笔录会由我们的人带到监区签字捺印。虽然咱们是老乡，但是疫情防控不能麻痹大意。”温玉和郑晓锋都点点头表示理解。

李卫国把温玉和郑晓锋带到了六楼指挥中心，指挥中心的两位女民警都凑过来和李卫国打招呼。其中一位笑嘻嘻地说：“李科长，这两位一定是贵客，不然你不会亲自带过来。”李卫国笑笑：“当然是贵客，毛乌苏市公安局大漠分局的民警，我的老乡。”李卫国问郑晓锋：“先提哪个？”郑晓锋说：“先提王友胡，此人态度还行。”

很快，王友胡的脸出现在了宽大的电子屏幕上，郑晓锋戴上了耳机和麦克风。王友胡看见郑晓锋，眼睛里居然闪现出一丝惊喜。王友胡说：“郑警官，你来了，好久不见了。”郑晓锋点点头：“好久不见了，你还好吧？”王友胡差点儿哭出来：“监狱里边都好，但是我的家里人谁都没有来看我。”郑晓锋安慰道：“可能他们都忙着呢，没时间，过段时间说不准就来了。”王友胡长叹一口气：“他们都对我没信心了。”郑晓锋说道：“浪子回头金不换，你这次出去后痛改前非吧，改了就还是好人，家里和社会上的人慢慢会接纳你的。”

王友胡擦擦眼泪问：“郑警官，你找我是什么事？”郑晓锋说：“我想让你辨认一下和你们共同作案的大个子，不知道你能不能配合我。”王友胡问：“你已经知道是谁了？”郑晓锋点点头：“知道了，只是让你配合做一份辨认笔录。”王友胡感慨道：“你太认真了，一个都不放过呀！”郑晓锋把打印了十二张成年男子免冠彩色照片的 A4 纸举起来，王友胡看过后坚定地说：“是七号，七号就是大个子，应该是叫富平。”郑晓锋赞许地点点头：“你的态度很好！”然后，完成了辨认笔录。

郑晓锋又说："我们之前讯问你，让你交代你在东华市小杨岭镇作的那起盗窃案，你为什么不交代？那起案子的监控录像很清晰，证据很充分，价值也不大。"王友胡眨眼："我就猜到你会再问小杨岭的案子，但是我不会说的。"郑晓锋问："为什么？"王友胡不说话。郑晓锋步步为营："你现在就说那起案子是不是你作的？"王友胡无奈地说道："法院都给我认定了，当然是我作的。"郑晓锋稳扎稳打："我们公检法机关有没有冤枉你？"

王友胡摇摇头："没有冤枉。"郑晓锋直捣黄龙："和你一起作案的小个子是谁？"王友胡没有丝毫犹豫："能说的我都说了，不能说的我绝对不说，你不要为难我。"郑晓锋皱起了眉头："我为难你？是你在为难我。难道他做了坏事不应该受处罚，做了坏事逍遥法外？"王友胡一脸不服气："做了坏事不受处罚逍遥法外的人多了，你有多大能耐？你能把他们都抓起来？放过一两个人又能怎么样？非要赶尽杀绝？"

郑晓锋正颜厉色："我不是赶尽杀绝，而是除恶务尽。我在履行我的职责，我是打击犯罪保护人民的刑警。你如果准备金盆洗手、重新做人，你就应该配合我，就应该如实交代。"王友胡沉默了。一分钟，两分钟，时间慢慢逝去，王友胡仍不开口，讯问只能结束，郑晓锋完成了笔录。李卫国拿着辨认笔录和讯问笔录进监区找王友胡签字了。

景水兵的脸也出现在了电子屏幕中，他露出了沉稳和善的笑容，不像是服刑的罪犯，反而像是得胜的将军。景水兵开口了："郑警官，你来看我了。"郑晓锋点点头："我来看你了。"景水兵依旧笑着："我知道你会来的。"郑晓锋不相信地"哦"了一声。景水兵解释道："我们的案子上还漏着人了，依据你的性格和作风，你不会轻易允许你办的案子漏人。”郑晓锋竖了竖大拇指：“你说得很对。”景水兵说：“而且我知道你已经查清楚他的身份了，你来找我，只不过是让我确认一下。”郑晓锋“嗯”了一声。

景水兵叹道：“你是我见过的最可恨的警察，千方百计地让我在大牢里坐很多年。你也是我见过的最可敬的警察，头脑聪明、能力突出，认真执着、绝不放弃。”郑晓锋笑了：“没办法，职责所在。但是我也很佩服你，你差不多是我遇见过的最厉害的对手。”景水兵尴尬地笑了：“可是我还是输了。”郑晓锋问：“你现在承认我在起诉意见书里给你认定的犯罪事实了吧?”景水兵点点头：“我承认，都是我干的，没有冤枉我。”郑晓锋放心了：“我要让你辨认一下和你们一起抢劫、撬盗保险柜的大个子，你愿意配合吗?”景水兵点点头：“我配合，我不敢不配合。”

郑晓锋把打印了十二张成年男子免冠彩色照片的A4纸举起来，景水兵看过后说：“七号就是和我们一起抢劫、撬盗保险柜的李富平，他是我的狱友。”郑晓锋完成了辨认笔录和讯问笔录，李卫国又拿上笔录进监区找景水兵签字了。景水兵给郑晓锋最后说了一句话：“郑警官，我后悔。”郑晓锋劝道：“后悔了，就要改。出来后，做好人!”

李卫国招待温玉和郑晓锋在监狱餐厅吃午饭，四菜一汤，还有炸鸡腿。温玉一边撕咬，一边赞道：“美味。”李卫国感叹道：“在监狱里，工作提心吊胆，生活枯燥乏味。幸好伙食不错，厨师每天变着花样做。”饭后，温玉和郑晓锋驾车返回毛乌苏。郑晓锋办理了李富平的上网追逃手续。

经侦大队的两大专案，在李胜凯大队长的指挥下，紧锣密鼓地开展工作，卓有成效地取证调查。时至9月，案件的整体框架已经初见雏形，案件的关键证据已经掌握在手，可以撒开大网捕鱼了。这两起专案，倾注了广大专案组民警的心血，郑晓锋也心力交瘁，同时，心满意足。

9月8日晚上8时，郑晓锋正在家里逗蹒跚学步的儿子，手机响了，是一个本地陌生号码打来的。郑晓锋接起电话问："你好，你是哪位？"杜定坤局长说："晓锋同志，我是杜定坤。"郑晓锋不明就里："杜局长，什么事？请指示。"杜定坤说："陕西省纪委准备抽调你去配合办案，已经把借调函发到咱们局里了，为期三个月。你准备一下，明天出发去省纪委。"

父母体弱多病，儿子尚在襁褓，中队案子不少，专案好戏将演。郑晓锋心里不太想去："杜局长，我最近一直在经侦大队上那两个专案。"杜定坤说："我知道，那两个专案已经过了攻坚克难的阶段，案情明朗了，你撤出来也不会有影响。省纪委已经发了借调函，没有特殊情况，必须服从。"郑晓锋只好说："是，服从命令。"杜定坤又说："你明天就买机票下西安，去省纪委报到。"郑晓锋回答："是，明白。"

9月9日中午，毛乌苏飞往西安的飞机降落了，郑晓锋辗转来到大雁塔附近的陕西省纪委。他和其他五名政法系统的抽调人员一起，被分配到了省纪委监委九室。省纪委监委九室负责汉中市扫黑除恶斗争的破网打伞工作。破网是指破关系网，打伞是指打保护伞。

晚上8时，省纪委五楼会议室里，九室全体纪检干部和抽调人员参加会议，年近六旬、军人出身的九室负责人杨青云站在主席台上，作了简短有力的动员讲话："同志们，我们要在汉中市展开一场非常迅猛的攻势，我们要把扫黑除恶斗争中发现的关系网捅成烂渔网，把保护伞打成烂雨伞。希望大家保守工作秘密，遵守工作纪律，严守道德底线，依法办案，不枉不纵，达到社会效果、政治效果、法律效果三统一。各位抽调来的同志，都是政治非常过硬、业务非常精湛、品德非常高尚的好同志，都是我们通过多方打听千挑万选的好同志。希望你们在工作过程中，对于咱们政法系统的败类、害群之马不要有怜悯之心，他们站在了人民的对立面，已经不是我们的战友，而是我们的敌人。我们要毫不手软，坚决打击，以此维护党纪国法，维护清风正气。我讲完了！”大家纷纷拍手鼓掌。当晚，大家被安排在雁塔区一所大学的宾馆休息。

次日，九室的两位处长高宏伟、张飞鹏带领包括郑晓锋在内的六名借调干部，驾驶两辆黑色红旗轿车，开赴汉中，入住汉中市南郑区锦鸿国际酒店。郑晓锋被安排给汉宫区人民检察院的资深检察官王彦霖做搭档，两人住在一个房间。

监委办案的法律文书、调查方法与公安机关很相似，连询问笔录的格式都一样，所以郑晓锋轻车熟路，适应很快。看着好多政法系统的干部因为违纪违法纷纷落马，郑晓锋感到万分遗憾。尤其是很多落马的干部，曾经是名噪一时的先进典型，郑晓锋感到痛心疾首。权力、金钱、美色真的就有那么大的诱惑力，能让这么多的政法干部深陷其中不能自拔吗？监委办案不如刑事侦查辛苦，但是却让人倍感压抑。

锦鸿国际酒店位于汉江东岸。汉江古称汉水，是长江最大的支流。历史上与长江、淮河、黄河并列，合称“江淮河汉”，其地位可见一斑。汉江两岸广植桂树。古人云：何物动人？三月杏花八月桂。工作之余，郑晓锋会和王彦霖在汉江边的公园里散步，去赏一赏清澈见鱼的汉江，看一看充满生机的绿植，听一听清脆悦耳的鸟鸣，嗅一嗅香气浓郁的桂花，压抑难受的情绪会慢慢释放出去，身体和心灵渐渐地感到轻松了许多。

汉中工作组在三个月内，舍个人为集体，舍小家为大家，克服困难，连续作战，最后纪律处分十名政法干警，其中三名移交司法机关。郑晓锋以为三个月已满，自己终于可以回毛乌苏了。谁料到高宏伟告诉郑晓锋："晓锋同志，我们省纪委九室需要你继续协助我们办案三个月，我们已经又给你们单位发借调函了，你就安下心来继续干吧，完了我们省纪委会给你出具一份你很优秀的鉴定意见，还会给你发放一笔数目可观的办案补助，绝对不会亏待你的。"郑晓锋不知道该怎么回答，也不知道该怎么拒绝，只好点点头说："好吧，感谢领导抬爱。但是得让我回毛乌苏一趟，我要把我案子上的一名逃犯抓回来，也回家看看父母妻儿。"高宏伟笑了："给你放一周假。一周假满，一定回来，一言为定。"郑晓锋轻轻颔首："一言为定。"

二十、持枪瞄准李富平

12 月 10 日晚上 10 时，郑晓锋坐火车回到了毛乌苏。他没有回家，而是拎着行李打出租车去了单位。刑警大队二中队办公室里，何胜利正在等他。看见郑晓锋风尘仆仆地走进来，何胜利的眼睛里露出了久别重逢的喜悦：“晓锋呀，好久不见。”郑晓锋接过何胜利倒的热茶，呵呵笑着说：“何队，好久不见。”

二人言归正传，郑晓锋说道：“何队长，前两天七里沙派出所的郭富林给我打电话了，说他得到可靠消息，李富平 11 日或者 12 日会回家，咱们过去把他抓回来吧。我抽调到省纪委办案了，李富平抓回来后案子你们中队办，工作成绩算你们的，怎么样?”何胜利大喜过望：“好啊，为了不贻误战机，咱们明天早上 8 点多出发。”

次日一大早，何胜利带着郑晓锋给新上任的刑警大队大队长曹金虎汇报了情况。曹金虎连连点头：“好，好。我知道这个案子，你们赶紧去，千万不能让人跑了。”何胜利说：“李富平身高一米九二，身体强壮，曾因吸毒、盗窃被公安机关多次打击处理过，有很大的危险性。我们想带枪。”曹金虎笑了：“刑警大队谁不知道晓锋会武功，他的拳头就是枪。”郑晓锋谦虚地说：“盛名之下，其实难副。”曹金虎说：“好吧，带上一支转轮手枪，填领枪表。”

转轮手枪是中国公安部自己设计的第一代警用枪。转轮手枪的射击精度好，使用寿命长，操作故障少，击发速度快，还可使用威力较弱的橡皮子弹，五米之外不会置人于死地。

郑晓锋从枪库领了一把转轮手枪，三发平头普通弹和三发圆头橡皮弹。郑晓锋把六发子弹全部装入弹巢，确保头三发是橡皮弹，后三发是普通弹后，合上弹巢，打开保险。

何胜利和郑晓锋、刘成驾驶白色尼桑皮卡便车，向镇远县七里沙镇驶去。中午 12 时，到达派出所。所里只有郭富林等三位民警在岗，其他民警都被抽调到县城参加安保执勤去了。郭富林给何胜利等人留了午饭，是大块炖羊肉和馒头。何胜利和郑晓锋、刘成狼吞虎咽地吃着，郭富林说：“多吃点儿，李富平估计今天下午或者明天上午才回家，吃撑了也没事。”郑晓锋问：“有人盯着吗？”郭富林说：“放心吧，好好吃，吃完到我们宿舍睡觉，晚上你们估计要加班到深夜。”

马上就要抓捕潜逃了三年的李富平，何胜利和郑晓锋既高兴又紧张，躺在床上根本睡不着。宿舍墙上的挂钟嘀嗒嘀嗒，郑晓锋看了一眼又一眼。

终于，15 时许，郭富林给郑晓锋打电话说：“下楼，行动。”郑晓锋和何胜利、刘成迅速起床，飞奔下楼。刘成发动皮卡，何胜利、郑晓锋、郭富林钻入车内，皮卡一路疾驰奔到了李富平家门外。郭富林说：“人在家呢，大门也没关。咱们直接进，抓他个措手不及。”何胜利说：“好。”四人下车，轻轻关上车门，摸入李富平家院内。

郑晓锋拔出了手枪，何胜利掏出了催泪瓦斯喷射器，刘成和郭富林都提着伸缩警棍。李富平家的房门也没关，四人冲入西屋，正躺在炕上抽烟的李富平和杨丽被吓了一跳。李富平反应过来后右手往枕头下摸去，郑晓锋持枪瞄准李富平，怒喝道：“别动，再动我开枪打死你。”李富平愣住了，何胜利和郭富林、刘成冲上去把李富平拉到地上，上了背铐。郑晓锋拉开枕头，果然下面藏着一把杀羊刀。

杨丽脸色发白地问郭富林：“怎么了？什么事？”郭富林没有说话。杨丽又骂李富平：“你又干啥了？你真是狗改不了吃屎。”李富平一言不发。杨丽突然跪下抱住郭富林的腿：“郭所长，求求你放了他。”郭富林吼道：“放开，不要妨害我们执行公务，否则我不客气了。”杨丽无奈地放开了郭富林的腿，跪在地上哭了起来。

四人将李富平带上了皮卡，开到了七里沙派出所。郭富林下车后，一脸期待地问何胜利：“何队长，逃犯任务归我了吧？”何胜利点点头说：“放心，任务归你。”郭富林笑道：“OK。”

皮卡向毛乌苏方向驶去，李富平的表情很平淡。郑晓锋开口了：“我们是毛乌苏市公安局大漠分局的。”李富平波澜不惊：“我知道。”郑晓锋问：“知道什么事情抓你吧？”李富平说：“当然知道，抢劫、撬保险柜的事。”郑晓锋问：“准备如实交代吧？”李富平说：“当然，我绝对如实交代，不敢有半个字的隐瞒。”

郑晓锋冷冷一笑：“你不准备对抗一下审讯？”李富平说：“我听见他们叫你晓锋了，我知道对抗是没有用的，所以我也不对抗了。景水兵那么狡猾都不是你的对手，我更不是了。”郑晓锋似乎不相信：“那你刚才手伸到枕头下准备干什么?”李富平解释道：“那是下意识的动作，不是针对你们的，确认你们是警察后，我就不敢动了。”

李富平被带到了毛乌苏市公安局大漠分局办案中心 2 号讯问室。何胜利和郑晓锋讯问，李富平很爽快地交代了全部犯罪事实。笔录结束后已经是 23 时了，何胜利给郑晓锋说：“你休息吧，我安排其他人照看他。”郑晓锋点点头。为了不打扰妻儿老小休息，郑晓锋回宿舍了，他躺在床上睡不着。兄弟单位鼎力相助，抓捕行动异常顺利，逃犯落网如实供述，刑警的荣誉感和获得感充溢着郑晓锋的心。功名利禄毕竟是身外之物，惩恶扬善才是毕生所求!

七天的假期过去两天了，郑晓锋终于回家，在家抱儿子玩了四天，而后他又坐上了开往西安的火车，满眼不舍地望着窗外出神。与此同时，李勇和何胜利正在局务会上兴高采烈地汇报李富平系列抢劫、撬盗保险柜案。各位局领导啧啧称赞，连一向轻易不夸人的杜定坤局长都说：“这个案子破得好，值得表扬。”

郑晓锋到达西安后，省纪委九室的高宏伟处长派车把他拉到了省纪委的办案中心。这个办案中心由一个古典庭院式酒店改造而来，面积有三百余亩，环境优美，绿意盎然，宿舍、餐厅、健身房、图书室、办案区一应俱全，驻扎武警负责看护工作，驻扎公安民警负责安保工作。郑晓锋到达后，王彦霖赶紧把他招揽到自己房间，继续做搭档。

王彦霖叹气道：“晓锋呀，咱们的日子不好过了，这次的任务是询问两名留置的副厅级干部，外围调查组查到什么事，咱们就要和他们核实什么事。由于害怕新冠肺炎疫情传播，咱们不能离开这个办案中心，只能在办案中心里面活动。”郑晓锋点点头问：“这两名副厅级干部的案子大不大？”王彦霖严肃地说：“估计挺大的。”郑晓锋又问：“是政法系统的吗？扫黑除恶中发现的吗？”王彦霖轻轻点头，郑晓锋深感惋惜。

工作之余，茶余饭后，王彦霖和郑晓锋常在院子里散步，文学自然、天文地理、政治法律无所不谈。

一天傍晚，二人例行散步。这时，郑晓锋的手机响了，是女儿的班主任袁洁老师打来的。袁老师感慨地说：“你是一位好警察，却不是一位好父亲。希望你以后能公私兼顾，多关心爱护你的女儿，她需要你的陪伴。”郑晓锋问：“袁老师，究竟怎么了？”袁老师叹口气道：“你女儿说你是一个工作狂，单位上有什么事情都随叫随到，最近都两个月没有回家了，她和弟弟都很想你。你再不陪孩子，孩子就要长大了！”

郑晓锋鼻头一酸，差点儿流出泪来。他不负祖国、不负人民、不负法律、不负组织，却负了自己的父母妻儿。自古忠孝难两全！

在办案中心工作了半个月后，王彦霖和郑晓锋又被派到了汉中工作组，继续住在锦鸿国际酒店搞扫黑除恶斗争中的打伞破网工作。

2021 年 1 月 4 日，经侦大队大队长李胜凯给郑晓锋打电话：“晓锋，我们经侦大队又成立了一个专案组。我给杜局长汇报过了，要让你参加我们的专案。杜局长和省纪委也协调了，省纪委同意放你回毛乌苏工作一段时间。你怎么样，愿意回来吧？”郑晓锋回答：“我服从组织的安排。”高宏伟处长和王彦霖等人，都不愿意放郑晓锋走，但是也无计可施。

二十一、“小李飞刀”救了郑晓锋

毛乌苏市公安局大漠分局六楼，经侦大队二中队办公室。李胜凯正在给郑晓锋简要介绍案情：“2020 年 7 月，犯罪嫌疑人白云川冒充解放军山东某部队的大校军官，在毛乌苏市大漠区三街凯信大楼七楼租赁了两间写字间，装修布置成部队办公室的风格，并且在门上挂了一块‘中国人民解放军空军驻毛乌苏办事处’的牌子，招聘了五名工作人员，谎称要在毛乌苏市大漠区、怀远区修建军用机场和部队营房，有几十亿元的工程项目对外承包。之后，五十余名被害人信以为真，纷纷缴纳进场施工保证金，被骗金额总计一千余万元。犯罪嫌疑人已经被刑事拘留了，现在正在开展大规模的调查取证工作。接下来温玉讲一下。”

温玉说：“这个白云川年轻时确实是某部队的军官，但是在部队时就屡犯军纪，十年前被开除了。这个案件属于涉军案件，一定要办成铁案！”郑晓锋默默地听着，表情严肃而认真。

过年七天假，郑晓锋只休了两天。正月初七，他加班在办案区做完两份被害人询问笔录后，觉得乏力困倦，就回到办公室休息，随便拉拉办公桌的右抽屉，发现了一张毛乌苏第一医院的体检卡。这是单位 2019 年 1 月发的福利，这张卡在抽斗的角落里静静躺了两年，马上就过有效期了。

最近两年，郑晓锋经常烦躁失眠，身心疲惫，胃也常常隐隐作痛，发际线不断地后移，活脱脱一个中年油腻秃顶大叔。其实，身体健康也如鱼饮水，冷暖自知。郑晓锋知道，十二年的刑警生涯已经把自己的身体拖垮了，他就像一台长时间高负荷运转的机器，用透支的方式保持产出。身体是革命的本钱，郑晓锋下定决心迅速做一次全面的体检。

第二天一大早，郑晓锋空腹到毛乌苏第一医院体检中心排队体检。体检的人吵吵嚷嚷，人满为患；医生护士忙得不可开交，一刻也不能歇息。到了中午，郑晓锋才把体检项目做完。

正月十一下午，郑晓锋迫不及待地去医院取体检报告，取到手后坐在椅子上一张一张翻看着。诊断结论里写着，高脂血症、浅表性胃炎伴糜烂、慢性咽炎、反流性食管炎、桥本甲状腺炎、甲状腺瘤。发报告的女医生给郑晓锋解释：“高脂血症问题不大，以后少吃荤腥油腻，少熬夜，熬夜会影响脂肪代谢。浅表性胃炎伴糜烂也不严重，胃病要三分治七分养，吃饭最好定时定量，晚饭少吃点。慢性咽炎也没事，以后要少吃刺激性食物，说话不要太多，声音不要太高。反流性食管炎和精神紧张、吃得太饱有关系，以后要注意。甲状腺有点儿麻烦，两侧都有瘤，长得有点儿大了，位置也不好，压迫喉管和神经了，还有炎症，你可能要手术切除了。”郑晓锋“啊”了一声，医生叹气道：“没事，别怕，小手术。”郑晓锋问：“能不能不做手术？”医生说：“你问一下外科医生吧。”

郑晓锋拿着体检报告去了外科，外科主任张秉义拿着B超单看了两眼说：“你还是需要做手术的，你的桥本甲状腺炎很严重，毫不夸张地说已经烂如渔网。你的瘤长在了甲状腺的背面，切除瘤的难度很大，而且你的甲状腺炎症很严重，你可能需要把甲状腺全切了。你晚上睡眠不好是因为甲功异常，不仅仅是因为工作压力造成了精神紧张。”

郑晓锋仿佛跌入了冰窟，身冷心也冷。他问道：“大夫，咱们医院可以做这个手术吗?”张秉义摇摇头：“咱们这里平时做的甲状腺手术也不少，但是你的情况特殊，瘤的位置复杂，容易损伤喉返神经，我没有百分之百的把握，我建议你去西安的大医院做吧。”郑晓锋又问：“假如甲状腺切除了，会有什么后果?”张秉义说：“必须终身服用甲状腺激素，每隔一段时间检测甲功，调整剂量。”

郑晓锋心情沉重地回到了扫黑除恶中队办公室，喝了一杯水，调整了一下状态，专注地打起字来，很快，一份涉黑涉恶线索的办结报告出炉了，他发到了扫黑办的腾讯通。甄磊国此时回到了办公室，郑晓锋说：“磊国，我要请假一段时间，你把手头的案子办好，人手不够就向重案中队借。”甄磊国问道：“你请假有事?”郑晓锋故作神秘地说：“有大事。”甄磊国笑了：“看样子是大案子，不能说。”

郑晓锋拿着请假单去了李胜凯大队长的办公室：“李大队，我身体不适，想请假十五天。”李胜凯不敢相信：“你平时生龙活虎的，干工作就像牛耕地，咋了就身体不适了?”郑晓锋叹口气：“我甲状腺有问题，可能要去西安做个小手术。”李胜凯在请假单上签了字，说道：“好人有好报，你会一切顺利的。我们等你回来继续上专案，没你可不行呀!”郑晓锋点了点头：“我会尽早回来的。”

晚上，郑晓锋回了家，把体检报告递给了妻子，身为医生的妻子认真看了起来，看得眉头越皱越紧。郑晓锋说：“毛乌苏第一医院的外科主任说我的桥本甲状腺炎很严重，烂如渔网。我的甲状腺瘤长在了甲状腺背面，切除瘤的难度很大，我需要把甲状腺全切了。”妻子怒道：“早就让你干工作悠着点，身体是自己的。天天熬夜，内分泌紊乱，甲状腺出现问题在意料之中。你现在后悔也迟了，准备做手术吧。”妻子开始打电话联系她的大学同学，联系医院。

妻子的大学同学刘涛，几年前从唐都医院跳槽到了西安八达医院。刘涛介绍道：“我们医院甲乳外科主任曾经是原来唐都医院的副主任，名叫李鑫盛，医术高超，医德高尚，绰号‘小李飞刀’。对于李鑫盛老师来说，这是一个微不足道的小手术。”

妻子问郑晓锋：“怎么样，要不要去八达医院?”郑晓锋思索再三说：“行，咱们早点儿去，我总共请了十五天的假。”妻子白了他一眼：“都这样了，还想着不超假，准备续假吧。”

次日，妻子到单位把手头工作交接好，也请了十五天假，然后回家给郑晓锋说：“我给爸妈把你做手术的事情说了，这也没有什么可隐瞒的。爸妈等会儿就过来照看孩子，咱们就能出发了。赶晚上到西安，和我同学一起吃个饭。明天上午办住院，做检查，大后天做手术，做完手术在医院休息一周就可以回家了。”

郑晓锋驾车拉着妻子赶往西安，二人随心所欲地聊着工作和生活中的琐事，欣赏着黄土高原特色的村落和城市，享受着难得的二人世界。下午 5 时，二人来到了预订的酒店，酒店与八达医院的直线距离不足二百米，非常方便。二人在酒店一楼的餐厅订了一个安静雅致的小包间，然后开始等待刘涛下班过来。

刘涛带着一位同事欣然赴宴，都是同龄人，四人都不拘束，相谈甚欢。刘涛安慰郑晓锋："你不要害怕，现在甲状腺疾病很普遍，也很好治，手术对于李鑫盛老师来说小菜一碟。你不要有太大压力，但是手术后你就要每天早上定时吃药了，而且再也不能熬夜，否则会因内分泌紊乱引发其他疾病的。你的刑警生涯也应该结束了。"郑晓锋叹口气，苦笑着不说话。

刘涛说："你三十六岁了，正是年富力强、经验丰富的时候，离开刑警队确实有些可惜。不过你如果不熬夜、少加班的话，继续在刑警队待着也可以。本来我觉得熬夜加班应该是二十几岁年轻人的事。不过现在的年轻人，好像没有咱们这些'80后'能吃苦了，我从我们医院的好多年轻大夫身上发现了这个问题。"刘涛的同事说："郑警官，不用担心。手术后好好保养两三年，你还会是刑侦战线的一把尖刀的。我从你的眼神里看到了警察的勇敢、执着、正气。"郑晓锋呵呵笑了："过奖了。"

饭吃完了，郑晓锋来到吧台准备买单，服务员指着刘涛说："这位先生已经买过了。"刘涛笑道："我是东道主，我请客。"酒店门外，郑晓锋打开了汽车后备箱，搬下来几箱挂面、红枣、绿豆、小米，对刘涛说："别客气。"刘涛笑了："千里送特产，礼重情更重。"送走了刘涛和他的同事，郑晓锋和妻子回到了酒店房间，早早就睡了。

第二天早上，二人在刘涛的帮助下办理了住院手续，床号56。郑晓锋很高兴："五是我，六是顺，这个床号好。"说话间，年轻的女医生张楠进来了，她的笑容很温暖。她静静地看了郑晓锋在毛乌苏的体检报告后，又给郑晓锋递了几张检查单子，嘱咐了何时去何科检查。郑晓锋和妻子认真地听着。最后，张楠说：“李主任下午 5 点左右来看你。”

下午 5 时，李鑫盛主任果然来了，他是军人出身，雷厉风行，走路带风，看见郑晓锋后一惊：“你是解放军还是武警?”郑晓锋回答道：“都不是，我是警察。”李鑫盛笑了：“你脸上有一股军人的气质，身上有一股军人的味道。”郑晓锋笑了：“自古军警不分家，都是人民的保护神!”李鑫盛把郑晓锋在毛乌苏的体检报告和在八达医院的检查单等看了一遍，然后说：“别担心，问题不大，明早手术，速战速决。”郑晓锋点点头：“我的身家性命就交给您了。”李鑫盛爽朗地笑了起来：“小事一桩，我定能举重若轻，克敌制胜。”

正月十三的晚上 10 时，月亮将圆未圆，月色将明未明。操劳了一天的妻子已经在狭窄的陪护床上睡着了，郑晓锋却心潮翻滚，难以入眠。

一生何其短暂，生命何其珍贵。有多少人却为了功名利禄殚精竭虑，即使损害身体也在所不惜，结果最后才发现有权有势，有钱有名，没有健康等于零，可悲可叹!

困意袭来，郑晓锋慢慢进入了梦乡。他梦见了祖父高大伟岸的身躯和苍老慈祥的笑脸。祖父站在老家的院子里向他招手，他向祖父走去，却怎么也追不上祖父的脚步。祖父不见了，郑晓锋万分焦急。不料梦醒了，郑晓锋轻轻叹了口气，眼角流出了泪水!

上午 9 时，郑晓锋被妻子送到了手术室门口。张楠和几名护士正在准备手术器械，看见郑晓锋进来了，说道：“过来吧，把上衣脱了，躺在床上。”郑晓锋红着脸把上衣脱了，顺从地躺了上去，拿白布把上半身盖住。一位又大又胖的男医生走了进来，笑着对郑晓锋说：“输液。”郑晓锋点点头，随着液体的输入，他很快失去了意识。

刘涛陪同着李鑫盛主任走了进来，李鑫盛操起了手术刀，在郑晓锋消过毒的颈部游刃有余，张楠等人一边协助传递器械，一边观摩学习。刘涛说：“这家伙是刑警，平时都是他在别人身上舞刀弄枪。敢在他身上动刀的人不多，估计李主任是第一个吧。”张楠“哦”了一声：“原来是刑警，我就说嘛，眼神里有一股子刚正之气，还有一点儿文雅之气。”刘涛笑了：“他是我同学的老公，你可不能有非分的想法。”张楠脸红了。李鑫盛一本正经：“不要开玩笑了，放严肃点儿，做手术呢。”经过一个多小时的紧张手术，郑晓锋的甲状腺被完整地割了下来，连接在甲状腺上的四根小动脉也被扎了起来，缝合工作由张楠来完成。张楠缝合得小心翼翼，生怕有一点儿闪失。

等郑晓锋再次醒来时，他已经躺在病房里了，甲状腺不翼而飞，刀口缝着美容线，衣服上挂着引流袋。张楠见他醒来，开始医嘱：“手术很成功，值得庆贺，但是有些注意事项。首先是一周内不要剧烈用力，连排便都不能太用力，怕连接甲状腺的小动脉崩开，万一崩开会大量出血，有生命危险。不要吃冷饭、喝冷水，胃部受凉打嗝也可能会引起小动脉崩开。不要吃太热的饭、喝太热的水，否则会加剧喉部水肿，延迟伤口恢复。哦，对了，注意吃点儿水果蔬菜促进排便，防止便秘，必要时使用开塞露。”郑晓锋和妻子认真听着，记了下来。

正月十八的下午，吃完晚饭的郑晓锋，在楼道里散步消食。

楼道里还有一位体态臃肿的老汉，由于脑梗死导致了左侧肢体肌无力，他正扶着墙上的护栏进行走路练习。郑晓锋跟在他后面，不紧不慢地走着。天有不测风云，老汉突然脚下一滑，直挺挺地摔倒在了地上，疼得“哎哟、哎哟”叫唤起来。郑晓锋心中一惊，他知道脑梗是不能摔跤的，摔跤很可能会加重病情。郑晓锋大声叫道：“护士，护士。”一位穿着粉色护士服的实习女护士跑了过来，准备把老汉搀扶起来，结果她力气太小，就看向郑晓锋：“别愣着了，帮个忙。”郑晓锋赶忙过去拽住老汉的胳膊，帮助护士把老汉扶了起来。

这时，郑晓锋突然发现自己的伤口往外涌血。他突然想起了医嘱，自己不能用猛力。毫无疑问，小动脉崩开了。张楠和另外两名护士跑了过来，看见郑晓锋的颈部往外涌血，大惊失色。其中一名护士推来了移动床，郑晓锋赶紧躺了上去，张楠和护士把郑晓锋推进了抢救室，由于失血过多，郑晓锋昏厥了。

李鑫盛闻讯赶来，镇定地说：“遇到任何事都不要慌，不管风吹浪打，胜似闲庭信步。”他把郑晓锋的伤口剪开，把出血的小动脉拿止血钳夹了出来，然后打了个死结。血止住了，李鑫盛长出了一口气：“那个实习护士怎么可以让咱们的病人帮忙扶老人呢？还是那么胖的老人，把她辞退了吧！”张楠点点头：“我会和医务科说的。”

郑晓锋醒来了，妻子坐在旁边看着他，那名实习护士也在旁边看着他。张楠走了进来：“郑警官，你醒了？”郑晓锋“嗯”了一声，感觉浑身无力。张楠杏目圆睁：“你忘了我给你说的话了，你不要命了？你的血流了一楼道，把我们的床都染红了。”张楠又看向实习护士：“你准备离职吧，你差点儿把我的病人害死了。”实习护士泪水涟涟：“对不起，对不起。”郑晓锋挣扎着笑了：“人家护士没有做错什么，人家过去扶老人有什么错？我过去扶老人是我自己要去扶的，是我自己的决定，和人家护士无关。人家干得挺好的，主动扶老人，这是好人好事，应该表扬，干吗要离职?”张楠指着郑晓锋，说了三个“你”，然后气呼呼地走了。实习护士感激地看着郑晓锋。郑晓锋说：“没事，好好上班吧。”

张楠给李鑫盛汇报情况：“李主任，我的病人说是他自己主动过去扶老人的，不是护士叫他的，护士没有责任，不应该辞退。护士主动扶老人是好人好事，值得表扬。”李鑫盛叹了口气：“这是个好人，却没有好命。”

病房里，妻子无奈地看着郑晓锋：“你刚才去鬼门关走了一遭，又转回来了。你流了很多血。”郑晓锋昏昏沉沉地说：“我的头有点儿晕，身子有点儿软。”妻子哼了一声：“你的血都快流干了，不晕不软不正常。没有一两年，你的身体恢复不到以前的状态了。你就像泥菩萨过江，自身难保，还去帮别人。你让我说你什么好呢?”郑晓锋早已闭上了眼睛，沉沉睡去了。妻子盯着一滴接一滴的液体出神。她心想，嫁给这样的男人，究竟是好事还是坏事呢?

正月二十三上午，郑晓锋要出院了。他把床单拉得平平的，把被子叠得方方的，和医护人员礼貌地道别。然后，他拉着妻子去钟楼附近做了两面锦旗，又在医院附近的超市订了十箱牛奶、十箱苹果、十箱香蕉，让超市的工作人员搬到医院来。甲乳外科的十名医护人员每人一份礼物，都笑得合不拢嘴。

郑晓锋展开了第一面锦旗，是送给张楠和其他医护人员的，赠语是：“你是爱，是暖，是希望，你是人间四月天！”大家拍手叫好。郑晓锋又展开了第二面锦旗，是送给李鑫盛的，赠语是：“小李飞刀，例不虚发。救命之恩，没齿难忘！”李鑫盛哈哈笑着竖起了大拇指：“我感觉自己真成了李鑫盛大侠了。这两面锦旗，一面文雅温柔，一面刚强侠义，可以说是我们科成立以来收到的最好的锦旗，很可能是空前绝后的。”妻子小声调侃道：“晓锋，你真逗。憨豆先生你看过吗？你比他搞笑！”

终于回到毛乌苏了，郑晓锋仿佛做了一场大梦，他不愿意接受现实，却又不得不接受，以后他就要每天靠吃药维持身体的正常运转了。他打电话续了一个月的假期，然后为了静养，一个人住在了小舅子在金瑞小区的空房里。

沾衣欲湿杏花雨，吹面不寒杨柳风。一年一度又清明，几家坟上无子孙？一大早，郑晓锋就接到了父亲郑勇军的电话：“往年清明节，你不是值班备勤就是出差办案，你有好几年没给你爷爷奶奶烧纸了。我看今年正好，咱们去烧纸吧。”郑晓锋说：“确实该去了，拜拜祖先，散散心。”

郑晓锋开车拉着父母上了高速路，向葭芦县驶去。高速路两边的山上地里，绿绿的草芽探出了头，桃花、杏花、梨花争奇斗艳，灼灼其华。郑勇军说道：“天气渐渐暖和了，你的身体也渐渐恢复了。今天是 4 月 4 日，7 日你的假期应该就到了吧？”郑晓锋点点头：“是了，我也该回单位上班了。长时间不回单位，还真有点儿想回去。”母亲在旁边埋怨道：“急什么了？多休息几天吧，你看你，脸上还是没有血色。”郑晓锋笑道：“没事的，我感觉现在精力还充沛着呢，回单位了我暂时还是去经侦大队上专案，不用值夜班。人家李大队长等我呢。”郑勇军问：“那你回去后还出差吗？”郑晓锋答道：“当然要出差。”郑勇军问：“你们现在差旅费标准是多少？够花吧？”郑晓锋摇摇头：“每天住宿标准三百到四百不等，伙食补助一百元，不算宽裕。”

郑勇军瞪了郑晓锋一眼：“你们现在这些警察，太铺张浪费了，这么高的标准还敢说不宽裕。你知道我们当年出差有多可怜吗？尤其是1997年，你忘记我那次去新疆出差是怎么扛过来的？”郑晓锋答道：“有点儿印象。我记得当时通货膨胀，物价飞涨，公安局整整一年没有发工资，咱们家穷得都快揭不开锅了。过年了，咱家就炒了四个菜，两荤两素。你爱喝酒，却买不起瓶装酒，就让我去百货门市给你买散酒喝。你们局里写春联，康主任开玩笑，给咱家写了一副对联是：两碟咸菜辞旧岁，一壶散酒过新年。你先贴后看，发现后也没有换，还说写得好，实事求是。”

郑勇军哈哈笑了，笑完又说：“那你记得我1997年去新疆出差的事情吗？”郑晓锋说：“我只记得你走了十几天，回来后浑身灰土，说杀人犯抓住了，别的我就不记得了。”

郑勇军开始讲故事了：“1997年正月初二，葭芦县过秦镇赵家园则村发生了一起故意杀人案。这个村子的上门女婿冯国强，性格比较偏激冲动，因为与邻居发生的地界纠纷未能妥善解决，就用铁锹将邻居一家二人砍死、三人砍伤，作案后就逃跑了，音讯全无。到了五一劳动节的时候，我们得到一条可靠线索，冯国强逃到了新疆喀什地区的疏附县，在一个亲戚家帮忙放羊。当时我们局里已经有半年没有给我们发工资了，出差想报销差旅费，门都没有。但是，死者家属隔三岔五来公安局哭天抢地。死了的人不能白死，跑了的人不能不抓。我和张智林、王欣如一商量，决定自己掏钱想办法去新疆把人抓回来。我们给马局长汇报了一下，马局长很感动，让局里灶上给我们蒸了几锅馒头，烤成了馍片，他个人给我们掏了八十五块钱。我和王欣如、张智林每人掏了几十块钱，然后我们开着局里的绿色吉普 212 警车就出发了。去新疆的路上加油站少，我们车上带着两个油桶，其实有安全隐患。吉普 212 的车顶是篷布，底盘漏洞很多，当年去新疆的路不好，一路上灰土直往车厢里钻，能把人呛死。当年新疆社会治安很乱，所以我们三人每人带了一支威力大的五四式手枪，都压满了子弹。当年也没有导航，去哪里都要看地图，一不小心就会走错路。你知道我们是怎么解决吃饭问题的吗?”郑晓锋摇摇头。

郑勇军得意扬扬地笑了：“还是我的办法多，快到吃饭时间时，我们就看附近有没有公安局、派出所或者政府单位。如果有，我们就进去给人家说我们两天没吃饭了，饿得不行了，能不能给我们吃点儿饭。人家一看我们是警察，一般都不会拒绝的。”郑晓锋笑了：“你们这样做，和要饭的乞丐有什么区别?”郑勇军叹口气：“实在没办法呀!”郑晓锋说：“我猜你们住店也是一样的办法。”郑勇军说：“你猜得很对，我们到了晚上就去公安局、派出所或者政府单位住人家的宿舍，大多数情况下都不会被拒绝。有时候半路上没有这些单位，我们就在车里坐着睡觉，三人轮流醒着放哨，怕恐怖分子丢炸弹、打黑枪。最后我们在疏附县公安局的大力配合下，终于把冯国强抓住了，并且把他安全地带回了葭芦县。那一次出差，真是太累、太苦、太穷了，我一辈子也不会忘记的。等我们灰头土脸回到局里，被害人的家属早就等了几个小时了，一见我们下车，扑通全跪下给我们磕头，扶都扶不起来，好多同志都流泪了。那时候，我感觉到，干警察，再苦、再累、再穷都值得。”

一个小时后，车下了高速路，沿着公路继续行驶了二十公里，到了老家村口。村口西侧有一条盘山水泥路，郑晓锋又小心翼翼地沿着水泥路开了五公里，终于到达了距离坟地两公里的山顶上。举目四望，一览无余，红日在天，群山在下。秦晋大峡谷中，宽大的黄河向南滚滚流去。两岸的小村庄里，窑洞鳞次栉比，烟囱缓缓冒着青烟。郑晓锋想起了唐伯虎的诗：“一上一上又一上，一上上到高山上。举头红日白云低，四海五湖皆一望。”三人沿着土路向西，走着，看着，聊着，很快就到了。

堂兄弟们已经来过了，祭桌上摆着烧肉、饼干、丸子、饺子、苹果，还倒了白酒，祭桌下烧了一堆灰。郑晓锋和母亲开始摆祭品，郑勇军开始点纸。郑勇军望望天，望望地，望望石碑，叹气道：“爸爸，咱们家的三代警察，你已经走了很多年了，我也重病缠身，半身残疾，你的孙子也刚做了大手术，他还很年轻啊！”郑晓锋默默不语。

郑晓锋的母亲眼圈红了：“爸爸，我照顾了你好几年，给你养老送终了。我又一直照顾勇军，他浑身是病。我把你孙子照顾大了，为了让你孙子好好工作，我又照顾他的两个孩子。他居然说要让两个孩子将来再干警察。我说不要了，咱们家给公安事业整整奉献了三代人，奉献得够多了。”郑晓锋心有所感，却故作玩笑状：“妈，你是警察的儿媳，也是警察的妻子，还是警察的母亲，难道不想再当警察的奶奶了？”母亲抹了一把眼泪：“我不想了，太累了，太苦了！我以后要引导孩子们当个好医生，给你们治病。”郑勇军和郑晓锋不约而同地叹了一口气。

4月7日早上，郑晓锋去李胜凯大队长的办公室报到。李胜凯眼神里充满了关切：“你的手术成功吧？身体恢复得怎么样了?”郑晓锋回答：“手术很成功，身体恢复得还可以，但是医生嘱咐我不要上夜班，不要太劳累。”李胜凯点点头：“咱们的专案已经接近尾声了，案子马上要移送审查起诉了。你还是给温玉做副手吧，自己的身体自己知道，做点儿力所能及的工作就可以了。”郑晓锋感激地点点头。

郑晓锋又去了温玉的办公室。温玉笑得眼睛眯成了一条线，握住郑晓锋的手好一阵嘘寒问暖，最后问道：“跟我去山东济南、烟台出一趟差吧，做几份证人笔录，不会让你太辛苦的，怎么样?”郑晓锋笑道：“恭敬不如从命！什么时候走?”温玉说：“明天吧，怎么样?”郑晓锋点点头。

次日一早，温玉和郑晓锋驾驶吉利越野警车出发了。二人在济南、烟台等地辗转奔波，整整二十二天，到了4月30日，才回到毛乌苏。

二十二、爱情圈套

返回毛乌苏的当天晚上，刑警大队大队长曹金虎给郑晓锋打来电话：“晓锋，你是刑警队的业务能手，刑警队也需要你。我和李胜凯大队长沟通过了，让你回刑警队，不参与专案了。五一收假后，你到我办公室来吧。”郑晓锋答道：“好，明白。”

5月5日上午，郑晓锋来到刑警大队大队长曹金虎的办公室。曹金虎看着郑晓锋略显苍白的脸：“晓锋，咱们大队要进行内设机构改革，扫黑除恶中队和重案中队都要撤销，甄磊国马上要调到尚武路派出所。你和井立新、白志军、加贝组成机动中队，处理重案中队和扫黑除恶中队的遗留案件，主要是屈星星涉黑案。机动中队暂不参与值班。等以后哪个中队长走了，留下位置给你，怎么样?”郑晓锋点点头。曹金虎又说：“你搬到四楼409办公室吧，你们扫黑除恶中队的办公室要腾给将来的副大队长使用。”郑晓锋点点头。

曹金虎叹了口气，低声问道：“你的身体恢复得怎么样？能不能胜任工作?”郑晓锋说：“恢复得还行，我会尽己所能，认真工作。但是医生嘱咐我以后不能多上夜班，否则会内分泌紊乱，引起其他疾病的。”曹金虎点点头：“人最重要的就是身体健康，你要多爱惜身体，我以后也不安排你上夜班。”郑晓锋满心感激。

郑晓锋去了扫黑除恶中队办公室，甄磊国正在收拾东西，看见郑晓锋，就放下了手里的材料：“郑队长，你回来了。我要去尚武路派出所了，咱们扫黑除恶中队也要散了，多保重自己。”郑晓锋笑着拍拍他的肩膀：“铁打的营盘流水的兵，中队撤并，人员流动，很正常嘛，你也多保重。”

郑晓锋把案卷材料和物品等一件件地搬到了409办公室，里面还有二中队的冯宝、牛福林、周俊安。三人都为郑晓锋打抱不平。

冯宝说道：“你本来是扫黑除恶中队的中队长，现在成了机动中队的队员，辛辛苦苦干工作，现在降级了。”牛福林说道：“咱们一批警，现在除了咱们两人，其他几乎都是中队长，论能力咱们不比别人差呀！”郑晓锋笑得很酸涩：“职务高低、财富多少，并不重要。在身体健康面前，这些都是浮云，要看淡点儿，想开点儿。我现在只想身体健健康康。如果能让我恢复到以前的身体状态，我宁愿一辈子平平淡淡。”大家都不说话了，用沉默表示认可。

当天下午，案审中队中队长武平给郑晓锋打电话：“晓锋，你到曹大队长办公室来一趟。”郑晓锋下去后，见曹金虎的办公桌上放着厚厚的一摞材料。曹金虎说道：“有个叫邸金梅的女人，被情人骗了四百多万元，痛不欲生，割腕自杀过，吃安眠药自杀过，都被抢救了过来，她老公带着她过来报案了。这个案子不确定是不是刑事案件，需要初查一下，既疑难，又复杂。你看你身体怎么样，能不能把这个案子拿下?”郑晓锋点点头，谦虚地说:“我试试。”曹金虎笑了:“都说你是办案能手，这个案子你就小试一下牛刀，让大家看看。”郑晓锋微微一笑：“承蒙领导错爱。”曹金虎又嘱咐道：“被害人受了刺激，情绪不稳定，时不时露出轻生的念头。你不光要把案子办好，还要把被害人安抚好，不能让她再自杀了。”郑晓锋点点头:“我知道了。”

郑晓锋回到办公室，把邸金梅提交的报案材料看了一遍，然后拨通了邸金梅的电话:“邸金梅，你好。我是毛乌苏市公安局大漠分局刑警大队民警郑晓锋，你所报的诈骗案以后由我负责侦办。你不忙的话来刑警大队 409 办公室一趟，今天下午有没有时间?”邸金梅答道：“今天下午我要接娃娃放学，明天早上怎么样?”郑晓锋说：“好的，明天早上 8 点能到吧?”邸金梅回答:“好的。”

阴霾总会散去，太阳依旧升起。天气早已转暖，百花陆续凋落，大树披上绿装，小草吐出新芽。

409 办公室里，披头散发的邸金梅坐在沙发上，目光呆滞，一言不发，像个犯了错误的孩子。郑晓锋上下打量了邸金梅一遍，身高中等，微胖，肤色较深，衣着打扮朴素，不算丑，但也绝对说不上漂亮，感觉不太笨，但也绝对说不上聪明。

郑晓锋的目光平静而温暖，语气和缓而有力:“邸金梅，事情已经发生了，就要想办法去面对，我们公安机关会帮助你的，你要相信我们，我们是绝对不会放过一个坏人的。”邸金梅抬起了头：“我的钱可以追回来吗？不然我没办法给我老公交代。”郑晓锋说道：“为群众追赃挽损是我们义不容辞的责任，我们一定会尽力而为的。”邱金梅对这个回答并不满意，又问：“你觉得我的钱能追回来吗?”郑晓锋叹口气：“全部追回的可能性不大，应该多少可以追回一部分。”邱金梅仍然不满意：“一部分是多少?”

郑晓锋提高了音量：“你的眼里只有钱？能不能不要把钱看得太重？钱是身外之物，没了可以再挣，人没了可就什么都没了。你能不能把钱放下，好好调整一下心态，好好回忆一下事情的来龙去脉，配合我们的工作。”牛福林说道：“你要相信郑队长，他是我们大队的业务能手，人也很正直。”邱金梅哭了起来：“我怕钱追不回来我老公不会饶了我的。”郑晓锋劝道：“你不要把你老公想象成一个掉进钱眼里的人，毕竟你是他的孩子的母亲，我觉得他会觉得你更重要。而且，我会给他做思想工作的。”邱金梅哭着不说话，郑晓锋又说：“我听说你还割腕了，吃安眠药了，是不是?”邱金梅缓缓起身，走到郑晓锋跟前，撸起了左手袖子，左手腕上七条深深的划痕血痂未掉。

郑晓锋瞪大了眼睛：“你这是干什么?! 你的父母等着你养老，你的儿女等着你抚养，你的亲人都希望你平安健康，谁给你自杀的权利的？谁允许你这么做的？你也三十几岁的人了，不就是被人骗点儿财，骗个色吗？这是多大点儿事，至于寻死觅活吗？你死了可以一了百了。你的父母儿女没人管了，我们的重要证据灭失了，坏人逍遥法外了，拿着你的钱到处挥霍，你愿意得到这样的结果吗?”邱金梅愣在了原地。郑晓锋吼道：“你死了，大家都瞧不起你，被人骗了就白骗了，被人玩了就白玩了。好好配合我们工作，把坏人抓回来，让他把牢底坐穿，出一出胸中这口恶气。你说我说得有没有道理?”

邸金梅揩了一把眼泪，点点头。郑晓锋对她的点头不满意，说道："大声回答我，我说得有没有道理？"邸金梅大声答道："有道理。"郑晓锋又质问道："你是准备去死还是准备好好活着？说！"邸金梅点点头说："好好活着。"郑晓锋笑了："坐下吧。"邸金梅坐在了沙发上，掏出皮筋把凌乱的头发挽了起来。郑晓锋给她递过去一杯茉莉花茶水，笑着说道："茉莉花茶，很香，放温了后再喝，小心烫。"邸金梅又流出了眼泪，她拿出纸巾擦了一下，说道："谢谢你。"郑晓锋说道："咱们开始做笔录，你讲吧。"邸金梅开始讲述详细案情。

从2016年春季至今，邸金梅和丈夫段小飞在大漠区朔方路荣昌建材市场经营一家福庆板材门市，段小飞负责进货送货，邸金梅负责销售算账，生意兴隆，财源滚滚，每年都能净赚一百万元以上，生活完全达到了小康水平。

正所谓温饱思淫欲，段小飞开始偷偷摸摸拈花惹草。2019年4月，段小飞和市场内一个年轻漂亮的女保安有染了，经常在保安室里就搂搂抱抱，亲成一团。市场里做小买卖的商人，营业闲暇之余，总喜欢说长道短，尤其是各种荤段子，更能逗得人心花怒放。段小飞和女保安有染的事，一时间在偌大的市场里传得沸沸扬扬，大有铺天盖地之势，很快就传到了邸金梅的耳朵里。邸金梅认为耳听为虚，眼见为实，就偷偷地跟踪段小飞，在上路南路的一家小宾馆里，把段小飞和女保安捉奸在床。自以为谨慎小心的段小飞傻眼了，跪地磕头，赌咒发誓，要和女保安一刀两断。女保安也是有家室的人，苦苦哀求邸金梅既往不咎。邸金梅看在孩子的面上，心软了，没有和段小飞离婚，但是，两人的关系就像破裂后又粘在一起的镜子，再也回不到从前。两人经常为了一点儿芝麻绿豆大小的事情就吵得不可开交，邸金梅常常旧事重提，搞得段小飞又羞又恼。

两人精心打造的城墙出现了坍塌，防御能力直线下降，外敌自然会乘虚而入。2019 年 7 月，王保华来了，既是偶然，也是必然。

王保华三十八岁，身高一米八五，长相俊朗，身强体壮，衣着讲究，开着一辆二手白色霸道，举手投足都是一股豪爽之气。他时不时就来到邸金梅的门市，趁段小飞外出，和邸金梅闲聊，谎称自己做二手车买卖抵押生意，还贩卖煤炭，也算是个小煤老板。后来，王保华慢慢开始嘘寒问暖，送点儿小零食、小礼物。邸金梅被王保华哄得神魂颠倒，以为王保华就是自己的白马王子，就是改变自己命运的人。当王保华给邸金梅提出开房发生性关系后，邸金梅毫不犹豫地答应了，欣然赴约，此时距离二人认识还不到一个月。

从 2019 年 8 月到 2021 年 2 月，王保华以做二手车生意、搞煤炭买卖生意、给煤矿供货、在煤矿入股为由向邸金梅借款。邸金梅先后给其借款一百六十三次，共计四百二十余万元。邸金梅对于王保华向其借款做生意一事，一直深信不疑，全力支持。一开始，邸金梅给王保华银行转账，后来邸金梅直接把银行卡交给了王保华，让其随意转账取款。

2021 年 2 月，有一个好心人问邸金梅是不是借了王保华很多钱。邸金梅说："是，我借钱给王保华做生意。"好心人摇头道："你不要再借钱给王保华了，他拿着你的钱到处赌博、挥霍无度，还给自己的女儿买了一套房子。他就是个赌鬼，什么生意也不会做。"邸金梅大惊失色："真的？"好心人叹气道："我为什么要骗你呀？"邸金梅如梦初醒，开始向王保华要钱。王保华怎么会把吃进嘴里的肥肉吐出来呢？他一直以各种理由推托，最后开始玩消失。万般无奈之下，邸金梅来到毛乌苏市公安局大漠分局报案。

笔录做到中午 12 时都没有做完，郑晓锋说道：“你先出去吃饭吧，吃完咱们继续，我也不午休了。”邸金梅走了，郑晓锋和牛福林也到二楼餐厅吃饭了。吃完饭，郑晓锋和牛福林回到了办公室，牛福林感叹道：“这就是出轨的代价呀，爽了一阵子，毁了一辈子。”郑晓锋也感叹道：“这个案子的账务要算清楚，还真有点儿麻烦。一百六十三次转账取款的去向都要搞清楚。”牛福林说：“这个案子我看也就你能拿下，其他人够呛。”邸金梅回来了，郑晓锋继续做笔录，直到下午 3 时，邸金梅的初次询问笔录才完成。

郑晓锋说道：“知道你借钱给王保华的人都是证人，现在你回忆起来的有十四人。这十四个人都要做笔录，我会联系他们的。还有那些知道王保华赌博、挥霍、买房的人，也都是证人，那个好心提醒你的人应该能提供几个，我也要询问他们。你老公是最重要的证人，我明天先询问他吧。你把你和王保华的微信聊天记录全部打印在 A4 纸上，按照时间顺序排列，给我拿过来。我还要把你手机上的数据在我们的电子物证室进行提取，工作量挺大的，你别着急，咱们一步一步来吧。”邸金梅点点头：“我知道了，拜托你了！”

上午 8 时，段小飞神情沮丧地坐在 409 办公室的沙发上，空洞的眼神望着天花板。郑晓锋和牛福林正在安慰他。郑晓锋说：“你一个大男人想开一点儿，人活一辈子什么事都有可能会遇到。无论遇到什么事情，都要乐观、坚强，都要想办法去解决，而不是悲观、逃避。你老婆在男女之事上犯错误，和你有撇不清的关系。你如果不先在这方面犯错误，你老婆可能也不会犯。你平时对她多一点儿关心，少一点儿责备，她可能也不会犯了。人非圣贤，孰能无过。犯就犯了，当今社会，这种现象也很普遍，也不是什么大不了的事，不要太在意。要和老婆把将来的日子过好，好好配合我们的工作，把王保华绳之以法，绝对不能让他一边挥霍你们的钱，一边看你们的笑话。”

牛福林说：“和你老婆好好过日子，毕竟你们有两个孩子了。孩子还小，不能没有父爱，也不能没有母爱，否则孩子的童年不会美好，所受的伤害要用一生来治愈，而且从小缺少关爱、缺少管教的孩子，稍微大一点就很容易走上违法犯罪的道路，我们平时工作中见到的多了。孩子是无辜的，为了孩子，你必须受点儿委屈，和邸金梅处好关系，共同把孩子拉扯大，培养成才。你是男人，应该有宽阔的胸怀和担当精神，能忍辱负重。”段小飞眨眨眼睛，表情痛苦而无奈。

郑晓锋说道：“好了，都是男子汉，道理你应该懂了吧？”段小飞点点头：“两位大哥说的对，我听你们的。”段小飞心里的疙瘩解开了一些，询问可以开始了。

接下来的三个月里，郑晓锋快刀斩乱麻，询问了二十三名证人，一部分人可以证明邸金梅借钱给王保华，一部分人可以证明王保华自称做二手车生意和煤炭买卖生意，一部分人可以证明王保华经常在毛乌苏、山西、内蒙古赌博，并且逢赌必输。郑晓锋调取了邸金梅的银行流水，分析了资金去向，并且列表制图。郑晓锋把邸金梅和王保华的微信聊天记录整理了出来，并且对邸金梅的手机进行了电子证据提取。微信聊天记录可以证明，王保华经常给邸金梅发一些高速路和煤矿的小视频，并且向邸金梅要钱。王保华和邸金梅在微信上也经常打情骂俏，王保华经常给邸金梅发酒店地址，二人系情人关系。

此案外围证据扎实了，抓捕时机成熟了，但是王保华却销声匿迹，不见了踪影。8 月 9 日，已经立秋，暑气仍盛。郑晓锋来到曹金虎大队长的办公室，汇报道："邸金梅被诈骗案的外围证据已经落实了。王保华与邸金梅系情人关系，王保华从 2019 年 8 月到 2021 年 2 月，以做二手车生意、搞煤炭买卖生意、给煤矿供货、在煤矿入股为由，向邸金梅借款，邸金梅先后给其借款 163 次，共计 420 余万元。王保华将诈骗赃款用于赌博、挥霍、给女儿买房。王保华不知所终，我认为现在可以将王保华列为网上逃犯了。"曹金虎大队长听后直摇头："我觉得还是慎重一点儿，毕竟双方是情人关系，邸金梅给王保华的钱又是借款性质，是不是肯定构成犯罪呢？万一拘留后检察院不批捕，王保华会不会告我们插手经济纠纷呢？"

郑晓锋开始详细阐述自己的理由："这起案件是典型的借款型诈骗，而不是民间借贷纠纷。在正常的民间借贷中，借款人会告知债权人借款的真实用途，让债权人知道借款的用途和风险后再作出决定。在借款型诈骗案中，犯罪嫌疑人往往会虚构事实、隐瞒真相，编造虚假的借款理由，如投资贸易、建设工程等合法正当、回报丰厚的项目，让被害人产生借出资金能安全收回的错误认识。之后，犯罪嫌疑人会将借款用于违法或者可能无法收回资金的活动，如赌博、挥霍等，致使被害人的资金无法收回。借款人是否真实陈述借款用途，将借款用于何处可以反映其主观方面是否有非法占有的目的。借款人对资金的实际使用情况会反映出其借款时是否有虚构事实或隐瞒真相的客观行为。我觉得这起案件的外围证据已经可以证明这一切，零口供都可以让王保华牢底坐穿，上网追逃绝无问题。”

曹金虎听了后，对站在门口多时的法制大队民警魏海飞说：“怎么样，发表一下你们法制大队的意见？”魏海飞笑道：“晓锋从主客观方面分析了借款型诈骗，我听了后觉得很有道理，而且他办案子一直是严谨认真的，从来没有出过差错。”曹金虎点点头：“确实，晓锋办案子从来没有让人挑出过毛病。好吧，上网追逃！”

2021 年 9 月 27 日上午 10 时，郑晓锋正在办公室整理卷宗，办公室的电话响了，郑晓锋接了起来：“你好，你找哪位？”对方说道：“我是富强律师事务所的律师张富强，我找一下郑晓锋警官。”郑晓锋答道：“我就是。”张富强说：“我受王保华的哥哥委托，担任王保华的代理律师。我有一份律师意见书要给你送过来，我现在就在你们公安局警务大厅门口。”郑晓锋“哦”了一声说：“你等着，我下来。”

郑晓锋知道，王保华肯定知道邸金梅控告他的事情了。王保华的心理素质不好，沉不住气了，所以委托律师过来探探口风。

郑晓锋不紧不慢地走到警务大厅门口，看见一位西装革履的中年秃顶男人，右手提着一个黑色真皮公文包，他初步判断这就是律师张富强。果然，对方一看见他，就走过来伸出了手：“你好，你是郑警官吧？”郑晓锋也伸出手和对方握了握，笑着说道：“我是郑晓锋，幸会。”二人坐在了警务大厅门外的长条木椅上。

郑晓锋说：“最近由于疫情形势严峻，不让上楼，只能委屈你在这里坐一坐了。”张富强笑笑：“不委屈。”郑晓锋说：“你阐述一下你的观点吧。”张富强点头说道：“王保华的哥哥给我讲述了一下事情真相，我整理成了一份律师意见书。王保华早年离异，他和邸金梅认识后，双方互有好感，最后发展成了情人关系，不仅仅是情人，同时有结婚的打算。在此期间，王保华给邸金梅也赠送过大量的礼物，邸金梅也大量借钱给王保华，用于王保华做生意。但是商场如战场，王保华的生意没有盈利。邸金梅给王保华借钱时，也并没有说过一定要王保华还钱。据王保华讲，邸金梅作为日进斗金的富婆，在包养他。王保华相当于男小三。所以，邸金梅控告的王保华涉嫌诈骗一案子虚乌有，他们二人纯属感情纠纷与经济纠纷。”

郑晓锋面无表情，耐心地等张富强讲完后，问道：“王保华怎么知道邸金梅在控告他?”张富强说：“你询问了那么多证人，有些证人酒后失言漏风了。”郑晓锋问：“王保华在哪里?”张富强说：“这个我不知道，肯定躲起来了。他哥哥接到他的电话，他在电话里给他哥哥说了情况，他哥哥又给我说了情况，我就过来了。”郑晓锋心中暗喜，点点头道：“如果真的像你说的，你和王保华的哥哥说一下，让他想办法联系他弟弟，让他到我们这儿来一趟，我们给他做一份询问笔录。如果确实不涉嫌犯罪，我们就把这案子撤销了，让邸金梅去法院起诉他吧。我们公安机关是坚决不会插手经济纠纷的。”张富强也心中窃喜：“那我就让王保华过来找你。”

郑晓锋玩了一招欲擒故纵：“如果真的如你所说，他就不涉嫌犯罪，那就不着急了。别忙，等我过完国庆假期，再让他来吧。他来了后我给他做一份笔录，向领导汇报一下，该撤案就撤案。”张富强的脸上笑开了花，把法律意见书递给了郑晓锋：

“郑警官，你公道正派，不枉不纵，是群众值得信赖的好警官呀!”郑晓锋笑着挥手，目送张富强离开。

10 月 8 日上午点到后，刑警大队全体民警在分局后院练习军体拳，练完后一个个精神百倍、面色红润。郑晓锋回到办公室，他在想，这个王保华今天会不会来呢？想曹操，曹操就到。办公室电话响了，郑晓锋接了起来，对方说道：“我是王保华，我找郑晓锋警官，我在你们警务大厅门口木椅上坐着呢。”

郑晓锋拿上手铐，叫上加贝，来到警务大厅门口。王保华戴着口罩和帽子，跷着二郎腿坐在椅子上玩手机。郑晓锋叫道：“王保华？”王保华“嗯”了一声，郑晓锋和加贝把王保华的手铐了起来，带到了办案区，登记、搜身、检查后开始讯问。

王保华傻眼了，他还以为郑晓锋会客客气气地给他做一份笔录，然后笑容满面地告诉他可以撤案，并且和他挥手道别。王保华拒不认罪认罚，他讲述的情况和张富强律师所写的法律意见书一模一样。对于王保华的无理狡辩，郑晓锋懒得驳斥，做完笔录后，他和加贝、白志军带着王保华体检，然后送到看守所执行刑事拘留。在收押大厅，王保华垂头丧气地说：“郑警官，你要主持公道，其实我才是受害者，邸金梅欲望很强烈，我每周起码要伺候她三回，我实在起不来就吃伟哥，把我的肾都吃坏了。”白志军和加贝捧腹大笑，郑晓锋也哭笑不得，斥责道：“恬不知耻!”

二十三、从警无悔

最近半年，毛乌苏市公安局大漠分局表面上风平浪静，实际上暗流涌动，好多优秀的民警都在积极行动，争取更上一层楼。大家都翘首以盼，三十二个正科位置和五十八个副科位置究竟花落谁家。

10月9日，晋升副科、正科的名单公示了，没有郑晓锋的名字。虽然是意料之中的事，但是失落感、挫败感还是无可避免地涌上郑晓锋的心头，他以身体不适为由，请假五天。

早上7时30分了，郑晓锋还抱着儿子缩在被窝里睡觉。郑勇军走了进来，问道："咋回事啊？再不上班就迟到了，你不是从来不迟到吗？"郑晓锋叹口气："我请假了。"郑勇军一脸狐疑："你身体怎么样？"郑晓锋说："身体好了，心情不太好，请假放松两天。"郑勇军问："咋了，心情不好？"郑晓锋开始穿衣起床："爸，你就别问了吧！"郑勇军笑了："是关于提拔的事吧？"郑晓锋问道："你知道了？"郑勇军点点头："我听说了，你们局里提拔了九十个人，看样子你不在其中。"郑晓锋叹口气：

“是啊!”

郑勇军和郑晓锋来到客厅，坐在沙发上，父子二人吃着烤得焦香的小馍片。郑晓锋不愿意把这些糟心事说给父亲，怕他跟着心烦。郑勇军在想着怎样给儿子做思想工作，让他振奋精神，好好工作。二人一时无言，客厅里静得只能听见咬馍片的咯嘣声。

郑勇军喝了一口水，清了清嗓子，打破了沉默：“你当警察是为了什么?”郑晓锋抬起了头，看着父亲：“当然是打击犯罪、保护人民呀!”郑勇军问道：“你没有提拔影响你打击犯罪、保护人民吗?”郑晓锋摇摇头：“好像也不影响。”郑勇军说道：“不管你在公安系统是个小民警，还是领导，你的工作都是打击犯罪、保护人民，这是你的初心和使命。不要因为没有提拔这一点儿小事，就忘记了你的初心和使命。《便衣警察》这部电视剧看过吧?”郑晓锋点点头：“电视剧看过，书也看过。”

郑勇军笑道：“你看看人家周志明，在混乱的政治运动中不畏强权，坚持真理，因此被冤枉判了刑，送到了监狱服刑。他在监狱里边都能够不忘初心，保持着学习、锻炼、劳动的好习惯，积极帮助监狱民警改造犯人，他的坚强、善良、正直感动了很多犯人。这些犯人就像接受了一场精神的洗礼，好多人出狱后都弃恶从善，改过自新。后来他的案子改判无罪后，他又回到了公安队伍，又穿上了帅气的警服，继续侦查间谍案，最后用自己的力量和智慧将间谍案成功破获。你应该向周志明学习，不论在任何时候，都不要计较个人得失，都不要忘记初心和使命。自己为什么从警，是为了升官发财吗？不是！是为了打击犯罪、保护人民，就像你还在读高中时说的一样，惩恶扬善匡扶人间正气，除暴安良保卫一方平安。”郑晓锋点点头。

郑勇军从柜子里翻出了一本发黄的牛皮纸学习笔记，递给了郑晓锋。郑晓锋一看，是自己 2008 年 12 月至次年 3 月在毛乌苏市人民警察训练学校新警培训时的学习笔记本。郑勇军说：“你忘了你写的那篇文章了吧，好好看看！”郑晓锋翻开了笔记本，看到了那篇用蓝色钢笔工工整整写下来的《一日从警，无悔终生》。

我的祖父和父亲都是光荣的人民警察，他们把毕生的精力都无怨无悔地献给了伟大的人民公安事业。我的祖父在侦破一起杀人案件时，由于连续七天七夜没有得到充足的休息而诱发了冠心病和高血压，在我很小的时候，他就去世了，以至于我未能享受到爷孙俩的天伦之乐。我的父亲已经有二十八年警龄，我小时候很少能见到父亲的面，因为他为了打击违法犯罪，一周才能回一两次家，长年的艰苦工作也使我的父亲积劳成疾。但是，我敢肯定，我的祖父和父亲，都没有后悔过自己以警察为职业。

我的家庭环境使我对警察这一职业有着更深刻的理解。警察是一种神圣而光荣的职业，在和平年代里，普通群众安享和平，但是人民警察却要面对刀光剑影；在漫漫长夜里，普通群众酣然入梦，人民警察却要忍受寒冷的夜风；在法定节假日，普通群众可以尽情地娱乐放松，人民警察却要值班备勤。警察也是有血有肉的自然人，但是他们却为了社会的稳定在高风险、高压力、高应激的公安工作中损害着自己的生命健康权；警察也是中华人民共和国的公民，但是他们为了人民的安宁在长年累月无休无止的公安工作中放弃了自己的休假权。他们为了什么？为的是追求崇高和正义，为的是党的叮嘱和人民的重托，为的是头顶的国徽和臂配的盾牌，为的是无愧于人民警察这一无比光荣的称号！

在我父亲的身教言传及潜移默化的影响下，我在很小的时候就疾恶如仇，违法犯罪分子是我的眼中钉、肉中刺，急欲除之而后快。我对这些社会渣滓有着切齿之仇和入骨之恨，所以在十几年前，成为一名优秀的人民警察的理想，就在我尚且幼稚的心灵里深深地扎下了根。

我非常清楚地知道，要干好公安工作，只有满腔热血，没有良好素质是万万不行的。我在中学时，就开始坚持跑步、打沙袋，浏览大量的公安书刊。高考时，我毅然地报考了西北政法大学法学专业。大学四年里，我坚持跑步，练习跆拳道，去公安学院的教室旁听，学习刑事侦查技术，很多老师以为我就是他们学院的学生。我经常鞭策自己要奋发图强，努力在不久的将来成为一名文武双全、素质优秀的人民警察。

我在大四期间，决心考研，更加努力学习。在2008年年初，当我得知咱们毛乌苏招394名警察时，我欣喜万分，毅然报考。经过层层筛选，在面试结束后，我知道，这次招警我成功了。而此时，我又幸运地被我亲爱的母校西北政法大学录取为诉讼法学专业的研究生。一人不能分两地，我要做出一个艰难的抉择。说句实在话，我很想读研究生，因为我热爱学习，喜欢钻研，我的很多朋友都劝我好好读研，想得长远些。但是我很清楚，毛乌苏不是每年都招警，如果我这次放弃了，以后可能就没有机会进入毛乌苏公安队伍了。毛乌苏厚厚的黄土地和滚滚的黄河水养育了我，受此大恩，岂能不报？于是我毅然决然地放弃了读研究生的机会，回到了这块民风淳朴、民俗丰富、经济繁荣，但是治安形势却日益严峻的土地。

今天的新警培训开学典礼，我领略了各位公安老前辈的不凡风采，欣闻了人民警察之歌的悲壮激昂，心情如同黄河秋水久久不能平静。今天，我成为人民警察这一光荣群体的一员了；今天，我儿时的理想变为现实了；今天，我十年心血所磨的利剑，快要一试锋芒了；今天，惩恶扬善匡扶人间正气，除暴安良保卫一方平安的公安战线上又多了394名意气风发的战士！但是，我同样明白，我的前进之路上将充满着危险和挑战，我将会和黑恶势力进行生死较量，很有可能在不久的将来，公安英烈榜上将增加我郑晓锋的名字。但是，我仍将义无反顾。一日从警，无悔终生！

父子二人一起把这篇文章看完。郑勇军说道：“你这篇文章写得很好，很感人，很提气!”郑晓锋淡淡笑一下，轻轻叹口气：“我也是我们局里有名的文人。”郑勇军又说道：“你是个文人，文人有文人的清高和骨气。你在保护好自己的安全和健康的前提下，办好每一件案子，完成每一次任务，做到依法合规，不枉不纵，无愧于心，也就成功了！”郑晓锋认真地点点头，说道：“爸，你说的有道理。我休息几天，调整一下情绪，然后回去继续好好工作。”郑勇军笑了：“这就对了，凡事看淡点儿，想开点儿。来，听一首歌吧。《便衣警察》的主题曲《少年壮志不言愁》。”

郑勇军打开了手机音乐，刘欢用浑厚的嗓音热情地讴歌着不慕名利、默默奉献的人民警察：“几度风雨，几度春秋，风霜雪雨搏激流。历尽苦难痴心不改，少年壮志不言愁。金色盾牌，热血铸就，危难之处显身手，显身手。为了母亲的微笑，为了大地的丰收，峥嵘岁月，何惧风流，何惧风流！”

休假五天的郑晓锋回到了单位，刑警大队的中队长，除了何胜利、郑晓锋、贺雄伟全部被提拔走了。刑警大队还有很多老民警也申请调走了，何胜利给郑晓锋说：“我老了，干不动了，我也马上要调动到经侦大队去了。”刑警大队新调进来很多年轻民警，郑晓锋觉得刑警大队似乎比以前陌生了，自己比以前孤单了。

曹金虎大队长把郑晓锋叫进了自己的办公室：“晓锋，现在就这么个情况，你有什么打算?”郑晓锋微微一笑：“没什么打算，尽己所能，办好每一起案子，做好每一项工作，不出任何差错，不犯任何错误。”曹金虎说道：“机动中队解散了，你去五中队吧。五中队的老民警有你和王成，你看看你想不想当中队长，想当的话你当，你不想当就让王成当。”郑晓锋犹豫了一下说：“我现在身体情况还不是很好，挑起这副担子很吃力。如果王成想当中队长，就让他当吧。”曹金虎说道：“什么都没有身体健康重要，你的想法是正确的，让王成当中队长吧。你是老民警，身体又不好，以后不要值夜班了，也不要出警了，我给王成嘱咐一下。”郑晓锋感激地点点头。

郑晓锋到五中队的办公室，找到王成，笑道：“王队长，以后我就到五中队了，请多多关照啊！”王成脸上笑开了花，伸出了右手：“郑队长，欢迎你。”郑晓锋握住王成的手：“谢谢！”五中队的郝金桥、张宇、慕乐等人都起身围过来和郑晓锋握手打招呼。

11月6日上午，郑晓锋把邸金梅被诈骗案的报捕卷送到了大漠区人民检察院，案管办把案子分给了女检察官高风华。高风华是郑晓锋西北政法大学的校友，比郑晓锋高三级。她是一个心宽体胖的东北豪爽女汉子，心直口快，但是办案子非常认真细致。

次日下午，高风华给郑晓锋打电话：“晓锋，邸金梅被诈骗案是你办的吧？”郑晓锋说：“是啊。”高风华开始大发感慨：“我收到案管办厚厚的一摞卷后，好像瞬间掉进了黑龙江的冰窟窿，整个人都不好了。但是，当我看到你是主办案人后，我又仿佛从冰窟窿里飞了出来。”郑晓锋谦虚地说：“你把案卷看完了吗？”高风华笑道：“看完了，尽管案卷材料很多，但是整理卷宗的顺序非常好，条理很清晰。尽管犯罪嫌疑人不认罪，但是外围证据是扎实的。我们检察院批捕的借款型诈骗不多，借款型诈骗的办案难度是很大的，尤其是情人之间。但是，这个案子我准备批捕。”

郑晓锋说：“那就好。这个案子不仅仅是典型的借款型诈骗，而且我认为它是一种现实版的杀猪盘诈骗案。犯罪嫌疑人王保华把自己包装成一个高富帅的成功生意人，嘘寒问暖俘获了邸金梅的芳心，让邸金梅沉溺在所谓的爱情中不能自拔。然后王保华开始粉墨登场，以投资各种生意为由，向邸金梅借钱。邸金梅自然不会拒绝，最后被骗得钱没了，心伤了。难道这不是现实版的杀猪盘诈骗吗?”高风华感慨道:“确实是,你说的太对了。邸金梅本以为自己是公主,王保华是白马王子,结果自己是猪,王保华是杀猪汉呀!”郑晓锋说道:“这就是出轨的下场,希望大家都引以为戒。”高风华哈哈大笑:“我们检察院的人不需要,我们是守护社会正义的最后一道防线。”郑晓锋笑了:“我们是第一道防线。”

11 月 12 日下午,王保华被批准逮捕了。郑晓锋和王成给王保华执行了逮捕。王保华态度很恶劣,拒绝在逮捕证上签字,并且咆哮道:“我伺候她这么长时间容易吗?她的性欲那么强!我们之间是包养的关系,她包养我,你明白吗?”郑晓锋冷冷一笑:“不明白。逮捕证你愿意签字就签,不愿意签字就算了,不影响我们的办案进程,反而会反映你的认罪态度。”

返回单位的路上,郑晓锋对王成说:“王保华骗来的赃款大部分赌博、挥霍了,银行账号空空如也,名下也没有车辆。据说他在东华给女儿买了一套房,我准备把房子查封了。房子的购买价格是六十多万元,我相信主要是王保华支付的,因为他的前妻没有固定工作,养育一儿一女,生活很拮据。”王成笑道:“查封房产,追赃挽损,是公安机关义不容辞的责任。”

接下来的一周内,郑晓锋和王成一边调取银行流水,一边分析银行流水,购房款的来源逐渐清楚了。郑晓锋把购房款资金来源制成了树状图,简单直观,一目了然。王成看了后赞叹不已:“晓锋,我们真应该向你好好学习。”

11 月 22 日,小雪节气,天气渐寒。郑晓锋和王成一大早就驾驶桑塔纳警车朝东华市进发了。二人在东华市不动产登记中心对房产进行登记查封,然后把王保华的前妻李芸传到了人民路派出所。李芸身材高挑，面容姣好，但是冷漠无情。她一见到郑晓锋，就冷冷地说：“你们叫我干什么，我和王保华现在一点儿关系也没有，我看见他就恶心，一天不务正业，就知道赌博和睡觉。”郑晓锋问道：“那你怎么会和他结婚?”

李芸叹气道：“我当年太年轻，不经世事，被他骗了，他太会伪装了。”郑晓锋把查封决定书递给了李芸：“你女儿名下的房产我们查封了。这是文书，你作为监护人，在上面签个字吧，把孩子叫过来签字不太好，会影响孩子的成长和学习的。”李芸惊讶地看着文书：“你们也太狠了吧?”郑晓锋问：“王保华诈骗的事情你应该听说了吧？你应该料到这是迟早的事情。”李芸哼了一声：“王保华和我离婚多年，一直不按照约定支付娃娃的抚养费，这两年他挣钱了给娃娃补偿了抚养费，我买了房子放在娃娃名下有什么问题?”

郑晓锋说道：“《刑事诉讼法》和《公安机关办理刑事案件程序规定》都很明确，在侦查活动中发现的可用以证明犯罪嫌疑人有罪或者无罪的各种财物、文件，应当查封、扣押。这套房子系用赃款购买，与案件有关，可以证明犯罪嫌疑人有罪，我们查封是合法合规的。我们只进行了登记查封，不进行现场查封。我们的登记查封只是为了防止该房产被变卖、转移，你们暂时可以继续住在这里，至于案子到了审理阶段，法院会不会考虑娃娃的抚养费问题，会不会执行这套房产，我们还不得而知。你听明白了吗?”

李芸的眼泪流了出来：“难道我和王保华要娃娃的抚养费有错?”郑晓锋摇摇头：“当然没有错，应该要。你和邸金梅都没有错，是王保华错了，错得一塌糊涂。我知道你和两个孩子挺可怜的，我很同情你们，但是我们还是要依法办案，因为法不容情!”李芸配合郑晓锋做了询问笔录，但是仍然拒绝在查封决定书上签字，她还是想不通。王成感慨道：“一个赌博汉，害了两家人。”

二十四、王赖小归案

房产查封后，郑晓锋抓紧整理卷宗，在一周内将案件顺利移送检察院审查起诉。郑晓锋计划在过年前把伙同王友胡一起在东华市小杨岭镇盗窃的嫌疑人抓回来，他把这个想法告诉了王成。王成头摇得像拨浪鼓一样："你连他叫什么都不知道，连张正脸照片都没有，怎么抓?"郑晓锋笑了："我自有办法!"但是王成也知道，郑晓锋是个一言九鼎的人，没有把握的话不会说，没有把握的事不会做。王成很好奇，急着想要看郑晓锋是怎样行动的。

19时的刑警大队409办公室终于安静了下来。郑晓锋没有开灯，一个人坐在一片黑暗中，他喜欢在孤独、安静、黑暗的环境中思考，这样的环境最容易获得灵感。东华市小杨岭镇的这起犯罪事实，赃物仅仅是两盒中华烟，价值微乎其微。王友胡交代了多起涉案金额很大的犯罪事实，却不交代这起涉案金额微小的案子。这起犯罪事实对于量刑的影响几乎可以忽略不计，王友胡究竟是因为什么拒不交代呢？最大的可能性就是那个同伙与他关系密切，甚至是他至亲至近的人，其实只要从王友胡身边的密切关系人里摸排就可以了。如何完成这个任务呢？郑晓锋想起了他认识的一个人。

这人名叫周凯，男，39 岁，金驿县周家硷镇人，无固定职业，曾经四次因为盗窃、抢劫被判刑。其中第四次盗窃是郑晓锋办的案子，他对周凯进行了苦口婆心的思想教育，周凯被感化了，答应金盆洗手。郑晓锋把他介绍到了自己朋友开的洗车房帮忙洗车，也算是给他找了一份相对稳定的工作。

周凯的老家离王友胡的老家不远，他知道不少金驿籍的盗抢犯罪分子，所以很可能知道那个伙同王友胡在小杨岭镇作案的小个子是谁。郑晓锋给周凯打电话："你忙不忙，说话方便吗?"周凯知道郑晓锋要问案子了，就移步到了远离人的地方，然后压低声音说："不忙，方便，你说。"郑晓锋说："你到公安局找我，现在。"周凯说："好的，半个小时后到。"

周凯来到毛乌苏市公安局大漠分局警务大厅，郑晓锋把他接到了 409 办公室。郑晓锋问："你认识你们金驿的盗窃前科人员王友胡吗?"周凯说："同行是冤家，我知道王友胡，但是和他没打过交道。王友胡不是又被判刑了嘛，怎么了?"郑晓锋直接说："王友胡和一个小个子在东华市小杨岭镇盗窃过，王友胡认罪态度不错，但是对于这起价值很小的案件却拒不交代。我怀疑小个子是他身边的人，想查清小个子的身份。"周凯问："现场有监控吗？我想看一下小个子。"

郑晓锋打开了监控录像，周凯仔细看过后说："这个小个子没有正脸，不好辨认。你让我用手机拍张照片，我让我们金驿其他社会上的人辨认。"郑晓锋说："好吧，你拍，但是你要记住，不要再跟着他们犯老毛病啊!”周凯搓着手笑笑:“不会了,你放心好了。”

郑晓锋耐心地等待了六天,终于,周凯回电话了:“郑队长,我能确定小个子是谁了。”郑晓锋兴奋地“哦”了一声:“是谁?”周凯说:“他叫王赖小,和王友胡一个村,是王友胡的侄子。王友胡为了保护王赖小,就没有交代这起案子。王赖小也是盗窃前科人员,你应该可以在你们网上搜索到。”郑晓锋又问:“这个人好不好抓?”周凯说:“这个人很少回老家,四处胡跑,行踪不定,常常不用自己的身份信息,估计不好抓。”郑晓锋在公安内网展开检索,层层筛选,搜出一个符合条件的王赖小,侧脸照片和监控录像里的高度相似,是否可以认定同一呢?郑晓锋又给周凯打电话:“我搜到符合条件的只有一个人,你晚上再到我们单位来看看,帮我确认一下。”周凯说:“好,没问题。”

终于到了晚上,409办公室只剩下郑晓锋一人。周凯来了,看过后说:“八九不离十,应该就是他。”郑晓锋摇摇头:“必须确定,不能应该。”周凯说:“我再给老家的朋友打电话问一下。”郑晓锋点点头,周凯拨了几个电话后确定地说:“不会错,这起案子就是他干的,他有一次喝醉酒还给我们村的一个贼娃子说起过。他说这起案子王友胡被零口供判了。王友胡对他好没有供这起案子,更没有供他。”郑晓锋给了周凯五张百元面额的现金,周凯推辞不要,郑晓锋硬塞在他手里,把他推出了门。

第二天上午,郑晓锋对王成说:“王友胡在东华市小杨岭作的那起案子,同案犯是他的侄子王赖小,所以他不说。我已经确定了王赖小的身份,但是此人很少使用自己的身份证,不好抓,我觉得完全可以上网追逃。”王成拍手道:“好,听你的,上网。”当天，郑晓锋就干脆利落地办好了上网追逃手续。

夕阳西下，寒意渐浓。灰塔寺派出所的新任所长张建成，正背着双手在派出所的院子里踱步。派出所内勤高绍军走了过来：“张所长，看你的样子像在想事情。”张建成“嗯”了一声：“刑警大队郑晓锋昨天将一名盗窃犯罪嫌疑人上网追逃，我在想怎样把这家伙抓回来。最近大家都在想办法抓网逃，你追我赶，好不热闹，咱们也不能落在人后。”高绍军点点头：“郑晓锋你应该认识吧？”张建成说：“岂止是认识，我们很熟悉。郑晓锋和我老婆是一个村的，他还是我老丈人的关门弟子。”高绍军“哦”了一声：“关门弟子？”

张建成笑了：“我老丈人年轻时在河南嵩山少林寺学过三年武术，大小洪拳练得炉火纯青，九节钢鞭耍得虎虎生风，还会铁头功。他吃黑豆钱钱不需要碾子碾，都是把黑豆放在碾盘上，用头去砸。郑晓锋爱好武术，慕名而来，念高中的时候就拜我老丈人为师，一到寒暑假就去我老丈人家学习。实际上我老丈人一辈子就收了这一个徒弟，既是关门弟子，也是开门弟子。”高绍军说：“那你和郑晓锋详细了解一下那个网逃的情况，咱们帮他抓。”

张建成给郑晓锋打通了电话：“晓锋，你昨天上网的王赖小好抓吗？需要我帮忙吗？我很感兴趣。”郑晓锋说：“王赖小以前因为盗窃罪被判过两次刑，还是涉毒人员，反侦查能力较强，说实话，不好抓。你能帮我抓住的话就太感谢了。”张建成笑了：“我急着要完成网逃任务，如果能抓到，我还要感谢你。”郑晓锋说：“张所长，有情况咱们互相沟通。”

郑晓锋给周凯打通了电话：“说话方便吗？”周凯说：“方便，身边没人。”郑晓锋问：“我上次让你打听的那个人有什么情况吗?”周凯叹口气:“情况有一点儿,但是不太好。那家伙最近在大漠区南郊一带活动,很有可能住在不用登记身份信息的小招待所,具体哪个招待所就不知道了,你们要排查的话,范围太大。”郑晓锋问:“你有他的手机号码吗?”周凯说:“没有,据说他很少用手机打电话,和人联系常用微信。”郑晓锋有点儿失望:“好吧,你继续打听,有情况第一时间告诉我。”周凯回答:“明白。”

郑晓锋给张建成打电话:“张所长,王赖小最近一直在大漠区南郊一带活动,估计是住在不要登记身份信息的小招待所,排查范围太大,你们不忙的话可以试试。”张建成说:“好的,我试试,检查招待所我们很专业。”

张建成带上高绍军、路凯旋,穿着便衣,花了三天时间,整整排查了大漠区南郊的三十五家招待所,结果一无所获。当排查到第三十六家时,招待所女老板一看王赖小的照片就说:“这个小伙子在我们这里 103 房间住着,他说自己是个木匠,来住的时候没有带身份证,说是丢了。他又瘦又小,面相很善,不像个坏人,我就让他先住下了,等身份证办出来再补充登记。”

张建成一脸严肃:“你不按照规定登记住宿信息,违反了《治安管理处罚法》,我们要处罚你。”女老板求道:“我们干这行真的不容易,今年一直在赔钱,你就放我一马吧,求你了。”张建成说:“那你帮我们把这个后生找见,将功补过。”女老板说:“这个人登记了房间后,有时候住,有时候不住,今天不在,也不确定回来不。”张建成说:“我们今天就在 103 房间等他。”女老板忙说:“好,好。”女老板把张建成和高绍军带到了 103 房间,他俩关上门在房间里安安静静地等待。路凯旋坐在前台装作客人，准备在王赖小回来时里外夹击。

三人从中午 12 时等到了下午 6 时，终于，王赖小打着饱嗝回来了。他和女老板打了一个招呼，路凯旋认出了王赖小，没有作声。王赖小用房卡刷开了房门，看见房间里有两个人，愣了一下。路凯旋走过来把王赖小的退路挡住，张建成和高绍军一人控制了王赖小的一条胳膊。王赖小吓了一跳："怎么了？干什么？哪条道上的？"张建成吼道："公安局的，你叫什么名字？"王赖小说："我叫王峰，咋了？"张建成笑了："身份证呢？"王赖小垂头丧气："丢了。"张建成问："认识王赖小吗？你是不是准备说王赖小是你的双胞胎弟弟？"王赖小叹口气："我最近又没干什么坏事，我改邪归正了，现在是木匠。"张建成说道："但是你必须为以前犯的事儿负责任，是不是？"王赖小闭嘴不言。张建成和高绍军给王赖小戴上了手铐。

王赖小被三人带到了大漠公安分局办案中心七号讯问室，接到张建成报喜电话的郑晓锋已经等在讯问室了。张建成握着郑晓锋的手："谢谢你。"郑晓锋笑了："应该是我们谢谢你们，功夫不负有心人，你们辛苦了。"张建成等人高兴地走了。

王赖小问郑晓锋："你是谁？他们为什么又把我交给你？"郑晓锋瞪着王赖小："我是刑警大队民警郑晓锋。"王赖小蔫了下去："我知道你，你破案很多，景水兵、王友胡、李富平都被你搞进去了，道上的人都不想遇到你。王友胡的判决书我看过，你给王友胡零口供认定了小杨岭的那起案子。我知道你迟早要找我，躲不过，今天终于栽在你手里了。"郑晓锋笑道："千穿万穿，唯有马屁不穿。不管咋说，你说的话我还挺爱听的。你准备如实供述吗？"王赖小无奈道："当然了，他们几人零口供都判决了，而且判决得很重，我还不如老实交代，用好的态度争取宽大处理。”郑晓锋说道：“这就对了。”

郑晓锋和思俊开始讯问王赖小。王赖小毫不隐瞒，讯问在半小时后即告结束。王赖小签完字后，感慨道：“晓锋警官，你太认真了，我就偷了两盒中华烟、一瓶红酒，红酒还无法估价。你为了两盒中华烟这么小的案子都要把我抓回来，遇到你算我倒霉。”思俊怒斥道：“不要怨自己倒霉，也不要怨我们警察认真，你应该怨自己管不住自己。”王赖小长出一口气：“我再不干了，以后就踏踏实实地当木匠。”思俊看着王赖小：“希望你言而有信，像个男人。”

当晚 10 时，王赖小被执行拘留，羁押在新建的大漠区看守所。

二十五、刑警日常

12 月 24 日，刑警五中队值班。由于郑晓锋患病体弱，王成按照曹金虎大队长的指示，值班时不给郑晓锋安排出警和夜班，只让他白天在警务大厅接警。王成让郑晓锋每次值班时从 8 时接警到 12 时，郑晓锋却说："我有胃病，有反流性食管炎，12 点刚吃完饭不敢躺下睡觉，否则吃的饭都能从嘴里流出来，而且肚子会胀得难受。反正我也不午休，就让我从上午 8 点接警到下午 2 点，让弟兄们都午休一会儿，休息好了才能精神百倍干工作，才能有充沛的体力和清醒的头脑夜间出警。"王成犹豫地说："这样你会不会太辛苦了？弟兄们会不会说我欺负你？"郑晓锋说："接警六小时，在我的承受范围内。我会告诉弟兄们是我自己要求接警六小时的。"王成只好答应了。

12 月 24 日晚上是平安夜，这样的日子很容易发案，警察对于这样的节日普遍感到恐慌。毫不意外，乱七八糟的案子一个接一个，让郑晓锋应接不暇，想得心累，说得口干。

8 时 30 分，接警平台过来一条警情：张平先生报称刚刚在尚武路派出所辖区的榆树庄被两名男子持木棍威胁后抢走奥迪一辆，请求出警处置。光天化日之下，持械抢劫汽车，根据经验，郑晓锋判断这位张平先生和别人很可能有经济纠纷，应该不是抢劫案。郑晓锋拨通了张平的报警电话："你好，我是毛乌苏市公安局大漠分局刑警大队民警，你刚刚报警的指令我们收到了。你一定要实事求是地讲，你和别人有没有经济纠纷？"张平答道："我和任何人都没有经济纠纷。"郑晓锋又问："你是不是欠人家钱了，这辆车是不是分期付款车，没有按时打月供？"张平答道："这是我全款买的车，我也没有欠人家钱，这辆车就是被人抢走了。你不要啰唆了，你们赶紧帮我找回来，不然我投诉你。"

郑晓锋心中不悦，说道："我提醒你，一定要实话实说，报假案要负法律责任，这可不是开玩笑的。你到警务大厅来吧。"郑晓锋很无奈，给王成打电话："刚刚有个报案的，说他的奥迪在榆树庄被两名男子持木棍威胁后抢走了，我怀疑双方有经济纠纷，但是报案人坚持说没有。你安排人看一下监控，看车现在在哪里，把所谓的抢车人找回来。"王成说："好的。"

张平很快过来了，坚持之前的说辞。思俊等人根据监控，在大漠区人民法院的院子里找到了这辆车和所谓的抢车人。法官气愤地说："这个姓张的，借了人家的钱不还，一天开着奥迪招摇过市，人家债主多次讨要，我也给他打过两次电话让他还钱，他就是拖着不还。人家债主实在没办法了才把车扣回来交给我们，我现在就办这辆车的查封手续，这个姓张的你们也不要让他走，我们准备司法拘留他。"思俊给郑晓锋打电话说了情况，郑晓锋说道："此人违反了《治安管理处罚法》，涉嫌谎报案情的违法行为，咱们要先行政拘留了。他们法院想要司法拘留，让他们十天后在拘留所门口等着吧。”张平被移交尚武路派出所，等待他的将是先行政拘留，再司法拘留。

尚武路派出所的雷刚打电话问郑晓锋：“我记得《治安管理处罚法》里还有一个违法行为名称叫谎报警情，张平究竟是谎报案情还是谎报警情呢？这二者有什么不同？”

郑晓锋解释道：“谎报案情和谎报警情有三点不同：首先，两种行为客观表现不同。谎报警情是指在公共场所散布虚假的刑事、治安警情或者向110报警台或相关部门报告虚假的警情，谎报案情是指向行政执法机关举报、投诉并不存在的案件事实或者夸大案件事实。其次，两种行为的目的不同，谎报警情的目的主要是为了引起公众恐慌，使公共秩序受到严重扰乱。谎报案情的主要目的多种多样。最后，两种行为侵犯的客体不同。谎报警情属于扰乱公共秩序行为，谎报案情则属于妨害社会管理行为。”

雷刚说道：“郑队长，你太专业了，应该来我们派出所当法制员。”

9时30分，接警平台又来了一条警情：“李先生报称，朱家峁镇新兴煤场，一男子躺在拉煤车下睡觉，被碾轧致死。”郑晓锋立即汇报王成，通知法医、技术员、信息员、驾驶员准备出警。

王成来到警务大厅问郑晓锋：“这起案子好像是交通肇事吧，是不是应该让交警队处置？”

郑晓锋解释道：“交通肇事罪，是指违反道路交通管理法规，因而发生重大交通事故，致人重伤、死亡或者使公私财产遭受重大损失，依法被追究刑事责任的犯罪行为。交通肇事罪要求在公共交通管理的范围内违反交通运输管理法规，发生重大交通事故，简言之，就是此地的交通秩序平时由交警管理。厂矿企业属于公共交通管理范围外的不供社会车辆通行的专门道路，简言之，就是此地的交通秩序平时不由交警管理。所以，厂矿企业内发生车祸事故不构成交通肇事罪，一般都构成过失致人死亡罪。”

10 时 20 分，报警电话响了，郑晓锋接了起来：“你好，毛乌苏市公安局大漠分局刑警大队，什么事?”一名男子说道：“我女儿昨天晚上让人强奸了。”郑晓锋说道：“你把情况详细说一下。”对方说：“我女儿今年十三周岁，不懂事，昨天晚上被她的男同学带到家里强奸了。”郑晓锋问：“你女儿是自愿的还是被迫的，是你要报案还是你女儿要报案?”对方说：“我女儿是自愿的，按照法律规定，不管我女儿是否自愿，她年龄不足十四周岁，属于幼女，和幼女发生性关系的，不论是不是自愿，都是强奸，要负刑事责任。她的男同学已满十四周岁了，十四周岁以上犯强奸罪，应当负刑事责任。”

郑晓锋说道：“你说的是对的，但是并不全面。你女儿与对方互有好感，自愿发生性关系，没有受到胁迫，对方也是刚满十四周岁。对此，《最高人民法院、最高人民检察院、公安部、司法部关于依法惩治性侵害未成年人犯罪的意见》规定，已满十四周岁不满十六周岁的人偶尔与幼女发生性关系，情节轻微、未造成严重后果的，不认为是犯罪。所以我们不能追究那名男生的刑事责任。你要好好管教你的女儿，要以学业为重，不要早恋，杜绝此类事情再次发生。你也可以通过老师和男同学的家长沟通一下，让他们也管教好自己的孩子，以学业为重，不要早恋。我觉得这件事你最好还是冷处理，避免事情扩大化，尽可能不要让无关人员知道这件事，影响你女儿的名誉，不要让小时候的一次无知犯错，成为一辈子的沉重心理负担。你认为呢?”对方叹了口气：“警察同志，你说的对，我刚才太冲动了，遇事情欠考虑，不如你们想得长远，想得全面。谢谢你了!”郑晓锋说道：“不客气。你也不要太责怪孩子，更不要打骂，要耐心开导她，让她自己明白道理，真心悔过，把心思用到学习上来。”对方连说了两个“谢谢”，才挂断了电话。

郑晓锋刚把接警电话放下，一对老年夫妇就走进了警务大厅。老头子颤颤巍巍地说道：“我来报案，我们被人骗了。”郑晓锋让老人家坐下，又去饮水机接了两杯热水递给老人家。郑晓锋说道：“别着急，慢慢说怎么回事。”老头子气愤地说：“2012年，我们家的邻居纪博说是他在准格尔旗的五山煤矿有股份，可以给我们分一部分，让我们入股十万元，我们老两口就同意了。纪博给我们打了一张入股条子，我们给他转了十万元。入股之后，我们还特意去五山煤矿问过，煤矿的财务说纪博确实是煤矿的股东，他的大股下面分小股，我们就是小股。但是以后，煤矿一直不景气，纪博一直不给我们分红。到了 2018 年，我们又去煤矿打听，煤矿的人已经开始分红三年了，纪博把我们的股份转给他的一个亲戚了，现在煤矿已经没有我们的股份了。我们问纪博是咋回事，纪博说他是把股份转给他的亲戚了，转让款他花了，让我们不服就去告。我们被纪博骗了，所以就到这里告纪博诈骗来了。”

郑晓锋听后说：“这个纪博，确实可恨，连老年人的钱都骗，但是他的这种骗属于民事欺诈，不是刑事诈骗，不归公安机关管辖。”老头子一听不乐意了：“明明把我骗了，你们公安局不管，让我到哪里去告?”郑晓锋温和地解释道:“纪博的行为具有很大的社会危害性，涉嫌犯罪。但是不是所有的犯罪行为都归公安机关管辖，都需要公安机关立案侦查。纪博涉嫌的这种犯罪叫侵占罪，属于自诉案件，也就是要你自己去法院控告他，法院会依法受立案的。如果他不给你退还入股款或者归还股份，法院会审判他的，他会负刑事责任的。老人家，你听明白了吗?”老头子点点头:“我年龄大了，但还不糊涂，我听懂了，我们老两口去法院告他去。”郑晓锋把两位老人送到了警务大厅门外。

12 时 30 分，郑晓锋刚刚在餐厅吃完饭回到警务大厅。接警平台上又来了一条警情:“何先生报称，春光巷有五辆汽车的车牌被盗，请刑警大队出警处置。”接警单上的案件类别写着盗窃国家机关证件。郑晓锋给指挥中心拨通了电话:“指挥中心，你们刚才给我们刑警大队下发的接警单，管辖单位错误。”指挥中心的接警员问:“盗窃国家机关证件罪不是属于刑侦部门管辖吗?”郑晓锋解释道:“民用车牌不属于国家机关证件。”指挥中心的接警员大跌眼镜:“你开什么玩笑?”

郑晓锋说道:“我没有开玩笑。民用车牌不属于国家机关证件。首先，民用车牌没有加盖国家机关印章，不具备权威性和唯一性。它仅仅是机动车的识别载体。其次，民用车牌的简单性使它不足以使人对其产生足够信赖。在道路交通中，体现机动车身份信息的是行驶证，大家都不会仅凭车牌就确认机动车的身份信息。最后，2007 年有个司法解释明确规定，适用伪造、变造、买卖国家机关证件罪的，只有机动车行驶证、登记证书，车牌并不在此罪名调整之列。以此推论，车牌不属于国家机关证件。”

接警员又问:“那你说这是个什么案子?”郑晓锋说:“嫌疑

人主观上是以非法占有他人财物为目的，客观上采取秘密手段多次盗取他人的财物，三次以上，不计价值，构成盗窃罪，十张车牌的价值肯定低于一万元，属于派出所管辖的刑事案件，你给派出所下达指令就行了。”接警员还是不相信：“我给领导汇报一下再说。”过了一会儿，这条接警单被撤回了。

冬去春来，沙尘也来了。一大早，郑晓锋和牛福林一起把409办公室的桌椅、板凳、柜子擦得干干净净，抹布上都是黄土。牛福林感慨道：“咱们毛乌苏这两年林地被占被毁的事情不少，土地荒漠化又严重了。最近老刮沙尘暴，窗户也不敢开，一开桌椅板凳上就全是土。”郑晓锋点点头：“绿水青山就是金山银山，毁林占地的人不会有好下场的。”

队务会散了，二中队新任中队长刘旭到409办公室给牛福林说：“咱们公安局要配合林业局核查涉林刑事案件线索，咱们刑警队每个中队抽一人到白沙岭镇派出所去。咱们二中队派你去，怎么样？”牛福林爽快地说：“没问题。”郑晓锋的手机响了，是王成打来的。王成说的内容和刘旭基本一致，要派郑晓锋。郑晓锋的回答也和牛福林一样爽快：“没问题。”

在沙尘暴的呼啸声中，闫崇礼局长组织白沙岭镇派出所全体民警和刑警大队抽调民警召开涉林刑事案件线索核查动员会。闫崇礼的目光很英武，声音很洪亮：“同志们，你们看看窗外，久违的沙尘暴又回来了。一出门，大家的眼睛都睁不开了，嘴也张不开了，这就是林草地被毁坏的恶果。有关部门对毛乌苏市林草地的保护现状非常不满意，根据自然资源监测卫星拍下的违法图斑，要求毛乌苏市加大对毁坏林草地违法犯罪的打击力度，尽快复林复草，恢复植被。区委、区政府给咱们公安局下了命令，让咱们配合林业局，核查涉林刑事案件线索，打击涉林违法犯罪不手软。咱们务必要圆满完成任务，不能辜负了上级对咱们的期望。”

大家都认真地听着，刑警大队副大队长韩生君插话道：“闫局长，按照法律规定，应该行政执法前置，刑事司法靠后。林业部门应该先对线索进行核查，发现涉嫌刑事犯罪的，再给公安机关移交，怎么这次要求咱们和林业局联合执法呢？”

闫崇礼轻轻拍了一下桌子：“韩大队长，你说的有道理。但是咱们公安局作为区委、区政府的刀把子，作为区政府的职能部门，怎么能不服从区委、区政府的指挥呢？”白沙岭镇派出所所长王海清解释道：“这次下发涉林刑事案件线索九百余条，数量太大，仅凭林业局一家之力，根本不可能完成任务。区委、区政府要求咱们公安局靠前调查，也是不得已而为之。”开会的同志们都感慨万分，窃窃私语。

闫崇礼说道：“王所长说得对，咱们公安局一定要为区委、区政府排忧解难，一定要积极主动作为，全力配合林业局的工作。咱们白沙岭所共分到八十四条线索，参与核查的民警有二十一人，分成七个小组，每小组三人，每组分配十二条线索，待会儿王所长会把任务分配表下发给大家的，务必赶在 4 月底完成任务。时间紧，任务重，大家撸起袖子加油干，周末根据工作情况自行安排加班，到期未完成任务的，将严厉追责。大家听明白了吧？”大家虽不情愿，也纷纷回答：“明白了。”压力感瞬间笼罩了会议室。

散会后，郑晓锋一看表，他和韩生君、白沙岭镇派出所的高远三个人分在了一组。韩生君笑着对郑晓锋说："晓锋，和我分在一个组，算你倒霉。"郑晓锋诧异道："何出此言?"韩生君说："我队里边还有案子，我只能在你们遇到困难的时候出现一下。平时，这边的线索主要靠你和高远两个人核查，你们两个人要完成其他组三个人的工作量。"郑晓锋只好说："那给我们换个人吧，不要你了。"韩生君也叹了一口气："咱们队里人手紧张，估计无人可换。"王海清走了过来，面有难色："我们所里也真的没人了，所里的日常工作也要开展。万一晓锋实在忙不过来，我再让其他组的人给帮帮忙，怎么样?"韩生君和郑晓锋点点头，高远抬头望着天花板没有说话。

郑晓锋和高远领到任务后，发扬时不我待、只争朝夕的精神，对接林业局工作人员，争分夺秒开展工作。在漫天的黄风中，在火热的太阳下，郑晓锋和高远配合林业局工作人员，翻山越岭勘查测量违法图斑地块，调查走访知情群众，询问涉案人员，即使周六、周日也丝毫不敢停歇。

刑警大队历来是一支能征善战的尖刀部队，这次也照样配合白沙岭镇派出所，在 4 月 30 日顺利核查完了所有涉林刑事案件线索。郑晓锋撰写的线索核查报告事实清楚、表述准确，受到了法制大队民警的一致好评。

转眼到了 7 月 26 日，中伏第一天。下午 2 时，太阳炙烤着大地，没有一丝风。郑晓锋大汗淋漓地走进了毛乌苏市第一医院的康复科，顺从地趴在病床上，林文主任把一根根银针刺在了他的颈后，给他治疗颈椎病。

十天前，骨科医生认为郑晓锋的颈椎病已经严重到了需要做手术的地步。郑晓锋对于做手术比较排斥，他久闻康复科的林文主任出身于中医世家，是针灸方面的行家里手。针灸对于颈椎病有意想不到的疗效，甚至有人传言可以起死回生。

郑晓锋拿着诊断报告和影像片给林文主任仔细审阅，林文主任呵呵笑道："从影像片看，颈椎变形确实比较严重。你脖子僵硬、手指麻木，症状比较严重，但是还没有到非做手术不可的地步。咱们的中医博大精深，治病救人不比西医差。我可以给你试着针灸一个疗程，再加上推拿，应该可以缓解症状的。"之后郑晓锋开始忙里偷闲，在康复科针灸、推拿，效果日益明显。

针灸结束后，郑晓锋又开始接受推拿治疗。身高体壮的治疗师陈波在郑晓锋的肩膀、颈部用力揉捏着，郑晓锋疼得龇牙咧嘴却不叫出声。陈波说道："疼就忍忍，疼过才能放松下来，椎间盘受压突出的情况才能改善。"郑晓锋嗯嗯了两声："你的手劲儿真大，我的脖子和肩膀被按得好疼啊，不过确实有效果。"陈波笑道："每天找我推拿的人都排队呢，我每天给人推拿七八个小时，手上早练出功夫了。"

这时，王成打来电话，说："晓锋，我手上有个诈骗案，需要你配合我去武汉、杭州等南方城市走一趟，怎么样?"郑晓锋"啊"了一声："现在正是一年中最热的时候，你要到中国最热的城市，而且最近南方的新冠肺炎疫情还比较严重，迟几天不可以吗?"王成说道："咱们这工作你又不是不知道，一个案子接一个案子，唉!"郑晓锋又说："你可以带个年轻人去，年轻人身强体壮、耐寒耐热，也喜欢去南方城市出差，让他们去长长见识。"王成叹气道："案子比较疑难复杂，我需要一位业务很精湛的搭档。我想了一下，非你莫属。”郑晓锋顿了一下说：“我最近在医院治疗颈椎呢，还得四天才能结束一个疗程，等我四天怎么样?”王成想了一想说道：“好吧，四天我可以等。”

四天过去了，星期日上午，王成和郑晓锋坐上了飞往杭州的飞机。在轰隆隆的引擎声中，飞机起飞了，郑晓锋望着这座被沙漠包围的城市，似有所感。王成默默无言地盯着凝视窗外的郑晓锋，若有所思。

飞机落地了，二人打出租车来到了市区。誉满天下的西湖美景吸引了不可胜数的游客慕名而来，杭州的酒店游客爆满。王成联系了多家酒店，不是满房，就是远远超出报销标准。迫不得已，二人来到了偏远的城乡接合部，才找到了合适的酒店。

王成和郑晓锋在酒店附近找饭馆，湿热的空气让人呼吸都不是那么顺畅。二人随便找了一家面馆匆匆吃了午饭，浑身上下都是汗，赶紧回到了房间。

郑晓锋说道：“我说的没错吧，咱们北方人在三伏天，真的不能来杭州、武汉这种热情似火的城市出差。”王成一边用毛巾擦着胸口的汗，一边笑着回答道：“你说的真对，果然热死人了。这么热的天气中暑了真的可能导致热射病，有死亡的可能。”郑晓锋轻声道：“你可不要胡说，出门要说吉利话。”王成扑哧笑了：“迷信。”

郑晓锋喝了两口水，抹了一把汗，言归正传：“讲讲案情吧，我看看有多疑难，有多复杂。”王成笑了：“再疑难、再复杂的案子也不会难住你的。如果你都被难住了，恐怕大家都会束手无策的。”郑晓锋习惯于保持谦虚和谨慎：“可别这么说，我哪有那么厉害。咱们遇到的案子千奇百怪，有时候还真的说不清，拎不清。”王成说道：“你有多厉害，可不是我一个人说的，是大家都在说。你到了五中队以后，把邸金梅被诈骗案办得很漂亮，大家都很佩服你，说你名不虚传。”郑晓锋淡淡一笑：“你还是讲案子吧，你激起了我的好奇心。”

王成开始讲述：“2022 年 4 月 19 日，杭州市海澜燃具厂法定代表人张澜来我局经侦大队报案称，2020 年 5 月，其经武汉的一位商人朋友金显荣介绍，认识了犯罪嫌疑人白龙。白龙是毛乌苏市小飞龙电器燃具有限公司法定代表人。白龙从张澜的燃具厂以每套 400 元的价格购买了炉具外壳 3000 套，并开出了一张出票日期为 2020 年 5 月 6 日、金额为人民币 1200000 元的交通银行毛乌苏支行远期支票给张澜的燃具厂以支付货款。白龙将该炉具外壳用于生产蜂窝煤炉，将蜂窝煤炉于当年全部销售给了温州市镇海商贸有限责任公司，获利颇丰。之后，白龙却将公司注销后不知所终。而其给张澜开具的支票到期后因在交通银行存款不足而无法兑现，属于空头支票。”

郑晓锋问道：“案子怎么到咱们这里了？经侦大队为什么没有受理?”王成说：“经侦大队那段时间案子太多，所以杜局长指定这起案子由刑警大队管辖。你说白龙是否涉嫌犯罪，涉嫌何种犯罪?”

郑晓锋说：“如果张澜报案所说的情况属实，白龙签发空头支票，涉嫌票据诈骗罪。票据诈骗罪是指以非法占有为目的，明知是伪造、变造、作废的票据而使用，或者冒用他人票据，或者签发空头支票、签发无资金保证的汇票、本票，或者捏造其他事实，利用金融票据进行诈骗活动，骗取财物数额较大的行为。”

王成点点头："我的看法和你的一样。"郑晓锋说道："这个案子其实并不算疑难案件。"王成笑了："难者不会，会者不难。但是取证还是比较麻烦的，好多证据都要出远差才能拿到手。"

下午，王成和郑晓锋坐公交车来到了杭州市海澜燃具厂。被害人张澜带着二人参观了生产车间，给王成和郑晓锋提交了购货协议、空头支票、出库单、运输协议的复印件，还有一份图文并茂的产品介绍彩页。然后，王成又补充询问了一些问题，张澜一一做了回答。王成问道："金显荣作为介绍人，对于白龙开具空头支票不付货款的行为，作何解释？"

张澜叹口气："他说他只是个牵线搭桥的人，白龙不付货款一事，他也没有办法。他劝我到法院起诉，我咨询了律师，明明是诈骗，所以我就去你们公安局告状了。"王成说："你给过金显荣好处吗？"张澜说："当然给过，我们行业的规矩就是要付给介绍人介绍费，一般就是我们获利的两个点。除了两个点，我还请金显荣吃过好几顿饭，还给他送过一箱茅台酒。"王成又问："金显荣是失信被执行人，你知道吗？"张澜点点头说："知道，他以前是做五金生意的，赔钱了，成了失信被执行人，也就是老赖。"王成说："你和一个不讲信誉的老赖打交道，被骗并不意外。"张澜尴尬地笑了笑："是啊，出事了，他不管，现在连我的电话都不接了，微信也不回了。"王成问："金显荣是不是住在武汉市武昌区气象局家属院？我们要去找他。"张澜点点头："是的，但是他前天刚被武昌区的法院司法拘留了。"

王成和郑晓锋委婉拒绝了张澜请吃晚饭的邀请，他们坐公交车往酒店赶去。公交车走到一家生意兴隆的特色小吃店外时，王成和郑晓锋下了车，到小吃店里要了一份西湖醋鱼、一份酸辣土豆丝、两碗米饭，两人满头大汗地吃着饭。吃完饭，王成用高德导航搜了一下，发现这里距离西湖白堤只有一点五公里，两人决定一路散步到西湖边。

已是夕阳西下之时，蓝天边红霞如丝如缕。碧波荡漾的西湖上暑气蒸腾，柔曼的柳枝随着热风的吹拂左摇右摆。岸边和白堤人来人往，一片欢声笑语，盛世如斯，可喜可贺。王成一边擦着额头上的汗，一边说道："太热了，如果春天来了就好了。"郑晓锋笑道："确实如此。不过，春天时疫情比较严重，恐怕咱们又不敢来。"王成点头称是。

次日上午，二人坐上了去往武汉的动车，他们要去询问介绍人金显荣。中午，武昌站到了。一下动车，一股令人窒息的热浪毫不留情地袭来。王成啧啧道："武汉果然是有名的火炉，气温比杭州还要高。"郑晓锋迈着大步边走边说："赶紧去吃饭吧，吃完饭咱们早点儿去武昌区拘留所，那地方离这里还远着呢，去迟了今天就没时间做笔录了。"王成喘着粗气紧跟其后。

二人在武昌站附近随便找了一家热干面馆，狼吞虎咽地匆匆吃完，然后转了两趟公交车，于下午 2 时赶到了武昌区拘留所。

王成把介绍信和二人的警官证递给了拘留所大厅的一位老民警，老民警戴着老花镜仔细看过后说："你们稍微等一下，我上楼给所长汇报一下。"王成说道："好。"很快，老民警下楼把王成和郑晓锋带到了询问室。二人略等片刻，金显荣被提了出来。金显荣是一个干瘦的中年男子，颧骨高耸，两腮无肉，双眼无神，右嘴角有一颗醒目的大黑痣。郑晓锋观察完后叹了一口气，王成看了他一眼，欲言又止。

王成直接开门见山说明来意，金显荣却遮遮掩掩说得一点儿也不痛快："我和白龙也是以前通过朋友介绍认识的，这个白龙以前还是很靠谱的，对朋友很仗义，谁也想不到他干了这么一票。其实严格意义上说，我并不是这笔生意的介绍人。我只是介绍他们两人认识，生意是他们自己谈成的，真的不关我的事。"王成冷笑一声："既然你不是生意的介绍人，你怎么还收了人家的介绍费？"金显荣嘿嘿笑着不说话。王成又问："这白龙现在跑到哪里了？你知道吗？"金显荣点了一下头后又猛摇头："不知道，这我哪能知道？我和他也不是特别熟。"王成瞪着眼问道："那你刚刚点了一下头是什么意思？"金显荣装憨卖傻："我点了吗？我没点呀，你看错了吧？要不就是我打了一下瞌睡。"

王成又说："白龙涉嫌票据诈骗犯罪，你居中也获利了。你如果能给我们提供白龙的一些情况，也算是大功一件。如果你不好好配合，说不准我们会把你带到毛乌苏去，你明白吗？"金显荣露出了轻蔑的笑："我现在浑身烂账，麻烦得很，到毛乌苏去散散心也挺好的。不过我觉得这个案子我没有犯罪，恐怕你们还不能把我带到毛乌苏。"

王成咬咬牙没说话，郑晓锋盯着金显荣的眼睛："咱们先不要讲犯罪与否，先讲讲道理。如果没有你穿针引线，把白龙这个诈骗犯介绍给张澜，人家张澜也不会认识白龙，也就不会被骗。张澜遭受这么大的损失，你难辞其咎。"金显荣把头转向左边，不再说话。

笔录完成了，王成和郑晓锋走出了拘留所的大门。郑晓锋说道："我一见到金显荣，就觉得这家伙不会好好配合。"王成说道："所以你叹了一口气。"郑晓锋解释道："你没有看过《麻衣相法》吧？颧骨高耸，性多奸恶；两腮无肉，神仙难斗；双眼无神，刻薄无情。右嘴角的黑痣是虚言痣，也就是说这人常常说假话，不靠谱。”王成哈哈大笑：“你说得确实有道理。我建议你退休后到南门口摆个摊给人算命看相吧，能挣点儿好钱!”郑晓锋说：“这是老祖宗在几千年的生活中总结出来的经验，还是很有道理的，不可全信，也不可全不信。”

王成和郑晓锋在武汉市武昌区清江国际饭店住了一晚，第二天上午又坐上高铁赶往温州，整整坐了七个小时，傍晚才抵达温州南站。温州的名字不是白叫的，果然是一座很有温度的城市，火热程度丝毫不亚于武汉。王成和郑晓锋人困马乏，简单吃了晚饭，就近住在了温州南站附近的欣园酒店。

当天晚上，郑晓锋开始咽痛、咳嗽、乏力，他意识到自己可能是中暑了。第二天一大早，郑晓锋吃过早餐后，就去大街上的众生堂药店买了连花清瘟胶囊和蓝芩口服液。坐堂医生嘱咐道：“你的扁桃体发炎了，中暑夹杂感冒，我建议你好好休息两天，疲劳会导致抵抗力下降的。”郑晓锋回到酒店，看见王成还在呼呼大睡。郑晓锋吃了药后，也躺在了床上。

上午 10 时许，王成和郑晓锋才陆续醒来。王成伸了个懒腰：“这两天太累了，实在起不来。而且，你昨晚上咳嗽吵得我没有睡好。”郑晓锋揉揉眼睛：“我也很累，我既有中暑，又有感冒，我刚去药店买了药。”王成看看桌上的药盒，叹口气：“你真的老了。今天休息一天吧，咱们吃完中午饭再睡个午觉，晚上不累的话出去散散步。”郑晓锋点点头。

次日一早，王成问郑晓锋：“身体咋样了?”郑晓锋说：“我吃的药又不是灵丹妙药，要起效果恐怕需要三五天了。咱们今天就去温州市镇海商贸有限责任公司吧。”王成说：“你的身体能坚持住吗?”郑晓锋顿了一下:“没事,大不了晕倒了你把我扶起来。”王成笑了。

温州市镇海商贸有限责任公司位于温州市鹿城区的繁华街道,王成和郑晓锋找到了该公司的法定代表人林夕荣,出示了证件,说明了来意。林夕荣很配合:“警官同志,我们公司和白龙的公司是正常买卖关系。我们买了他们的蜂窝煤炉后,在我们温州又把煤炉转卖给了一些单位和个人,赚取差价。我们没有欠白龙的货款,我们是全款一次性支付的。”王成说道:“我们要跟你做一份笔录,并且需要你提供你们公司与白龙公司的购货合同、付款凭证的复印件等书证。”林夕荣说:“好的,没问题。”做完笔录,取到书证后,林夕荣邀请王成和郑晓锋吃午饭,二人婉拒了。

王成和郑晓锋又钻进了地铁站,坐地铁回到了酒店,在酒店的餐厅吃了久违的西红柿炒鸡蛋和酸辣土豆丝。吃完后,看着无精打采的郑晓锋,王成问道:“午休一会儿吗?”郑晓锋点点头:“当然了。”

午休到了3时许,郑晓锋感到头很痛,摸摸额头,温度很高,就对躺在床上玩手机的王成说:“我发烧了,你帮我去买支温度计,再买点儿退烧药吧,最好是中成药。”王成下床过来摸摸郑晓锋的额头,迅速开门出去了。

第二天、第三天,郑晓锋头痛、咽痛、咳嗽、乏力的症状仍然没有减轻,晚上都会发一次烧。发烧的时候,郑晓锋感觉自己的心跳得很厉害,好像要从胸膛里跳出来。王成对郑晓锋说道:“这趟差把白龙涉嫌票据诈骗案的外围证据基本打扎实了,本来还有个诈骗案准备去宁波,看样子去不成了。”郑晓锋说:“估计过两天我就能缓过来了。”王成摇摇头：“我觉得咱们还是过一两天回毛乌苏吧。”郑晓锋点点头：“你说的对，咱们明天就走，坐飞机回吧。”王成说：“好。”第二天，王成和郑晓锋坐飞机返回了毛乌苏。

郑晓锋和王成都回单位了。409办公室里，郑晓锋对旅途中喜闻乐见之事津津乐道，牛福林和冯宝听得不时会心一笑。这时，王成推门进来了：“晓锋，我明天上午要去延安走一趟，我要在宝塔区询问那起票据诈骗案的一位证人。你身体恢复得怎么样？方不方便和我一起去？”郑晓锋笑道：“身体恢复得差不多了，延安又不远，我能扛得住。正好，我要到燕南监狱再讯问一次景水兵。安远县的那起撬盗保险柜案还有一条漏网之鱼，身份不明，我准备试试看景水兵能不能配合我。”

次日清晨，王成和郑晓锋驾驶着传祺警车向延安进发了。王成看着一脸倦容的郑晓锋，略有愧意：“晓锋，我知道你身体不好，但是最近案子实在太多了。过段时间不忙了，你请个年休假好好休息几天吧。”郑晓锋搓搓脸，打个哈欠：“没事，我早就想到燕南监狱去了。我不想我的案子有漏人漏罪的情况发生，除恶务尽嘛！”

中午12时，两人到达宝塔区，在清河岔派出所附近吃了香菇面。王成给证人打电话，手机传出“您所拨打的电话已关机”。王成一脸愠色：“我昨天晚上给他打电话说得好好的，今天中午来延安找他，想不到手机关机了。”郑晓锋说：“他昨天表示愿意配合作证吗？”王成叹口气：“他昨天就说不想配合，不想得罪人，我给做了很多思想工作，才勉强答应了。这会儿手